千寻文化

Qianxun－Culture

－图书·影视－

以婚之名 2

Yi Hun Zhi Ming

燕归尔 著

江苏凤凰文艺出版社
JIANGSU PHOENIX LITERATURE AND ART PUBLISHING, LTD

图书在版编目（CIP）数据

以婚之名．2 / 燕归尔著．-- 南京：江苏凤凰文艺出版社，2019.11
ISBN 978-7-5399-9548-9

Ⅰ．①以… Ⅱ．①燕… Ⅲ．①长篇小说－中国－当代
Ⅳ．① I247.5

中国版本图书馆 CIP 数据核字 (2019) 第 166643 号

以婚之名．2

燕归尔 著

责任编辑	丁小卉
特约编辑	小　鱼
装帧设计	苏　荼
责任印制	刘　巍
出版发行	江苏凤凰文艺出版社
	南京市中央路 165 号，邮编：210009
网　　址	http://www.jswenyi.com
印　　刷	长沙鸿发印务实业有限公司
开　　本	880 毫米 ×1230 毫米 1/32
印　　张	10
字　　数	278 千字
版　　次	2019 年 11 月第 1 版　2019 年 11 月第 1 次印刷
书　　号	ISBN 978-7-5399-9548-9
定　　价	39.80 元

目录

CONTENTS

目录

CONTENTS

第一章
撑腰

这一夜，安之素睡得极沉。等她一觉睡醒的时候，已经是第二天中午了。床的另外一边早就空了，安之素坐了起来，抓了抓乱糟糟的头发。缓了好一会儿，她才掀开被子下床。

安之素像往常一样穿上拖鞋站起来，结果差点跌到地上，她双腿虚软无力，是一路扶着墙走进浴室的。

“叶澜成，你个浑蛋，王八蛋！”安之素扶着盥洗池的边缘，一边刷牙一边嘟哝着骂叶澜成，恨不得将牙刷当成叶澜成咬死。

刷完牙，安之素一边骂着，一边朝着客厅走去，当看到自己的手机静悄悄地躺在桌面上时，她噌地一下扑了过去，一把抓起手机，迅速地开了机。

“叮咚、叮咚、叮咚……”

手机刚打开，无数条来电短信提醒就蜂拥进来，手机都差点卡住，她打开短信一看，竟然有几十个未接电话。

其中无疑有宋佳人打的，但是宋佳人只打了一个，剩下的全是安博远打的，总共打了二十多个，一直从昨天下午持续到昨天晚上，甚至在半夜还打了一个。

安之素直接忽视了安博远的未接来电，回拨了宋佳人的号码。

“嗨，亲爱的，让我猜猜，你肯定是刚刚睡醒吧。啧啧，虽然你们结婚了，但是拜托也节制一点好不好？”电话一接通，宋佳人就开始吐槽了。

安之素的嘴角狠狠抽搐了一下，她赶紧打断：“停停停，我的大律师，我真是服了你了，你就不能正经一点吗？”

“我觉得此时穿着职业套装的宋律师，远比此时还躺在床上的你正经多了。”宋佳人笑得十分暧昧。

安之素捂脸道：“你快闭嘴吧，我认输，说不过你。真是的，嘴巴不毒会死吗？”

“会难受。”宋佳人哈哈大笑，吐槽安之素可是她从小到大从未改变过的乐趣。

安之素隔着手机翻了她一个白眼，说道：“不贫了，昨天叶澜成没收了我的手机。我都不知道那件事现在发展成什么样子了，你快跟我说说。”

“这个……”宋佳人的语气变得无比严肃，“之素，你要做好心理准备，事态的发展实在让人始料不及，现在已经不是我们能控制的了。”

安之素听到了自己倒吸冷气的声音，嘴唇都有些打战，但还是强压着情绪说道：“你说吧，我本来就做好了最坏的打算。”

安之素早就想过了，事情发展得再严重，大不了就是五年前的事情被彻底翻出来。

宋佳人听到安之素这么说，自己先绷不住，扑哧就笑了出来：“哈哈哈，安之素，你是个笨蛋吗？你觉得叶澜成会是一个容许别人欺负他老婆的人吗？”

安之素被宋佳人笑蒙了：“什……什么意思？这和叶澜成有什么关系？”

“你说有什么关系，他老婆都被人欺负了，他还坐得住？之素宝贝，这事我不得不给叶澜成点个赞。他不知道动用了什么关系，一夜之间，网上所有关于你的黑料全部消失了。更恐怖的是，今天一早，昨天黑你最狠的几家媒体，全部被某些部门以一些特殊理由查封了。”

宋佳人哈哈大笑着说道：“叶澜成这波操作实在太厉害了，简直帅上天了，这就是明摆着告诉其他人，谁敢欺负安之素，就得先做好关门大吉的准备啊！这是在向安氏集团宣布，你身后有人撑腰啊！”

宋佳人今天一早起来就去刷了新闻，在发现所有关于安之素的新闻都不见了之后，她就给夏景泽打了电话，夏景泽直接告诉她是叶澜成出手了。

“宋佳人，我早晚要被你吓死。”安之素一听事情都被叶澜成搞定了，不由得松了一口气，忍不住抱怨了一句。

“哈哈哈，你自己傻，还能怪我咯？我都不知道你怎么想的，人家都说背靠大树好乘凉，你靠着叶澜成这棵参天大树，都不知道转身抱大腿的吗？”宋佳人对安之素都有点恨铁不成钢了。

安之素咬了咬牙，还抱大腿，她天天恨不得把叶澜成踹到床下面去。他明明长了一张禁欲系的脸，偏生一点也不禁欲，实在是……太可恶了。

“之素，我和你的力量都太单薄了，斗不过安听暖。她背后还有萧睿撑腰，萧家不是安家那种单纯的生意人，水深着呢。你明白我的意思吗？”宋佳人见安之素不说话，忍不住劝道。

安之素又沉默了几秒，才有些闷闷不乐地道：“我明白。”

她要是不明白，一开始就不会和叶澜成结婚了，最初和叶澜成结婚的目的，不就是想背靠大树好乘凉吗？只是不知不觉，她就不想利用自己和叶澜成的婚姻了。她越来越希望和叶澜成的婚姻能够纯粹一点，不掺杂那么多利益关系。

“你不明白。”宋佳人叹了口气，“之素，你走进了一个误区。夫妻之间互相求助不叫利用，你们是一家人，你应该把叶澜成当成你可以依靠的家人，不要有那么重的心理负担。你要是一直这样，既达不到你最初的目的，也得不到一份幸福的婚姻。你既然已经和叶澜成结婚了，为什么不试着去喜欢他呢？之素，叶澜成值得你喜欢，也值得你信任。你应该试着对他敞开心扉，我相信他不会让你失望。”

宋佳人的话让安之素陷入了沉思，她都不知道宋佳人什么时候挂断电话的，等手机铃声再次响起的时候，她才猛然回神。

电话是叶澜成打来的，安之素一看号码就赶紧整理好了乱糟糟的思绪，滑动了接听键：“喂。”

“起来了吗？”叶澜成淡漠的声音传了过来。

安之素“嗯”了声，顿了一下才道：“那个……谢谢你。”

“安之素……”她话音落下，叶澜成的声音更冷了，“我是你什么人，昨晚还没有记住？”

昨晚……一提昨晚，安之素就觉得全身疼，她下意识摇头道：“记住了，记住了。”

“我看你记性真是不怎么好，需要天天被提醒。”叶澜成轻嗤了声。

安之素脸色大变：“不用不用，我记性很好，真的很好，不用天天提醒我，真的！”

“最好如此，叶太太。”最后“叶太太”三个字被叶澜成咬得很重，大有她要是敢忘记，他一点儿也不介意天天提醒她的意思。

安之素点头如捣蒜，赶紧转移话题：“那个……你吃饭了吗？”

“嗯，你的午饭已经让人给你送去了，应该快到了。”叶澜成应了声。

安之素“哦哦”地点头，摸了摸肚子道：“我还真有点饿了。那你上班吧，我等会儿吃了饭就要忙了，夏景泽的衣服快收尾了，我赶着今天弄完它。”

叶澜成淡淡地“嗯”了声，也没多言就挂了电话。

安之素和叶澜成的通话结束了没一会儿，老九就给她送来了午饭。

今天的午饭十分丰盛，叶澜成出奇的大方，让老九给她送了全荤宴，难得没在饭桌上见到青菜，这可把她乐坏了。

“老九，你们大少今天心情很好吗？竟然没有控制我吃肉。”安之素喝了一口鸡汤，味道不浓不淡刚刚好，闻着味道就知道是用老母鸡炖的。

“大少说少夫人昨天累着了，特意吩咐我给少夫人多准备些荤菜补补身体。”老九一本正经地回答。

“噗——”

安之素一口鸡汤喷了出来，呛得她猛地咳了几声，俏脸以肉眼可见的速度迅速蹿红。

安之素真是恨不得找个地洞钻进去，没脸见人了。

老九憋着笑，脸上依旧是一本正经的样子：“少夫人，你慢吃。我先回公司了，昨天记者会的事少夫人不用担心，大少已经处理好了。”

安之素埋着头，胡乱应了两声。

老九憋着笑离开了。

直到老九消失在门口，她才重新抬起头，俏脸红得像刚熟透的苹果，过了好一会儿才恢复正常。然后她奋力拿起筷子吃饭，简直把肉当成了叶澜成来吃。

风卷残云地吃光了老九送来的饭菜，安之素心满意足地摸着肚子打嗝。

嗯，果然没有什么坏心情是吃一顿肉不能疏解的。如果有的话，那一定是肉太少！

安氏集团，设计部总监办公室。

杨兮坐在电脑前面，一遍遍地刷新网页，可是不管她怎么刷，始终没有再刷出来关于安之素的半点消息，好像昨晚被炒得火热的事件人间蒸发了一样，特别的诡谲。

“砰！”

杨兮气愤地捶了一下键盘，她不甘心，非常不甘心。

她被关在派出所里一整夜，还被误会吸毒，甚至有人说她抄袭，她的黑料在网上铺天盖地，让她丢尽了人。

可是轮到安之素的时候，关于她的黑料刚刚发酵，就有人出手压了下去，不仅清除了网上的黑帖，甚至连报道的媒体都遭了殃。

如此雷霆的手段，除了夏景泽，她实在想不到第二个人。

正当杨兮气愤不已的时候，桌子上的手机忽然振动了起来。

杨兮被吓了一跳，等看到来电显示是“听暖”的时候，她才稳了稳心神，拿起手机接通了电话。

“听暖。”电话接通，杨兮先说了话。

“嗯，是我。安之素的事，是谁出手压下去的？”安听暖应了声，询问道。

杨兮捏了捏拳头，说道：“除了夏景泽，谁还有这个本事。我听说那几家媒体全都被有关部门查封了，能够动用这种关系的人，除了他，我想不到第二个了。”

“夏景泽吗？”安听暖蹙了下眉，嗤了声，“我这个姐姐本事真是大，刚刚从精神病院出来就能抱上夏景泽的大腿，我都有些佩服她了。”

杨兮咬牙切齿地说道：“夏景泽也只不过是逢场作戏罢了，以夏家那样的背景，绝不会允许儿媳妇是个精神病，更不会允许她是个杀人犯。听暖，我们要不要再添一把火，将五年前的事爆出来？找水军炒大，炒到夏家人的耳朵里？”

“不行。”安听暖不赞同，“我妈给我打电话了，因为她擅自做主召开记者会的事，我爸发了很大的火。如果再把五年前的事爆出来，我爸一定会算到我妈头上，间接地也会迁怒我，那就得不偿失了。这事不用急，来日方长，你也说了，夏景泽只是玩玩她，现在她新鲜，夏景泽愿意帮她摆平麻烦事，等新鲜期过了，谁还管她？”

安听暖的话成功地安抚了杨兮，杨兮点点头说道：“嗯。听暖，你回国的时间定下了吗？”

“在你的春装发布会之前一定回去。”安听暖说道。

杨兮眼睛一亮，心里更加安定了。她总觉得现在的安之素不一样了，如果单靠她一个人，实在有些应付不来。

“萧少和你一起回来吗？”杨兮还不忘询问这件事。

“一起回，他在这边的分公司磨砺了几年，也该回去接手总公司了。”安听暖微微一笑。

杨兮更加高兴了，如果说夏景泽是安之素的靠山的话，那萧睿就是她和安听暖的靠山。只要安听暖能够抓住萧睿的心，她们拿捏安之素就能跟五年前一样简单。

结束了和安听暖的这通电话，杨兮的心情豁然明朗了起来。她关掉了网页，打开设计软件，重新找回了设计的状态，然而这种状态还没有维持到她画完一幅设计图，刺耳的座机电话铃声又响了起来，助理在电话里告诉了她一个不太好的消息。

春装发布会的审批被驳回了！

“怎么会被驳回？”杨兮的好心情瞬间被击打得支离破碎。

安氏集团每年都要举办时装发布会，大型的一年最少两场，小型的至少四场。审批部门的关系早就疏通好了，每次递审批只不过是走个过场，怎么偏偏就在今年被驳回了？

杨兮的第一反应就是有人故意卡审批，第一个想到的人就是夏景泽。毕竟也只有他能够动用关系，截了发布会的审批。

“他们给的理由是我们会场的消防存在隐患，不予通过审批。”助理小心翼翼地说道。

“这都是什么破理由！”杨兮的火气又蹿了上来，啪嗒一声挂了电话，又立刻拿起手机，拨打了审批部门负责人的号码。

那边的负责人倒是很快接通了：“喂，杨总监。”

“李主任，我的助理刚告诉我，我们公司递过去的审批被驳回了，我想问问是什么原因。”杨兮压着火气，客客气气地询问。

“哦，你说的是发布会的审批是吧？对，是被驳回了。你们的消防不过关，安保也不安全。当天会场那么多人，我们认为你们无法保障嘉宾们的人身安全，所以不予通过。”李主任公事公办地说道。

杨兮的脸色变了变，语气也有点变了：“李主任，我想知道，今年的审批程序为什么忽然变得如此严苛了？”

“杨总监，我们每年的审批程序都非常严苛。往年你们都做得很好，我们当然审批得顺利，但是今年你们的确存在问题，不是我们有意为难你们。”李主任脾气很好地打着官腔。

杨兮深吸了一口气，耐着脾气问道：“李主任，是不是我们加强了消防和安保这两块的工作之后，审批就可以通过了？”

“等我们确认你们的消防和安保的确没有隐患之后，我们就会通过。”李主任给了一个模棱两可的答案。

杨兮只觉得呼吸都不顺畅了，在心里暗骂了一句老狐狸，嘴上却不得不服软：“那好，等我们改善了这两块之后，我再拿去找李主任审批。”

李主任笑呵呵地应了声。

“啪！”

杨兮挂了电话，将手机扔回了桌子上。

她已经完全可以确认这件事是有人在故意搞鬼，就是为了不让她顺利地举办春季发布会。什么消防有隐患，安保有问题，全是借口！

可是就算知道谁在搞鬼，杨兮也没有办法，她再生气，还是得老老实实地去解决问题。时间紧迫，她耽误不起，万一搞砸了发布会，给公司造成的损失将是无法估计的。

这个下午，相较于杨兮糟糕的心情来说，安之素就高兴多了。她利用一个下午的时间将给夏景泽做的衣服收了尾，看着一整套完整的作品，安之素高兴地给夏景泽发了微信，让他有空来试衣服。

夏景泽一听衣服做好了，果断地回复了一条语音，要晚上来试衣服，顺便蹭饭，还特意约上了苏夜。

安之素一听夏景泽和苏夜晚上要来蹭饭，如临大敌，赶紧给叶澜成打电话，她哪会做饭，还是得家里的大厨出马。

“那个，我虽然不会做饭，但是买菜还是会的。他们都爱吃什么菜，你告诉我，我去买回来。”安之素觉得身为家里的女主人，多少得为招待客人做点什么。

叶澜成淡漠地扔出两个字：“火锅！”

“啊，火锅？”安之素惊讶地张大了小嘴，“你确定吗？”

安之素实在无法想象，一群尊贵的公子哥竟然喜欢涮火锅，那画面太美，不敢相信啊！

“确定。”叶澜成说道，“晚上我早点下班，一起去超市买菜。”顿了下又道，“你把宋律师也叫上。”

安之素“啊”了声：“佳人啊，叫她干吗？大家又互相不认识。”

“以后总要认识，就这样。”叶澜成不给安之素反对的机会，说完就挂了电话。

安之素盯着手机看了一会儿，然后听话地给宋佳人发了一条微信消息。

安之素：晚上来我家吃火锅。

宋佳人回了一串问号。

安之素：叶澜成请客，特意让我邀请你的。

这次宋佳人回了一串感叹号。

安之素：你傻了啊？

宋佳人：容我喝口水冷静一下。我没有看错吧，叶澜成邀请我去你们家吃饭，还吃火锅？

安之素：没错！

宋佳人：我可以拒绝吗？和叶少一起吃火锅，我都不敢下筷子。你确定他说的是吃火锅吗？不是什么法式西餐？

安之素：吃火锅！吃火锅！吃火锅！重要的事情说三遍。然后，抱歉，你没有拒绝的权利，就这么定了。

宋佳人：……我晚上有约会。

安之素：男的女的？

宋佳人：男的，是个帅哥，非常帅。

安之素：哦，那你更要来我家了。今晚苏夜和夏景泽也来家里做客，我觉得他们俩完全可以秒杀你那个什么约会对象吧。

宋佳人：你说的苏夜是恒成集团的总裁？

安之素：没错，来吗？

宋佳人：来来来，这可真是我一犯困，你就给我送枕头啊！

安之素发了一串问号。

宋佳人：见面说，宝贝，我太爱你了，么么哒。

发完这条消息，宋佳人就消失了。

安之素一头雾水，不过也没有再追问，看了下时间快五点了，她就上楼回房间换了身出门的衣服。

等她从楼上下来的时候，放在桌子上的手机正在振动，她以为是叶澜成打的，小跑着过去拿起手机，正要滑下接听键的时候，她忽然愣住了。

爸爸。

看着来电显示上的备注名，安之素微微握紧了手机，想也没想就拒接了。

如果说记者会之前，安之素还对安博远抱着希望的话，那么在记者会之后，安博远就亲手将父女关系彻底推入了深渊。

安之素无法一次次地原谅安博远为了公司的利益舍弃自己这个亲生女儿，五年前是这样，五年后又是这样。她和她妈妈一样，永远比不上他的公司。

安博远好不容易打通了安之素的电话，正欣喜的时候就听到了话筒里传来被挂断的忙音，他脸上还未完全绽放的笑容瞬间又僵住了。

好一会儿之后，安博远反应过来，马上又打了过去，但是这次，话筒里传来了“您好，您拨打的电话暂时无法接通”的提示音。

他被拉黑了，他瞬间就意识到了这个严重的问题。

得知女儿把自己拉黑了，安博远的心情更是差到了极点，脸色无比阴沉。

敲门声忽然响起，安博远声音低沉地应道：“进来。”

叶丽姝轻手轻脚地推门而入，心虚地喊了声：“博远，下班了。司机已经在下面等着了，我们回家吧。我让保姆做了你爱吃的菜，还炖了汤。你昨晚没睡好，今天早点下班回家休息吧。”

安博远一看到叶丽姝这张脸就气不打一处来，直接挥了下手，不悦道：“你先走吧。”

“博远，你还在生我的气吗？我知道错了，你气我不要紧，我就怕你气坏了身体。”叶丽姝缓缓地走了过去。

安博远瞪了她一眼："怕我生气你还敢自作主张召开记者会，还让杨兮在记者会上说出那些话，你就没有想过那些话会给之素带来多少负面影响吗？我没指望你会把她当亲生女儿疼爱，但是你这次做得太过分了。她现在连我的号码都拉黑了，这是铁了心不和我这个爸联系了。"

听到因为这事，安博远和安之素父女俩的关系闹得更僵了，叶丽姝心底一阵窃喜，脸上却露出内疚的表情，她着急道："博远，对不起。我也没有想到网上会把那事炒得那么火热，的确是我欠考虑，当时我只想着尽快把杨兮洗白，不要影响我们公司的春季发布会。

"之素那边肯定是误会了，你把她的号码给我，我约她回家吃饭，我亲自给她道歉，解释清楚。之素是个懂事的孩子，我跟她解释清楚了，她肯定就不会生你的气了。"

安博远现在一点儿也不想听叶丽姝说话，挥手道："你少去招惹之素。还有，你以为替杨兮洗清了吸毒的谣言之后，春季发布会就能顺利进行吗？"

叶丽姝闻言心里咯噔了一下："又怎么了？"

安博远冷哼道："发布会的场地审核被驳回了。"

"什么？被驳回？这怎么可能，我们不是早就打点好了吗？"叶丽姝瞪大了眼睛，完全不敢相信。

安博远非常头疼地揉了揉眉心："据说是夏家那边打的招呼，杨兮亲自去了趟审核部门，那边的嘴巴很紧，就是不肯松口，一定要我们重新整改场地。我下午也试着约李主任吃饭，可他婉拒了，显然是不敢出来吃这顿饭。上头不松口，他也没有办法。"

"夏家！"叶丽姝惊道。

"嗯，夏家的公子，就是那个很红的男明星。这次杨兮的事，也有他在背后给派出所施压。我本来约了之素出来，就是希望能够和平解决。谁知道你这么蠢，非要硬碰硬，惹怒了夏景泽，他现在直接卡了我们的审核，我们得不偿失。"安博远给了叶丽姝一个严厉的眼神。

叶丽姝倒吸了一口冷气，这事她的确还不知道。虽然知道安之素是夏景泽新换的设计师，但是谁也没想到夏景泽愿意为安之素动用夏家的关系，他这也太……器重安之素了吧。

“那……现在怎么办？”叶丽姝压下心慌，小心翼翼地问道。

安博远冷声道：“还能怎么办，先按照他们的要求整改吧。你还能有什么比夏家更硬的关系吗？还不都是你惹的事。最近真是诸事不利，盛世财团忽然中断合作的事还没有弄清楚原因，现在又出了这事，你最好老实在家待着，别再自作主张，偷鸡不成蚀把米，惹来更多的麻烦。”

盛世财团？叶丽姝的眸光一闪，她忽然想到了什么，说道：“博远，你先别急，我有办法了。”

“你能有什么办法？”安博远抬眼问道。

叶丽姝一笑，自信地说道：“你忘了吗，叶家和夏家一向交好，阿成和夏景泽也是好朋友。我明天去一趟盛世财团，找阿成帮我们说说情，夏景泽总不会不卖叶家面子吧。”

“你说叶澜成？”安博远闻言问道。

“是啊，按辈分，他还得叫我一声姑姑呢。”叶丽姝的语气里满是骄傲，仿佛自己是叶澜成的亲姑似的。

安博远并没有叶丽姝那么自信，他想了想说道：“你之前去了盛世财团几次也没见着人，明天去你就能见着了？”

安博远可没有忘记前些日子盛世财团终止合作之后，叶丽姝去找叶澜成结果碰壁的事。

“你放心吧，我有办法，这事就交给我吧。”叶丽姝的眼底掠过狡黠之色。

安博远也不是完全不相信叶丽姝，毕竟她和叶家有一层亲戚关系，以前就是靠着那一层关系从盛世财团拿到合同的。看她这么自信，安博远也只好让她去试试了。

“博远，你别生气了。这事我保证给你办妥，好吗？下次我再也不自作主张了。你不同意的事，我以后再也不做了。”叶丽姝见安博远的脸色有所缓和，绕到他的身后，轻柔地给他捏起了肩膀，语气也很真诚。

她一双手倒是巧得很，在安博远肩膀上没捏几下，安博远的火气就下了一半，再开口时语气缓和了不少：“你最好能记住今天说的话。”

叶丽姝连连点头，说记住了。

安博远的脸色又好了几分，叶丽姝趁热打铁，又说了一箩筐的好话，最后总算是把安博远哄好了，夫妻俩一起回了家。

澜庭居是一个成熟的别墅区，周边的生活设施非常周全。叶澜成下班回来之后，小夫妻俩就近选择了一家生鲜超市去买菜。

虽是就近选择的超市，但其规模也挺大，菜品都很新鲜。安之素不会挑菜，跟叶澜成来超市买菜很自觉，在门口推了一辆手推车，跟在叶澜成后面。

“想吃什么？”叶澜成侧过头来问她。

“嗯，很多啊！”安之素立刻掰着手指头，“鸡肉卷、羊肉卷、牛肉卷、生鱼片、猪肉丸、牛肉丸、虾肉丸、鱼肉丸等等，每样买点呗。”

叶澜成的嘴角微不可见地抽搐了一下，他就知道，只要一问她想吃什么，她就会说各种肉，绝对别想听到她说想吃青菜。

“你中午吃了不少肉吧。”叶澜成提醒她。

安之素老实承认：“吃了呀，但是别人来我们家做客，我们总不能给人家煮一锅素菜吃吧。”

这借口，真是……半点毛病都没有。

叶澜成忽然觉得做火锅这个决定不怎么明智啊！

安之素可不给叶澜成反悔的机会，见他不动，直接一只手拉着他，一只手推着车，朝着鲜肉区走了过去。

安之素在请客吃饭上表现得格外大方，鲜肉卷都是挑最贵的拿，且每种肉类一拿就是两盒，完全不需要叶澜成操心，她总算是表现出了“贤妻良母”该有的表现。

叶澜成默不作声地看着她把一盒盒肉卷放进购物车，他就想知道，他不阻止她的话，她会不会把整个超市的肉卷都搬回去。

好在安之素还懂得什么叫“分寸”，拿了差不多十盒之后，她十分自觉地收了手，笑得很贼：“嗯，肉卷买这些就够了，我们再去买点素菜吧。”

“呵呵。”叶澜成扫了推车里的那些肉卷一眼，薄唇轻启，“你这么开心做什么，好像你买了，我就会让你吃似的。”

安之素遭受了猛烈一击，好想点一首《凉凉》送给自己。

这样反人类的老公，要不是她主动要求给他当老婆，他绝对能凭实力单身一辈子。

叶澜成闲适地接过了推车，指挥着安之素：“去挑些青菜。”

“我可以拒绝吗？”安之素满眼都是抗拒，青菜什么的最讨厌了。

“你觉得呢？”叶澜成凉凉地斜睨了她一眼。

好吧，当她什么都没说。

安之素认命地去挑青菜，走到青菜区的时候就傻眼了。

天哪，为什么青菜的种类这么多？

“菠菜、卷心菜、鸡毛菜各装一点。”叶澜成努了努嘴，示意她拿购物袋去装菜。

安之素的眼角抽了抽，敢问英雄，鸡毛菜是哪个？卷心菜又是哪个？都是青菜，有什么区别吗？

“不认识？”叶澜成见她不动，眉梢微微一挑。

安之素点头如捣蒜：“我以为绿色的都叫青菜，怎么青菜还有这么多奇怪的名字？”

叶澜成扯过几个小袋子扔给她，弯腰自己去挑菜：“也只有你五谷不分的时候，我才觉得你是安家的大小姐。”

“叶澜成，你知不知道，你这样很容易失去老婆的？”安之素觉得自己有必要提醒他，老婆是要宠着的。

“不会。”叶澜成挑了一些菜递给她，淡漠地说道，“毕竟两张结婚证都在我手里，你想离婚也得我同意，目前我还没有离婚的打算。”

安之素的眼角又狠狠地抽搐了两下，她终于明白为什么一领证叶澜成就要收走她的结婚证了，敢情这货心知肚明，自己早晚能把老婆气跑啊！

夫妻俩挑了煮火锅的菜，又去买了牛骨头，准备用牛骨头熬涮火锅的汤，最后才去选火锅底料。安之素选了两种底料，又选了不同口味的蘸料。

这一番逛下来，等再回到家已经是一个半小时之后的事了。夫妻俩都没歇着，提着两大袋食材进了厨房，安之素帮忙洗菜，叶澜成开始熬汤。

“叶澜成，没想到你还喜欢吃火锅呀。”安之素一边洗菜一边和叶澜成闲聊，想象着叶澜成涮火锅的样子，那一定很接地气。

“并不。”叶澜成淡漠地扔了两个字。

安之素“呃”了声：“那是苏夜或夏景泽喜欢？”

“都不喜欢。”叶澜成依然给了她一个否定的答案。

安之素无语：“那你做什么火锅？”

“简单。”叶澜成回答得一本正经。

安之素在心里为苏夜和夏景泽默哀，他们大概没有想到叶澜成请吃火锅，原因不是吃火锅有气氛，而是单纯的嫌麻烦吧。

叶澜成的确是个怕麻烦的人，自从他搬进澜庭居之后，这还是第一次请苏夜他们来家里吃饭，平常都是在外面吃。这次虽然满足了夏景泽的小心愿，但他也懒得给他们做饭，吃火锅是最明智的选择。

第二章

我要请假

夫妻俩在厨房里忙碌了半个小时的样子，安之素就把所有的菜都分门别类地洗好、放好，端到了外面的桌子上，还心情不错地摆了造型，跟要吃西餐似的。

厨房里叶澜成的汤也熬得差不多了，他正在调制火锅底料，嫌弃超市里买的底料味道不正，准备自己二次加工。

这些安之素帮不上忙，便偷偷去了地下室，跑去酒窖里挑红酒。

她花了一点时间挑了一瓶红酒，等抱着红酒再上来的时候，苏夜和夏景泽已经到了。

“哇，小嫂子，你抱的什么？红酒吗？”夏景泽跑了过来，他今天穿得比较朴素，没有花花绿绿，看着顺眼很多。

“是啊，我特意去酒窖挑了一瓶，这会儿开了醒酒，等开饭的时候正合适喝。”安之素晃了晃酒瓶，露出小馋猫的表情。

“呃……小嫂子，你确定要开红酒吗？我怎么觉得火锅和啤酒更般配？”夏景泽扭头看了一眼满桌子的配菜，提醒她今晚吃的是火锅，不是西餐。

“吃火锅喝啤酒那是标配，吃火锅喝红酒，这叫低调的奢华。”安之素一点儿没觉得吃火锅喝红酒有什么毛病，她都惦记这瓶红酒好些日子了，一直找不到借口喝，今天说什么也要开了它。

夏景泽的嘴角抽了抽。

安之素直接越过他去开酒了。

苏夜看着她眼都不眨就把叶澜成珍藏的红酒给开了，忍不住想笑，已经可以想象得到，叶澜成看到他的小媳妇开了他的珍藏品之后的脸色了。

安之素可不管叶澜成的脸黑不黑，反正她先开了，就不信叶澜成还能把塞子塞回去，塞回去也晚了。

安之素一边把酒倒进醒酒器里，一边在心里窃喜，闻着红酒的香味，口水都快流出来了。

“叮咚、叮咚、叮咚……”

门铃声响了起来，夏景泽自告奋勇跑去开门。

大门哗啦一打开，看到外面站着的人是宋佳人的时候，夏景泽惊了一下：“怎么是你？”

“怎么，许你来你兄弟家吃饭，就不许我来我姐妹家吃饭了？”宋佳人翻了一个白眼。

夏景泽被挤对了一句，挠了挠头道：“我这不是没想到你也来嘛。”

宋佳人哼了声，伸手将他扒拉到了一边：“别挡道。”

夏景泽的脸黑了几分，他堂堂一个万人迷，竟然被嫌弃了。

他忍不住摸了摸自己的脸，虽然今天打扮得比较随意，但颜值还是在线的吧，宋佳人是瞎了吗？

“你堵在这里干什么？当门神？”夏景泽正郁闷的时候，一道熟悉的声音又响了起来。

夏景泽回头一看，正是自己的亲姐夏宁。

夏宁没注意自家弟弟的黑脸，伸手将他扒拉到了一边，自己朝着别墅里走去。

又被嫌弃了！夏景泽更郁闷了，他觉得自己必须喝杯酒冷静冷静。

宋佳人和夏宁一前一后进了别墅，正赶上叶澜成端着火锅从厨房出来，刚好可以开吃，味道闻着就让人食指大动。

“夏宁，佳人，你们来得正好，正巧开饭。”安之素跟在叶澜成后面出来，拿着碗筷，招呼夏宁和宋佳人。

夏宁浅浅地笑了一下。

宋佳人抬手和叶澜成打招呼：“嗨，叶少。”

叶澜成点了下头，给她介绍苏夜：“这是苏夜。阿夜，这是之素的好朋友宋佳人律师。”

“你好，宋律师。”苏夜礼貌地朝宋佳人点了下头。

宋佳人露出职业性的微笑：“苏少。”

“你叫澜成哥叶少，叫夜哥苏少，怎么不叫我夏少？”夏景泽一进来就听到宋佳人这么称呼苏夜，当下就抱怨了一句。

他和叶澜成、苏夜、江腾三人可是并称S市四少的好不好？

“你？”宋佳人斜睨了他一眼，“呵呵呵。”

夏景泽不乐意了，向安之素告状：“小嫂子，你给我评评理，这是不是差别对待？”

“夏景泽，你怕是个傻子吧。”宋佳人忍不住翻了个白眼，“之素不跟我亲，难不成会跟你亲？你确定和夏小姐是亲姐弟吗？”

“嗯，这个问题，我也不止一次怀疑过。”夏宁煞有介事地点头接了一句。

“噗——”

安之素没忍住笑了出来。

宋佳人更是哈哈大笑。

夏景泽嗷了声：“姐，你就不能对你弟弟好点吗？”

夏宁直接给了他一个“不能”的眼神。

夏景泽“卒”！

“吃饭吧，吃饭吧，边吃边聊，别浪费了吃火锅的气氛。”大家笑闹了几句，安之素这个女主人就招呼大家落座了。

今晚为了让大家吃得更接地气，安之素特意和叶澜成把一张四四方方的小饭桌抬了出来，六个人围着一张桌子吃饭，显得亲密不少。

落座的时候，安之素和叶澜成坐一边，苏夜自然要和夏宁坐一边，剩下的两边，宋佳人和夏景泽各自坐了一边，把四方桌围得满满的。

“啊，我忘了拿酒了，我去拿酒。”安之素的屁股刚沾了椅子，立刻又弹了起来，她飞快地跑去客厅，抱着醒酒器跑了回来。

叶澜成看到她抱着的是红酒，脸一下子就黑了。

苏夜笑了起来，他就知道叶澜成会是这反应。

“哇哦，吃火锅喝红酒，这大概是我吃过的最奢侈的一顿火锅了。”宋佳人也是个酒鬼，看到安之素抱着的醒酒器就眼睛发亮。

安之素无比大方地说道：“酒窖里还有好多呢，你放开肚子喝，你能喝多少，我就给你开多少。”

叶澜成：“……”

“真的啊？哇哇哇，那我要不醉不归。”宋佳人秒变星星眼。

叶澜成：“……”

为什么他有种自己的酒窖很可能保不住的危机感？

安之素可不管叶澜成什么想法，大方地给每个人的酒杯都倒上了，等轮到她自己的时候，她的酒杯直接被叶澜成抽走了。

“哎，你干吗呀？”安之素伸手就去抢。

叶澜成将她的酒杯放到了自己这边，淡然道：“你不许喝。”

安之素撇嘴，拿手比画着：“我就喝一小杯，就一小杯。医生都说了，晚上喝一点红酒有助于睡眠。”

“我不觉得你睡眠不好。”叶澜成一本正经地阐明这个事实。

安之素：“……”

她就是想借这个机会喝酒来着，结果他不让！有没有天理了？！

“哈哈，小嫂子，你又被澜成哥管控了。”夏景泽幸灾乐祸。

宋佳人难得和夏景泽有对盘的时候，接着他的话说道：“嗯，这酒光闻味道就知道是好酒。”

作为女主人，安之素想知道她可不可以下逐客令，把这两个讨厌的家伙赶出去。

夏宁忍俊不禁地看着安之素可怜兮兮的样子，没有打算帮忙的意思。

苏夜就更不用说了，他一向是事不关己高高挂起，没有踩一脚就不错了。

安之素瞅着满桌子都没个帮手，郁闷得吐血，所以她到底是为什么要开这瓶酒？给自己添堵吗？

“叶澜成……”安之素吞了吞口水，她想喝酒啊啊啊啊……

“想都别想。”叶澜成给她倒了一杯鲜榨果汁，顿了下又道，“可以允许你吃点肉。”

“那我不吃肉可以喝酒吗？”安之素的求生欲很强，不甘心地挣扎。

“你说呢？”叶澜成重重吐出三个字。

安之素郁闷坏了，摆出一副要把肉全吃完，一点也不给这些人留的架势。

大家一点也没有同情她的意思，一边吃火锅一边喝红酒，气氛非常好。

时不时能听到宋佳人和夏景泽吵嘴，两人就跟冤家一样，见一次吵一次，成了饭桌上的一对活宝。

“你快闭嘴吧，我妈不让我跟傻子玩。”夏景泽不知道说了什么又把宋佳人惹毛了，宋佳人不客气地说道。

夏景泽原地爆炸，道：“我妈还不让我跟长得丑的玩呢。”

“咱妈什么时候说过这话？”夏宁凉凉地问道。

“哈哈哈，夏小姐威武。”宋佳人拍着桌子大笑。

夏景泽：“……”

安之素笑得肚子都疼了，揉着肚子说道：“你们俩是想笑死我，然后继承我两位数的存款吗？”

“不不，我想继承你的微信账号，我知道你微信里有六位数的零钱。”宋佳人连连摇头，一本正经地否认道。

“哈哈哈……笑死我了。”安之素笑得更厉害了。

夏景泽趁机回击：“你还律师呢，一点法律常识都没有。小嫂子笑死了，继承她微信账号也是我澜成哥好吗？”

宋佳人双手交叉放在胸前，说道：“你是个傻子，我不和你说话。”

“你丑。”夏景泽又要爆炸了。

“你傻。”

“你丑。”

“……”

安之素托着腮，一副看热闹不嫌事大的语气：“你们俩好幼稚，为什么还不打起来？能动手的时候别吵吵啊！”

两个幼稚鬼倏然停了下来，然后一致看向叶澜成，异口同声道：“管好你老婆！”

叶澜成表情淡漠，从火锅里捞了煮熟的牛肉卷放进安之素碗里：“看戏的时候不要说话。”

“哦哦，好的，我就看看，不说话了。”安之素说着，嘴角止不住往上扬。

苏夜微微摇头，也夹了牛肉卷放到夏宁碗里，低声关心她：“胃口不好吗？怎么吃这么少？”

夏宁看都没有看那牛肉卷一眼，自顾自喝着酒，也不打算跟他搭话。

苏夜似是早已习惯夏宁这样的态度，也不多说，又给她夹了些其他她平常爱吃的菜。

宋佳人是个玲珑剔透的人，她早就注意到了苏夜和夏宁这对未婚夫妻之间冷淡的气氛。

夏宁一晚上都没说几句话，一直在喝酒，菜也没吃几口。

她寻思了几秒，也不跟夏景泽吵了，转头问夏宁：“夏小姐，你们法院最近是不是接了一个诉讼案子，关于某富二代醉酒伤人一事的？”

“是有这么个案子，你接了？”夏宁点头反问了一句。

宋佳人的脸上立马露出了疾恶如仇的模样：“我怎么可能接那种人渣的案子，我去给受害人做免费辩护律师还差不多。我就是想提醒你，那个富二代家请了一个金牌律师团，他们最擅长打这种官司，你们法院可千万不要被他们套路了啊！那群家伙最恶心了，钻法律的空子比谁都强，老娘最烦他们了。为了钱，什么人的案子都接，太不要脸了。这事你要是有需要帮忙的地方，尽管跟我说，我帮你出谋划策。我是不好直接得罪那个律师团，但我可以给你当幕后军师啊！”

夏宁绷了一晚上的脸终于在宋佳人说完这番话之后露出了笑容，微笑着点头：“这话可是你说的，别到时候我去找你，还得预约啊！”

“绝对不会。”宋佳人举起右手保证道，“我保证随叫随到。”

夏宁喜欢宋佳人的性子，举起酒杯和她碰了一下。

两人一饮而尽，看得安之素咽了咽口水，她也想喝啊！

“看不出来啊，你还是律师界的一股清流呢。”夏景泽难得愿意认真夸宋佳人一句。

宋佳人得意得小尾巴都翘起来了，却还不忘回击夏景泽：“你上学的时候语文没学好吧，夸人的词汇也太匮乏了。我这是清流吗，我分明是律师界的泥石流好吧？”

“哈哈哈……”安之素拍着桌子大笑，好心劝夏景泽，“你说你怎么想的，跟她耍嘴皮子，她就靠这张嘴吃饭呢，你斗得过她？”

夏景泽气得脸都黑了，他是真心实意地夸她，她倒好，挤对他挤对得一点心理负担都没有。他堂堂一个影帝级别的偶像，颜值竟然在宋佳人这里失效了。

宋佳人肯定是个瞎子！他得保持绅士风度！

夏景泽默默地在心里安慰了自己三遍，这才忍着没挤对回去。

这顿晚饭吃得宾主尽欢，饭后夏宁和宋佳人帮忙收拾残羹剩饭，叶澜成和苏夜去阳台抽烟聊些正事，安之素则带着夏景泽去花房试衣服去了。

夏景泽换上了安之素给他设计的衣服出来，又换上了专门为这身衣服做的鞋子，站到镜子前一看，瞬间就被自己的帅气惊到了。

“嗷，不能看，不能看，再看我都想嫁给自己了。”夏景泽自己都看得羞涩了，捂脸说道。

安之素：“……”

安之素让夏景泽站远一点看远景效果，又让他走了几步看移动效果，把三百六十度的动态效果都看完之后，安之素摸着下巴问道：“景泽，你最近是不是长胖了？我怎么瞅着这衣服有点紧呀？”

身为一个明星，最无法容忍的就是别人说自己胖，夏景泽也不能免俗，一听就急眼。

“怎么可能，我最近是锻炼比较少，可是我觉得我身材保持得还不错啊！刚才换衣服时，我的八块腹肌还在呢。”夏景泽坚决不肯承认自己胖了，在他眼里，他有着最完美的体形。

安之素嘴角一抽，残忍地打击他：“你真的胖了，这里，还有这里，我目测你最少胖了三斤。”

夏景泽尖叫一声：“不可能！我没胖！”

号完这一嗓子，他就冲回了试衣间，将身上的衣服脱了，又检查了一下自己的八块腹肌，还重点捏了捏安之素说的两个部位，结果发现……手感不对了！

安之素在试衣间外憋着笑说道：“客厅有电子秤，你要不要去称称啊？兴许是晚饭吃多了的原因。”

夏景泽火速穿好了衣服，噌噌噌地往客厅跑。

夏宁和宋佳人刚收拾完厨房，坐在客厅喝茶，就见夏景泽像一阵小旋风似的刮进来，一进来就满屋子找电子秤。

“澜成哥、澜成哥，你家电子秤呢？”夏景泽像个陀螺似的满屋子转。

叶澜成随手指了一个方向：“那边，柜子下面。”

夏景泽赶紧跑过去，撅着屁股拉出了电子秤，然后往上面一站。

“怎么胖了这么多？！”电子秤的数字一显示出来，夏景泽又号了起来，“不准不准，一定是秤坏了，我怎么可能胖四斤？！”

“哇，四斤啊，恭喜恭喜。”宋佳人笑得那叫一个灿烂，双手合十，再没有像现在这么诚心地恭喜夏景泽了。

“你再放飞自我，胖四十斤都有可能。”夏宁补刀。

安之素在后面安慰他：“没事的，才四斤，看不出来。”

“骗人，你一眼就看出来了。”夏景泽控诉安之素毒辣的眼睛，让他知道了这个晴天霹雳。

“我是设计师啊，设计师的眼睛都毒。不哭不哭，我把衣服再改几针就合身了。”安之素耐心地安慰他。

“嗷，不行，那就不好看了。小嫂子，你别管我，让我静一静，我要去健个身冷静一会儿。”夏景泽并没有被安慰到，一头就扎进了健身房。

宋佳人拍着沙发大笑：“刚吃完饭就健身，小心胃下垂啊！”

“要你管！”夏景泽气愤地扔下这么一句就真的去跑步了。

安之素瞠目结舌，挠挠头：“至于吗？我觉得他胖四斤还是瘦啊！”

“偶像包袱太重。”宋佳人犀利地点评道。

夏宁赞同，对她这个弟弟来说，胖是他最无法容忍的事。

夏景泽倒是有心在健身房泡一个小时，但是不到半个小时就被夏宁拎了出来，说要回家了，让他回家再折腾。

叶澜成和安之素夫妻俩送客人出门，一直等客人们都走远了，夫妻俩才一起回了澜庭居。

“我收拾一下茶具，你先回房洗澡。”夫妻俩进了别墅，叶澜成朝楼上努了努嘴，然后径自去了客厅。

安之素也不客气，把客厅的卫生丢给了他，自己先回房洗漱去了。

安之素舒服地泡了个澡，等她披着吹得半干的头发出来的时候，叶澜成刚走进卧室。

“你收拾好了呀，正好，我帮你放了洗澡水，你也去洗一下吧。”安之素见他进来，指了指浴室说道。

“嗯。”叶澜成嘴上应着，却朝她走了过来。

女人刚刚洗完澡，穿着一条真丝的吊带睡裙，外面披着睡袍，睡袍的带子松松垮垮地系在腰间，领口处露在外面的皮肤白里透红，十分诱人。

安之素被他看得耳根泛红，赶紧拢了拢胸前的睡袍，遮挡住诱人的风景。

“亡羊补牢。”叶澜成轻笑一声，修长的手指在她领口处撩了一下。

安之素如触电般颤了一下：“你……别闹，去洗澡。”

叶澜成今天喝了点酒，似是兴致不错，另一只手一伸，猛然将她带进了怀中：“洗什么，等会儿还要重洗。”

这话说得隐晦，但安之素已经被叶澜成训练得能够秒懂他的意思了。她当下就红了脸：“不行，我要请假，我要休息。”

“理由。”叶澜成很是大方地说道，“理由合理就准假。”

理由？能有什么理由？天天“上班”她很累的好吗？

“不得无故旷工。”叶澜成眼底掠过一抹情欲。

安之素太熟悉那代表着什么了，她正琢磨着怎么申请假期的时候，房间里忽然响起手机铃声。

“我手机响了，我去接电话。你先去洗澡，再不去洗，水都凉了。”安之素如蒙大赦，从叶澜成怀里逃出来，径直跑向了沙发那边。

“出息。”叶澜成勾了勾嘴角，暂时放过了她，朝着浴室走去。

安之素几乎以最快的速度冲过来接起电话，连来电显示都没有看，心里对这个时候打电话的人充满了感激。

“安小姐吗？我是小王，黎导的助理。”话筒里传来小王客气的声音。

安之素闻言回神，马上点头道：“王助理，你好。请问有什么事吗？”

“很抱歉这么晚了还打扰你，是这样的，明天剧组的女主角试镜就开始了，黎导让我通知安小姐一声。”王助理简单说了一下自己打电话的目的。

安之素闻言便说道：“好的，那麻烦王助理把时间和地点发给我，我明天准时到。”

“安小姐客气了，我等会儿就发给你。”王助理说完就和安之素道了“再见”，挂了电话后，就把试镜的时间和地址发到了安之素手机上。

安之素打开短信看了下，然后给王助理回复了一句“收到”。

叶澜成洗完澡披着浴袍出来，就看到安之素抱着手机发呆，不知道在想什么想这么认真。

不过他还没靠近她，她就像是有了感应，一下子回神，然后以最快的速度跑到了床上，钻进了被窝里。

“叶澜成，你今晚不许闹我。我明天要早起去帮黎导选电影的女主角。”安之素把自己裹在被子里，喊道。

叶澜成被她逗笑，轻轻地“嗯”了声。

安之素听他答应得这么爽快，不敢置信地从被窝里露出一双眼睛，似是在考虑他这话有几分可信度。

叶澜成扶额，有点被她气到了，揉着眉心走到床边，掀开被子躺到了床上。

安之素怕他反悔，在被窝里滚啊滚的，一直滚到了床的边缘才停下，还差点因为没计算好距离摔下去。

叶澜成闲适地看着她滚到了距离自己最远的地方，扔出了一句话：“过来。”

“我不。”安之素抵死不从。

“过来。”

“我不，你刚才明明答应我了。”安之素拿眼睛瞪他，抗议道！

叶澜成的额角轻跳了一下，他抬手按了按，平淡的语气里夹着一丝无奈：“我就抱着你睡。”

“我……”一个“不”字被叶澜成瞪了回去，安之素内心抗议，身体却已经听话地一寸寸挪了回去。

她挪动的幅度很小，一点一点，比蜗牛还慢。叶澜成没那个耐心，直接伸出长臂将她拉了过去，抱了个满怀。

安之素：“……”

他什么毛病，睡觉就睡觉，非要抱着她干什么，还不如抱着一个抱枕舒服呢。

“叶澜成，你夏天能别抱着我睡吗？”安之素试图和他商量。

“理由。”叶澜成淡漠的声音在头顶响起。

“热啊！”安之素翻了一个白眼，这还用问？她夏天恨不得二十四小时泡在水缸里，谁乐意被一个大火球抱着啊！

叶澜成脸一黑，揽着她腰的胳膊惩罚性地收紧。

安之素不禁“嗞”了声：“你想勒死我，然后继承我的微信钱包吗？”

“有时候真想掐死你个没良心的。”叶澜成磨牙道。

安之素又“嗞”了声，不怕死地说：“你掐死我也继承不了我的遗产，早在五年前我就立了遗嘱，我要是死了，遗产直接捐给山区当教育基金。”

这话本是话赶话说的一句玩笑，叶澜成的脸却瞬间阴沉了下来，揽着她腰的手臂也微微松开了些。

安之素的反应慢半拍，过了一会儿，她才意识到叶澜成不对劲，在他怀里动了下：“喂，你不会生气了吧？我和你开玩笑的。”

“没。”叶澜成暗自吐了一口闷气，低头在她额角亲了一下，“睡吧。”

安之素“哦”了声，嘀咕了句“莫名其妙”就闭上了眼睛。

房间里光线昏暗，衬得叶澜成的脸色更加阴沉。他在想，原来五年前她被送进精神病院之前，就立好了遗嘱。她当时该是多么害怕，才连遗嘱都立好了。

叶澜成的胸口越发的闷了。

次日，安之素难得起了一个大早。舒服地睡了一晚，她精神很好，洗漱完换了衣服下楼，叶澜成刚好把早餐端上桌。

“起来了，过来吃饭。”叶澜成朝她招手。

安之素像只等着被投喂的小奶狗似的，巴巴地跑了过去。

叶澜成煮了银耳羹，热了牛奶，烤了吐司，还煎了蛋，早餐一如既往的丰富。

安之素不客气地拿起筷子开吃，还不忘夸赞叶澜成厨艺好，看起来非常乖巧。

“不走心。”叶澜成优雅地翻了一个白眼。

安之素嘴角抽了抽，怎么样才算走心，要不要提前写好稿子啊？他的要求太高了吧。

安之素决定闭嘴，三下五除二地吃完了早餐，拎起手包就朝外跑去：“我吃饱了，赶时间，先走了，拜。”

叶澜成无奈地摇摇头，继续不紧不慢地用餐。

白心慈的电话打过来的时候，叶澜成已经在去公司的路上了，他抬手示意老九暂停行程汇报，拿起手机接听电话。

“阿成，老宅那边来了电话，你奶奶让我们晚上回去吃饭。”白心慈直接就说出了打电话的原因。

叶澜成的眉头微微一皱：“有什么事吗？”

“你奶奶说她想你了。”白心慈转达。

“呵——”叶澜成极其冷淡地回答了两个字，“没空。”

“没空就不去，反正我也不想去。之素怎么样了？”白心慈在这点上倒是和儿子没有分歧，转而询问起安之素来。

“好得很。”叶澜成心想，她能吃、能睡还能惹他生气，好得不能再好了。

白心慈放了心：“那就好，这个周末没事的话你们回来吃饭，我也好些日子没见你们了。”

“好。”叶澜成答应了下来。

挂了电话，叶澜成又将注意力放到了笔记本电脑上，示意老九继续汇报今天的行程安排。

安之素按照昨天晚上王助理发的位置导航，抵达目的地的时候距离选角开始还有半个小时。安之素直接坐电梯上了五楼，找到了王助理。

“安小姐，你来了，快请进吧，黎导正等你呢。”王助理看到安之素后很高兴，笑盈盈地领着她去见黎臣。

选角的场地设在酒店的会议室里，会议室的桌椅都被撤了出去，留下了充足的供演员表演试戏的场地，旁边只摆放了一排桌椅，是给导演、副导演和其他人坐的。

“之素，来了，过来坐。”黎臣见了安之素露出了笑眯眯的神色，招呼她到自己身边的空位坐。

安之素落落大方地过去坐下，和黎臣打招呼：“黎导好。”

黎臣笑着点头，给她介绍其他人：“这是副导演，这是制片人，这是编剧，再加上你和我，今天选女主主要就是我们五个掌眼了。”

“你们好，我是个外行人，承蒙黎导抬举才能够坐在这里，若是与大家意见不合，还请见谅。”安之素谦虚又礼貌地和其他三人打招呼。

安之素的情商一向高，简单的两句话说下来，让得其他三人都对她的印象好了不少。本来还有点不高兴黎臣找个外行人参与选角的三人，这会儿也对安之素没那么多成见了。

三人都心平气和地和安之素打了招呼，气氛并没有因为安之素的加入而尴尬。

黎臣暗暗给安之素点了一个赞，然后抽出一沓资料递给她：“之素，你先看一下，这里是今天要试镜的所有人选，半个小时后开始试镜，你先对每个人大致了解一下。”

“好。”安之素的态度很认真，接过资料就开始一一翻看。

第一个进来试镜的女明星叫陈冰冰，本人比照片还漂亮，算是一个二线女星，出演过几部大火的作品。

陈冰冰进来之后做了一番自我介绍，随后黎臣随手翻了一场戏，说道：“就先试试第十三场戏吧。”

前来试镜的女明星大多是奔着女一号来的，在试镜之前都做了充分的准备，对剧本自然也是早就记得滚瓜烂熟了，黎臣一说第十三场，陈冰冰下一秒就进入了状态。

安之素这还是第一次看演员现场表演，心中好奇，认真地观看起来。剧本她早就看过好几遍了，这个剧本写得很吸引人，国仇家恨都包含在其中。她把剧本吃得很透，即便是外行人，也能看出演员的表演是否到位。

陈冰冰演完之后，状态又瞬间切换了回来。

副导演说道："好，陈冰冰，谢谢你的表演，我们会根据你的表演来评估，后续的通知会告知你的经纪人。"

"谢谢。"陈冰冰的脸上带着自信的微笑，朝着大家微微鞠躬，优雅地走了出去。

五个选角的评委各自在评估卷上做记录，以便最后进行讨论。

接着第二个女演员也很快进来，黎臣依旧是随机抽取分镜让她表演，她在临场发挥上不如陈冰冰，差了一点火候。

再接着就是第三个、第四个、第五个……进来的演员是一个不如一个，这多少让黎臣有些烦躁，直到第八个试镜的演员进来，他的烦躁才缓解了几分。

"黎导好，各位老师好。"漂亮的女孩神态悠然地和黎臣等人打招呼，语气十分熟稔，一听就知道他们是旧相识。

安之素低头看了眼女孩的资料，姓名那一栏写着两个字：叶晴。

她对这个女明星的印象有点深刻，毕竟是今天所有来试镜的女明星当中咖位最大的一个。她在翻看资料的时候就特意记住了这个名字，此时见到了真人，第一印象还是不错的。

"叶晴啊，好久不见了，你现在可是越来越难请了啊！"副导演和叶晴打趣了一句。

叶晴说道："陈导说笑了，黎导和陈导的戏，我可是特别想出演呢，还希望两位导演能够给我这个机会。"

副导演被捧得哈哈一笑，随手抽了一场戏，说道："你的实力我们是有目共睹的，就给我们演第八场戏吧。"

"哗啦——"

副导演确定了第八场戏，其他人都下意识地翻到了那场戏。

安之素看了一下，这场戏讲的是女主还是大清格格时的故事，这个时候她还十分高傲，时刻端着格格的高贵身份，有些目中无人。

这样的性格是有点难以驾驭的，演不好就会显得生硬、做作，非常考验演员的演技。

安之素对叶晴也抱着很大的期待，毕竟资料上说她去年刚获得了一个影后奖项，出演过的作品都是大红大火的那种，想来演技应该不错。

事实证明，叶晴确实将一个大清格格的高傲演得入木三分，一言一行都彰显出了她的高贵，哪怕她只是坐在那里，浑身都能散发出高人一等的气息，仿佛她天生就比别人高一等。

安之素对此非常惊讶，这演技，绝对超出了之前那些女明星的水平。她再朝黎臣看了一眼，发现他的眼底也掠过一抹赞赏，脸色好看了许多，显然对叶晴也是满意的。

叶晴的试镜结束之后，中场休息，制片人询问其他人："你们觉得谁的表演更符合我们这部戏的女主定位？"

"我个人看好叶晴，她的表演很到位，演技远比其他人扎实。"副导演毫不吝啬地夸奖叶晴。

编剧也表示赞同："我也偏重叶晴，不愧是影后，演技没话说。"

制片人闻言又看向黎臣："黎导觉得呢？"

"目前看来，叶晴的表演是最好的。再看看吧，不是还有其他人吗，不急着做决定。之素，你认为呢？"黎臣虽然也认可叶晴的演技，却没有武断地拍定叶晴，还不忘询问安之素的意思。

安之素本想当一个透明人的，现在忽然被点名，不好不发表意见，便直接说出了自己的意见："叶晴的演技自然是好的，不过我觉得还是等所有人都试完镜之后，再进行综合比较吧。"

这意思就和黎臣不谋而合了，黎臣一拍桌子道："那就休息十分钟，十分钟后再开始。"

中场休息，大家都起来活动，安之素也出去上了一个洗手间。

隔壁就是等待试镜的房间，安之素从隔壁门外走过，去了走廊尽头的公共卫生间。

这边的卫生间相对较远，所以没什么人来这边，安之素进去的时候，里面一个人也没有。她下意识进了最里面的隔间，这是她的习惯，觉得安静的地方才更安全。

安之素刚关上隔间的门，另外一个隔间的门就打开了，从里面走出来一个曼妙的女人，穿着一身印着山茶花的旗袍，优雅古典，踩着三寸的小高跟去了洗手台，镜子里倒映着她足以让人惊艳的五官。

女人洗了手，抬眸看了眼镜子里的自己，一双眼睛如死水一般无波无澜，像一个精致的娃娃，没有什么生气。

“砰！”

正当女人盯着自己的样貌发呆的时候，洗手间的门猛地被推开，三四个妆容精致的女人一拥而入，最后一个甚至反锁了洗手间的门。

穿着旗袍的女人淡然看了她们一眼，而后就像面对一团空气似的，打算出去。

“木歌，你站住！”她一动，那三四个女人立刻将她围住，挡住了她的去路。

木歌没什么情绪的眼眸抬了一下，语气平淡：“让开。”

“让开？我们就是来找你的，你以为你能轻易走出去？”为首的那个女人阴沉沉地哼了声。

“有意思吗？”木歌连眉梢都懒得挑一下，“叶晴不是自认有实力吗？既然这么自信，又何必让你们来堵着我不让我去试镜？”

“木歌你少胡说，我们找你麻烦跟晴姐没关系，是你自己招人讨厌，怪不了别人。”为首的女人立刻将叶晴撇了出去。

“呵呵。”木歌冷笑，“大家心照不宣的事，何必掩耳盗铃。”

“芮芮，她一向牙尖嘴利，别跟她浪费口舌。试镜快开始了，赶紧的吧，不然我们也会耽误试镜。”另一个女人看了下时间后提醒道。

为首的那个叫芮芮的女人点点头，直接朝木歌伸出了手。

木歌下意识地躲避了一下，却被另外几个女孩一起按在了墙壁上。

“你们干什么？放开我。”木歌的神色终于有了一丝不安。

“刺啦！”

一声清脆的裂帛声回答了她的问题，那个叫芮芮的女人用力将她旗袍的袖子撕烂了一块布，把碎布随手扔在地上，讥笑了声："我看你怎么去试镜。"

"哈哈，撕碎了她的衣服，别说去试镜了，她连这个门都出不了。"其他女人哄然大笑，纷纷去撕扯木歌身上的旗袍。

那旗袍的布料本就是很脆弱的那种，稍微用力就能扯烂，只听"刺啦"几声之后，木歌身上的衣服已经破碎不堪了。

"哈哈哈……"

"哈哈哈……"

三四个女人欺负木歌一个，还发出得意的笑声，非常的刺耳。

"欺负人很好玩吗？"

正在芮芮她们笑得得意的时候，从最后一个隔间里传出一道清冷的声音，紧跟着隔间的门打开，一名年轻漂亮的女子缓缓走了出来。

安之素如鬼魅般突然出现，吓了芮芮她们一大跳，像是干了坏事被大人抓到的孩子一样，都赶紧松开了木歌，跑到另外一边。

木歌狼狈不堪，旗袍被撕得不成样子，头发也有些乱，因为愤怒，眼眶里还带着泪花，看着倒是有种别样的美。

安之素目光严厉地看着芮芮她们："还不走？等着我报警来抓你们吗？"

芮芮几人着实被吓到了，一个个如惊弓之鸟，赶紧跑了出去。

那三四个女人一走，卫生间里又安静了下来。

安之素这才看向木歌，她此时靠着墙壁，正在整理身上被撕得乱七八糟的衣服，可衣服已经破了，再怎么整理也不可能恢复原样。

她的气质有些特别，穿着身上的这身旗袍也很漂亮，有种古典的美，这并不是每个女人穿旗袍都能体现出来的气质，只有自身有这种气质的人，才能在穿上旗袍之后散发出古典的韵味来。

"你也是来参加试镜的演员？"安之素朝她走近了几步，认真打量了下她身上被撕毁的旗袍。

木歌整理旗袍的手一顿，缓缓抬眸看着她，过了一两秒才点头："嗯，谢谢你。"

安之素歪头一笑，有几分俏皮："我也没帮你什么，不过你既然谢我了，那我也不能白担你一声谢谢。你这衣服是拯救不了了，但可以再让它破一点。"

"嗯？"木歌的眼睛里满是茫然，难道现在她的衣服还不够破吗？这衣服再破就真穿不了了吧。

"过来。"安之素也不过多解释，招手让她过来。

木歌犹豫了一秒，然后抱着破罐子破摔的心态走到了安之素跟前。

安之素脸上挂着信心十足的微笑，围着木歌转了一圈，等转回原点的时候，她忽然一伸手，刺啦一声将旗袍的下摆撕开了一个长长的口子。

木歌惊得低呼了一声，看着自己本来还算完好的下摆硬生生被安之素撕破了。

"淡定、淡定。"安之素笑着拍了拍她的肩膀，接着又将她侧边的盘扣拆了几颗下来。

木歌已经彻底惊呆了，等安之素三下五除二搞定之后，她差点被镜子里自己的模样吓晕过去。

这也太……衣衫不整了吧。

"搞定，完美。"安之素拍了下手，忍不住给自己点赞，她简直是个天才，这个办法都被她想到了。

木歌在心里翻了一个大大的白眼，这样她更不能去试镜了好吗？

"嗯，这样进去也不太合适。"安之素自我欣赏了一会儿，终于意识到了这个问题。

"太不合适了。"木歌点头，她又不是去试一个乞丐的角色。

安之素略微思考了一下，然后灵光一闪，说道："没事，我有办法。"

她说着就脱掉了自己身上的风衣往木歌身上一披："进去的时候你就穿着这件风衣好了，等试镜的时候你再脱了。"

安之素也不多解释自己让她这么做的原因，只是给了她一个加油的眼神，说道："好了，听我的没错。我先走了，加油，祝你好运。"

她说完就朝着门口走去，拉开洗手间的门出去了。

往回走的时候还需要穿过长长的走廊，还是会路过试镜等待的房间。不过这次路过的时候，安之素下意识朝里面看了一眼，然后就毫不意外地和一直注意着卫生间那边动静的芮芮几人的视线再次撞上了。

几个女人心虚，不敢跟安之素对视，倒是被众星拱月般围着的叶晴直直地看着安之素，像是在探究些什么。

安之素看见叶晴的时候，眉头微不可察地蹙了一下。她本来对叶晴的印象还不错，要长相有长相，要演技有演技，如果不出意外，她也会投叶晴一票，但是偏偏让她看到了洗手间里的一幕，她对叶晴的印象一下子跌到了谷底。那些女孩敢那么欺负木歌，若说背后没人给她们兜着，安之素绝对不信。

安之素暗暗摇头，没有理会叶晴有些阴沉的目光，直接进入了试镜室。

"晴姐，就是她，就是她刚才多管闲事，要不是她突然跳出来，我们早把木歌那个小贱人的衣服撕碎了。"安之素一走，芮芮立刻跟叶晴告状。

叶晴冷冷瞪了她一眼："成事不足，败事有余，进去的时候你们就不知道检查一下还有没有其他人吗？她也是这次试镜的评委之一！一群蠢货。"

"什么？她也是评委？！"芮芮尖锐地叫了一声，"不是只有导演、副导演、制片人和编剧四个评委吗？那个女人是谁？怎么也能去当评委了？"

其他三个女人也是惊得心里咯噔一下，完了完了，这下完了，她们欺负木歌被评委看到了，这是不是会被扣分啊？

叶晴吸了一口气，头疼地说道："好了，至少木歌是不可能去试镜了，就算她厚着脸皮去了，评委们也不会选她。没了她，你们就少了一个竞争对手，成功率大了很多。”

“可是那个女人如果给我们使绊子的话……”芮芮还是很担心安之素那个变数。

叶晴摇头道：“她没有什么话语权，这点不用担心。”

叶晴的话算是给芮芮几人吃了一颗定心丸，几人紧张的情绪缓和了几分。

第三章 坐山观虎斗

试镜再次开始，有人喊芮芮的名字，她连忙跑到了试镜室。

赵芮芮。

安之素翻开着手中的资料，眼睛微微眯起，抬起了视线，似笑非笑地看着站在试镜台上，正在自我介绍的女人。

赵芮芮本来介绍得好好的，谁知道安之素一看她，她瞬间就心虚了，心里咯噔一声，嘴也停了下来。

黎臣的眉头一皱："赵芮芮？"

赵芮芮猛地回神，赶紧道了歉，接着做自我介绍，不过显然她心里是紧张的。

"行了，直接试镜吧。"黎臣不耐烦地打断了她磕磕绊绊的介绍，随便选了一场戏让她演。

今天的试镜并非只选女主，还有一个重要的女二要选，所以今天来试镜的演员，也有不少是奔着女二来的，这个赵芮芮就是想拿下女二的演员之一。

可惜她心理素质太差，安之素只是笑眯眯地看着她，就让她方寸大乱，演的戏不如人意，她还没演完，黎臣就喊停，直接叫了下一个。

“这都是谁找来的候选人，这样的演技还想上我的戏，我的要求什么时候这么低了？”黎臣非常失望地说道。

副导演赶紧赔笑：“黎导，抱歉，这些演员可能是太紧张了，毕竟是面对你这样的大导演。后面还有几个，你再看看。不行我再找其他演员，必能让你选到满意的。”

黎臣的耐心不怎么好，闻言直接让后面的快点，如果都不行，他可不想继续浪费时间。

王助理一见黎臣生气，赶紧跑出去催促后面的试镜者快点，不要耽误时间。

很快下一个试镜者就进来了，安之素一看就笑了，又是一个欺负木歌的人，她依旧是什么话也不说，就坐在椅子上看着对方笑，一副“我就看看，不说话”的样子，愣是把对方吓得乱了方寸。

结果可想而知，这人同样被黎臣赶了出去。

接下来又进来了两个试镜者，毫无意外又被安之素利用心理战术“吓”跑了。

黎臣啪地摔了手里的资料，开始发火了：“到底能不能进来一个演技在线的人了？演技烂成这个样子也好意思出来拍戏，再回学校学几年表演吧。不看了，不看了，浪费时间。女一的人选就定叶……”

“黎导，您先别着急啊，这不是还有一个吗？反正都看这么多了，也不差这最后一个了，不是吗？”从头沉默到尾的安之素拦住了黎臣的话，脸上挂着温和的笑，让人一看就觉得舒服。

黎臣的火气似是一下子被安之素扑灭了，叶晴的名字生生又被咽了下去，他清了清嗓子道：“那行，叫最后一个进来吧。”

安之素朝王助理眨了下眼，然后给黎臣递了杯茶：“黎导，您喝口茶消消火。”

黎臣接了茶杯，咕噜喝了两口，火气算是彻底灭了。

王助理佩服地朝安之素竖了竖拇指，然后赶紧出去叫最后一个试镜者进来。

最后一个进来的无疑就是木歌了，她身上穿着安之素的外套，不过没人注意到那是安之素的，还以为只是同款。加上已经审美疲劳，大家更是不会注意试镜者的着装了。

黎臣倒是仔细看了木歌的脸一眼，她的五官让人惊艳，非常有辨识度，漂亮得让人一眼就能记住，不像其他女明星，尽管漂亮，但很难让人记住样子。

黎臣稍微来了点精神，问道："试女一还是女二？"

"女一。"木歌站在台子上，神色清冷，语气清脆，一点儿也不紧张。

安之素笑着和黎臣建议道："黎导，让她试试第二十场戏吧。"

这话落音，旁边的副导演、制片人和编剧纷纷看向了她，一脸古怪的神情。

第二十场戏，那可不是一场好演的戏份，非常考验演员的演技啊！

"行，那你就试第二十场吧。"黎臣倒是不假思索就同意了安之素的提议。

一听黎臣指定了第二十场戏，木歌瞬间愣住了。

第二十场戏，她没有记错的话，那是女主惨遭强暴的一场戏份，根据剧本中的场景描述，女主被强暴之后的狼狈模样，和她脱下风衣后的模样相差无几。

木歌下意识看向了安之素，忽地又想起她在卫生间故意将自己的衣服撕得更破的举动，瞬间就明白了她的用意。

原来，对方一直都在帮她。

"怎么？演不来？"见木歌愣在台上不动，副导演敲了敲桌子提醒她。

木歌赶紧回神，摇头道："能。"

"那就开始吧。"副导演心中已经认定黎臣会把女一给叶晴，所以对其他来试镜女一的人也就没什么认真看的兴趣了。

木歌深吸了一口气，缓缓解开风衣的扣子，将遮住里面衣服的风衣给脱了下来。

看到她里面穿着的旗袍，本来有些意兴阑珊的几个评委都愣了一下，忍不住皱起了眉头。

这旗袍……也太破了吧。

他们也算是见识过各种各样女演员的资深行业人了，穿成什么样来试镜的都有，但穿着一件破烂不堪的旗袍来试镜的女演员，还真是头一次见，光是这着装，就得被打一个大大的叉了。

木歌也从他们眼里看到了明显的失望和不满，可她很镇定，什么都没有解释，直接倒在了地上，开始了她的表演。

这是女主刚被强暴过的一场戏，是电影里的重头戏，女主的人生就是在这一刻发生转折的。从身份尊贵的大清格格到沦落风尘的雅妓之间的转变，都是在这一场戏中体现出来的。

也因此这是一场非常考验演员演技的戏份，前面所有来试镜的女演员都很幸运地避开了这场戏。可安之素偏偏给木歌选了这场戏，倒不是刁难她，而是她这身衣服，也只适合演这场。

安之素也只能够帮她这么多了，能不能博得评委们的青睐，还得靠她自己的实力。

木歌一秒入戏，躺到地上之后将脸侧向评委桌这边，原本平静无澜的眼睛里瞬间酝酿出了另一种情绪。

那是一种很复杂的眼神，有被强暴之后的愤怒，也有虎落平阳被犬欺的悲怆，更多的则是生无可恋的绝望，和看不见未来在哪里的恐惧。

她眼神空洞，明明是看着一个明确的地方，却给人一种视线毫无焦点的感觉。一双眼睛里渐渐地蓄满了泪水，晶莹的泪珠从眼角滚落，她就这样静静地哭着，哭她所遭遇的一切不幸，哭这可笑的命运。

寂静的房间里，充斥着她无声的控诉，黎臣和其他三人都愣住了，仿佛被木歌的表演所感染，被她带入了一种绝望的境地。

木歌就这样在地上足足躺了五分钟，无声无息地表演了五分钟。就在安之素以为她的表演会一直这样持续下去的时候，她缓缓动了下头，然后艰难地撑着残破的身体坐了起来。

她像一只被蹂躏过的小鸟，浑身的羽毛都脱落了，仿佛动一下就牵扯得浑身疼痛，这从她隐忍着微微蹙眉的表情中就可以看出来，她像是真的遭遇过这样可怕的事情。

在这一瞬间，安之素的心微微替她疼了一下，她演得实在是太逼真了。

而木歌坐起来之后，花了一两分钟的时间适应身体的疼痛，然后艰难地抬起胳膊，颤抖着手指去扣她身上被扯掉的盘扣。

她的手颤抖得厉害，每一下都很艰难，她的表情却很坚定，还带着大家闺秀的冷傲。她这一切动作都在诠释着她骨子里该有的端庄，哪怕是被强暴了，哪怕衣服已经无法遮体，她依旧要用仅剩的布料，包裹住她早就不存在的尊严。

“谢谢老师，我的表演结束了。”直到木歌站起身，重新穿上风衣，对着这边鞠躬说话，黎臣等人才恍然回神。

黎臣的双眼在这一刻散发出了惊艳的色彩，他有些激动地问道：“你叫什么来着？木……木……”

“木歌。”安之素在一旁轻声提醒道。

“对对，木歌。”黎臣一拍桌子，“好名字，好演技，好好好，太好了，演得太好了，就你了，女主就是你了。”

黎臣几乎想也没想，当场就定下了木歌。

木歌平静的眼睛里终于也露出了意外和惊喜之色，以一副自己是不是听错了的语气问道：“黎导，真……真的选我吗？”

“真的，比钻石还真。除了你，没人能演出我心中女一的样子。”黎臣肯定地点头，脸上充斥着满意的笑。

“谢谢黎导给我这个机会，我一定好好演，不辜负黎导的信任。”木歌又是鞠躬又是保证，雀跃不已。

黎臣当场就定了女主，吓了副导演一跳，他赶紧问道：“黎导，那叶晴呢？之前您不是对她最满意吗？”

黎臣有了更好的人选，哪里还看得上叶晴的演技，大手一挥，道：“不是还有女二吗？她演女二好了。”

副导演：“……”

制片人：“……”

编剧："……"

我的大导演，人家叶晴可是影后，你让人家影后来当女二？

黎臣可不管这么多，他一向不惯着那些大腕，气质、形象、演技配得上他的戏的，名不见经传的人照用，如果大腕没有演技，他照样不会搭理。

"不是，黎导，这事咱是不是再好好考虑一下？叶晴她的名气毕竟要大很多，自带流量。咱们这部戏又有些偏文艺，如果女主名气不够，恐怕对票房会有影响。"副导演语重心长地建议。

制片人也连连点头，表示这事还得再商量。

编剧倒是没说话，她个人也觉得木歌最符合她笔下的人物，把女主都演活了。

黎臣是个顽固的人，尤其是在选角上，直接就否决了副导演和制片人的提议。

"我黎臣的戏还需要演员的名气来撑票房吗？我只要演技在线的，名气什么的都是其次。我觉得木歌比叶晴更适合当女主，那她就是最完美的人选。好了，这事就这么定了，小王。"

王助理赶紧道："黎导，在呢。"

"通知木歌的经纪人，让她明天来公司签约。"黎臣完全不给其他人反对的机会。

"好的黎导。"王助理倒是习惯了黎臣的一意孤行，自然地应道。

事情就这么被黎臣拍板了，这场试镜也算完美落了幕。木歌像中了五百万大奖一样兴奋地走了出去，出门之前还深深地看了安之素一眼，眼神里满是感激。

"你和她认识？"黎臣眼尖，一下子就看出了木歌最后那个眼神的意思。

安之素倒也没有隐瞒："不认识，只是中场休息的时候，这姑娘被人欺负，撕烂了衣服。我有点看不过去，帮了她一把。"

黎臣也是明白人，当下就明白了安之素隐下不提的经过，笑着说道："你很有眼光啊，给我留住了这么一个最佳人选。我有预感，这姑娘要红。”

安之素也笑道：“红了也是她运气好，能被黎导选中。我可是听说了，您是娱乐圈的造神手，凡是上过您的戏的女主，没有不红的。”

“倒是嘴甜，哈哈哈。”黎臣高兴得大笑，显然被哄开心了。

相较于黎臣的高兴，副导演和制片人就有些发愁了，他们都已经跟叶晴打过包票了，保证她能当女主的，结果半路杀出来一个木歌，让他们猝不及防。

试镜结束，木歌被定女主角的事暂时不对外公布，不过叶晴已经从副导演那里得到了内部消息，也清楚了木歌试镜时发生的事。

安之素！叶晴咬牙切齿地挂断了电话，推开车门跳下车，直接拦住了刚从电梯口走出来，准备去开车的安之素。

“安之素，你给我站住。”叶晴怒气冲冲地拦住了安之素。

安之素被突然冲过来的叶晴吓了一跳，下意识朝后退了一步。

“叶小姐，有事吗？”安之素还算礼貌地问了句。

叶晴对她可就没那么好的涵养了，质问道：“我跟你有什么仇怨，你非要挡着我当这部戏的女主？”

“我？”安之素轻笑了声，“叶小姐，我想你搞错了吧？女主的人选是黎导定的，我只是来打酱油的。”

“少说这些虚伪的话，要不是你帮木歌，就凭她，连女二都选不上，女一怎么能轮到她？”叶晴可是听副导演说了，安之素暗中帮了木歌不少忙。

“我那算帮吗？只不过借了她一件衣服。比起叶小姐得到的照顾，这还差得远吧。”安之素也不是任人欺负的人，她又不欠叶晴的，凭什么忍着？

叶晴怒目圆睁：“你什么意思？”

“呵呵。”安之素并没点破副导演在选戏的时候给叶晴放水的事，一开始她也没察觉什么，以为叶晴是演技好，后来出了木歌的事，她才察觉是副导演熟悉叶晴的戏路，所以故意选的那场戏给叶晴试。

叶晴看着就是一个心高气傲的小公主，要么就是家庭背景真不错，要么就是经常演这类角色。说不定换一场戏，她的表现就普通了。

毕竟《大清格格》这部电影的女主角真不是一般演员可以驾驭的，安之素第一眼看到木歌就觉得木歌很适合，这才是她愿意帮木歌的真正原因。好在木歌的确演技很棒，说到底也是她自己的本事。

“安之素，你不过是一个名不见经传的设计师，得罪我，没你好果子吃，你会后悔的。这个圈子，不是只靠演技的，你等着看，女主还会是我的。”叶晴阴冷地放了一句狠话。

安之素耸耸肩：“那就看看吧。”

说完她没有再理会叶晴，径直走到自己的车边，解锁上车，利落地发动车子离开了。

叶晴怒火中烧，狠狠地跺了下脚，恨不得脚下就是安之素那张讨厌的脸。

“叶小姐。”正当叶晴愤怒不已的时候，身后忽然有人喊她。

叶晴下意识地回过了头，就见一个有点眼熟的女人站在她身后不远处。

“你是……”叶晴努力地想了想，“杨兮？”

叶晴对杨兮还算有些印象，毕竟她是一个知名设计师，不过接触得并不多，叶晴对她有印象还是因为夏景泽请她担任过好几次设计师。

“很荣幸叶小姐还认识我。”杨兮往前走了两步，优雅地伸出右手，“我是杨兮，初次见面，叶小姐比荧屏上还漂亮。”

伸手不打笑脸人，叶晴同她握手，寒暄了一句。

两人的手分开，杨兮指了指安之素开车离开的方向问道：“叶小姐也认识安之素吗？”

闻言，叶晴感到意外：“你也认识她？”

“我们是旧相识了，很抱歉刚才不小心听到了你们的对话。

叶小姐不必与那种人计较，她本身就是一个神经质的人。”杨兮不着痕迹地透露自己和安之素很熟的意思。

“你们有过节？”叶晴也是个聪明的人，从杨兮的言语间听出了她对安之素的不满。

杨兮也不隐瞒，说道：“新仇旧恨的也积攒了不少，叶小姐这段时间一直在国外拍戏，恐怕还不知道她就是前段时间和夏景泽闹过绯闻的女主角。而且这几次安之素遇到麻烦，都是夏景泽在后背帮她搞定的。也不知道她给夏景泽灌了什么迷魂药，夏景泽连我这个御用设计师都给换掉了，反而用起了她。”

“你说什么，她就是被媒体拍到过的景泽的神秘女友？！”叶晴虽然在国外，没时间关注其他的，但是心上人夏景泽的事，她知道得一清二楚。

当时看到这个什么神秘女友的绯闻的时候，她就让人调查过，可惜没人知道那个女人的身份，连一张正脸照都没有拍到过。

她还想着回来之后找个机会再查一查的，没想到今天就被她碰上了，还结了仇。果然是个讨厌的女人，不要脸，想玷污她的心上人。

“叶小姐，这个安之素可不是一盏省油的灯，现在更是仗着有夏景泽给她撑腰，无法无天。今天她敢得罪叶小姐，想必也是觉得有夏景泽给她兜着。这次黎导请她当电影的服装设计师，也肯定是夏景泽帮的忙。”杨兮见成功勾起了叶晴的怒火，添油加醋地说道。

叶晴的怒气果然被杨兮的几句话全激发了出来，不顾形象地骂了句：“这个贱人以为自己是谁？景泽身边围绕的花花草草还少吗，她以为她是谁？”

“她一向都是这么自命不凡。”杨兮说起安之素，表情狰狞。

叶晴吸了口气，问道：“你知道多少这个女人的事？”

“叶小姐想知道的，我都可以告诉你。”杨兮阴沉地笑了声。

叶晴一颔首：“上车。”

叶晴驱车离开，在附近找了一家咖啡厅，要了一个包厢，点了两杯咖啡，迫不及待地想知道安之素的资料。

杨兮这次找上叶晴还是安听暖给她指的路，路找到了，该怎么走，她就不需要安听暖再叮嘱了。叶晴想知道安之素的资料，她就把安之素的种种不好都告诉了叶晴。

叶晴一听安之素是个有案底的精神病，当下就震惊地“啊”了声：“她竟然是个精神病，那么危险的人接近夏景泽，她想干什么？”

“居心叵测，她不甘心被我压一头，想利用夏景泽在电影节上博人眼球，赚名气。她这个人心机很重，最擅长靠那张脸利用男人了。”杨兮把安之素说得极其不堪。

叶晴的脸都扭曲了：“不行，我不能让景泽被她蒙在鼓里。我这就去找景泽，揭穿这个女人的真面目。”

“叶小姐，来不及了，电影节开幕在即，夏景泽现在肯定不会临时更换设计师。而且你说的话，夏景泽肯定也不信，不然他不会一而再，再而三地帮她出头。”杨兮阻拦道。

叶晴急了：“那怎么办？总不能让她真的踩着景泽赚名气，再一脚把景泽踹开吧？”

杨兮这才微微一笑：“叶小姐，我有一个办法，不知道你愿不愿意听听。”

“你说。”叶晴点头。

杨兮说道：“安之素接近夏景泽，无外乎想在电影节靠着给夏景泽设计的衣服博眼球、赚名气，如果我们让她这个美梦落了空，她就白忙活一场了。”

叶晴听着觉得有道理，问道：“你有什么办法吗？”

杨兮指指自己：“办法就是我，叶小姐，只要你穿着我设计的衣服去电影节，我保证能把安之素设计的衣服比下去。我的名气比她大多了，压她一头太容易了。到时候大家的目光都在你身上，谁还会在意安之素设计的衣服？”

叶晴听了这个主意沉思了片刻，电影节说白了就是艺人们争奇斗艳的地方，每年电影节艺人们都铆足了劲想靠造型大放异彩，所以衣服造型都是提前好几个月就开始设计的。

叶晴的服装自然也早就请大牌设计师设计好了，她也非常满意，临时让她更换杨兮，她有些不敢冒这个险。

“叶小姐，我知道这个办法对你来说有点冒险。这样好吗，明天我带着我设计的衣服给你试一下，你如果觉得比你原来的好，那就穿；如果觉得不好，那就不穿。好吗？”杨兮自然也知道叶晴的担忧，很知趣地说道。

叶晴又想了想，才道：“那好吧，明天上午你带着衣服来我家。”

“好。”杨兮争取到了这个机会后很高兴，她很自信，自己设计的衣服一定能让叶晴满意。那毕竟是她花费了几个月的工夫准备的春季新装，如果不是事情紧急，她还不舍得提前拿出来。

分开之后，杨兮给安听暖打了电话，将这个好消息告诉了她。

安听暖鼓励道：“叶晴一定能够看上你的设计，电影节上大家的目光更多都是聚集在女明星身上，男明星穿的衣服根本不怎么被关注。安之素想靠这个赚名气，也太蠢了。”

“听暖，你真聪明，竟然想到利用叶晴。我看她已经记恨上安之素了，我们只需要在一旁添火，然后坐山观虎斗就行了。”杨兮佩服地说道。

安听暖冷冷地笑了声，她从来不觉得安之素是自己的对手，哪怕她远在美国，也照样能收拾安之素。

“听暖，你们回国的日期定了吗？最近安氏集团的麻烦你也知道了吧，盛世那边不知道为什么，忽然终止了和安氏集团的所有合作，安董非常焦虑，股票也一直在跌。”杨兮很想安听暖快点回来，这样她才有主心骨。

“集团的事我都知道了，最迟电影节之后我就回去。让爸爸头疼一下也好，这样等我回去，他才知道我的重要性。”安听暖有自己的节奏和打算，并不着急股票这一时半会儿的下跌。

杨兮闻言说道：“我非常期待你的回归。”

安听暖一笑，没有多说，便挂了电话。

安之素离开酒店之后就去了工作室，好几天没有去看了，也不知道装修到什么地步了，她还挺着急这事的。

车子停在工作室的门口，安之素下车走进去，一进去就听到乒乒乓乓的装修声，好些人在里面忙碌。

“小姐，请问你是？”安之素一进来就被装修的工人们发现了，一个负责人模样的人走过来询问。

安之素朝他柔和一笑：“你好，我是这个工作室的老板，安之素。”

负责人一听这个名字就恍然了，赶紧道：“原来是安老板，来看装修的进展情况是吧？快进来，我姓刘，安老板叫我刘工就行了。我带你看看。”

“谢谢刘工，辛苦你们了。”安之素道了谢，被刘工领着查看装修进度。

刘工一边让她当心脚下，一边和她介绍现在的进度。

安之素看得很认真，这才没几天，装修进度已经过半了，水电都重新布置好了，墙壁的漆也刷完了，都是按照她给的设计稿来装的，已经初步可以看到整体效果了。

从工作室离开后，安之素便改了道，把车朝着贺思怡住的方向开去。

一路上她一直都没有注意有一辆普通的黑色车子在跟着她，保持着不远不近的距离，已经从早上她出门跟到现在了。

跟着她的不是别人，正是叶澜成安排的小十，小十见她是朝着贺思怡家的方向去的，就赶紧给老九打了通电话。

“小十，怎么了？”老九接通电话就有些紧张，他知道小十被叶澜成派去保护安之素了，小十突然打电话过来，怕是没好事。

“九哥，少夫人好像要去贺思怡家，我要不要拦住她？”小十拿不准主意，问道。

老九一听是这事，沉思了片刻后说道：“不用拦着，你跟着少夫人便好，不要再让少夫人受伤。”

小十明白了，颔首道：“好的九哥，我知道怎么做了。”

挂了小十的电话，老九就敲开了叶澜成办公室的门，将这事和他汇报了一遍。

叶澜成头也不抬："知道了。让小十跟着，寸步不离。"

"已经叮嘱小十了，大少放心。"老九应了一声。

叶澜成摆手示意他没事就先出去。

老九顿了下，又小心翼翼地开口："大少，老宅那边又来电话了。老爷子发了话，说大少晚上若不肯回去吃饭，他就亲自来公司接你。"

叶澜成的眉头拧了起来，他沉默了好一会儿才道："晚上回去。"

老九不敢在这个时候惹叶澜成不快，得了他的答复，就赶紧出去了。

安之素的车子稳稳停在了路边一家蛋糕店门前，不多久就拎着一袋子蛋糕走了出来，然后又去旁边的超市采购了两大袋东西，接着才发动车子离开。

贺思怡就住在不远处的老旧楼房里，安之素将车子停在楼下，刚下了车，就有一个陌生的男人走了过来。

"少夫人。"来人正是小十，他很恭敬地朝安之素微微鞠躬。

安之素愣了下："你是？"

"我是小十，大少派我来保护你的。"小十自我介绍道。

安之素依稀听叶澜成说过，好像是说要给她安排一个保镖，可她当时已经拒绝了啊，她以为这件事自己已经和叶澜成达成共识了，闹了半天，那都是她的错觉啊！

"你今天一直都跟着我？"安之素往后一瞅就看到了停在后面不远处的车。

小十点头："是的，少夫人，从你一早出门到现在，我都在暗中保护你。"

安之素："……"

她这警觉性是有多低啊，至今都没发现被人跟着，真的是……蠢到家了，幸亏是自己人啊！

“喀喀，那你就在下面等我吧，我上去一下，一会儿就下来。”安之素不是很想小十跟着自己上去。

“不行，少夫人，大少有令，让我寸步不离地保护你。”

安之素嘴角一抽，故意板起了脸：“你就是只听叶澜成的，不听我的喽？”

“小十不敢，少夫人，住在上面的女孩伤害过你，大少不放心，请你谅解。”小十赶紧低了低头，说道。

安之素只觉得胸闷气短，这个叶澜成太可恶了。算了算了，她为难一个保镖也没意思，反正小十只听叶澜成的。

“后备厢的东西帮我拿一下。”安之素用车钥匙开了后备厢，不客气地指使小十当劳力。

小十见安之素愿意他跟着上去，心里千恩万谢，赶紧去拿东西了。

安之素走在前面带路，小十提着东西跟在后面。凭着记忆找到贺思怡家，安之素抬手敲响了贺思怡家的防盗门。

防盗门好像是坏了，一推就自动打开了，安之素差点被撞上，迅速避开了弹开的防盗门，又接着敲了敲里面的门。

“咚咚咚，咚咚咚。”

敲门声不轻不重地响着，过了好一会儿才听到里面有动静，又过了半分钟的样子，紧闭的老旧木门才被人从里面打开。

贺思怡似乎刚睡醒，一看到外面站着的是安之素，惺忪双眼瞬间就充满了恨意：“安之素，你又来干什么？”

“我来看看你。脚伤好点了吗？”安之素的视线垂了下去，落在她的脚踝处，那里还是有些肿。

“不用你假好心。”贺思怡条件反射般把受伤的那只脚藏到了另外一只脚的后面，然后作势就要关门，站在安之素身后的小十敏捷地挡住了贺思怡关门的动作。

贺思怡动作一顿，怒瞪安之素：“你干什么？我家不欢迎你，你滚！我恨你，一分钟都不想看到你。你怎么还有脸来，来炫耀你撞死了我哥哥还可以逍遥法外吗？”

安之素默默地听她怒斥自己，深吸了一口气，平静地说道：“不管你信不信，反正事情不是杨兮说的那样。我和你哥哥当年不是男女朋友关系，撞死他的也不是我。希望你不要被杨兮利用，若再发生类似那天的事，她只会自保，根本不会管你。”

贺思怡尖锐地叫了起来：“安之素，你撇得真够干净的！我不信杨兮，难道信你吗？这五年来一直都是她替哥哥在照顾我，要不是你撞死了我哥哥，他们已经结婚了。你和我哥哥当然不是男女朋友，我哥的女朋友是杨兮，是你嫉妒他们，自己得不到就要把别人毁了，你这个神经病，我不会让你好过的！”

安之素听着这些，脸上也没有什么特别明显的变化，只是示意小十把东西放下。

小十会意，将提着的三个袋子都放进了屋里。

“我给你买了些蛋糕，我记得你哥哥说过，都是你爱吃的口味，还有一些零食和日用品。你好好照顾自己，我先走了。当年的事，总有一天会真相大白，我不想过多解释。思怡，不要相信杨兮。”安之素留下这些话就转身走了。小十松开了挡住贺思怡家门的手，也跟着走了。

贺思怡恨恨地看着安之素消失在视线里，有那么一瞬间她想掐死安之素给哥哥偿命。被杨兮洗脑了五年，她早就把安之素当成了仇人，不是安之素几句话就能改变的。

贺思怡就这样在门口站了许久，直到杨兮的声音传入耳中，她才猛然回过神。

“兮姐，你来了。”看到杨兮，贺思怡的目光柔和了许多，也亲切了许多。

“怎么在门口站着，有朋友来看望你？”杨兮看到地上放着几个袋子，问道。

“没有，是安之素。”贺思怡弯下腰，直接提起购物袋扔到了外面，“谁稀罕她的假好心。兮姐，你等会儿走的时候帮我扔一下。”

一听安之素又来找贺思怡，杨兮心里咯噔了一下，脸色也沉了下来："她又来干什么，怎么阴魂不散？"

"神经病呗，别理她。兮姐，你那事处理干净了吗？"贺思怡拉着杨兮进屋，砰的一声关上了房门。

杨兮听贺思怡没有多提安之素，心里略微松了口气，说道："没什么事了。思怡，你换身衣服，我带你去医院复查，看看脚伤好得怎么样了。"

"不用了吧，上次医生说休息几天就好了，我这几天都没觉得疼了。"贺思怡懒得再去医院，躺在沙发上不肯动。

"不行，必须得去。快点去换衣服，还要我帮你换吗？"杨兮立刻板起了脸。

贺思怡简直怕她了，举手投降："行行行，我去换，我去医院还不行吗？你怎么跟我哥一样，都爱管着我。"

"你哥不在了，就该我管着你。别抱怨，快去。"杨兮伸手在她脑门上敲了一下。

贺思怡吐吐舌头，一瘸一拐地去了房间。

杨兮放下了包，开始帮她收拾家里堆放得乱七八糟的东西。等贺思怡换好衣服出来，杨兮已经利落地把外面收拾整齐了。

"兮姐，你真是太好了。"

"少嘴甜，什么时候我来了，你能不让我收拾，我就谢天谢地了。"杨兮白了她一眼，去洗手间洗了手。

杨兮洗完手出来，才拎起包，扶着贺思怡下楼。

这些年杨兮对她是真的照顾，但是出于什么原因、什么目的照顾她，就只有杨兮自己知道了。

第四章
凭实力恢复单身

叶家老宅。

古朴的庄园大门缓缓开启，一辆低调奢华的商务轿车缓缓地开了进去，大门随后自动关闭，厚重的关门声与古老的庄园相得益彰，给人一种压抑感。

车子最终在别墅门口停下，老九先下了车，然后将后座的车门打开："大少，到了。"

叶澜成还在埋头看手中的一份文件，车门打开，他也不急着下车，气定神闲地看完了最后几行内容，在文件上签下名字，才合上文件，长腿一伸从车上下来。

老九随后关上了车门，司机正要将车开走，就听叶澜成说道："在这儿等着。"

叶澜成迈步走进别墅，他一进去，一股生人勿近的气息便充斥了整个别墅，客厅里正在说笑的声音戛然而止，好几道视线同时朝门口投去。

叶澜成尊贵俊美的脸上没有一丝神色变化，连喊出口的称呼都如无风的水面一样平静："爷爷，奶奶。"

平静无波的声音之后，便是他沉稳的脚步声，他直接朝着客厅那边走了过去。

客厅里摆放着豪华意大利牛皮沙发，两长两短一组沙发上坐满了人，其中那对年过古稀的老人就是叶家如今的老爷子和老夫人。

叶澜成素来凉薄，与二老并不亲近，更别说坐在这里的另外一个保养极好的中年女人——他的二婶了，他的眼里压根就没有她。

叶澜成不招呼二婶朱芳琴，朱芳琴那也是敢怒不敢言，只是一脸委屈地看着叶家的老夫人。

叶奶奶原本还挂着笑容的脸色瞬间就沉了下来："没看到你二婶也在吗？没看到家里还有客人吗？"

叶澜成连一抹余光都没有投给朱芳琴和她身边坐着的那个陌生女人，淡漠的俊脸上依旧如覆盖着一层寒霜。

"阿成可能还不认识丽姝。阿成，给你介绍一下，这是你堂姑，叶丽姝。她时常来家里做客，只是你们没有碰到一起过。"老爷子叶鸿倒是个好脾气的人，出声给叶澜成介绍。

叶丽姝？

听到这个名字，叶澜成淡漠地朝朱芳琴旁边的女人扫了一眼，如刀锋般的视线扫在身上，使得叶丽姝浑身轻颤了一下，差点就没绷住。

"阿……阿成，好些年没见了，你都长这么大了，呵呵。"叶丽姝极力控制着对叶澜成的恐惧，讪讪地和他说话。

叶澜成的剑眉蹙起一个明显的弧度，声音冰冷如霜："别叫这么亲切，我和你不熟。我只有一个姑姑，什么时候叶家竟然什么人都能来认亲戚了？"

叶丽姝瞬间就尴尬得脸色煞白了，有种被人揭穿的心虚，非常的无地自容。毕竟她和叶家只是远亲，真的算起来，其实早就没血缘关系了。

"你这说的什么话，你这是和长辈说话的态度吗？丽姝也是叶家出去的孩子，怎么就不是叶家的亲戚了，你怎么就不能叫一声姑姑了？”叶奶奶一双老眼一瞪，年轻时的那股气势自然而然地散发了出来，颇能唬人。

叶澜成的眼底闪过一抹讽刺的情绪，耐心已被磨光，直接冷冷道：“你们找我回来有什么事就直说吧，我没那么多时间在这里认亲戚。”

“你……”叶奶奶气得简直快要原地爆炸。

叶鸿又一次及时出言救场：“阿成啊，你急什么？坐下，坐下说。”

“不必。”叶澜成干脆地拒绝，抬起手腕看了下时间，“你们还有五分钟的时间。”

他还要赶回家给小妻子做饭，谁有这个时间在这里认亲戚，况且对象还是叶丽姝。

叶鸿也尴尬得老脸白了一下，叶奶奶深呼吸，让自己冷静了下来，不客气地问道：“我们盛世和安氏集团合作得好好的，安氏集团也没有出过什么纰漏，好端端的，你为什么要终止和安氏的合作？立刻解除你那可笑的命令。”

这就是叶丽姝今天特意登门拜访的原因，盛世单方面终止了合作，安氏集团损失不轻，叶丽姝被安博远骂得狗血淋头，去了盛世好几次都没见到叶澜成，只好来这里求情了。

叶澜成一听这话就露出了果不其然的神色，冷冷地扫了叶丽姝一眼，把叶丽姝看得心里发毛，更加心慌了。

“阿成，大家都是亲戚，安氏那边有什么让你不满意的，你尽管说。应该给安氏一个改过的机会，这样一竿子打死，总归会伤和气。”叶鸿接到了叶奶奶的眼神示意，只好硬着头皮开了口。

叶澜成冷漠地看着二老，觉得他们天真得可笑：“爷爷、奶奶，你们是对我有误解，还是对自己太自信？我不满意、不想合作的对象，需要理由吗？”

叶奶奶年轻的时候也是盛世财团的掌权者，在商界也是一个传奇人物，如今心高气傲的她被叶澜成卸了权，赋闲在家，财团的事她一句话也插不上，拿奶奶的身份更是压不住叶澜成，都快把她气死了。

“阿……叶少，之前我们安氏和盛世的合作都好好的，盛世对安氏也多年如一日的满意。这次盛世突然终止合作，对安氏的股市影响很大，还希望叶少能高抬贵手，再给安氏一个机会。”叶丽姝既害怕又紧张，又不得不硬着头皮求叶澜成。

叶澜成根本不理会她的话，而且还直接扔出了一句决绝的话：“只要我还掌管盛世财团一天，安氏就一天别想再和盛世合作。这么说，你们明白了吗？”

叶丽姝全身一颤，神色再也绷不住，露出了一丝怨恨。

叶家二老的脸上也是火辣辣的，叶澜成这话无疑就是在打他们的脸，明白地告诉他们别倚老卖老，也别打什么亲情牌，他叶澜成不吃这套。

叶澜成扔下这句话后又看了下时间，五分钟已到，他转身便朝着客厅外走去，一个多余的字都不愿再说。

叶晴脸色阴郁，带着满腔怒火走进别墅后第一眼就看到了叶澜成，这让她沉闷了一下午的心情瞬间好了起来，眼底也露出了笑意。

“大哥。”叶晴一下子跳到叶澜成面前，挡住了他的去路。

叶澜成差点被叶晴撞上，蹙着眉侧了下身，然后就像没看到、没听到一样越过她继续朝外走。

“大哥，我叫你呢，你没看到我啊？”叶晴有事求叶澜成，哪肯这么放他走，立刻拉住了他的胳膊。

叶澜成的脚步被迫一顿，他垂下眼帘看了眼她正抓着自己胳膊的手。

叶晴瞬间感觉手背被他看得火辣辣的，下意识就松开了，怯怯地说道：“大哥，我找你有事，你别急着走嘛。”

“说。”叶澜成吐出来的一个字，已经带着隐隐的厌烦。

叶晴讨好地笑着，大着胆子用两只胳膊抱住了叶澜成的胳膊，撒着娇说道：“大哥，我听说盛世投资了黎导的新电影，我想当那部新电影的女主角，你帮我跟黎导说一声好不好？”

说完她还轻轻地摇了摇叶澜成的胳膊，像个跟哥哥很亲昵的妹妹，看起来兄妹俩感情很好的样子。

“松开。”叶澜成眯起了眼睛，一抹不加掩饰的不悦从眼缝中流露出来。

叶晴太了解叶澜成这个眼神的意思了，下一秒就松开了手，笔直地站着，跟站军姿一样，只是脸上还带着恳求：“大哥，你帮帮我嘛，我真的很想出演黎导的电影。”

今天一下午叶晴都在四处打听这件事，好不容易才从制片人那里打听到这个消息。得知盛世也是投资方之一后，叶晴就萌生了找叶澜成帮忙的想法。

只是她也清楚叶澜成的性格，所以并不敢直接去找他，本想着先回家跟爷爷奶奶撒个娇，让他们帮自己开口的，没想到这么巧碰到了他，她当然是没有犹豫地开了口。

“想演自己不会去试镜吗？”叶澜成没有惯着她的习惯，极其淡漠地说道。

提起试镜，叶晴好不容易压下去的火又蹿了上来，妆容精致的脸蛋也变得扭曲起来：“别提试镜了，本来女主角都是我的囊中之物了，都怪那个该死的设计师，要不是她多管闲事，黎导怎么可能选别人？气死我了，我一定要让她看看，我叶晴想要的角色，谁都抢不走。”

叶澜成不知道叶晴今天也去试镜了，实际上他从来不关注叶晴在娱乐圈的动向，但他清楚地知道他的小妻子受黎导之邀去了试镜现场。

叶晴口中那个该死的设计师，不会就是他的小妻子吧？

“设计师？”叶澜成又眯起了眼睛，悄无声息地散发出危险的信号。

叶晴正在气头上，没有注意到叶澜成的眼神，愤愤地说道：“就是一个设计师。大哥，你也觉得很可笑吧？黎导是糊涂了吗，竟然找一个设计师去当选角评委，还很听她话的样子。真不知道黎导跟那个设计师是不是有什么不正当关系，竟然这么捧着她……”

“闭嘴！”叶晴抱怨的话没说完，叶澜成冷冽的声音就打断了她，视线如刀锋般落在她身上，吓得她顿时噤声。

“她不是你能编排的人，再让我听到你说这种话，别怪我不客气。”叶澜成的警告声仿佛一阵刺骨的寒风，令人不寒而栗。

叶晴狠狠地打了一个寒战，却又不甘心，倔强地抬起头，咬着牙控诉：“为什么连大哥你也护着她，就因为景泽要护着她，所以连你也要帮景泽护着她吗？你明知道我喜欢景泽，你还帮那个女人。我到底还是不是你妹妹了，你为什么要护着一个外人？我讨厌她，我不会让她好过的。”

“你可以试试。奉劝你一句，不要挑战我的底线。”叶澜成根本不把她的狠话放在心上，冷冷地扔下这句话之后就走了。

叶晴愣在原地，还在消化叶澜成最后的那句警告，更是加深了她对安之素的嫉妒和怨恨，气得哭了出来。

朱芳琴心疼，赶紧跑了过来。

“晴晴。”朱芳琴心疼地搂着女儿安抚。

叶晴哭得更凶了，挣开了母亲，朝着叶奶奶跑了过去：“奶奶。”

“晴晴，别哭了，别哭了。怎么了这是，什么试镜不试镜？”叶奶奶最是疼爱这个孙女，心疼得赶紧安抚她。

叶晴一边哭一边说，费了好大的劲才把事情说了一个大概。

“奶奶，你帮我跟大哥说说好不好？我想和景泽一起演那部电影。都怪那个安之素，她以为自己是什么玩意儿，我不要她跟我抢景泽，呜呜呜……”叶晴发挥了自己的演技，哭得要多伤心有多伤心。

“安之素！”叶晴话音刚落，叶丽姝惊讶的声音就响了起来。

几人的视线都被她吸引了过去，叶奶奶问道：“丽姝，你认识晴晴说的这个设计师？”

叶丽姝欲言又止，一副想说又不好意思开口的样子。

“丽姝，你知道什么就告诉我们吧，这个安之素怎么这么大的能耐，能在导演那里说上话，而且还跟夏家的那小子有什么不清不楚的关系？”朱芳琴见此赶紧问道。

叶丽姝这才重重地叹了一口气，有些不好意思地说道："说来也有些难以启齿，安之素是博远和他前妻生的女儿，她……"

说着叶丽姝指了指自己的脑子，然后说道："她这里有点问题，博远对她很是头疼，她也不回安家，我们想管也管不了她。"

这话说完，朱芳琴、叶奶奶和叶鸿都愣住了，连叶晴也有些反应不过来，都没想到安之素是安家的孩子。

"安博远竟还有一个女儿，怎么从来没听你提起过？"过了好一会儿，叶奶奶才神色不佳地问道。

叶丽姝故作苦涩地说道："那孩子毕竟不是我生的，和我并不亲近。她对她爸爸娶了我这事也一直很不满，没少和我作对。我一个当后妈的，不好管教，博远也没空管教她。加上五年前她干了件让安家丢人的事，博远就更不想让人知道安家还有一个女儿了，我也不敢在外面提。"

后妈难当，叶奶奶和朱芳琴都是女人，很能理解叶丽姝的难处。

朱芳琴好奇地问道："你说她脑子有问题，她是干了什么事，能让安家都不想承认她？"

叶丽姝犹豫了一下，一副难以启齿的样子。

"哼，不就是因为精神病发作撞死过人嘛。"叶丽姝还在装模作样地犹豫着要不要说的时候，叶晴就已经替她说了出来。

安之素五年前的那些事，叶晴早就通过杨兮知道了。这会儿在叶家人面前，她当然也不会替安之素遮掩。

朱芳琴闻言脸色一变，倒吸了一口气："撞……撞死过人？还是因为……因为精神病？丽姝，安家有精神病史吗？"

"没有没有。"叶丽姝赶紧摇头摆手，道，"安家并没有过精神病史，安之素她是因为受了刺激才引发的精神病，不是遗传的。"

朱芳琴闻言替叶丽姝松了口气："那就好。早就听说得了精神病的人很恐怖，没想到这么恐怖。幸亏你们不住在一起，不然你和听暖多危险啊！"

叶奶奶冷嗤了声："有这样一个女儿，也不怪博远不认她。

如果是我们叶家，我早就将她除名了，丢人现眼。”

“唉，她也是一个可怜的孩子，我总想把她当成亲生女儿疼爱，可她对我怨念太深，跟听暖的关系也不好。我也不敢招惹她，怕再刺激她。”叶丽姝露出一言难尽的表情，说道。

“你就是太心软了，又不是你亲生的，你疼她做什么？再说她也不认你的好啊！”朱芳琴白了叶丽姝一眼，劝她不要心太善。

叶丽姝装着无可奈何道：“是啊！别说对我了，对她亲爸尚且如此呢。不然她能在夏景泽旁边吹枕边风，让叶少终止和安氏的合作吗？”

叶丽姝又不着痕迹地给安之素在叶晴面前拉仇恨，果然叶晴的怒火又烧了上来：“景泽一定是被她蒙蔽了，我一定要在景泽面前揭穿她。这个可恶的贱女人，她别想染指景泽。”

“晴晴，你别生气。夏家是什么样的家庭，无论如何也不可能接受一个精神病人当儿媳妇的，夏景泽想娶她是不可能的，我看顶多就是玩玩她。”朱芳琴赶紧又安抚女儿。

叶晴并没有被安慰到，怒气冲冲道：“玩玩也不行，我不许他和其他女人搞暧昧。我那么喜欢他，他不许喜欢别人。奶奶，你帮我求求大哥，我不要景泽和其他女人拍电影，呜呜呜……”

说到最后叶晴又哭了起来，嗓子都哭哑了。

叶奶奶看了心疼坏了，赶紧道：“好好好，奶奶帮你去说，明天奶奶就帮你说。晴晴乖，别哭了，眼睛哭肿了就不好看了。”

叶晴听到叶奶奶愿意替她去找叶澜成，哭声这才小了一点。

叶鸿看着这一幕幕，心里直叹息，哪有这么好说话的，就他孙子那油盐不进的冷漠性子，岂是他们能摆布的。

叶丽姝则在心里发出了冷笑：安之素啊安之素，得罪了叶晴，看你有什么好果子吃。别以为傍上了夏景泽，你就能高枕无忧了。

澜庭居。

叶澜成披着一身寒气回来的时候，就看到他的小妻子窝在客厅的沙发上，正目不转睛地看着超大的电视屏幕，上面正在播放某时装周的时装秀。

叶澜成的脚步不由自主地放轻了些，他在玄关处站定，弯腰打开鞋柜，拿出了拖鞋换上。而他的小妻子还没有察觉，一边看着时装秀，一边吃着薯片，发出咔嚓咔嚓的声音。

叶澜成在叶家老宅生出的怒气在他看到安之素后消散了，他一边解开西装的扣子，一边朝着客厅走去。

安之素在叶澜成走进客厅时才发现他回来了，朝着他迎上去："今天很忙吗？这么晚才回来？"

她说着伸手准备接过他从身上脱下的西装，给他挂起来。

"不要了。"叶澜成避开了她的手，右手一扬，西装上衣准确无误地落在了垃圾桶里。

"干吗要扔？"安之素看了眼垃圾桶里的衣服，顿时一阵心疼。

"脏了。"叶澜成淡漠地说了句。

安之素无语："脏了洗洗不就好了，你扔了西装上衣，西裤也没衣服配了，等于白白浪费了一身衣服。"

"不会。"叶澜成说道，"我的西裤百搭。"

安之素无可奈何，也不替他心疼了。

"你做饭了？"叶澜成闻到了一股米饭的香味，眉梢一挑，问道。

"呃……"安之素尴尬地抓了抓头发，"饭是做好了，就是下饭的菜还以原材料的形式待在冰箱里。"

果然还是他想多了，他的小妻子，能把米饭煮好就已经是很大的进步了。

安之素略显尴尬，不是她不想做菜，而是真的不会做啊！万一把叶澜成的厨房给烧了，那他们就只能吃外卖了。

"行了，没指望你做饭。想吃什么菜就去洗点，我去换身衣服。"叶澜成屈指在小妻子的脑门上弹了一下，不客气地让她去洗菜。

安之素摸了摸脑门，乖巧地跑去洗菜了。

叶澜成的嘴角勾起一抹浅浅的笑，他转身上了楼。

安之素进了厨房，麻利地从冰箱里取了几样菜出来，哼着小调开始洗菜。

澜庭居内虽然没有住家里的用人，但每隔一天都会有用人来打扫卫生、送洗衣服，顺便补充冰箱里的食材。他们夫妻俩有空也会去超市采购，所以冰箱里是从不缺新鲜食材的。

叶澜成换了一身闲适的家居服进来的时候，安之素已经把食材清洗干净了。见他来了，她扬扬得意地问道：“洗得快吧？连葱姜蒜我都弄好了。”

“嗯，厉害。”叶澜成浅笑着夸了她一句。

安之素更为得意了，一边扯过围裙给他系上，一边说道：“不是我自夸，以前我可是经常帮外婆洗菜，除了做饭之外，其他我也算全能了。你低点头啊，那么高我哪儿够得着。”

叶澜成任由她自夸。安之素给他套上围裙，忍不住使坏，在他短短的头发上摸了一把，然后又飞速地缩回了手，像偷摸了一把老虎的虎毛一样，暗自开心！

叶澜成纵着她这点小坏心思，只当没有感觉到。等她给他系好围裙，他就走到水池边上，洗了手，拿起菜刀切菜。

“咔咔咔，咔咔咔……”切菜声在厨房里有序地响起，安之素也没出去，就在边上看着。

都说认真工作的男人最性感，她觉得不是，明明是认真做饭的男人最性感，尤其颜值还这么高的，嗯，她感觉自己好像赚到了呢。

“我要炒菜了，油烟大，你先出去。”切好了菜，叶澜成才赶她出去。

安之素还没欣赏够美男做饭，说道：“我在旁边看着，学习经验。我外婆说做饭这种事，多看几遍就会了。”

“外婆说的那是有天赋的人，你天生就是做吃货的料。”叶澜成又开始毒舌了。

安之素郁闷地出了厨房，她这也就是没骨气，换一个有骨气的人都得为自己争辩几句，好歹也反驳一句自己不是吃货吧。

电视上的时装秀已经播完了，安之素拿起随手放在矮桌上的设计本，在上面写写画画，把今天的灵感都记录下来。

她这几天研究《大清格格》的剧本，对于需要设计什么样的旗袍已经有了大致的想法，只需要再细化一下，就可以定设计稿了。

安之素一边画一边想着这几个月的事，虽然杨兮挺让她糟心的，但因为有叶澜成在，大部分的事情都进展得很顺利，比她之前预想的顺利多了。宋佳人说得对，背靠大树好乘凉啊！

“过来吃饭。”等她差不多画了两幅简图，叶澜成就喊她过去吃饭了。

安之素立刻就放下了设计本，朝着餐厅跑去。

餐桌上已经摆上了三菜一汤，两荤一素，汤也是肉汤，简单又卖相好。

叶澜成吃饭优雅，喝汤的时候连汤匙都不会碰到碗沿，看他吃饭就像欣赏艺术一样。安之素学不来，每次都把汤匙碰得叮叮当当响，很有烟火气。

叶澜成也从不纠正她这个小毛病，反而每次听着她弄出来的动静，都觉得心情舒畅，胃口仿佛都跟着好了一些。

“你快点喝啊，喝个汤都这么慢，等会儿菜都凉了。”安之素自己放下了汤碗，还不忘催促叶澜成快点喝。

“好。”叶澜成三两下就喝完了汤，拿起筷子和她一起吃饭。

安之素“咦”了声：“你今天怎么这么听话？”

“得寸进尺是吧？”叶澜成斜睨了她一眼，这女人胆子越来越肥了，典型的蹬鼻子上脸。

安之素秒怂，殷勤地给他夹菜，道：“啊哈，吃菜吃菜，今天这个空心菜炒得特别好吃。”

“出息。”叶澜成坦然地接受了她献的殷勤。

叶澜成的胃口似乎不怎么好，只吃了半碗饭，倒是安之素，吃了一大碗饭，还承包了大半的菜和汤，导致的直接后果就是吃撑了。

“嗝——这些我来收拾就好了，嗝——你上去洗个澡吧，嗝——”安之素打着饱嗝说道。

叶澜成觑了她一眼，说道：“电视柜下面的抽屉里有健胃消食片。”

说着他站了起来，朝着楼上走去。

安之素看着他的背影，总觉得他今天心情不太好，虽然表现得不明显，但从他的饭量还是能够看出来的。

难道是在公司遇到什么烦心事了？安之素寻思了一会儿也没寻思出什么来，索性先去收拾残羹剩饭了。

等安之素把厨房收拾干净出来的时候，已经是半个小时之后了，这么一番饭后运动，她倒是觉得肚子不撑了，不过还是去吃了两粒健胃消食片，然后才拿着设计本去了房间。

推开卧室的门，安之素往里面一看，房间里空空如也。叶澜成并不在卧室，浴室里也没什么动静，显然他没回房间来。

安之素想着他大概是又去书房处理公务了，便径自去了衣帽间，拿了换洗的衣服去了浴室。

她在浴室里待了一个小时，泡澡、洗头发、吹头发，又给自己做了一个面部护理，出来的时候感觉神清气爽，身心舒畅。

叶澜成还没有回来，安之素想了想，找到手机，给宋佳人发微信。

安之素：女神女神女神。

宋佳人：无事喊女神，非奸即盗。说吧，又有什么事要咨询本律师？

安之素：你是神算吗？怎么知道我有事咨询你？

宋佳人：你屁股一撅我就知道你是想拉屎还是想撒尿好吗？这个点你有时间给我发微信，你不是有事找我你是闲的啊？

安之素嘴角一抽：虽然不想苟同你的清奇思维，但不得不说很有道理，我竟无法反驳。

宋佳人：我劝你也不要企图反驳一个律师的话，直接说什么事吧，我还忙着呢。

安之素：你一个单身狗有什么好忙的。

宋佳人：安之素，我允许你自己选择一个死法，说吧，是想横着死还是竖着死，我都满足你！

安之素继续作死：哦，没有男人的女人好可怕。

宋佳人：你见过红色的感叹号吗？

安之素立马收敛了，不敢再作死，直奔主题：叶澜成好像心情不好哎，我该怎么哄他啊？

宋佳人：有句话说夫妻床头吵架床尾和，懂吗？

安之素：我在认真地请教你。

宋佳人：乖，这个说法没毛病。

安之素：你滚，我拒绝和你说话了。

宋佳人发了一个萌萌的“滚了”的表情，配文：去吧，皮卡丘。

安之素：……

没能从宋佳人那里获取哄老公的办法，安之素只能靠自己了。

坐在床上绞尽脑汁地想了半晌后，她灵光一闪，想到了一个法子，赶紧跳下床，噔噔噔地往楼下跑。

她记得晚饭叶澜成没吃多少，她不如给他煮点夜宵，从她吃货的角度来看，心情不好就该吃东西啊！

安之素摩拳擦掌地从冰箱里拿出一个西红柿和一个鸡蛋，还有少许青菜，打算做一碗西红柿鸡蛋面——她也只会煮点面条。

许久不做，安之素的手艺生疏了一些，第一次煎蛋的时候没成功，第二次、第三次都有点焦，第四次才终于把鸡蛋煎得完美了。

然后就是煮面，这就简单多了，安之素一次就把面煮成功了。一碗西红柿鸡蛋面煮得色香味俱全，安之素非常满意，忍不住在心里给自己点了个赞。

安之素拿出一个大碗，将面条从锅里捞出来装进碗里，把煎蛋盖在上面，最后浇上适量的汤汁，才把碗放到托盘里，取了筷子和汤匙一起端上楼。

上了楼，安之素走到叶澜成书房门外用脚轻轻踢了踢门。

“进来。”叶澜成的声音很快传了出来。

安之素用脚尖抵开了书房的门，端着托盘走了进去。

叶澜成正在认真办公，头也没有抬，只是随着安之素走近，鼻尖隐隐飘来一股面条的味道，这让他终于抬起了视线。

只见他的小妻子将手里的托盘放到了桌子上，托盘里放着一碗面，上面还卧着一个煎蛋，看着倒是挺好，闻着味道也不错。

“叫的外卖？”叶澜成几乎是下意识地问了这么一句。

安之素原本那满脸的笑容一下子就消失了。

“你自己做的？！”叶澜成一见她黑了脸，立刻反应了过来，然后就是一脸的惊奇。

“你这是什么眼神、什么语气，我就不能自己做碗面条了？你也把我想得太傻了吧，这多简单的事。我没吃过猪肉，总见过猪跑吧。”安之素当下就不高兴了，他鄙视谁呢这是？

得到确定的答案，叶澜成更感到惊奇了，接着又觉得有点意外和高兴，她竟然能想起来给他煮碗面。

“怎么想起来给我煮面了？”叶澜成的声音里带着掩饰不住的喜悦。

安之素撇撇嘴，在他对面坐下，将托盘朝他推了过去：“还不是看你心情不好，晚饭就吃了那么一点。你已经够瘦的了，再饿瘦了，回头妈还以为我虐待你呢。”

“我心情不好？我怎么都不知道？你从哪儿看出来的？”叶澜成浅浅一笑，这女人什么时候也会察言观色了？

安之素翻了一个大白眼，说道：“我又不是瞎子，你心情好不好我还能看不出来？跟我就不要装了，谁都有心情不好的权利，我又不会笑话你。你心情不好，我哄哄你就是了。”

叶澜成被她后面那句“我哄哄你”逗乐了，隐忍着笑意问道：“哦？你怎么哄我？”

“喏。”安之素努了努嘴，“我不是给你做了夜宵吗？饿着肚子心情只会更加不好，吃饱了心情自然就好了。”

叶澜成忍不住又开始毒舌道：“心情不好就吃东西，吃完东西心情就好了这种谬论，恐怕只适合你们吃货。”

安之素一张俏脸已经黑如锅底，所以她到底是为什么大晚上不睡觉，琢磨着怎么哄叶澜成呢？纯属找虐。

“不吃拉倒，你自己继续心情不好去吧，本姑娘不伺候了。”安之素也是有脾气的，撂下这句话，站起来就要走。

叶澜成长臂一伸，隔着桌子拉住了她的手，再也隐忍不住，低笑了出来：“别走，跟你说笑的。”

“谁和你说笑。”安之素甩了甩手，“放开我，我要回去睡觉了。”

叶澜成哪肯放她走，用力一拉就把她又拉回椅子上坐着。

“叶澜成，你别太过分啊！”安之素一副快要气炸的样子。

叶澜成觉得她生气的样子分外可爱，可也懂得适可而止的道理，松开了她的手腕，说道：“我没心情不好，就是吃饭的时候没什么胃口，这会儿刚好饿了。”

安之素哼了声，叶澜成心情好不好她又不瞎，但他不愿说原因，她自然也不会追问。这一点上，他们还是有默契的。

“快吃吧，等会儿面坨了就不好吃了。”安之素指了指面碗，顿了下又道，“不好吃也不许说，我反正是很久很久没做了。”

叶澜成低笑，应了声“好”，便拿起筷子，拨开了上面卧着的鸡蛋，挑了一小筷子面条送进嘴里。

安之素托着腮，有些期待地看着他。

叶澜成一口下去，眉峰不自然地蹙了一下。然后他又咬了一口看起来很美味的煎蛋，眉峰又是一蹙。

“怎么样，味道还可以吧？我跟你说，这西红柿鸡蛋面是我唯一会做的面条了，这还是我根据泡面改良自创的，味道绝对是独家。”安之素等叶澜成吃了几口，才自吹自擂地炫耀道。

这味道还真是独家的……一言难尽。

不过有得吃就不错了，不挑还能有口热面吃，挑的话，可能连汤都没得喝，聊胜于无吧。

叶澜成如此自我安慰了一番，才继续吃起来。

安之素沉浸在自我感觉良好的状态中，看着叶澜成一口一口把整碗面都吃了，她笑得眼睛都弯了。

看吧看吧，谁说她没有做饭的天赋，这不做得挺好的吗？

“好吃吧？以后你晚上饿了，我就给你煮面吃。满汉全席我是做不出来，但煮面这种小事还是没问题的。”安之素放下了托着腮的手，两只小手挥舞着，大有挥斥方遒的意味。

叶澜成嘴角一抽，忍了忍还是没忍住，说道：“我建议你下次还是给我点外卖吧。”

眉飞色舞的安之素立刻就板起了小脸，一双大眼睛瞪着他：“什么意思啊，不好吃吗？”

叶澜成不说话了。

“干吗不说话？”安之素继续瞪他。

叶澜成这才说道：“不是你说不好吃也不许说吗？”

安之素亮晶晶如星辰般的眼珠子都快瞪出来了，她霍然起身，说道：“叶澜成，要是哪天我们离婚了，你绝对也是凭实力恢复单身的！”

气愤地扔下这句话，安之素转身就走了，留下一脸茫然的叶澜成，直男晚期的他表示并不知道自己哪里错了。

他明明没想说不好吃的，为了不让她自尊心受挫，还硬是把一碗味道普通的面吃完了。是她一直问他好不好吃的，他到底错在哪里了？

叶澜成默默地想了一会儿没想到自己哪里错了，索性不想了，起身端起托盘下楼，打算去厨房把碗洗了。

进了厨房，里面还有一股西红柿鸡蛋面的味道，叶澜成心想安之素肯定忘记开油烟机了，不过也可以理解，一个几乎不会做饭的人，你还能指望她记得开油烟机啊？

叶澜成把碗放进水池里，动作优雅地把碗洗好，放进沥水架，擦干了手转身要出去的时候，余光忽然扫到了脚边的垃圾桶，以及那里面一团黑黄相间的……煎蛋。

叶澜成的眼角一抽，所以说刚才他吃下去的那个有点咸的煎蛋，其实已经是她试验过无数次的最好成品了？

想象着小妻子站在锅前一遍遍地试验，每次把蛋煎煳了可能还会皱起小鼻子的模样，叶澜成的嘴角就不自觉地勾起了一抹若隐若现的弧度。

卧室的门虚掩着，他推门而入，看到安之素靠在床头，曲着腿，正埋首在画设计图。她本来画得很认真，听到他进来，停了笔，抬头看了他一眼。然而她又当作没看见似的，继续低头画图。

叶澜成淡定地关上了门，朝着衣帽间走去，不一会儿就拿着睡袍去了浴室。

听到浴室门被打开又关上的声音后，安之素才又抬起头，生气地瞪了浴室的方向一眼，也没心情画了，扔了设计册，缩到被窝里睡觉。

叶澜成洗澡很快，不到二十分钟就披着浴袍走了出来，出来就看到安之素缩进了被窝里，鼓鼓的一团。他嘴角带笑，朝着床边走去。

卧室的地上铺着一层厚厚软软的地毯，走在上面听不到脚步声，但安之素还是能够感觉到叶澜成的气息，是非常熟悉又不可忽视的气息。

没一会儿，她感觉另外一边的被子被掀开，身后的床垫朝下陷了一些。因为身后忽然低了一些，她的身体还不由自主地往那边滚了一点。

安之素还在气头上，不想离叶澜成那么近，又往旁边挪了挪。

睡觉睡觉，安之素自我催眠，可空气里全是叶澜成的气息，呼吸间都是他身上淡淡的男士沐浴露的味道，非常好闻，却没有催眠效果，反而让她越闻越觉得身体燥热。

正当她想要掀开被子把闷在被窝里的头露出来的时候，一只胳膊突然落在了她的腰上。

安之素正要动的身体瞬间僵硬了，他的胳膊只是轻轻地搭在她身上，却好像有千斤之力，让她无法动弹。

安之素在他手臂上拍了一巴掌，说道："放开，嫌弃我煮的面不好吃还想抱我，想得美。"

叶澜成在她身后低笑了声，好脾气地说："也没有不好吃，下次鸡蛋少放点盐，面条多放点盐，青菜晚放一会儿就可以了。"

面条的味道淡了，鸡蛋的味道咸了，青菜煮得老了，这还不是说她煮得不好吃？这还不叫嫌弃？！

“我拒绝再和你讨论这个问题。”气死她了，她是闲的吧，才会想起来给他煮面，有这时间画设计图不好吗？再不济睡觉也行啊！

“好，不说这个了。”叶澜成乐得转移话题，很有技巧性地开始了一个新话题，“今天去黎导那里顺利吗？有没有遇到什么麻烦事，或者麻烦的人？”

麻烦事没遇到，麻烦的人的话，叶晴算一个吧。不过安之素没把叶晴放在心上，摇头道：“挺顺利的啊，黎导已经把女主角定下来了。后面我只需要提供设计图，然后设计戏服就可以了。”

她没说叶晴找她麻烦的事，叶澜成心底有些失望，但也没有表现出来，说道：“黎导需要的戏服有点多，你一个人忙得过来吗？工作室那边怎么样了？”

“我一个人又要设计又要做衣服肯定不行，不是还有许宝珠吗？工作室再过几天就能装好了。我打算抽空去一趟苏城，再去找几个手艺不错的师傅过来……”安之素说起工作室的事，很快就把西红柿鸡蛋面的事给忘了。

叶澜成静静听着她有条不紊的安排，嘴角牵起微笑，说道：“那就周末去吧。”

“去哪儿？”安之素正滔滔不绝，忽然被打断，愣了一下。

“苏城。”

“哦，不用非挑周末啊，周末去肯定堵车，我挑个工作日去就行了。”安之素说着就开始盘算要不要明天就去一趟，明天正好周五呢。

“周末，工作日我走不开。去苏城只要一个小时，堵车也堵不了多久。”叶澜成坚持道。

安之素愣了一下，一转身对上他深沉如海的眼神，问道：“你走不开跟我去苏城有什么关系？我又不带你去。”

她这话落音，搭在她腰间的手臂就惩罚性地收紧了几分，男人的眸色也沉了几分。

安之素心里咯噔了一下，怯怯地道："我一个人去苏城就好了啊，你不是都派小十跟着我了吗，大不了我带着他一起。你那么忙，就不用特意陪我了。"

叶澜成不说话，就淡漠地看着她，脸色越来越黑。

最怕空气突然安静，尤其是和叶澜成待在一起的时候，那代表叶澜成……生气了！

嗯，叶澜成生气了，后果很严重。

安之素突然瑟瑟发抖，大脑飞快运转，不知怎么就想起了宋佳人对她说的话……

第五章
心机男

安家。

万家灯火早已熄灭，别墅里的用人们都已经歇息了，整个别墅也静悄悄的，只有位于二楼的书房里，还亮着通明的灯光。

安博远坐在昂贵的真皮椅子上，面前的电脑还亮着，屏幕上并不是什么重要的文件或者国外合作公司发来的邮件，而是一张精致漂亮的脸蛋。

安听暖，他最器重的女儿。

“爸爸，你还在为集团的事忧心吗？”安听暖的脸上露出了心疼，说话很是温柔。她在安博远面前，一向都是这副乖巧、孝顺的模样，与倔强的安之素是两个极端。

安博远重重叹了一口气：“爸爸能不忧心吗？盛世撤了合作，春季发布会也被审批部门卡着，股市最近也是频繁波动，咱们安氏底子薄，禁不起这么折腾啊！你妈妈今天去了叶家，本想讨个人情的，结果也被叶少拒绝了。咱们想和盛世再合作，看来是无望了。”

叶丽姝今天从叶家回来告诉他这个消息后，他就一直忧心忡忡，晚饭都没有吃上几口。

安听暖乖巧地安慰道：“爸爸，你别太忧心了。这些事我和睿哥说了一下，他愿意帮我们渡过这个难关。发布会的审批，这两天肯定会批下来，萧氏那边也会看看近期有什么合作可以和安氏展开的。我们安氏的股市慢慢就会回温的，爸爸，你保重好自己，我不在你和妈妈身边，你们别让我担心，这些困难，我来解决，好吗？”

安听暖的话就像安慰剂一样，让安博远悬着的一颗心一下子落了地，他昏沉的老眼瞬间被点亮：“听暖，你没有哄爸爸开心吧？萧氏那边，当真愿意和我们安氏合作？”

“要是有可以合作的项目，萧氏一定会选择安氏的。爸爸，我的机票已经订好了，过几天就回国。等我回去了，我就进集团帮你分担。有我和萧氏接触，更容易达成合作。”安听暖很有自信。

安博远一听小女儿要回国了，高兴不已，连连点头道：“好好好，你能回来帮爸爸，爸爸很高兴。你比你姐姐懂事，她……唉，不说她了。萧睿呢，他和你一起回国吗？”

安听暖自然不会在安博远跟前编排安之素，微笑着说道：“睿哥还要过一段时间才能回国，我先回去。爸爸，等睿哥回国了，我们可能要先订婚，先告诉你们这个好消息，让你和妈妈有个心理准备。”

一听小女儿要和萧氏的独子、未来的萧氏集团继承人订婚，安博远的老脸上堆满了高兴的笑容：“好，爸爸一定给你们办一场盛大的订婚宴。等你结婚，爸爸也会给你准备一份丰厚的嫁妆，必定不会让萧家看轻了你。”

“爸爸，我不要什么盛大的订婚宴，也不要什么嫁妆。我只希望订婚和结婚的时候，爸爸妈妈都在我身边祝福我就好了。睿哥也不在乎这些，我们彼此相爱，与其他都没有关系。”安听暖的脸上洋溢着甜蜜的微笑。

她越是如此说，安博远越觉得这个小女儿懂事乖巧，哪哪都合他的心意。

“爸爸很高兴你能找到心爱的伴侣结婚，爸爸妈妈当然会在你身边祝福你，爸爸还要亲手把你交给萧睿呢。但是嫁妆，也是一定要给的。我得让萧家知道，就算安氏不如萧氏，你也是有娘家、有靠山的。这样嫁过去，你在萧家才抬得起头，站得住脚。”安博远一边欣慰于女儿的懂事，一边替女儿考虑着。

安听暖听到这些话，心里高兴极了，不过脸上还是保持着淡淡的微笑，一副不在乎身外之物的样子：“谢谢爸爸，您真是天底下最好最好的爸爸了，下辈子，我还要给您当女儿。”

“傻丫头。”安博远被女儿哄得心情畅快，朗声大笑。

安听暖又说了些好听的话，然后才说道：“爸爸，国内的时间已经很晚了，你快去休息吧，别让我担心，我很快就回去了。”

“好，爸爸这就去。等你回来，爸爸去接你。”安博远心情很好地挂了视频通话。

叶丽姝接到女儿的微信，知道她已经和安博远结束了视频通话后，才敲门进了书房。

她昨天还信誓旦旦地保证能把事情搞定，结果今天就被打脸，回来都不敢看安博远的脸色，一直小心翼翼的，生怕再惹安博远生气。

现在要不是安听暖已经搞定了安博远，把他哄开心了，叶丽姝也不敢进来往安博远的枪口上撞，毕竟安氏这次遇到的危机，都是因为她自作主张导致的。

“博远，你……忙完了吗？”叶丽姝小心翼翼地走了过去。

集团的事情迎刃而解，安博远心情好了，自然也不会给叶丽姝脸色看了。这个女人虽然蠢了点，但到底给他生了一个好女儿，没有功劳也有苦劳，看在小女儿的面子上，他也不能一直对她冷言冷语。

“忙完了。”安博远合上笔记本电脑，站了起来。

叶丽姝一听他语气正常了，心中一喜，扭着身子靠了过去：“博远，我知道错了，下次我再也不敢自作主张了，你别生气了，原谅我这一次吧。”

安博远看了她一眼，她虽然年纪大了，但保养得非常好，跟年轻时没有差太多，风韵犹存，撒娇的功力也没有减少，每次见她这个样子，安博远都有点心猿意马。

算了算了，到底是夫妻。安博远在心中叹气，手便搂上了她的腰，语气缓和道：“好了，这事就算过去了。以后做什么事之前跟我商量一下，不要给我和听暖徒增麻烦。听暖还没有嫁入萧家，我们总让萧家出面帮我们摆平麻烦，次数多了，萧家会对听暖有意见。就算是为了女儿，你以后也要收敛一点。”

“我知道了，博远，以后真不会了。”叶丽姝低头认错，又往安博远怀里靠了一下。

娇妻在怀，安博远也没心思再说教了，搂着她便离开了书房，朝着卧室走去。

澜庭居。

午后的阳光懒洋洋地透过窗帘洒在室内的大床上，给昏暗的卧室添了几抹亮光。借着这些亮光，能够看到床上睡着一个瘦弱的女人，她睡得安稳，像个熟睡的婴儿。

安之素被落在眼帘上的阳光叫醒，长而浓密的睫毛像蝴蝶翅膀般轻轻扑扇了两下，才缓缓地睁开，困倦的眸子里一片混沌，神色略带慵懒。

“嗯——”安之素翻了个身，全身就像被碾压了一遍似的，疲倦又沉重。

一阵手机振动的声音响起，过了好几秒她才懒洋洋地伸出胳膊拿起床头柜上放着的手机。

——叶澜成！你还敢给我打电话！

安之素滑开屏幕锁，接通电话，开口就骂：“叶澜成，你下次再像昨晚那样，我就跟你离婚！离婚！离婚！听到没有？离婚！”

电话那边一阵沉默，好几秒之后，安之素才听到了一道怯怯的声音：“少夫人，我会转告大少的。大少还在开会，您……起来吃点东西吧，给您送饭的人应该很快就到了。”

安之素顿时瞪大了眼睛：“老九！”

“呵，呵呵，是我，大少让我给您打的电话，您快起床吃饭吧。”说完老九就赶紧挂断了电话，然后抹了一把额头的冷汗，完蛋了，他好像听到了什么秘密，会不会被他们家大少发配到南非去啊？

而此时还保持着接电话动作的安之素已经彻底石化了。

安之素好想就这么饿死自己算了，她为什么要这么嘴快？她的小仙女形象啊，就这么被她亲手摧毁了。

“丁零丁零丁零……”

然而叶澜成是不允许自己这么早就丧偶的，来送饭的人在外面按着门铃，魔音灌耳似的催促她快点起床。

安之素气得磨牙，掀开被子愤愤下床，结果脚一沾地，又跌坐在了床上。

安之素深吸一口气，撑着床沿，先去衣帽间换了一身家居服出来，都来不及洗漱，就下楼去开门了。

别墅门外站着一名戴着眼镜、长得斯斯文文的男人，安之素开了门，他赶紧把食盒递了过来。

“夫人您好，这是您先生为您点的餐，希望您用餐愉快。”

安之素看了一眼食盒，上面印着某私房菜馆的标签，包装很是高大上，跟平常老九送来的是一家。看样子今天老九也很忙，只好让私房菜馆的人送来了。

“谢谢。”安之素接过了食盒道谢。

送餐的人礼貌一笑，然后转身就走了。

安之素重新关上门，提着食盒，慢吞吞地进了别墅，去了餐厅，将食盒放到餐桌上。

安之素确实饿了，拆开食盒，把里面的菜摆出来，也没去刷牙，直接坐到椅子上开吃。

她已经快要饿死了，刚才看了下时间，都快一点了，她竟然一觉睡到了这个点，实在是太颓废了。

安之素简直是把这些菜当成叶澜成来吃的，一顿狼吞虎咽，菜被她吃了一半。吃饱喝足，她终于感觉腿没那么软了。

又原地坐着休息了半个小时，安之素才起身回了卧室，进浴室洗漱。

她泡了一个热水澡，等把全身放松一遍后，心中的怨念减轻了些，才穿好衣服，走出浴室。

出来的时候听到手机又在响，她拿起来一看，还是叶澜成打来的。这次她学聪明了，接通了电话后不说话，等着对方先说。

“吃过饭了？”那边响起了叶澜成那熟悉的声音。

安之素这才又开始发火道：“叶澜成，你个禽兽，我现在一点都不想和你说话，你太过分了。”

叶澜成想起了老九刚才很尴尬地给安之素转达的话，忍不住低笑了声。

“笑屁，禽兽、浑蛋、王八蛋，没人性。”安之素把自己知道的词都骂了一遍。

叶澜成等她消停了，才又说道：“嗯，昨晚是我过了。你今天好好在家休息一天，明天我陪你去苏城。”

苏城？安之素猛然想起了这茬，不对啊，她不是打算今天去苏城的吗？

可是现在这个状态，她连走路都腿软，哪里还能开车，肯定是去不成了。

“叶澜成，你是不是故意的？！”安之素后知后觉地反应了过来，昨晚这家伙折腾她是不是就为了让她今天出不了门？

“什么？”叶澜成假装没听懂，一副“我不知道你在说什么”的语气，非常淡定。

安之素怒了：“你别给我装，你个心机男，太可恶了！奸诈小人！”

叶澜成目的达成，好脾气地听她骂完，才安抚她：“乖乖在家休息，晚上给你做牛排，允许你喝一点酒。”

安之素满嘴的抱怨瞬间被堵住了：好吧，看在这些小可爱的分上，暂时不骂你了。

叶澜成搞定小妻子，心情愉悦地挂了电话，叫来了助理，让他把下午要处理的紧急文件都送过来。

助理高旗暗暗咋舌：不得了，不得了，恋爱中的大少不得了。他真替公司的高管们感谢那位勇敢的姑娘，谢谢她牺牲自己，造福大家。

嗯，以后有机会见面的话，他一定要代表全公司给那位姑娘送锦旗，好人一生平安啊！

晚上的时候，叶澜成兑现了承诺，给安之素做了一顿牛排。牛排做得非常美味，配上鱿鱼圈和烤鸡翅，还有一些意大利面，味道非常正宗，比西餐厅里的大厨做的都好。

安之素也心满意足地喝了一杯红酒，一顿烛光晚餐吃完，安之素对叶澜成的怨念减轻了不少，但是两人上床准备睡觉的时候，她还是把自己缩到了角落里，死也不肯让叶澜成抱着她睡。

“过来，我就抱着你，什么都不做。”叶澜成好笑地拍了拍自己怀里的位置。

“我不。”安之素很坚定地缩在床边，“我才不信你的鬼话，这些套路网上早就流传烂了，我信你就怪了。”

叶澜成不是一个有耐心的人，跟安之素好言好语说了一会儿，见她不听，直接就开始暴力镇压了，长臂一伸就把她拉了过来，一抬腿就压住了她。

次日是周末，叶澜成比寻常工作日晚起了半个小时，但依旧比安之素起得早，安之素起来的时候，他已经在健身房晨练完，做好美味的早餐了。

“你怎么起这么早啊？”安之素很佩服叶澜成，不像她，早上是从来不早起的。

“大概是我没有做猪的潜质吧。”叶澜成拉开椅子坐了下来。

安之素被拐外抹角地骂了，气成了河豚，坐下反驳道：“我外婆说了，能吃能睡是福。”

叶澜成懒得反驳她的歪理，抬了抬下巴道：“快吃饭吧，吃完了启程去苏城。”

安之素刚拿起筷子又差点扔了，问道：“你真要和我一起去啊？大周末的你不忙吗？”

“大周末的忙什么？”叶澜成反问。

安之素理所当然地说道：“打打高尔夫，参加参加宴会，或者去出差啊！这难道不是霸道总裁的周末标配吗？你怎么这么闲？”

叶澜成听到最后一句话脸都黑了：“我在你眼里很闲？”

“好像也不怎么忙吧。”安之素随口说了句，“别人家的总裁平常哪天准时下班过，周末更是忙得很，你看你，几乎每天都不用加班，周末竟然还有空去苏城。”

最重要的她还没说，就是他的精力和体力都特别好，富余精力太多了。

她越说，叶澜成的脸色越黑，最后都快黑成锅底了。

这没良心的小东西，他为了每天晚上都准时下班回来给她做饭，生生增加了白天的工作量，她竟然觉得他很闲。

安之素也是个会察言观色的人，一看他的脸都黑成锅底了，立刻噤声，默默地低头吃饭。

叶澜成吃完了早饭，擦了嘴，就起身去了地下室。

安之素不知道他去地下室干吗，也不敢问，三下五除二吃完了饭，又收拾了碗筷，然后回卧室换了身出门的衣服。

她这边刚换好衣服，叶澜成的电话就打了过来。

“弄好了就下来，我在车库。”叶澜成只说了一句就挂了电话。

安之素对着手机吐槽：“小气鬼。”

尽管她一百个不愿意让叶澜成陪着去苏城，却一点办法都没有，磨蹭了一会儿还是提着包包下楼了。

车库里，叶澜成已经发动了一辆路虎，安之素走过去，爬上了副驾驶座。

这辆车叶澜成极少开，平常用得最多的就是商务车和房车。这种越野车，恐怕只有像今天这种情况才会用到。

这也正合安之素的心意，毕竟这辆车知道的人少，关注叶澜成的人也不会注意到。要是开他平常惯用的车，怕是一出门就会引起别人的注意。

车厢里播放着轻缓的音乐，安之素寻思着现在还是不要找叶澜成说话的好，于是翻出了自己的设计册，继续构思初稿。

安之素画图的时候是非常认真的，她能够自动屏蔽周遭一切干扰，只沉浸在自己的世界里。灵感来的时候，她能一画几个小时不抬头。

今天也不知道是怎么了，一上车灵感就泉涌而来，她握着铅笔，在纸上沙沙沙地画着，一心倾注在设计稿上，完全没有注意车子是在什么时候进入的苏城，又朝着她熟悉的方向开去。

直到车子慢慢减速，最后稳稳停下的时候，她才恍惚回神，抬起头一看，顿时愣住了。

而一旁的叶澜成已经从容不迫地解开安全带下了车，绕到了车后面，打开后备厢将里面的东西拿了出来。

“砰砰砰！”

车窗被叩响，叶澜成淡漠的声音传入安之素耳中：“下车，愣着干什么？”

安之素猛然回神，一把丢了设计册，抓起手包跳下了车，跳到叶澜成身前拦住了他：“等等，等等，你怎么来这里了？”

“我不能来看外婆？”叶澜成眼睛一眯，大有“你敢说不能，我就掐死你”的意思。

安之素一句“不能”被他吓了回去，缩了缩脖子，怯怯地道：“这……这太突然了，我怕外婆没有心理准备会被吓到。不然……不然你先去车里等我一会儿，我进去和她打个预防针你再进去？”

安之素头皮发麻，她还没想过现在就带叶澜成来见外婆啊！都怪她在路上画图太专注了，都没注意到叶澜成什么时候把车开进疗养院的。

叶澜成也太神通广大了，连外婆住哪儿都查得这么清楚，可怕！

“安小姐。”

这边安之素正和叶澜成打着商量，想着怎么给这只大老虎顺毛的时候，一道熟悉的声音就在他们身后响了起来。

安之素暗叫糟糕。

“安小姐，你又来看老太太了啊，老太太这两天正念叨你呢。”照顾外婆的保姆李阿姨提着菜篮子走了过来，走近了才发现这次一起来的还有一个英俊的男人，她愣了下，“安小姐，这是你……”

“我是她丈夫。”一向高冷的叶澜成这会儿很亲民，主动回答了李阿姨的疑惑。

李阿姨听得眼睛一亮：“你是安小姐的丈夫？哎呀，安小姐，你结婚了啊？真好，真登对。”

安之素：“……”

这是什么情况啊，她还没做好心理准备好吗？他们怎么就聊上了？

李阿姨也不征求安之素的同意，热情地把叶澜成请进了小院里，等安之素反应过来的时候，门口就剩下她自己了。

安之素赶紧甩了甩脑袋跟着跑进去，想着别把外婆给吓着了啊！她最近来得勤，外婆好不容易不再把她认成宋佳人了，猛地又多了一个外孙女婿，多惊悚啊！

“老太太，您快来看看，看看谁来看您来了。”李阿姨人还没有进屋，已经吆喝了起来。

“还能有谁来看我这糟老婆子，除了我家之素丫头，还会有谁？”外婆虽是这么说，但语气里也难掩高兴之意，很快就走了出来。

李阿姨笑道：“是安小姐，还有安小姐的丈夫，您的外孙女婿。”

安之素刚追上来就听到了这话，差点一个趔趄栽倒。她连忙去看了外婆的神色，只见外婆也愣在了原地，一副“我是谁，我在哪儿，我听到了什么”的表情。

“外婆，您好。”叶澜成腿长，三两步就走到了老太太跟前，礼貌又尊敬地微微点了下头，自我介绍道，“我是叶澜成，之素的丈夫。一直没有来看望您，还请见谅。”

安之素忍不住要捂脸，心道：你快别说了，没看外婆一副马上要犯心脏病的样子吗？

外婆虽然整天脑子糊里糊涂的，却清楚地记得她的外孙女还没结婚，这突然冒出来一个外孙女婿，她可能要怀疑自己是不是病得更重了。

“小李，我今天的药吃了吗？”外婆着急地问李阿姨，她怀疑自己今天还没吃药，听错了。

李阿姨扑哧笑了声：“老太太，您今天的药早就吃过了。您也没听错，这位叶先生就是您的外孙女婿。老太太，咱把人请到屋里去吧。”

外婆还有点蒙，脑袋里更是一团糨糊，她呆呆地点头，让李阿姨把人请进去。

安之素差点哭出来，咬牙切齿地跑过去扶住外婆。

“之素啊，你什么时候结的婚，外婆怎么不记得了？”外婆敲了敲自己的脑袋，怎么也想不起来这事。

安之素只能硬着头皮说道：“外婆，我先前同您说过的，您忘了。”

外婆比较相信外孙女的话，应道：“外婆老糊涂了，又不记得了。”

安之素脸上笑眯眯的，内心却把叶澜成默默问候了一遍。

而叶澜成非常淡定，被李阿姨请到沙发上坐下，把手里提着的礼盒交给了李阿姨：“这是给外婆带的营养品。”

“叶先生有心了，我替老太太收下了。”李阿姨笑着接过了那些高级营养品，赶紧去给他泡茶。

外婆已经坦然接受了自己有外孙女婿的事实，老脸上堆满了慈祥的微笑：“叶……叶什么来着？”

“叶澜成，外婆您叫我阿成便好。”叶澜成起身，和安之素一起扶着她坐下。

“哎，阿成啊，你坐你坐。外婆脑子不好使了，你别见怪啊！”外婆端详着叶澜成，满眼都是满意，“长得真好看，跟我们之素真般配。”

安之素汗颜，她家外婆真可爱，夸别人都不忘带上自己的外孙女。

“是，之素长得好看，能娶到她，是我的福气。”叶澜成一改往日的沉默寡言，与外婆你一句我一句地聊了起来。

“你也好看，之素能嫁给你，也是她的福气。阿成啊，之素从小被我惯坏了，脾气不好，你多包容一点。你们已经是夫妻了，以后要好好过日子……”外婆絮絮叨叨地说了很多。

叶澜成一直耐心地听着，偶尔应答几句，与外婆相谈甚欢。

安之素在一旁插不上嘴，只静静地听着，心底没来由地涌上来一股酸涩。

她的外婆哪怕已经糊涂了，也不忘叮嘱她的丈夫好好爱她。她的外婆，永远是这个世界上最疼最疼她的人。

“安小姐，叶先生，你们中午想吃点什么？我先前不知道你们要来，也没买什么菜。你们想吃什么，我现在去买。”李阿姨端来了泡好的茶，向安之素和叶澜成问道。

安之素刚想点几道菜，就听叶澜成说道：“不麻烦李阿姨做饭了，中午我们带外婆出去吃。”

安之素：“……”

“出去好，出去好，外婆请客。小李，你快给我找身体面的衣服，我换上出去，不能给孩子们丢脸。”外婆高兴得像个小孩。

“好，老太太，我扶您回房换衣服。”李阿姨笑着扶着外婆站起来。

“外婆，我陪您。”安之素自告奋勇。

“不用你，你在这里陪阿成，外婆很快的。”外婆摆手，没让安之素跟着。

“你怎么知道我外婆住在这里？”安之素压了压火气，还是问出了这个问题。

“这是什么秘密吗？”叶澜成不答反问。

“算了，我追究这些干什么。”安之素径自挥了挥手说道，“外婆好些年前就得了老年痴呆，虽然不是很严重，但脑子也是糊里糊涂的，今天还记得的事，明天不一定还记得。”

安之素觉得还是要跟他说一下外婆的情况，免得下次他再来，外婆不记得他，他不高兴。

“这些我都知道，我联系了一个这方面的权威专家，下午带外婆过去看看。”叶澜成知道的，远比安之素以为他知道的要多。

自从他知道外婆住在这家疗养院之后，就已经利用关系，拿到了外婆这几年的病历，联系了这方面的权威专家，只是前段时间那位教授一直不在国内，这几天才回国。这个周末他也正好在苏城有讲座，才赶巧约上了。

“你……联系了专家，什么时候联系的？”安之素蒙了。

“最近。”叶澜成简单地回了两个字，他不是一个喜欢说太多的人。

安之素鼻尖一酸，心底涌出来一番感动。

“叶澜成……”安之素悄悄往他旁边挪了挪，拉了拉他的衣角，然后头往他肩头靠了过去。

叶澜成不喜欢她对他说谢谢，可她真的很感激他。

叶澜成在她脑袋上揉了一下：“别哭，不然等会儿外婆以为我欺负你了。”

“我才没哭。”安之素吸了下鼻子，还拉起他的衣角在鼻子上抹了一把。

“不许嫌弃，回去我给你洗。”安之素见他皱眉，立刻瞪他一眼以示警告。

叶澜成：“……”

外婆很快就换了一身衣服，连头发都重新精心梳理过了，整个人显得精神抖擞，平常总是混混沌沌的眼睛也散发着亮光。

“之素，阿成，咱们出去吃饭吧。阿成，外婆请你吃苏城菜。”外婆说着又转头问李阿姨，“小李，你给我带钱了吗？”

“带了带了，在您这个口袋里。”李阿姨拍拍她衣服上的口袋说道。

外婆伸手摸了一下，摸着了才放心。

“外婆，不用你请客，让叶澜成请，他有钱。”安之素这会儿心情很好，跑过来挽着外婆的胳膊。

“那不行，阿成第一次来我们家，礼数上就得我们请。阿成，等会儿吃饭的时候，你可别抢着付钱，不然外婆要生气的。”外婆虎着脸对安之素说道。

叶澜成应道：“好，谢谢外婆。”

外婆开心了，带头朝外面走去。

车子就停在院子外面，叶澜成给她们开了后面的车门，安之素扶着外婆上了车，和她一起坐在了后面。

“之素，阿成不认识路，你去开车，我们去山塘街。”外婆一见安之素也坐到了后面，立刻让她去换叶澜成。

安之素不干：“外婆，有导航的。”说着朝刚坐上来的叶澜成说道，“叶澜成，你开导航，我们去山塘街。”

叶澜成只是轻点了下头，开启了导航，输入目的地，然后发动车子离开。

安之素得以陪着外婆，抱着她的胳膊，像个孩子似的。

外婆笑话她：“你都已经结婚的人了，不要老缠着外婆，小心阿成笑话你。”

“笑话就笑话呗，我不管多大，在外婆这里都是小孩子。”安之素才不怕被叶澜成笑话，自己什么样他没见过啊！

“调皮。”外婆象征性地在她脑门敲了一下，眼底满是宠溺。

叶澜成偶尔瞥一眼车后视镜，便能捕捉到安之素俏皮鲜活的模样。他能感觉得到，在外婆身边的安之素是真的开心，也只有在外婆面前，她才会卸下平日里的伪装，活得像个孩子。

车子抵达山塘街的时候，正好赶上午饭的时间。叶澜成把车停在外面的停车场，祖孙三人下了车，朝着里面走去。

今天是周末，加上山塘街本身就是一个旅游景点，所以人有点多。叶澜成和安之素怕别人挤到外婆，一左一右地护着她。

不过外婆浑然不觉拥挤，她有好几年不曾出来走动了，一边走着还一边和安之素说道：“这里一点儿也没变，还跟以前一模一样。阿成，我跟你说，之素小时候可顽皮了，你看那条河，她就因为顽皮掉下去过，要不是别人救得及时，小命都没了。之后这丫头好几年都不敢下水。那次可把我和她妈妈吓坏了。”

“嗯，听着就像她能干出来的事，小时候肯定没少让外婆操心。”叶澜成应着，看了安之素一眼。

安之素“嘁”了声：“你看不起谁呢，外婆说的都是我三岁之前的事了，三岁之后我就很乖了好不好？”

“是吗？”叶澜成一副不怎么相信的样子。

“当然，不信你问外婆。”安之素拉了外婆一下，让外婆给她作证。

外婆努力想了一下，敲了敲脑门道：“我怎么记得的都是你顽皮的事？”

叶澜成忍俊不禁。

安之素一脸郁闷，这外婆是亲外婆吗？

“哎呀，外婆老糊涂咯，记不清啦，记不清啦。”外婆见安之素黑脸，摇着脑袋耍无赖，像个老顽童。

安之素不吃这套：“外婆，您又往老糊涂身上推，我看您脑子好使着呢，只是尽记着我小时候的糗事了。”

外婆哈哈大笑，拉着叶澜成说道：“之素小心眼生气了，我们不要理她。你眼神好使，看看万福兴在哪儿，我们去那里吃饭，那是地道的苏城菜，在这里开了许多年了。”

叶澜成忍俊不禁地应道：“好，外婆，就在前面了，您小心点走路。”

外婆高兴地和叶澜成走在一起，果断不要外孙女了。

被抛弃的安之素：“……”

祖孙三人不紧不慢地走进了这家装修古色古香，颇具江南风韵的饭庄。外婆一进来就闻到了蟹黄豆腐的香味，低声和叶澜成说着等下要点这道菜。

被抛弃的安之素默默找了一个服务员，拿出手机对了订桌号。服务员确认过后，马上领着他们进去了。

这家老饭庄是没有包厢的，所有客人都在一个大厅里吃饭，很热闹，也有点拥挤。形形色色的客人都有，安之素很习惯这样的用餐环境，甚至有点怀念。

她偷看了叶澜成一眼，不知道这位尊贵的爷会不会觉得太吵，毕竟人家堂堂一个大总裁，吃饭出入都是高级餐厅，大概从来没有来过这种菜市场一样的饭庄吧。

不过叶澜成一向面瘫，她从他尊贵淡漠的俊脸上看不出什么表情来，索性也就不管他了，反正外婆高兴就好。

外婆的确是高兴坏了，一坐下就开始点菜，也不用看菜单，一连串地跟服务员报了好些个这里的招牌菜。

服务员都惊呆了："老人家，以前没见过您呢，您怎么对我们这里的招牌菜这么熟悉啊？"

"我是有好些年没来啦，不过以前我女儿在这里开了一家旗袍店，叫素嬛，你太小啦，没听过。"外婆心情好，说话都显得中气十足。

叶澜成的眉梢一挑，看了安之素一眼，那意思很明显，这事她可没有跟他说过。

安之素装死，假装没有看懂叶澜成的眼神。

"原来是老邻居啊！老人家，那您还想吃点什么？"服务员的客气中多了一些亲切。

外婆又高兴地点了几道菜。

服务员跟她确认了一遍菜单后才下单，然后给他们倒了三杯大麦茶，接着才去招待其他桌的客人。

外婆许是心情好，脑子都比平常清楚了些，和叶澜成说起以前的事，一点儿都不糊涂。

安之素都有点怀疑外婆这老年痴呆是不是间歇性的了。

叶澜成憋着一肚子坏水，趁着外婆这会儿脑子清楚，一直旁敲侧击地打听安之素小时候的事。外婆好哄，尽说安之素的糗事了。

好在菜肴很快就上来了，安之素盛了点蟹黄豆腐到碗里，递给外婆："外婆，快吃饭吧，这蟹黄豆腐凉了不好吃。"

"给阿成，先给阿成。"外婆摆手，让安之素把碗递给叶澜成。

安之素恨得牙痒痒，忍着把蟹黄豆腐倒在叶澜成脸上的冲动，把碗放到了他面前，又拿起他的碗，重新给外婆装了小半碗。

“阿成，你快尝尝，看合不合你的口味。”外婆招呼叶澜成吃。

叶澜成应了声“好”，拿起勺子，尝了一小口：“嗯，好吃。”

“苏城和S市的口味差不多，我就知道你会喜欢。”外婆这才拿起勺子吃起来。

安之素已经郁闷得快吐血了：外婆，您看看我，看看我好吗？您亲外孙女在这儿呢，在这儿呢。

外婆似是完全没有看到外孙女的郁闷，一个劲地招呼叶澜成，还给他夹菜。

安之素看到外婆给他夹菜就乐了，她多少还是了解叶澜成的，这家伙洁癖很重，让他吃别人夹的菜，那绝对是不可能的。

安之素幸灾乐祸地斜睨叶澜成，笑得跟只小狐狸一样。

然而叶澜成在她幸灾乐祸的眼神下，面不改色地夹起了碗里的菜，淡定地送进了嘴里，云淡风轻，好像那就是他自己从盘子里夹起来的一样。

说好的洁癖呢？

“之素，你老看阿成做什么？吃菜呀。”外婆终于想起来自己的外孙女了，也给她夹了她爱吃的菜。

安之素感动得热泪盈眶。

叶澜成低笑。

安之素瞪了他一眼，忽然灵机一动，给了叶澜成一个意味深长的眼神。

叶澜成立刻就有了一种不太好的预感。

“叶澜成，蟹黄豆腐好吃吗？”安之素笑眯眯地问道。

叶澜成眯了眯眼，刚才外婆问他，他已经说过好吃了，现在她又问，他还能说不好吃？

寻思了一下，叶澜成没寻思出来她想干什么，于是随口“嗯”了声。

“那好吃你多吃点，我正好不想吃了，给你吃吧。”安之素说着麻溜地把自己的碗推过去，把叶澜成的空碗换了回来。

叶澜成的脸黑了一下，他低头看了下面前的碗，碗里还剩下三五口蟹黄豆腐，还被搅碎了不少，早就没有刚开始的卖相了。

“吃吧吃吧，凉了就不好吃了。”安之素漂亮的脸蛋上堆满了殷勤的笑，现在就是让她喂叶澜成，她也是愿意的。

“蟹黄豆腐要趁热吃。”正在埋头吃饭的外婆也跟着点了下头。

叶澜成的嘴角狠狠一抽，在安之素狐狸般的注视下，拿起了勺子，一口一口吃下了她剩下的几口蟹黄豆腐。

看到洁癖很重的叶澜成“乖巧”地吃完了自己剩下的豆腐，安之素差点笑出声来：让你再在外婆面前装乖巧！

“来来来，吃这个，这个也是我们苏城的地道菜。”叶澜成刚放下勺子，安之素又夹起一筷子菜放到了他面前的碗里。

叶澜成清楚看到她在夹菜之前，故意把筷子放嘴里嘬了一下。

这女人绝对是故意报复他，就是算准了当着外婆的面，他不会拂了她的面子。

“吃呀，不喜欢吃这个啊？那换一道，我小时候最喜欢吃这个了。”安之素见他不动筷子，又换了一道菜夹给他。

安之素憋笑差点憋成内伤，这一中午，她自己都没顾上吃几口，尽变着花样给叶澜成夹菜了。

外婆在一旁看得欢喜不已，一副“吾家有女初长成”的语气说道：“哎呀，我们家之素丫头长大了，都会照顾人了。”

叶澜成嘴角抽了抽，她这哪儿是在照顾他，他都已经看到小妻子的狐狸尾巴翘到天上去了。

一顿饭吃得跟博弈似的，一开始叶澜成稳居上风，后面安之素华丽逆袭，最后以安之素完胜落下帷幕。

胜利者安之素感觉自己真是一个小机灵鬼，心情好得似要飞起。

饭钱是外婆付的，夫妻俩谁也没跟老人家争。

外婆付完钱想要继续逛逛，夫妻俩自然是欣然陪同，反正离跟教授约的时间还早，并不着急。

“咦，这家酸奶店竟然还开着呢。”走了一会儿，安之素忽然停下了脚步，惊叹了一声。

外婆老眼昏花，看不清，问道："哪家啊？"

"狐狸家的酸奶，外婆还记得这家店吗？小时候我一哭，您就给我买这家的酸奶哄我。"安之素挽着外婆说道。

外婆想了想："我怎么不记得了？哎，脑子又不好使了。"

安之素一笑，也没指望外婆还记得，她今天的状态已经很好了。

"叶澜成，你带外婆去那边歇会儿，我去买几杯酸奶，很快回来啊！"安之素把外婆交给叶澜成，自己就跑进了那家酸奶店。

叶澜成摇摇头，扶着外婆在旁边的石凳上坐下。

安之素倒是很快就回来了，回来的时候手里捧着三杯酸奶，蹦蹦跳跳地坐到他们跟前，把酸奶放到了石桌上。

"小杯草莓味是外婆的，大杯芒果味是我的，小杯原味是你的。"安之素捧着一个大杯，把剩下的两杯分了出去。

叶澜成瞅瞅自己的小杯，又瞅瞅安之素的大杯，宠溺一笑，也不揭穿她的小心眼。

"这个酸奶好吃，味道很熟悉，哪家的啊？"外婆吃了两口，又忘记安之素告诉过她的店名了。

"狐狸家的酸奶。外婆，你喜欢吃的话，什么时候想吃，让李阿姨来给你买，我回头跟李阿姨说一下。"安之素又耐心地告诉了她一遍。

外婆笑着记下，摇头道："这都是你们小孩子爱吃的，外婆尝尝鲜就好啦，不能天天吃。"

"好，外婆，你什么时候想吃，我们就什么时候吃。"安之素什么都依着她。

外婆又笑着低头吃酸奶了。

叶澜成低头看着酸奶盒上的小狐狸图案，忍不住就在脑海里把小狐狸头换成了安之素的，后面一条尾巴摇着，毫无违和感。

安之素可没空管他，捧着手里的一大杯酸奶吃着，还咂舌道："嗯嗯，跟小时候的味道一模一样，一点儿都没有变。"

叶澜成瞧着她一脸满足相，轻笑了声，吃了几口，并没觉得哪里好吃。

“你怎么不吃了？不喜欢吃还是不好吃？”安之素一大杯都吃完了，抽空瞥了叶澜成一眼，见他才吃了几口。

叶澜成很少吃这些东西，他连牛奶都喝得少，闻言把自己面前的酸奶杯推给了她：“你吃吧，我不爱吃。”

安之素的眼睛亮晶晶的，不客气地拿了起来，舀了一大勺子酸奶送进嘴里，脸上的神色更满足了。

叶澜成在心里默默记下她喜欢吃酸奶这事，想着回去让老九去找找，看看 S 市哪家酸奶口碑比较好。

第六章 老公太小气怎么办

三人坐着歇了一会儿，叶澜成见时间差不多了，才给了安之素一个眼神。

安之素秒懂，扶起外婆道："外婆，我们走吧。"

"好，去哪儿？这么早回去吗？"外婆显然还没有逛够。

安之素说道："外婆，我们去趟医院，给您检查身体，今年您的体检还没做呢。"

"检查身体啊！"外婆想了想，也没想起来今年的体检有没有做过。

"是呢，叶澜成给您约了一个医学教授，给您做一个全面检查，那个教授很难约的，您可不能不去呀。"安之素怕外婆不乐意，赶紧把叶澜成搬出来。

叶澜成配合地点头："外婆，检查很快的。"

外婆这才妥协道："好吧。"

半个多小时后，车子停在了医院的地下停车场。

夫妻俩扶着外婆从车上下来，坐电梯直接上了五楼。

"叮！"

电梯门打开，三人走了出去，门口等着的一个穿着西装的年轻男人迎了上来。

“叶少，你好。我是刘教授的助手，刘教授让我在这里等候你。”

叶澜成“嗯”了声：“带我们去见刘教授吧。”

“好的，叶少，这边请。”助手做了一个“有请”的手势，然后在前面带路。

叶澜成和安之素扶着外婆不紧不慢地跟在后面。

穿过一个走廊就进入了一间办公室，里面坐着一个五十多岁的老头，穿着白大褂，模样慈祥，气色红润，一看就是身体特别好，又特别有学问的学者。

“刘教授，叶少到了。”助理敲门进来，低声和刘教授说道。

刘教授这才从正在看的病历中抬起了视线，他没有先看叶澜成，也没有先看安之素，而是看向了中间的外婆。

“刘教授。”叶澜成朝着刘教授微微颔首。

安之素也跟着喊道：“刘教授，您好。”

“好，叶少，叶夫人，还有老太太，请坐。”刘教授应着，起身招呼他们坐下，让助手去倒茶。

夫妻俩扶着外婆在沙发上坐下，刘教授则坐到了他们对面。

助手端来茶水给他们，夫妻俩象征性地抿了一口，叶澜成直入主题：“刘教授，外婆她老人家往年的病历你都看过了，今天还需要做其他检查吗？”

刘教授颔首道：“还需要重新做一次脑 CT 扫描，获取最新的数据，跟往年的对比一下，才更准确。”

“那麻烦刘教授安排一下。”叶澜成闻言说道。

“早就安排好了。小郑，你带叶少和老太太去做 CT，结果直接传到我邮箱就行了，不用等片子出来。”刘教授朝助手叮嘱道。

因为已经提前安排好，所以不需要走正常的程序，他们去了就直接进去做检查了。

过了二十多分钟，里面的护士出来告诉他们，外婆睡着了。

安之素哭笑不得，正要进去喊醒外婆，却被叶澜成拦了下来，他让刘教授的助手去安排了一个病房。助手行动很快，不出十分钟就安排好了。

叶澜成走进 CT 室，将瘦弱的外婆抱了起来，让助手带路，送外婆先去病房休息。

安之素跟在他身边，偶尔抬头看他，他还是那副淡漠的神色，但安之素觉得此刻的他简直高大得有两米八，让她非常有安全感。

她忽然想起了六年前，那时候外婆突然就得了老年痴呆，病情有些重，一夜之间就丧失了自理能力。

她慌了神，急匆匆赶回苏城，外婆连她都不认识了，记忆回到了她小时候，一直说邻居家的小女孩是她。

安博远那时候在国外出差，只派了一个人过来陪她带外婆检查身体。她带着外婆跑了好几家大医院，医生全对这类病束手无策。

安之素跟学校请了一个月的假，整整陪了外婆一个月，可外婆的病情一点儿也不见好。最后她只能选择将外婆送去疗养院，钱还是问安博远要的。

那时的她一个人扛着照顾外婆的责任，一手包办外婆的入院手续，从来没有一个人像此时的叶澜成这样，安排好一切，她只要跟着便好。

助手不仅安排了病房，还安排了一个护士，叶澜成把外婆放到床上，他们也不用在这里守着，有护士在，他们可以放心地去刘教授那里听病情分析。

“刘教授，我外婆的情况怎么样？”回到了刘教授这边，安之素有些心急地问道。

刘教授给了安之素一个和蔼可亲的微笑，说道：“叶夫人不必担心，老太太的情况不仅没有恶化，还有显著的缓解。她最近几个月，是不是脑子清醒的时间越来越长了？”

安之素闻言立刻点头：“是的，外婆一开始都不认识我，总把别人认成我，最近慢慢地一眼就能认出我了。今天我们还带她出去玩了，她一直挺清醒的。刘教授，这是不是代表我外婆有痊愈的可能啊？”

“老年性痴呆是一种中枢神经系统变性病，主要表现为渐进性记忆障碍、认知功能障碍、人格改变及语言障碍等神经精神症状。由于其病因和发病机制尚不明确，所以目前没有特效方法逆转和阻止病情。不过老太太早期治疗得及时，这些年病情也控制得很好，并没有恶化的迹象，现在还隐隐开始清醒，说明她在心理上更加愉悦了。这是一个好现象，继续保持下去，只要不恶化，就是好事。”刘教授给出了一个不算好，但也不算坏的答案。

安之素有些失望，但很快就打起了精神。自从她从精神病院出来之后，外婆的病情就渐渐往好的方向转变了，也许会出现奇迹呢。

叶澜成的大手在她的小手上拍了拍，安抚了两下，才问刘教授："刘教授，那需不需要根据外婆现在的情况，调整一下用药的剂量？"

"这个是需要的。"刘教授一边说着一边已经在病历本上开了一些药，"按照老太太现在的情况，用药量得减少三分之一。她现在吃的药里也有一些可以停掉了，有几种也可以替换成疗效更好的。"

"老年痴呆症的发病，不仅只是生理原因导致，心理原因也占据着很大的因素。同样的，控制老年痴呆，不能只靠药物，还要靠你们这些亲人的陪伴。没事多陪陪老太太，她心情好了，更利于病情的稳固。"刘教授又多嘱咐了他们几句。

安之素一一记下："谢谢刘教授，我们会多多陪伴她的。"

这几个月，安之素一有空就回来陪外婆，也深刻地感觉到外婆需要她的陪伴。李阿姨也经常说，每次她来的时候，外婆的精神就会好很多。

"丁零零——"办公桌的座机忽然突兀地响了起来。

刘教授露出了一个歉意的微笑，然后抬手拿起了话筒。

片刻之后，刘教授挂断了电话，对安之素说道："老太太醒了，但情况有点不稳定。"

安之素吓了一跳，下一秒就站起来往外面跑。

安之素一路小跑着推开了病房的门，就看到外婆坐在床上生气，不让护士靠近，嘴里念叨着她的名字，很害怕的样子。

“外婆……”安之素心疼地跑了过去，“外婆，您别怕，我在呢，我在这儿呢。”

听到声音的外婆朝她看了过来，但很快就抽了一个枕头砸了过来：“别过来，你不是我们家之素。”

外婆的眼神非常警惕，又非常的陌生。

安之素被砸了一下，往后退了一步，被赶过来的叶澜成及时扶住了腰，将她揽进了怀里护着。

“你们都是什么人，你们把我的之素弄哪儿去了？我的之素还那么小，离开我身边，她会被欺负的。叶丽姝和安听暖母女那么坏，她们会欺负我的之素的。”外婆瞪着后面来的刘教授，一副护犊子的语气。

刘教授显然经验丰富，脸上的笑意不减，开口道：“老太太，你外孙女不就在这里吗？你又睡觉睡糊涂了，你家外孙女都长大了。你再仔细看看，看看是不是你外孙女，跟你长得多像啊！”

他的话很温和，又带着安抚性。外婆紧张和警惕的情绪慢慢松懈了下来，她转头看着安之素。

“外婆……”安之素小声喊着她，带着特有的撒娇意味。

外婆混沌的眼睛被她这一声喊得明朗了起来：“之素，之素宝贝……真的是你。”

安之素一听外婆认出了她，赶紧走了上去：“外婆……”

“宝贝。”外婆一把拉住了她的手，“外婆的心肝宝贝，你都长这么大了，外婆怎么都不知道你长这么大了？”

“外婆，您是睡觉睡迷糊了，别怕，我在呢。您再好好睡一觉，睡醒就想起来了。”安之素也学着刘教授的语气，安抚着外婆的情绪。

叶澜成捡起地上的枕头，拍干净后给安之素递过去。

安之素接过放到外婆身后，继续安抚道：“外婆乖，我们睡一觉好不好？我不走，我就在这里陪着您。”

外婆拉着安之素的手躺下，不安心地嘱咐说道：“之素，你就在外婆身边待着，外婆保护你。你别回安家，她们会欺负你。外婆都知道了，你爸不是个好东西，他对不起你们母女俩，我都知道了。”

安之素听到后面的话，神色顿时一僵。

外婆这话什么意思，她知道什么了？

安之素的脸色一下子就变得苍白了起来，她用力握了下外婆的手，问得有些急切：“外婆，你知道什么了？”

外婆已经有些浑浑噩噩了，半闭着眼睛，不过还能够回答安之素的问题：“我知道了，是你爸对不起你妈，他在外面有其他女人了。叶丽姝是他养的情妇，安听暖是他的亲女儿。他骗了你妈妈，也骗了我。之素，你别回去，她们会欺负你，你在外婆这里，外婆保护你，保护你……”

说着说着外婆就睡着了，好像刚才只是做了一个梦，梦累了，她又继续沉睡了过去。

而这些话于安之素而言就如晴天霹雳，她僵在那里，巴掌大的脸蛋上已经是阴云密布，一只拳头紧紧握着，仿佛下一秒就会暴走。

外婆怎么会知道那些事的？

当年她爸爸出轨，叶丽姝给他生下一个私生女的事，她自始至终都是瞒着外婆的。外婆根本不知道这些丑陋的事，尤其是在她妈妈去世，她爸爸很快就娶了叶丽姝之后，她更不敢把真相告诉外婆。

而爸爸自知有愧，更不会说这些事。

那么外婆到底是从谁口中得知的？这事曾经在很长一段时间里都是一个秘密。哪怕是现在，也没人去认真挖过那些事，都还以为安听暖是叶丽姝改嫁带到安家的孩子。

安之素记得外婆的身体一向很硬朗，虽然妈妈去世之后，她遭受了打击，身体不如以前了，但依旧是健康的状态，没有一点老年痴呆的迹象。

偏偏那一年，外婆就毫无预兆地得了老年痴呆。因为是常见病，安之素便没有往深了想，现在再一回想，会不会是外婆在知道了爸爸和叶丽姝的事之后，受了刺激才变成这样的？

安之素越想越怕，后背挺得都僵硬了，她忽然问刘教授：“刘教授，一个人在受了强烈的刺激之下，会不会激发突发性老年痴呆症？”

刘教授被问得一愣，过了好一会儿才回答道：“不排除这个可能性，老年痴呆症从某方面来说，也属于一种心理性精神疾病。老年人本身的心理承受能力和精神抗压能力都会随着身体的衰弱而衰弱。在强大的刺激之下，很容易引发突发性心脏病、突发性脑溢血、突发性老年痴呆症等疾病。”

得到了刘教授专业的答案，安之素的脸色变得更加阴沉，粉拳再次握紧。

“刘教授，那你认为外婆属于突发性老年痴呆症的概率有多少？”叶澜成并不知道安之素为什么会突然问这个问题，但直觉一定有原因，所以多问了一句。

刘教授思考了好半晌才下结论：“老太太这些年的病情反反复复，时好时坏。有时候头脑很清楚，有时候又很混沌，从这点上来看，很符合突发性老年痴呆的症状。

“这类病人，与慢性老年痴呆症不同，它没有任何积累和征兆，只是在受了刺激之后突然脑子不好用了。所以随着时间的推移，刺激源的影响渐渐减弱之后，病人的脑子会渐渐清醒过来。

“一般来说，这类病人，我们定义为暂时性老年痴呆，治愈的可能性高达百分之八十。叶少，叶夫人，这是一个好消息。老太太的病，逐渐就会好转。”

这是之前刘教授没有考虑到的情况，他以为老太太是慢性老年痴呆症，先前有一定的痴呆征兆，最后得老年痴呆是一个必然性的结果。

可是安之素那么一问，他就重新回忆了下老太太的病历，这才得出了新的结论。老太太很有可能就是突发性老年痴呆症，现在六年过去了，刺激源对她的影响越来越小，她才变得比以前越来越清醒了。

只是这个好消息非但没让安之素感到开心，反而让她的心底生出了一阵阵寒意。

她在想，是谁把那件事告诉外婆的？

刘教授和其助手以及护士都在叶澜成的眼神示意下先离开了，而安之素还浑然不觉，直到一只大手按在了她肩头，她才猛然回神，眼睛泛红地看着他。

“在想什么？”叶澜成拉着她，朝着沙发那边走去。

安之素像个没有灵魂的木偶一样被他牵着走。

他将她牵到沙发边上坐下，让她坐在自己身边，再次问道：“在想什么？不能和我说？”

“不是。”安之素立刻摇头，仰头看着他，“叶澜成，我怀疑外婆生病是因为有人故意刺激了她。她……她以前并不知道我爸妈的事。”

“嗯？什么事？”叶澜成明知故问，安家那些事，他早就让老九调查清楚了，只是想要听安之素亲口再说一遍。

安之素垂下了眼帘，像只受了伤的兔子，过了好一会儿她才用很小很小的声音说道：“安听暖她不是我爸爸的继女，她是我爸爸和叶丽姝在外面生的私生女。这件事，外婆并不知道。就连我妈妈也是在去世前不久才知道的，我……是偷听爸妈吵架知道的。

“爸爸是没脸让外婆知道，妈妈是怕外婆受不了这个打击。这件事，妈妈一直在极力隐瞒，直到她去世，外婆都被瞒得死死的。

“我现在怀疑外婆生病就是因为知道这个消息被刺激的。六年前，我接到医院的电话，说外婆是在公园里突然晕倒的。外婆在医院昏迷了三天才醒过来，醒来脑子就糊涂了。

“一定是有人故意刺激她了。叶澜成，你说会不会是叶丽姝母女告诉外婆的？除了她们，没人会故意刺激外婆，也没人知道叶丽姝和我爸爸婚外情的事，这毕竟不是光彩的事，叶丽姝也不会大肆宣传不是吗？”

说到最后，安之素抬起了头，看着叶澜成，渴望他给她一个肯定的回应，渴望他能站在她这边，她需要一个人和她站在一条战线上，迫切地需要。

叶澜成迎着她希冀的目光，眼底染上了一层怜悯，他伸出手，将她圈入怀中，下巴搁在她的头顶上，淡漠的声线缓缓传来："我来调查这件事，我来收拾她们。"

简简单单的两句话，像承诺一样落在安之素的心头，她的心脏轻轻一颤，似是有什么东西填充了进去，将她空落落的心房填得满满的。

她埋首在他胸前，鼻尖酸涩难忍，情不自禁地伸出双手抱住了他的腰，低低地道："叶澜成，你怎么对我这么好？"

"这就好了？"叶澜成低笑，在她脑门上轻轻一敲，"要求太低，叶太太，你该学学其他妻子是怎么要求丈夫的。"

安之素挨了一记，委屈地翻了他一个白眼："我要是像其他女人那样，天天要求你这个，要求你那个，你早就想和我离婚了。"

"你就知道我满足不了你的这个要求、那个要求？"叶澜成也学着她的样子，翻了她一个白眼，还抬手在她脑门上一敲。

"你又打我！"安之素捂着脑门往后躲了一下，气呼呼地瞪他。

叶澜成回答得理直气壮："就你这榆木疙瘩一样的脑袋，不经常敲打敲打还不得笨死？"

"你才笨，你全家都笨！"安之素不甘示弱地挤对回去。

叶澜成云淡风轻地提醒道："目前我家户口本上只有我和你。"

安之素："……"

夫妻俩正欢乐地挤对彼此的时候，叶澜成的手机不合时宜地振动了起来。叶澜成拿出手机，电话是老九打的，他面无表情地接了起来："说。"

老九一听这语气就在心里叫了声"完蛋"，自己这电话打得显然不合时宜啊！可是，他这不是有急事汇报嘛。

老九顶着来自电话那端的强大气场说道："大少，老夫人那边又打来电话了。"

"什么事？"一听"老夫人"三个字，叶澜成的眉头就皱了起来。

“这次是叶晴小姐的事，叶晴小姐想出演黎导的那部电影的女主，老夫人想让大少和黎导说一声。”老九小心翼翼地把叶奶奶的话重复了一遍。

“我那天说得不够清楚？他们听不懂人话？”叶澜成的神色顿时变得阴冷无比。

老九委屈地说道：“我也已经替大少回绝了老夫人，可老夫人不罢休，一定要大少给她打个电话。”

“呵！”叶澜成的嘴角勾起一抹冷笑，“转告她，如今盛世财团是我叶澜成当家做主，她想命令我做什么事，先得有那个本事再执掌盛世。否则我想做什么，不想做什么，还轮不到她管。”

说完这句话，叶澜成直接挂断了电话。

电话那边的老九嘴角一抽，心道：大少啊，你这不是为难我吗，我敢这么和老夫人说话吗？

这边叶澜成挂了电话，就看到安之素表情古怪地盯着他。

“看什么？”叶澜成淡漠地将手机装了回去。

安之素审问似的问道：“你和叶晴什么关系？”

老九说的什么她听得不是很清楚，却敏锐地捕捉到了“叶晴”这个名字。

叶晴给她的印象实在太差，差到一听到这个名字，她潜意识里就不想让叶澜成跟叶晴有什么牵扯。

叶澜成听到她审问似的问题，似笑非笑地斜睨了她一眼：“你以为我和她能有什么关系？”

“鬼知道你们什么关系。”安之素也斜睨了他一眼，嘀咕了句，“一个财团总裁，一个大明星，听起来就没什么正当关系。”

她这边话音刚落下，脑门就挨了一记敲打，叶澜成不悦的声音在头顶响起：“胡说什么。”

“叶澜成，你再打我，我告你家暴。”安之素捂着脑门又往后躲了躲，感觉到了安全距离才怒瞪双眼道，“我合理猜测不行吗？小说里不都那么写的吗，霸道总裁和女明星，多正常的事。”

叶澜成直接一个冷漠的眼神扫了过去，神色更不悦了：“你就是这么看我的？”

安之素被他看得缩了缩脖子，呃……好像他跟小说里的霸道总裁不一样，每天准时上班，准时下班，下班回家还会给她做饭。他周末也很少加班，更是很少出去应酬。别说什么情人，他连绯闻都没有。

嗯……好像她那么说是有点冤枉他呢。

安之素默默地又缩了下脖子，小声说道：“我就是随便说一下嘛，不是就不是，至于生气吗？”

叶澜成“呵”了声，懒得搭理她了。

安之素心想，完了，他又生气了。

她寻思了一会儿，想着还是得哄啊，不哄，他不得更生气？

她默默地一点点挪了回去，扯了扯叶澜成的衣服，清了清嗓子，咳了两声：“那个……别生气了，我下次不胡乱猜了。”

叶澜成看了眼她那只捏着自己衣角的手，没说话。

安之素不自在地松开了他的衣角，摸了摸鼻子，开始讲道理：“你看看，是你问我以为你们是什么关系的，那我就随便猜测了一下，怎么还怪上我了？好好聊个天，不带生气的啊！你这样，以后我还怎么和你好好聊天？”

听她还有理了，叶澜成都被气乐了：“所以该怪我？”

“那是当……”安之素刚要顺口接一句“当然”，迎上他的目光又立刻改了口，“那当然是不能怪你的。主要还是怪我，我脑洞太大了。”

“呵！”叶澜成的俊脸上浮现一抹被顺毛成功的神色，“这句话还有点认错的样子。”

安之素深吸了一口气：你长得好看，说什么都是对的。

叶澜成伸手在她脑袋上摸了一把，原本淡漠的声音里带着一点笑意：“瞎吃醋。”

安之素瞪眼：吃醋？谁吃醋了？你哪只眼睛看到我吃醋了？

“回去给你炖点猪脑汤补补。”安之素这边正抵死不承认自己吃醋的时候，叶澜成的声音又传了过来。

安之素一脸茫然："为什么？"

"给你补点脑子，都笨成什么样了。"叶澜成又在她的头发上摸了一把，跟摸白心慈养的小猫似的，语气淡然，"叶晴是我堂妹。"

安之素脱口说道："有句骂人的话不知当讲不当讲。"

"不许说粗话。"叶澜成抿唇，斜睨着她。

安之素吐了吐舌头，又往他旁边挪了一下，问道："叶晴真是你堂妹啊？"

"嗯。"叶澜成应了声。

安之素小小地皱了下眉头，这就很尴尬了，她都还没见叶家那边的人，就先把小姑子给得罪了。听说小姑子是世界上最难相处的生物之一，叶晴如果知道自己是她嫂子，会被气死吧。

"喀喀，叶澜成，我和你说件事啊！"安之素想了想，觉得还是得跟叶澜成打个预防针。

叶澜成高冷地吐出一个字："说。"

"那先说好，你不能生气。"安之素先讨了一张"免死金牌"。

叶澜成"呵"了声，示意她说。

安之素豁出去了，三言两语把试镜那天发生的事和他说了一番，然后总结道："你看，这事其实也不能怪我吧。我不过就是路见不平拔刀相助，正巧黎导又看中了人家的演技。要怪也只能怪叶晴她自己演技不过关，不然黎导也不会弃她另选他人，对吧？"

叶澜成先前并不清楚叶晴和安之素之间怎么结的仇，现在算是弄清楚了。

"喂，你不会生气吧？我可不是故意欺负你妹妹，我也不知道她是你妹妹啊！"安之素见叶澜成没反应，赶紧戳了他一下。

叶澜成这才反问了句："知道她是我妹妹，你就不会路见不平拔刀相助了？"

"那怎么可能。"安之素想也不想就说道，"你妹妹也不能这么随便欺负人吧，我说你们家是不是把她宠得有点过分了？我最讨厌仗势欺人的人了。"

听着她义愤填膺的语气，还连带着把自己一起责怪了，叶澜成嗤了声：“别带上我，她和我只是血缘关系上的亲戚罢了。”

安之素直觉叶澜成对叶晴有些嫌弃，或者说，他对叶家人都有些嫌弃。联想到白心慈也是单独住，没有和叶家其他人住在一起，她似乎明白了点什么。

不过她并没有多问，免得惹叶澜成不开心，寻思了一下唏嘘道：“难怪叶晴脾气那么大，敢情本身就是叶家的掌上明珠啊！那天还说让我走着瞧，看她怎么把女主角拿回来呢，原来是去找你了。你没答应她吧？我不是对她有意见才说她演技不行的，她的演技真不行。黎导既然没有看上她，那肯定是有原因的，你就别插手这事了。”

安之素絮絮叨叨地说了一大堆，中心思想就是不想让叶澜成帮叶晴。

叶澜成斜眼看她：“我管她做什么。”

“嘿嘿，不管就对了。你们这些豪门，就容易养出来这样的孩子。以后我们有孩子了，可不能养成叶晴那样，你不能惯着孩子。”安之素说着说着就扯远了，自己还浑然不觉。

“胡说什么，以我的基因来说，就不可能生出叶晴那样的。”叶澜成不悦了，她干吗拿他的孩子和叶晴比，这让他超不高兴！

“人之初，性本善。每个孩子出生的时候都是一张白纸，性格都是后天养成的。我反正是提前和你说了，要是生个女儿，你不许太宠了。哎，还是生个儿子吧，感觉还是儿子好一点。”安之素一本正经地和他讨论起了育儿经。

这个话题叶澜成还蛮感兴趣的，说道：“要什么儿子，生个女儿就行了。以后我负责宠孩子，你负责教育孩子。”

“意思就是你唱红脸，我唱白脸咯？”安之素听懂了他的意思。

叶澜成理所当然地“嗯”了声，有个小公主，他当然得宠着。

安之素气结道：“凭什么啊，就不生女儿。我要生个儿子，你唱白脸，我唱红脸。”

“女儿。”叶澜成很坚持。

“儿子。”安之素也很坚持。

“女儿。”

“儿子。”

“女儿。”

“儿子。”

夫妻俩谁也不肯让步，直到病床上传来一声轻笑，两人才发觉自己干了件多么幼稚的事。

叶澜成有些不自在地轻咳了声，朝着病床看去。

病床上外婆笑着坐起来，看着刚刚还在斗嘴的夫妻俩，笑道：“这事有什么好吵的，生两个不就好了，一个儿子、一个女儿，多好。”

安之素的脸一下子红了，“哼”了声：“谁要给他生孩子。”然后赶紧起身朝着外婆跑过去。

外婆在她脑袋上拍了一下：“胡说，趁着外婆还没死，赶紧给我生个曾外孙、曾外孙女。”

“不要。”安之素抱着外婆撒娇，“我才不生，您有了曾外孙和曾外孙女，您就不疼我了。”

“又胡说。”外婆笑着敲她额头。

安之素嘻嘻一笑：“外婆，您睡一觉感觉精神好些了吗？”

“好多了，我怎么在医院？”外婆把之前的事又给忘了。

安之素如实回答：“外婆，我们来给您检查身体啊！现在已经检查完了，医生说您身体很好，我们现在可以走了。”

外婆点头，嘀咕道：“我就说了我身体好好的，现在你们相信了吧？”

“信了信了。”安之素顺着她，给她穿上鞋子，扶她下了床。

叶澜成也走过来，扶着她的另一边，朝着病房外走去。

路上安之素给李阿姨打了电话，让李阿姨准备些菜放到冰箱，晚上就不用在这边了，她晚上住在疗养院照顾外婆，明天上午李阿姨再过来就行了。

等他们回到疗养院的时候，冰箱里已经塞了不少食材。李阿姨还给她和叶澜成整理好了房间，买了新的洗漱用品。

“外婆，您晚上想吃什么呀？李阿姨买了牛肉、羊肉，还有鱼。”安之素在厨房里转了一圈，出来问道。

外婆问道：“你什么时候学会做饭了？”

安之素一指叶澜成，使唤得相当顺手：“叶澜成会啊，他做饭可好吃了，让他做。”

外婆白了她一眼，说道：“一点为人妻的样子都没有，你回去后报个烹饪班好了。”

安之素：“……”

叶澜成轻笑，揶揄道：“外婆，您让她去学烹饪，不出三天就要被退学。”

外婆点头，颇为赞同。

安之素瞬间黑脸，腹诽：你们真是够了。

晚饭自然还是叶澜成做的，当然安之素也没闲着，给叶澜成打了一晚上下手。对于打下手这种活，她已经驾轻就熟了，通常叶澜成一个眼神，她就知道他需要什么了。

“我还是挺有成为大厨的天赋的吧？”安之素对此扬扬自得，感觉自己很棒。

叶澜成高冷一笑：“充其量，你也只有当帮厨的天赋。”

夫妻俩在厨房里关着门做饭，外婆就在外面戴着老花眼镜织围巾。手里的围巾已经在收尾了，是一条深蓝色的男士围巾，和她之前给安之素织的白色围巾是一个款式。

这是她给宋佳人的老公织的，她记得有一次宋佳人来看她，说已经结婚了。她当时就想着给宋佳人的老公织一条围巾，不过今天她知道自己有孙女婿了，就打算把这条围巾送给孙女婿，回头再重新给宋佳人的老公织一条。

外婆并不知道，她那时候以为的“宋佳人”其实就是她的外孙女安之素。

叶澜成晚上做了四菜一汤，三荤一素。考虑到外婆的饮食以清淡为主，所以他做的都是一些清淡的菜式。

安之素把用砂锅炖的牛骨汤端到了桌上，朝着客厅喊道：“外婆，吃饭啦。”

“哎，来了。”外婆把这几针打完，放下了手里的活计，摘了老花眼镜，起身朝着餐厅走来。

安之素走过去扶她在餐椅上坐下，拿了湿毛巾给她擦手，然后盛了一碗牛骨汤给她暖胃。

叶澜成端着最后一道青菜出来，安之素也刚好给他盛好汤。

“阿成，快吃饭。”外婆越看叶澜成越喜欢，笑得眼睛都眯成了一条线。

叶澜成应了声，在她边上坐了下来。

安之素已经不指望外婆招呼她了，给自己盛了一碗汤，开始吃饭。

素来无肉不欢的安之素承包了牛骨汤里的大骨头，啃得那叫一个畅快。等啃得只剩下骨头之后，她又开始吸里面的骨髓，吸得哧溜哧溜响，饭桌上只能听到她的动静。

“啃完这根骨头就不许再吃肉了，你怎么还这么偏食，吃点青菜。”外婆见她光吃肉，皱着眉夹了一筷子青菜给她放碗里。

安之素都快哭了，平常在家叶澜成管她管得死死的，好不容易来了外婆这里，叶澜成也难得不限制她了，寻思着能放飞自我了，结果外婆又管上了。

“外婆……我中午都没怎么吃……”安之素开始撒娇，满桌子肉，她可不想只吃青菜。

“你又欺负我记性不好，中午那红烧肉都进了你肚子吧。”外婆一副“你别欺负我老糊涂”的语气。

安之素：外婆，说好的老年痴呆症呢，说好的记性不好呢？

叶澜成笑得有点幸灾乐祸的意味，还当着她的面夹了一块排骨，吃得很是享受。

这一顿饭吃下来，可把安之素郁闷得不行，一半青菜都进了她的肚子，一半肉进了叶澜成的肚子。

她总觉得叶澜成是故意的，平常在家，可从来不见他吃这么多肉。他饭量不大，尤其是晚饭，感觉只是一日三餐里凑数的。

于是晚饭吃完之后，安之素坚决不洗碗，把收拾碗筷的活扔给吃了不少肉的叶澜成，自己以给外婆洗漱的借口偷懒去了。

叶澜成对她那点不忿的小心思清楚得很，也不点破，任劳任怨地把碗筷收拾收拾，拿去厨房洗了。

第七章
抱大腿

安之素在二楼有一个自己的房间，叶澜成收拾完厨房就上了楼。他取了睡衣进了浴室，洗漱完出来，又打开了笔记本电脑，开始处理今天的邮件。

一封邮件还没看完，他想起了安之素说的事，于是拿起手机给老九打了通电话。

“大少。”那边老九秒接。

“你去调查一下，六年前，叶丽姝或者安听暖有没有来过苏城，见过之素的外婆。”叶澜成直接交代道。

老九愣了下：“大少怎么想查这事了？”

“之素怀疑外婆当年是受了什么刺激才得的突发性老年痴呆，你往这方面查一下。”叶澜成叮嘱道。

老九一听这话，神色一紧：“是，大少。”

交代完了这事，叶澜成又把注意力放回工作上，等他把所有加急文件都处理完，已经是两个小时之后了。而这个时候安之素还没有回来，他看了下时间，已经晚上十点了。

叶澜成蹙了蹙眉，正要起身下楼去看看，身后的房门就被人轻轻推开，熟悉的脚步声紧接着就传入了耳朵。

“咦，你还没睡啊？”安之素走进来，把怀里抱着的一团毛线放到床上。

叶澜成“嗯”了声，问道：“外婆睡了？”

“睡下了，我先去洗个澡。”应了这么一句，安之素就去衣柜里取了睡衣，然后跑进了浴室。

她从浴室出来的时候，叶澜成已经上了床，房间里只留了一盏床头灯。他半靠着床头，手里拿着的东西，正是安之素先前拿上来的围巾。

“这是外婆给你织的围巾，怎么样，还不错吧？”安之素也脱了拖鞋爬到床上，扯了扯围巾的另外一头，说道。

“外婆特意给我织的？”叶澜成看了她一眼。

安之素点头一笑：“是啊，我第一次回苏城来看外婆的时候，就和外婆说了我们已经结婚的事。只是那时候她把我当成佳人，这条围巾是给佳人的老公织的，现在被你捡到便宜了，哈哈。”

“这和你上次戴的白色围巾是同款吗？”叶澜成已经拿着围巾打量好一会儿了，认出来和安之素戴过一次的围巾相差无几。

“是啊！外婆的手艺可好了，你别看是自己手工织的，其实比买的还暖和、好看。你不戴也别丢啊，反正这个颜色我也挺喜欢，我可以戴啊！”安之素说着就要从他手里把围巾扯过来。

岂料叶澜成的手比她还快，在她的手伸过去的时候，他的手臂已经先她一步扬起，让她抓了一个空。

“谁说我不戴了，这几天降温，正好能戴上。”叶澜成把围巾随手扔到了一旁的椅子里，这下安之素更够不着了。

“你真要戴啊？你的一条巴宝莉围巾，可比这条贵多了，你戴一条手工围巾，会不会掉价啊？”安之素有些意外叶澜成看得上一条不过百来块钱成本的围巾。

叶澜成淡漠地扫了她一眼，那眼神看得她心里又有点发毛。

“嘿嘿，那我回去给你洗洗。”安之素果断改口，十分殷勤。

叶澜成这才收回了视线，“嗯”了声道：“我记得你那条围巾上还绣了一朵玫瑰花，是你自己绣的吧？”

“这你都注意到了啊？”安之素简直佩服叶澜成的火眼金睛和好记性，她就戴过一次，他也就见过一次，竟然记得这么清楚，那时候她也没发现他注意她戴的围巾啊！

“我不瞎。”叶澜成又斜睨了她一眼。

安之素嘿嘿一笑：“围巾是外婆织的，玫瑰花是我绣上去的。我觉得纯白有点单调，加一朵红玫瑰更出彩一点。”

“嗯。”叶澜成颔首，吐出了一句话，“回去给我这条上也绣上一个。”

“这个……我觉得你的围巾不加就挺好看的了。”安之素企图和他讲道理。

叶澜成又眼神淡漠地看了过来，眼底带着不容置疑的意味。

安之素秒㞞，举手道：“好，好，你要加就加，你开心就好。”

叶澜成丝毫不觉得在围巾上绣一条红玫瑰有什么不妥，他只是觉得那样的话，这两条围巾就更像情侣款了。

嗯，就是情侣款。

叶澜成心满意足地关了灯，拉着安之素躺了下去：“睡觉。”

安之素心道：……你想睡觉你睡啊，我还想刷刷朋友圈，刷刷微博，刷刷时尚新闻呢。

然而叶澜成并不打算给她这个机会，直接将她抱进怀里，把她当成了大型抱枕，还把下巴搁在她锁骨窝里，没一会儿就发出了均匀的呼吸声。

安之素很想抬脚把这个男人踹下去，他倒是睡得舒服了，让她怎么睡？他一直在她脖颈间呼吸，浅浅的呼吸像猫尾巴一样在她脖颈间扫过，让她的心都跟着痒痒的，脸颊也浮起了一片绯红。

安之素觉得自己有点醉了，脑子晕乎乎的，然后晕着晕着就有点困了，再然后困着困着就睡着了。闭上眼睛的时候，她还在思考一个问题，为什么每次并不困的她，只要一被叶澜成这么抱着，没一会儿就犯困？

叶澜成的怀抱肯定有魔力，会催眠。嗯，一定是这样。

安之素这一觉睡得极其安稳，一觉睡醒已经是第二天八点了。

她一看都八点了，赶紧从床上爬起来去洗漱，换了衣服下楼，外婆和叶澜成已经坐在餐桌前用早餐了。

“醒了，过来吃饭。”叶澜成抬眸看了她一眼。

安之素已经习惯自己每天醒来的时候，叶澜成已经把早餐准备好了，所以她一点也不觉得不好意思，坦然地坐到了餐椅上。

“小懒鬼。”倒是外婆嗔怪了她一句。

安之素吐了吐舌头，抓起一片面包往嘴里塞。

外婆絮絮叨叨地教育她：“阿成上班那么忙，你别总这么懒，为人妻子要会照顾丈夫……”

安之素听得头大如斗，只能“是、是、是”地应着。

叶澜成一边优雅地用着早餐，一边听着外婆数落安之素，嘴角扯起了细微的弧度。

吃了早饭，等李阿姨来了之后，安之素和叶澜成就出门了。

今天的司机换成安之素，她对苏城的大街小巷无比熟悉，完全不用导航。遇到堵车路段，她直接舍弃大路，驾驶着车子，熟练地从小路抄近道，还能抽空和叶澜成介绍哪条小路里有哪些吃的，惹得叶澜成啼笑皆非，她真是走哪儿都不忘吃。

这样开着车子行驶了半个多小时后，他们就进入了苏城的老城区，这边道路狭窄，交通更加拥挤，安之素把车子停在了路边的停车位上，带着叶澜成下车步行。

老城区这边全是粉墙黛瓦的老房子，老房子大都临河而建，一座座房子鳞次栉比地屹立在河岸上，像散落在海岸线上的一颗颗明珠，耀眼又珍贵。

叶澜成牵着安之素的手，两人今天穿得比较休闲，像一对来旅游的情侣，阳光洒在他们身上，投出两道并肩而走的影子，透着甜蜜的气息。

安之素拉着叶澜成在一条条狭窄的老巷子里穿梭，这些巷子与S市的弄堂有些相似，但又有所不同。

S市的弄堂代表着脏、乱、差，代表着贫穷和底层，可苏城的老巷子干净又整洁，行走其中，你感觉不到贫穷和落后，只有一种历史的沧桑和厚重感扑面而来。

“到了。”安之素停下脚步，屈指在一扇老旧的木门上叩了三下。

“谁啊？”安之素敲了门之后，很快就听到了应门声。

“请问吴师傅在吗？”安之素客气又礼貌地询问。

片刻之后，吱呀一声，木门被人从里面打开。

开门的人是一个约莫五十岁上下的妇人，妇人穿着一身朴素的衣服，只是简单的色调和样式，却被上面一幅绣图点缀得别样好看，而那绣图，哪怕是叶澜成这个外行人，也看得出来绣工精湛。

“你是？”妇人打量着门外的一对俊男靓女，想了一会儿，也没想起来在哪里见过，更别说认识了。

安之素对她亲切一笑，甩开了叶澜成的手，往前走了一步，还把脸凑近了一些，语气轻快：“吴师傅，我是安之素啊，您看看，是不是和小时候没什么变化。”

妇人先是被她突然凑过来的漂亮脸蛋惊了一下，在听到“安之素”这个名字的时候又愣怔了一下，想了好几秒才想起来她是谁。

“安小姐！”妇人的脸上立即浮现出一抹诧异。

安之素笑盈盈地点头：“吴师傅，好久不见，您还是这么年轻有气质呢。”

被安之素尊称吴师傅的妇人听了这话，脸上露出了笑容，上下打量着安之素，点头道：“是了是了，这甜丝丝的小嘴，肯定是安小姐无疑了。”

“吴师傅，您叫我之素就好了。我早就不是安小姐啦。”安之素笑着和她说道。

吴师傅闻言像是想起了什么，神色间流露出惋惜，叹了口气，招呼道：“之素，来，进来，快进来。这位先生是？”

“吴师傅，他是我丈夫，姓叶。”安之素拉起叶澜成的手，随着吴师傅走了进去。

吴师傅显然很惊讶：“你都结婚了呀！真快，上次见你的时候，你才十岁，那么点大，这一转眼，你都结婚了。”

吴师傅说的是安之素十岁那年，她母亲去世，她们在葬礼上见的最后一面。

“嗯呢，都过去十多年了，我都长大了，吴师傅还是那么年轻。”安之素嘴甜地说道。

吴师傅扑哧一笑：“人是长大了，也更漂亮了，就是这张小嘴，还跟小时候一样会哄人。”

安之素吐吐舌头：“我说实话嘛。”

吴师傅更加喜笑颜开，招呼他们进屋坐下，忙着给他们泡茶、拿水果。

“谢谢吴师傅。”安之素接过了茶，客气地道谢。

“跟我还客气什么。”吴师傅嗔了她一眼，有些感慨地说道，“没想到我还能见到你，看到你都长这么大了，还结了婚，真替素师傅高兴。”

吴师傅说的素师傅就是安之素的妈妈素颜了，当年素颜在苏城开旗袍店，吴师傅就是店里的裁缝。

后来素颜去世，素嬛也关闭了，安家举家迁往S市，吴师傅就不清楚后面的事了，也很少有人记得当年名声大噪的素嬛了。

“妈妈去世多年，如果她知道吴师傅还惦记着我，也会很欣慰的。”安之素并不愿过多提及伤心事，很自然地转移了话题，说道，“吴师傅，不知道您现在是赋闲在家，还是另有谋生？”

吴师傅倒没想到安之素会问这个问题，愣了下才说道：“现在儿女们都大了，我也就没有再出去谋生，只是偶尔接一些老朋友的单子做做，权当打发时间了。”

这话听得安之素眼睛一亮，她也没有拐弯抹角，直接说道：“吴师傅，实不相瞒，这次我来找您，其实是想问问您有没有出山的打算。”

“啊？”吴师傅显然没有想到安之素有这样的打算，再次愣住了。

安之素说道：“吴师傅，我准备重新把素嬛做起来，工作室正在筹备，用不了几天就能开业了。其他的都齐全了，就是还缺像您这样的老师傅。素嬛是当年妈妈和你们这些老师傅一起创立起来的，如今我重创，也很希望得到吴师傅的帮衬。”

闻言，吴师傅着实震惊了一把：“你……要重创素嬛？”

“是的，以前我小，素嬛一直挂在安氏集团的旗下，被丢在角落了，成了一个不起眼、不被重视的、可有可无的品牌。几个月前，我要回了素嬛的独立品牌权，一直在筹备工作室。

“吴师傅，素嬛是我妈妈的心血。自妈妈去世之后，我最大的愿望就是能够重振素嬛，这也是妈妈生前的遗愿。前些年我自顾不暇，没有那个能力，现在我可以了，我就会义无反顾地去做这件事。

“希望您可以认真考虑我的请求，我可以向您保证，不管素嬛将来能不能重新做起来，我都不会亏待您。”

安之素漂亮的脸蛋上透着诚恳和坚韧，让人愿意相信她。

吴师傅一双沧桑的眼睛里泛起了泪光，素嬛不仅是素颜的心血，也是她们这些曾经跟着素颜一起吃过苦、熬过创业初期的人的心血。

当年素颜去世后，安博远很快娶了一个新妇，举家迁往S市，素嬛也被关闭了。安博远给了她们一些补偿，她们虽然很无奈，却也没有什么办法。

如今十多年过去了，素嬛这个品牌早已被遗忘在时间长河里。吴师傅自己有时候也会忘记，年轻的时候，她也见证过一个品牌的崛起和衰落。

此时素颜的女儿就坐在她对面，和她说要重创素嬛，要完成素颜的遗愿，她这颗已经没什么激情的心脏，似乎也被安之素眼里的坚韧点燃了。

但是S市，她的确不想去，落叶归根，没有老了还离家的道理，她的家人儿女们也不会愿意。

“之素，你要重创素嬛，我要是能帮上忙，自然是非常愿意的。只是要去S市，我老了，怕是有心无力。”吴师傅想了想，还是如实说出了自己的想法。

安之素听她不是不愿意出山，而是不愿意离开苏城，脸上也露出了松了一口气的表情，笑着说道："吴师傅，这个您不必担心。您不需要常驻S市，要是有忙不过来的订单，我给您送到家里来。就和您平常接些老朋友的订单一样，如果有需要您亲自去S市的时候，我也会派人来接您，绝对不会让您舟车劳累。"

听到不用离开苏城，吴师傅的眼睛微微亮了一下，也没有考虑待遇的问题，当下就答应了："那可以，那可以，不用离开苏城，我就没什么问题了。要是能够重新见证素嬛辉煌起来，我也算没有辜负素师傅当年的知遇之恩了。"

安之素很感激吴师傅能够答应自己，开心道："吴师傅，谢谢您。这么多年了，谢谢您还记得素嬛，记得我妈妈。"

吴师傅老泪纵横，抹了几把眼泪，说道："前些天我们几个老姐妹聚在一起喝茶，还说起了素师傅。说起来，她们也有十多年没有见你了。现在她们也赋闲在家，不怎么做活计了。你想见见她们吗？兴许她们也能帮上你一些忙。"

"真的吗？"安之素自然十分愿意，"吴师傅，那就麻烦您帮我约一下了。我就不和您见外了，现在工作室的确很缺人手。"

"跟我还见外什么。"吴师傅摆摆手，说道，"你还记得老李吧，她开了一个刺绣培训班，教了不少学徒，我把她也约上，你回头去她的培训班看看，瞅瞅有没有手艺好的。我们到底都是一群老家伙了，精力跟不上。万一你赶工，我们怕也是有心无力。"

"记得记得，吴师傅，太谢谢您了。"安之素感动得不得了，她原本也是想去一些刺绣班看看的，现在正好省事了。

"客气什么，我去给她们打电话，你和叶先生喝点茶，吃点点心。"吴师傅说着就站了起来。

安之素开心得不得了，脸上满是笑意，这比她预想的还要顺利。

叶澜成瞧着她脸上洋溢的笑，心情也不错。她笑起来仿佛有什么魔力，总能让他心情大好。

"叶澜成，我今天可能回不去了。你明天还要上班，不如你先回去吧。我忙完了，自己坐高铁回去就好了。"安之素往他旁边挪了一下，说道。

叶澜成“嗯”了声，明天早上有周一例会，他的确没有时间在这里等他。

“那我送你出去？已经不早了，你开车回去，到家也差不多天黑了。”安之素看了下时间，怕他开夜车，觉得还是早走为好。

叶澜成斜睨她一眼，道：“这么着急赶我走？”

“哪有，我不是担心你晚上开车不安全嘛，你可别冤枉我，好心当成驴肝肺啊！”安之素委屈地撇了撇嘴。

叶澜成的嘴角几不可见地扬了一下，然后他便站起了身。

安之素连忙跟着站起来，还殷勤地帮他拿起了外套，正要递给他，就见他已经张开了手臂，等着自己给他穿上。

安之素腹诽：当自己是皇帝呢？还要宫女伺候着穿衣服！

不过吐槽归吐槽，她还是乖巧地抖开外套，给他穿上。他很自然地转过身，正面对着她，等着她给他扣扣子。

安之素的嘴角一抽，她忍无可忍道：“你没长手呀，谁给惯出来的臭毛病，瞧你这娴熟的姿势，以前没少被女人伺候吧。”

这话落音，一道冷冷的视线就落在了她脸上，像冰刀一样，让她瞬间就㞞了。

“干吗呀？不是就不是，生什么气。”安之素认㞞，说着抬手给他扣上了扣子，还整理了一下衣领，都给他打理好了，才说道，“好了吧，叶大少？”

叶澜成“呵”了声：“回去再收拾你。”

留下这么一句，他也没让她送，抬起步子就朝外走去。

安之素在原地愣了一会儿，才追了上去。

叶澜成腿长，几步就已经穿过院子，走出了大门。

等安之素匆匆追出去，叶澜成已经上了车。

“哎，你等等啊！”安之素敲了敲驾驶座这边的窗户。

叶澜成打开车窗，露出了尊贵、冷傲的侧脸。

“我不过就是随口说那么一句，你生什么气，别这么小气嘛。”安之素扒在车窗上，一脸讨好的表情。

傲娇叶少以冷笑回应：“呵呵。”

安之素头疼无比，虽不知道他这傲娇的毛病是谁给惯出来的，但肯定是不能让他这么走的，不然等自己回去，估计得被收拾死。

安之素把头伸进了车窗，红唇在他尊贵的侧脸上印下了一吻。红唇像蜻蜓点水般与他的肌肤一触即分，却让他这一小片肌肤温度骤升，连耳根都微微红了一下。

这么简单的一个吻，却是安之素第一次主动亲他。

叶澜成的心被这一吻亲得柔软起来，嘴角轻轻扯动了一下，除了他自己，没人能听到他的心脏刚刚跳快了一拍，一如当年。

安之素第一次干这么大胆的事，也紧张得心脏扑通扑通的，亲完赶紧就把头缩了回去，丢下一句“开车小心，到了给我打电话”，就逃也似的跑了。

她的身影很快就跑进了吴家大门，叶澜成却在车里坐着，回味了好一会儿那个蜻蜓点水般的吻，才默默地发动车子离开，被她误会的坏心情也全然消散了。

安之素一口气跑回了吴家客厅，又喝了一杯茶，才让快要跳出喉咙的心脏平静下来。

叶澜成的皮肤好弹啊，感觉比她的都好，真是要命，口感太好，以后会不会上瘾啊？安之素忽然觉得，以后多亲亲叶澜成，似乎也是一个不错的习惯。

呃……这好像有点花痴啊！打住打住，安之素连连甩头，把这个可怕的念头甩了出去。

“怎么了之素，不舒服吗？怎么一直摇头？”吴师傅的声音忽然在背后响起，吓得安之素差点摔了手里的茶杯。

她赶紧停止摇头晃脑，说道：“没有没有，我没有不舒服。”

“那就好，叶先生呢？”吴师傅放了心，见叶澜成不在了，随口问了句。

“哦，他有急事先回S市了。”安之素说着转过了身，冲着吴师傅笑了一下。

吴师傅也没在意这事，笑道：“电话我都一个一个打过去了，她们一听是你想约她们见面，全都爽快地答应了。我和她们约了晚上在红房子见面，那边的包厢我都订好了，等到点了，我们直接过去就行了。”

安之素感激地道谢：“麻烦吴师傅了。”

“不麻烦，坐坐。”吴师傅又招呼安之素坐下。

现在时间还早，安之素想着也不能干坐着，索性从包里拿出了自己的设计册，和吴师傅讨论起旗袍的样式来。她正好有一些问题想请教吴师傅，她有些大胆的想法，不知道刺绣手艺能不能达到她预想的效果。

吴师傅翻看着设计册，虽然都还是一些简陋的设计图，但样式已经完全体现了出来。吴师傅赞叹连连，直夸安之素的设计出彩夺目，结合了旗袍的古典和现代的时尚，她感觉安之素能开创一个新的素嬛。

“你担心的这个问题其实并不是刺绣能不能做到的问题，而是布料适不适合刺绣的问题。许多时装的布料并不适合刺绣，哪怕勉强绣出来了，也达不到预想的效果。所以你要是想既不失古典，又兼具时尚，唯一的困难就是寻找合适的布料。”吴师傅给出了专业的建议。

安之素点点头，布料的确是一个大问题，她之前也考虑到了，所以最近也在搜集这方面的资料，只是暂时还没有搜集到有用的信息。

“我们苏绣多以真丝绸缎宋锦为绣底，这是地域性的局限和特色，但不代表我们苏绣的技艺就不能在其他布料上做绣了。像云锦、蜀锦和壮锦，以及棉布、麻布或者人造纤维布，只要适合刺绣，都是可以的。你要把眼光放宽一些，不必单单从苏城来选取布料。”吴师傅想了想又提点道。

闻言，安之素如醍醐灌顶，有种茅塞顿开的感觉，欣喜道：“听吴师傅一席话，胜读十年书。果然姜还是老的辣，以后之素就拜托吴师傅时时提点了。”

吴师傅哈哈一笑：“提点说不上，只不过比你多吃了几十年饭，经验多了一点罢了，总不能活到这个岁数白活吧。”

“我不管，反正我是赖定吴师傅了，以后我时时请教您，您可不能嫌我烦啊！”安之素耍赖似的说道。

“哈哈，你这样子，真跟小时候一模一样。你还记得吧，小时候你要跟我学刺绣，我故意说不教你，你就是这么说的。”吴师傅仿佛看到了小时候的安之素，扎着两个小辫子，一双大大的眼睛总是透着俏皮和可爱，让人无法拒绝她的任何要求。

安之素俏皮地哼哼两声：“您看吧，小时候您不教我，长大了还是没跑掉。”

吴师傅大笑，拍了她的脑袋一下：“小讨债鬼。”

安之素也笑得开心，像是回到了小时候。她每次跟着妈妈去店里，都围在师傅们屁股后面转，这个也要问，那个也要问。

师傅们经常拿一块布打发她，让她自己绣着玩。她经常绣得乱七八糟，拿去给她们看，还非要她们夸她。

她小时候长得讨喜，嘴巴甜，又是老板的女儿，她们都宠着她，哪怕她把小猫绣成了小狗，她们也会夸她绣得好，还会抽空教她一些技巧。

那时候她才真像一个小公主，在家里爸妈宠着，外婆宠着；在店里，师傅们宠着。她的脸上每天都洋溢着灿烂的笑容，每一张照片都能捕捉到她的笑脸。

只是现在，那些曾经的美好回忆和天真幸福的微笑，都只存在于照片上。

不过幸好，老天对她还不算太苛刻。在她一无所有的时候，叶澜成来到了她身边。还有这些老师傅，还愿意陪着她折腾。

晚上，安之素在吴师傅的陪同下，和素嬛的其他三位老师傅见了面。三位师傅都和吴师傅差不多年纪，隔了十几年又见到安之素，都有些激动和感慨，席间难免落了泪。

安之素与她们叙旧叙得差不多了，才说起了想请她们出山的事。这事吴师傅已经和她们通过气了，她们也已经在家里考虑过了，左右也是赋闲在家养老，有点事情做也不会那么无趣，所以金师傅和阮师傅都爽快地答应了。

只有李师傅因为开了一个培训班，平常要授课，所以没有那么多时间。不过李师傅给安之素从自己教的学徒里物色了几个绣工不错的，和安之素约好了时间，明天让她过去挑人。

安之素对她们给予的帮助感激不尽，散席之后，她打车一个一个将她们送回家，她们对她更是满意了。

“吴师傅，今天辛苦您了。您早些休息，我过两天再来拜访您。”安之素把吴师傅送进家门口，感激地说道。

吴师傅微笑着点头：“好，你也快回去休息吧。”

安之素等她关上了门，才转身走出巷子，在路边打了辆车回疗养院。

她到疗养院的时候已经是晚上九点了，外婆已经睡下，李阿姨还没有睡，在客厅里看电视，声音调得很小，像是怕把外婆吵醒了。

“安小姐回来了，吃饭了吗？叶先生呢？”看到安之素进来，李阿姨从沙发上站了起来，问道。

“他先回去了。我在外面吃过饭了。外婆今天怎么样？”安之素示意李阿姨不用忙活。

李阿姨说道：“老太太上午状态挺好的，下午又开始有点迷糊，晚上又好了一点，还是和之前一样，反反复复的。晚上吃了昨天新开的药，吃了就睡下了。”

“嗯，辛苦李阿姨了，你早些休息，我去看看外婆。”安之素闻言点点头，朝着外婆的房间走去。

安之素蹑手蹑脚地进去，没有开灯，借着门缝里透进来的光线，走到床边看了看外婆，给她掖了掖被角才出来。

“安小姐，喝杯牛奶吧，刚给你热的。”安之素一出来，李阿姨就给她递了一杯牛奶。

安之素微笑着接过：“谢谢李阿姨。”

“不客气，明天早上想吃些什么？”李阿姨把安之素当成了自己的孩子对待，她早年丧夫丧子，一个人孤苦无依，是安之素给了她这份工作，她是打心底感激安之素。

“李阿姨做什么，我就吃什么。”安之素除了不喜欢吃青菜之外，其他都不怎么挑。

“好，忙了一天了，你快上去休息。”李阿姨催促她快去休息。

安之素和她道了晚安，就端着手里的温牛奶上了楼。

进了房间，安之素把牛奶放到床头柜上，将包扔到床上，就先拿了睡衣去洗漱了。

等她洗澡、洗头、护肤，又把头发吹得半干出来，已经差不多过去一个小时了。牛奶已经凉了，她又自己端下去热了一下，等重新回到房间，被她扔到床上的手机正在振动。

屏幕上显示着叶澜成的名字，安之素一拍额头，暗叫糟糕，竟然忘记跟叶澜成说她回到外婆这里了，他还特意交代她回来了跟他说一声。

她一边懊悔着，一边赶紧接了电话，声音微弱，带着讨好的意味：“喂，叶澜成，我已经回来了，刚才在洗澡，没有听到手机响。”

电话那边的叶澜成沉默了一会儿，语气不悦道：“不知道先打个电话再去洗澡，我打了你好几个电话了。”

“对不起嘛。”安之素自知有错，认错认得很干脆，并保证道，“我下次不会再忘了。”

叶澜成嗤了声，显然不相信她的保证。

安之素转移话题，和他说起了晚上的事。叶澜成一直沉默着，听完就问了一句：“所以你明天也回不来？”

“呃……”安之素被噎了一下，他这关注点是不是偏了些？

“这个，恐怕还要在这边待上两天。”安之素说着就开始盘算着自己要做的事，“明天我去李师傅那里物色几个人，还要等佳人帮我做出合同后，和吴师傅她们把合同签了。然后还要抽空去纺织厂看布料，这么多事，最少也要两天吧。”

叶澜成听她絮絮叨叨地说着这些事，越听眉头皱得越厉害，听到后面不耐烦地直接打断了她：“找个助理吧，你那工作室也不能只有刺绣师傅。其他岗位上的人也要着手找了，你是老板，没必要事事亲力亲为。”

叶澜成可不希望以后工作室开业了，他天天独守空房，那样他怕自己忍不住把她的工作室给搅黄。

“嗯……这个事啊。”安之素抓了抓头发，“我还没有想过呢，这不是太忙了嘛，等工作室开业了再慢慢找吧。”

她也没有这方面的经验，一切都是摸着石头过河，叶澜成不说，她自己还真没有想到。

叶澜成听得胸闷气短，忍着脾气道：“你就不会跟我开口？”

“啊？”安之素抓了抓头发，找叶澜成帮忙吗？她还真没有过这个想法。

叶澜成一听这语气就明白了，他的小妻子是压根没有想到他。

“我看你真要补补脑子了，我这么粗的大腿，你没看到吗？”叶澜成快要被气死了，这笨蛋，也是笨得没谁了。

叶澜成一生气，安之素的脊背都挺直了，好在她还没有笨到底，说什么不用他帮忙之类的话，非常上道地说道：“我这……不是看你太忙了，怕麻烦你嘛。”

叶澜成深吸一口气，默念了三遍“自己娶的”之后，才勉强把火气压了下去，淡然道：“这事我会交给老九去办，你有什么要求，直接和他说，他会给你找到你满意的。”

安之素不会主动麻烦叶澜成，但叶澜成主动给予她便利，她当然也不会拒绝。开玩笑，拒绝叶澜成，她是欠收拾吗？

“好的好的，我明天就把要求发给老九。”安之素点头如捣蒜，像个小学生一样乖巧。

叶澜成的火气消了一点，又扔了一句话：“以后有什么事都可以直接找老九，我不希望一些琐事占据你的时间。”

安之素在心里默默地为老九点蜡，万能的老九，嗯，年底一定要让叶澜成给他发双倍的年终奖。

“好，我知道了。你快睡吧，都快十一点了。”安之素无比乖巧地答应下来。

叶澜成“嗯”了声，叮嘱她早点睡，而后才挂了电话。当然，挂电话之前他给安之素下了通牒，只给她两天时间，两天后她必须回去。

“什么分居，不过三两天没回家，也算得上分居？”安之素对着暗下去的手机屏幕吐槽了一句。

吐槽完，安之素一边端起牛奶喝着，一边打开微信，点开宋佳人的对话框，将酬劳条款给她发了过去，让她帮忙拟定三份劳务合同。

宋佳人是个夜猫子，这个点自然还没有睡，扫了一眼后就明白了，回复了一个“OK”的手势。

安之素也回了她一个“么么哒”的表情，然后才把手机放到一旁，钻进被窝里睡觉。

身下是双人床，她只占据了一半不到的位置，旁边的枕头上空荡荡的，这让她心里忽然生出了空落落的感觉，好像少了点什么，一时间辗转难眠。

在不知第多少次翻身，又看到旁边的枕头之后，安之素才明白到底是少了什么。

少了叶澜成啊，好像这是她和叶澜成结婚之后，第一次一个人睡觉，竟然有点……不习惯。

安之素吸了口气，想着习惯真是一件可怕的事情。平常觉得被叶澜成抱着睡很不舒服，但在突然没了他的怀抱之后，她竟会不习惯到失眠的地步。

叶澜成会不会在没有她这个人形抱枕的夜晚失眠呢？

安之素幻想着叶澜成和她一样辗转难眠的样子，就忍不住笑了起来，然后拉过一旁的枕头塞进怀里，深深地吸了一口气，在满是叶澜成气息的被窝里，渐渐地沉睡了过去。

第八章 别和他客气

第二天安之素难得起了一个大早，不过吃了早饭之后却没有急着出门，她和李师傅约的是十点钟，陪外婆散了一圈步，又陪着她说了会儿话，看时间差不多了，她才出门打车，前往李师傅的培训班。

李师傅的培训班就开在她家附近，她跟着李师傅进了门，就看到大厅里有不少学徒，有的在练习刺绣，有的在练习裁剪衣服，还有的在练习画样图，都是年轻姑娘，个个都很认真。

李师傅直接领着安之素去了办公室，也没有客套，便把自己给她挑选的学徒的刺绣样品拿给她过目。

“之素，你看看，瞧瞧能看中哪个。”李师傅把样品册子递给她。

安之素微笑着接过册子，认真地翻看。

册子里的刺绣花样百出，有绣花的，有绣鸟的，有绣鱼的，还有绣猫绣狗的。可以说每一个都绣得栩栩如生，入木三分，哪一个都是没什么可挑剔的。

“李师傅，我打算找两个绣女，再找三个裁缝，另外还需要三个画样图的。这样大家分工合作，效率会更高一些。”安之素看完了册子，便和李师傅说起了她的打算。

李师傅闻言想了想，说道："绣女和画样图的，我这里都可以帮你挑出来，只是这裁缝，恐怕一时半会儿不好找。衣服做得好不好，端看裁缝一双手，需要物色一些有经验的。这事也不急，我慢慢帮你物色着。"

"好，那就麻烦李师傅了。"安之素诚挚地道谢，她的确没有那么多时间待在苏城慢慢找裁缝师傅。

"客气什么，这些你看中谁了？"李师傅慈眉善目，笑着问道。

安之素翻看了一遍，心中已经有了人选，指了两幅绣图给李师傅看。

"所以说你眼光好呢，一眼就把我这里最得意的两个学徒挑走了。"李师傅一看就笑了。

安之素也微笑道："那还要看李师傅的得意学生愿不愿意跟我走呢。"

"这个我就做不了主咯，我把她们叫进来，你和她们谈谈。"李师傅笑着起身出去了。

过了好一会儿，李师傅才领着两个和许宝珠差不多大的女孩回来。

"之素，这是谢欣妍，这是涂小亭。"李师傅分别指着两个女孩对安之素介绍道，而后又向她们介绍安之素，"这就是我和你们说的安之素小姐。"

谢欣妍和涂小亭没有想到自己的绣图会被从S市来的老板看上，两个年轻女孩都有些紧张地喊了声："安小姐。"

安之素微微一笑，道："不用紧张，请坐。"

两个女孩又看了李师傅一眼，看到李师傅点头之后，她们才一起坐到了安之素对面的沙发上。

"李师傅已经和你们说了吧，我的工作室马上要开业了，目前还缺两个绣女，我见你们的绣工不错，想聘请你们来我的工作室工作。工作地点在S市，住宿方面你们不用担心，我会在工作室附近给你们租一套房子住。待遇方面的话……"

安之素也没有拐弯抹角，开门见山，直接和她们谈起了聘请的事，开的待遇和之前给许宝珠开的是一样的，除了基本工资，还可以拿提成，可以说非常优渥了，比苏城的工资要高不少。

谢欣妍和涂小亭听了都很心动，但她们是苏城本地人，如果离开苏城去工作，需要先和家里的父母沟通。

安之素表示可以理解，也给足了她们考虑的时间，她还要再在苏城待一天，在她走之前给她答复就行了。

安之素和李师傅告了辞，就赶着去办另外一件事了。

这一整天安之素都在外面跑，中午在外面随便吃了点饭，下午宋佳人给她发了三份拟定好的合同，她又分别去了吴师傅、阮师傅和金师傅的家里，把这三份合同给签了。

傍晚安之素拖着疲惫的身体回到疗养院，李阿姨已经做好了饭，正等着她回来吃。

安之素中午就没吃好，这会儿肚子早就抗议了，跑去洗了手就坐到桌子旁大快朵颐起来。

李阿姨在一旁叮嘱她吃慢点，还给她盛了一碗汤。

外婆则唠叨她不要只吃肉，青菜不能不吃。

安之素置若罔闻，一口青菜都不肯动，愣是在外婆的瞪视下，把半桌子的肉都吃进了肚子里。

李阿姨看得直笑，饭后她收拾残羹剩饭，安之素则挽着外婆出去散步，散步回来，就到了外婆睡觉的时间了。安之素没让李阿姨帮忙，自己打了水，给外婆洗脸、洗脚、擦身体，伺候她睡下。

回到房间，安之素并没有先洗漱，而是取出了外婆给叶澜成织的围巾，坐到了桌子前，打开针线盒，考虑着给叶澜成绣一朵什么颜色的玫瑰比较好。

红玫瑰肯定是不适合的，太骚了，跟叶澜成的冷傲和尊贵一点都不搭，叶澜成适合一些稳重大气的颜色。

安之素的脑子思索着，目光也从五颜六色的绣线上掠过，忽然灵光一闪，视线停留在了某根绣线上，嘴角跟着扬起一抹笑。

“就是你了。”

只是绣一朵玫瑰花，这对安之素而言简直就是手到擒来的事，只见她的手指捏着一根绣花针上下翻动，手腕灵活，如金鱼在水中游动，有种赏心悦目的美。

时间就在她的手腕不停翻动间悄然流逝，转眼就已经十点多了。等她收了最后一针，手机也适时地响了起来。

电话无疑是叶澜成打来的，他也似乎只有在这个时间才有空给她打电话。她扫了一眼来电显示，然后滑动接听键，声音带着愉悦："喂，叶澜成。"

"心情很好？"听出她语气轻快，叶澜成淡漠的声线也染了一丝温和。

安之素的拇指摩挲着刚刚绣好的那朵玫瑰，笑颜比那玫瑰还明艳："嗯，两个绣女已经找好了。"

傍晚，安之素就接到了李师傅的电话，说谢欣妍和涂小亭的家人都不反对她们去S市，她只要明天再跑一趟把合同签了就可以了。

叶澜成闻言"嗯"了声，转而问道："明天回来？"

安之素"呃"了声，怯怯道："明天恐怕不行，我还没去看布料呢。"

叶澜成的眉头立刻就蹙了起来，安之素隔着手机都能明显感觉到他不悦的情绪。

安之素立刻安慰他："后天上午，后天上午我肯定回去，最迟中午就到S市。"

听到话筒里传来嘟嘟的声音，安之素扶额，这傲娇的性子，什么时候能改一改，他难道不知道挂女士的电话很不绅士吗？

不过"绅士"这两个字，大概叶澜成的字典里没有过。

安之素正要放下手机，忽然又有一条短信传了进来，她点开一看，嘴角瞬间又狠狠地抽搐了一下。

竟然是一条高铁订票成功的通知短信，她扫了一眼上面的时间，正是后天上午的票，抵达S市的时间是上午十一点，她用脚趾想也知道是谁给她订的票了。

"叮咚！"紧跟着又是一条微信消息进来。

安之素点开微信。

叶澜成：不要晚点！

“浑蛋！”

安之素磨牙，但还是很乖巧地回复了两个字：好的。

叶澜成：乖。

霸道！

独裁！

他这是一点多余的时间都不留给她，她到时候想找借口不走都不行了。

安之素在心里吐槽，顺手把叶澜成的备注名该成了“叶霸道”。

盯着手机上“叶霸道”三个字看了一会儿，安之素觉得心情舒畅了不少。

叶霸道、叶独裁、叶傲娇、叶浑蛋……嗯，她可以每天给叶澜成改一个看着顺眼的名字，一个星期七天不重样，想想都觉得爽。

次日，安之素又忙碌一天，回到疗养院的时候，外婆已经睡下了，她照例先去外婆的房间看了一眼，才上楼洗漱。躺到床上之后，她给叶澜成发了一条微信，而后就疲惫地睡了过去。

“各位旅客你们好。列车前方停车站是 S 市火车站，有要下车的旅客，请您提前收拾好自己的行李包裹，做好下车准备。”

车厢的播放器里传来甜美的列车员到站提醒音，安之素停下了手里的铅笔，合上设计册装进背包里，拖着箱子朝列车门走去。

一出车站，她就拿出手机，准备给老九打电话，叶澜成安排了老九来接她，她还没有看到车在哪里。

“砰！”

她刚把手机拿出来，就有人从身后撞了她一下，她一个踉跄，手机也啪地摔在了地上。

“啊，对不起，对不起，美女对不起。”撞她的人也意识到自己冒失了，赶紧一边道歉一边把手机捡了起来。

安之素打量了对方一眼，是个三十多岁的女人，穿着格子上衣和牛仔裤，很休闲又有点特别的打扮，安之素扫了一眼她胸前挂着的工作证——记者。

“美女，真抱歉，我不是故意的，你先看看手机摔坏没有。”女记者抱歉地把手机递给她。

“没事。”安之素接过手机，见屏幕没有破损，便放了心。

女记者看到手机没有摔坏也松了口气，刚要再次道歉，自己的手机就响了，她赶紧先接了电话。

“琪姐，你还没到吗？她马上出机场了，你再不来就拿不到第一手消息了。”电话一接通，那边就传来了助理的催促声。

邓琪压低了声音说了“马上到”三个字，挂了电话又和安之素道歉：“实在抱歉。”

“你的道歉我收下了，快去忙吧。”安之素见她有急事，微微一笑让她先走，还给她让了下路。

邓琪感激地又道了声谢，然后连忙跑走了。

安之素出于好奇，视线追随着她看了过去，只见她是朝着机场出口的方向跑去的。

S 市火车站正好和机场挨着，有一处航站楼的出入口，就和车站的出入口相距一两百米的样子，安之素视力很好，站在这里，也能清楚地看到机场出口那边的情况。

此时正有一群记者聚集在出口处，有人手里举着话筒，有人手里举着摄像机，足有十几人之多，个个都在翘首以盼，像在等待什么明星大腕似的。

安之素看了一眼，想着也许是某个明星，也就没什么好奇的了，转身便要继续走。

“来了来了，出来了，安小姐出来了。快快，拍照拍照。还有萧夫人，萧夫人都亲自来接安小姐了，看样子萧氏和安氏果然要联姻了。”

安小姐？安氏？

这两个词顺着风传进了安之素的耳朵里，她刚刚迈出的脚步忽然又顿住了，然后她立刻转过身，看向机场的出口。

此时，一个身材高挑、脸蛋秀美的年轻女子刚刚走出机场。她穿着一件白色的修身高领毛衣，下身是一条红色 A 字裙，脚下一双细高跟，外面套着一件千鸟格的过膝大衣，每一件单品都是各个知名服装品牌的冬季新品。

光是这一身随意又精心的衣服，就足够让很多普通女孩望而止步了，更不用说她身上戴的首饰了，一个简单的耳钉都价值好几万，胳膊上挎着的手包更是十万起步。

她一出来，摄像头就对准了她那张精致的脸一顿猛拍，记者们的话筒和问题更是蜂拥而至。

“安小姐，请问你这次回国是回来接管安氏集团的吗？”

“安小姐，请问你和萧氏的继承人什么时候结婚？”

“安小姐，请问你更倾向于当一个集团的总裁，还是当总裁夫人？”

“安小姐，为什么萧先生没有陪你一起回来？”

安听暖的脸上挂着温柔可亲的微笑，对记者的所有问题都只是笑笑，不回答。保镖们给她开路，她挽着一个雍容华贵的女人，低眉含笑，带着一点娇羞，似是不太习惯被摄像头拍。

“萧夫人，您能不能透露一下，贵公子与安小姐的婚礼大概会定在什么时候？”记者们见安听暖这边攻克不了，便转而开始采访安听暖挽着的中年女人。

“萧夫人，看您都亲自来接安小姐了，那他们的婚事肯定近了吧？”

“萧夫人，您就透露一下啦。”

保镖们努力开道，护着她们朝着停车场走，但奈何记者们把唯一的通道堵得水泄不通。

萧夫人见实在躲不掉，只好挑了一个问题回答道：“我儿与听暖的婚期还未确定，等确定了一定通知各位媒体朋友。”

萧夫人一开口，记者们瞬间又炸开了锅，各种问题。

“萧夫人，那您满意安小姐这个儿媳妇吗？”

“很满意，听暖是个温柔善良的女孩，出身也好，我们萧家都很喜欢她。”

“萧夫人，那你们两家会考虑先订婚吗？”

“订婚是要的，等我儿回国后就开始准备，订婚的日期会公布的。”

“萧夫人，您是希望安小姐婚后在家当全职太太，还是接管安氏集团？”

“这个看听暖自己的意愿，我们萧家没有那么多规矩，她可以做任何她喜欢的事情。”

“……”

萧夫人一边应付着他们的问题，一边在保镖的保护下靠近车子。

等终于带着安听暖坐进车里之后，萧夫人才暗自松了口气，她实在是不喜欢应付这些记者，连忙吩咐司机开车。

车子缓缓驶出机场，后面追来的记者还在对着车子猛拍照片，甚至有记者迅速上了车，追着萧家的豪车而去。

相较于安听暖的众星捧月，安之素这边就显得格外寂寥，同趟列车的人都已经走了，只有她还站在那里，看着机场出口的方向，不知道在想些什么。

过了片刻，她嘴角才扯出一抹讽刺的笑。

温柔善良？陷害自己的姐姐，也叫温柔善良？

出身好？见不得光的私生女也叫好？

五年不见，这个安听暖越来越会装了，这演技，不去拿奥斯卡为国争光，真是浪费了。

安之素努力让自己不要生气，不要动怒，努力告诉自己早晚会让安听暖的真面目露出来。可是她放在行李箱拉杆上的素白玉手已经不由自主地握成了拳头，死死地抓着拉杆。

一阵寒风袭来，让安之素纤瘦的身躯不禁颤了一下，整个人从头冷到脚。

忽然，一阵温暖的感觉从她的肩头传来，一只带着温度的大手也覆在了她的手背上。

幽冷清香袭来，安之素绷紧的身躯忽然一松，像是黑暗世界里照进了一道光，那光洒在她身上，柔和又温暖。

“走吧，回家。”淡漠的声音响起，那是属于叶澜成特有的声音。

回家……她的家……叶澜成的家……他们的家。

安之素的脸上忽然扬起了一抹满足的笑，她轻声道：“嗯，回家。”

叶澜成给她拢了拢刚才披到她肩头的大衣，手放在她的肩头，一只手拥着她，一只手给她拉着箱子，朝着另外一个方向走去。

“不是老九来接我吗，怎么换成你了？今天不忙吗？”安之素被他半拥在怀里，身上还披着他的大衣，感觉比刚才暖和多了，才想起来问他这事。

叶澜成脸一黑，这女人，整天都觉得他很闲吗？这已经不是她第一次说他闲了吧。

这话要是让财团的人听到，肯定要说安之素身在福中不知福，身为堂堂盛世财团的总裁，分分钟几千万上下，能有闲的时候？

“中午午休。”叶澜成忍了忍，想到她刚才那个落寞得好像被全世界抛弃的背影，他就不忍说她什么了。

安之素“哦”了声：“那你还没吃饭吧，我们先去吃饭吧。吃了饭我送你回公司，然后我自己开车回家就好了。”

叶澜成斜睨了她一眼，淡然道：“去妈那儿吃饭，她让蓉婶准备了。”

“啊？去妈那里吗？那你时间上来得及吗？下午上班会迟到吧？”安之素想了想，这里离白心慈住的地方很远。

叶澜成腹诽：……我是老板，迟到早退有人敢管我？

他已经不想再和她说话了，免得自己被气死。

拥着她到了停车场，让她先上车，他则把行李箱放进后备厢，才跟着上了驾驶座。

“我本来还想着晚上去妈那里呢，我给她带了礼物，顺便去蹭饭，嘻嘻，现在正好。”叶澜成上了车，就听到安之素说了这么一句，还拍了拍她的背包。

叶澜成的视线从她鼓鼓的背包上扫过，问道："没给我带？"

安之素差点就说没带了，好在及时地收到了叶澜成的危险信号，立刻点头道："带了带了，晚上回家给你。"

"为什么要等晚上？"叶澜成闻言，大手朝着她一伸，"拿来。"

她长这么大，还是第一次见到有人主动问别人要礼物，还要得这么理直气壮的，果然是……叶霸道啊！安之素暗暗吐槽，慢吞吞地拉开双肩包的拉链，在里面一顿翻找，才从最下面翻出了被压得扁扁的围巾。

叶澜成的冷眸里本来还隐藏了一丝期待，但当看到安之素拿出来的是一条眼熟的围巾时，他的脸色就阴沉了下来。

"喂喂喂，你先别着急啊！这虽然是外婆给你织的围巾，但是我绣了一朵玫瑰在上面呢。你看，很漂亮吧。"安之素赶紧把围巾抖开，把那朵玫瑰翻给他看。

是一朵栩栩如生的玫瑰花，并不是鲜艳欲滴的殷红色，而是尊贵大气的金黄色，一片片玫瑰花瓣都散发着点点亮光，非常尊贵。

"而且我已经洗过了哦，你随时可以戴呢。现在是皱巴巴的，但是我回家给你熨一下就好啦。这可是我花了一晚上的时间绣出来的呢，比其他礼物要用心吧。"安之素故意把刺绣的时间说得夸张一点，装作非常走心的样子。

这话果然取悦了叶澜成，他的手指从那朵金黄的玫瑰上抚过："中午吃完饭就熨，我下午戴。"

至于吗，今天也不是很冷吧？而且盛世财团的暖气，也冷不着你吧？安之素心里这么想着，嘴上却顺从地应道："好的。"

叶澜成被顺毛成功，发动车子，准备离开。

"咚咚咚！"外面突然有人敲响了车窗。

安之素看到外面站着一个女孩，头上戴着鸭舌帽，脸上架着一副快能把整张脸都遮住的墨镜，穿得很休闲，虽然看不清样子，但能感觉出来是个挺漂亮的女孩。

"澜成哥，是我。"

见里面的人没打开车窗，外面的女孩压低声音说了一句话。

叶澜成听到这个声音仿佛才认出来那女孩，抬手打开了车窗。

这下安之素看得更清楚了，女孩在叶澜成打开车窗的时候把墨镜往下一拉，露出了上半张脸。

好一个风情万种的女孩啊！安之素的脑海里顿时浮现出了这句话。

“你怎么在这儿？”叶澜成在其他人面前永远都是一副淡漠的模样，看着女孩妩媚妖艳的脸，也像是在看一个极其普通的脸蛋一样。

“我刚下飞机，澜成哥，你带我一程呗。”女孩笑靥如花地回答，还看了安之素一眼，带着满满的好奇和探究。

“没人接你？”叶澜成蹙了蹙眉，意思非常明显。

女孩“嗯”了声：“我悄悄跑回来的，没让家里人来接我。澜成哥，你带我一下嘛，拜托拜托，我这张脸很容易被认出来的。”

说着女孩还赶紧用食指把眼镜推了回去，再次遮住了大半张妩媚妖艳的脸。

叶澜成也不知道是架不住她这个哀求的语气，还是不想再耽误时间，摆了下手，示意她上车。

女孩高兴不已，拉开后面的车门就钻上了车，动作之迅速，好像生怕叶澜成反悔。

关上车门，女孩第一时间摘掉了眼睛：“谢谢澜成哥，谢谢这位美女不嫌弃我蹭车。美女你好，我叫……”

“乱喊什么，叫嫂子。”叶澜成松开刹车，踩下油门，一边把车子开出去，一边不悦地打断了女孩的话。

女孩听了顿时瞪着两只大眼睛，仿佛受了惊的兔子，又搞笑又可爱。

“澜……澜成哥，你交女朋友了？”过了好一会儿，女孩才从震惊中回了神，咽了咽吐沫，问道。

叶澜成眼帘都没抬一下，再次扔出一颗炸弹：“我妻子。”

女孩再次受惊，噌地跳了起来，只听砰的一声，她的头顶撞到了车顶，猛地又被弹了回去，撞得整个人晕乎乎的，眼前全是小星星。

叶澜成表情平静，安之素却被吓了一跳，赶紧回头问道：“你……没事吧？”

女孩被撞蒙了，使劲甩了甩头，像喝醉了酒似的往前一趴，差点没趴稳倒下去，好在安之素及时在她肩膀上扶了一下。

“小心，你别乱动了。”安之素真怕她再朝着一旁倒去，一头撞到车窗上。

“谢谢，谢谢。”女孩连声道谢，晃晃悠悠地抬起头，凑近了去看安之素，盯了好一会儿后怯怯地问道，“那个……你能让我摸摸吗？”

安之素有种被调戏了的感觉，且对方还和自己一样是个女人。

“放心，我的手特别干净，出来之前我还去了趟洗手间，用洗手液洗了遍手，不信你看。”女孩以为安之素是嫌弃她手脏，于是立刻举起一只手证明，还强调道，“我就摸一下，一下就好，不行你让我戳一下也可以。”

安之素：“……”这位美女，我和你讲，要不是看在你长得漂亮的分上，我可能就要报警了。

“嗯，戳一下也不行吗？我真的就戳一下下，我保证会特别温柔，轻轻的，保证不会弄疼你。”女孩再三请求。

安之素被她可怜兮兮的表情逗笑了，问道：“为什么要摸我一下？”

女孩飞快瞄了一眼叶澜成，然后压低声音说道：“我想确认一下你是不是真人，我怀疑我是不是耳背了，澜成哥竟然会结婚，我完全不能相信。你是机器人吗？”

“噗——”

安之素一下子笑了出来，原来是这个原因，叶澜成结婚，怎么每个人都这么稀奇，难道在所有人眼里，叶澜成是不婚主义者？

安之素微微一笑，说道：“我不是机器人，是货真价实的真人。”

“那你给我摸一下，我必须亲自验证才能相信。现代科技这么发达，听说机器人造得比真人还真。”

安之素哭笑不得，只好点头，答应了她这个请求。

女孩高兴地把手伸了过去，然而当她的爪子伸到半路的时候，一只更大的爪子将她的爪子拍掉了，还顺手把安之素的身子扳正。

“好好坐着，被拍到扣分，拿你驾照去扣。”男人威胁的声音传入了安之素的耳朵。

安之素顿时不敢再扭过身去和女孩说话，端端正正地坐着，跟个小学生似的：“哦。”

趴在驾驶座和副驾驶座中间储物箱上的女孩一脸同情地看着安之素，哦，这可怜的姑娘，倒了什么霉运，竟然嫁给了叶澜成。

女孩在心里默默给安之素点蜡，然后脑袋上就被敲了一下：“你也回去坐好。”

“哦哦，好的澜成哥。”女孩不敢反抗，甚至都不敢喊疼，乖乖缩到后座上坐着。

“送你回家？”叶澜成见她总算是老实了，问道。

女孩的眼珠滴溜溜地转着，她嘿嘿一笑：“澜成哥，你们是去吃饭吗？我也好饿啊，带我一起好不好？我吃得不多，随便投喂一点就可以。”

叶澜成“呵”了声，理都没理她，直接变换了一个车道。

女孩一看他换到了朝自己家行驶的方向，顿时小脸一垮，郁闷，她想和嫂子多套会儿近乎都不行，澜成哥真小气。

“我这里有小蛋糕，你要吃吗？”安之素见女孩很难过的样子，便翻出了早上李阿姨往她背包里塞的一盒蛋糕。

女孩的眼睛亮了一下：“吃吃吃。”

安之素把蛋糕递给了她，还递了一盒酸奶。

女孩照单全收：“谢谢小嫂子。小嫂子，我叫苏清晨，第一次见面，以后请多多关照。”

“苏清晨？”安之素听到这个名字一愣，下意识问道，“你是苏夜的……妹妹？”

这下轮到苏清晨愣住了，“啊”了声：“小嫂子你知道我哥啊？”

安之素点点头：“见过了。”

苏清晨这就明白了，她哥和叶澜成是穿一条裤子长大的，结婚这么重要的事，她哥肯定第一时间就知道了。

“澜成哥，你结婚告诉我哥都不告诉我，哼，我生气了。”苏清晨重重咬了一口蛋糕，语气幽怨。

安之素替叶澜成解释道：“其实不怪他，是我想暂时隐婚的。那个，清晨啊，你也先不要告诉其他人哦。”

苏清晨闻言差点惊掉下巴：“你要隐婚？！”

苏清晨的眼神就像看外星人一样，心道：拜托啊姐姐，你嫁的可是叶澜成啊，整个S市上流社会的单身女人最想嫁的男人排行榜第一名啊！你不想着昭告天下，给澜成哥身上贴上已婚男人的标签，让其他女人滚一边去，你还想隐婚！你真的知道“叶澜成”这三个字背后代表着什么吗？你真的是……一股泥石流啊！

当然安之素并不知道苏清晨这会儿在想什么，如果她知道了，肯定会心虚地捂脸的。她可不是真的想和叶澜成隐婚，盛大的订婚是要的，举市瞩目的婚礼也是要的，只是她暂时还没有准备好。

一阵手机的振动声打破了车厢里诡异的沉默，苏清晨回神，从包里翻出手机，塞了一口蛋糕在嘴里，含混不清地“喂”了声。

“我的大小姐，你现在在哪儿呢，有没有被记者拍到？我刚听人说，有一批记者去了机场，不会是去堵你的吧？谁把你回去的消息走漏出去的？”电话那边传来苏清晨的经纪人焦急的声音。

苏清晨打开了扩音，把手机扔到腿上，气定神闲地喝了一口酸奶才回答道：“安心啦阿谦，我一开始也以为他们是来堵我的，后来才发现，他们是来堵别人的。他们没有拍到我，注意力都被吸引走了。”

听到这话，郑谦在那边松了一口气，有点好奇地问道：“那群记者堵谁呢？听说阵仗挺大的，这是谁又在炒作？”

“哦，不是我们圈子里的。”苏清晨吸了口酸奶，妖艳妩媚的脸上露出了一丝嘲讽，语气也冷了下来，“哗众取宠罢了。”

一句“哗众取宠”，让安之素回头看了她一眼，她低着头，吸着酸奶，样子很随意，但说出那四个字的时候，安之素明显能感觉到她的嘲讽。

安之素笑了，嗯，哗众取宠，这个词用得真好。

“行，只要你没有被拍到就好。你现在在哪儿？回家了吗？”郑谦听苏清晨这么说，也就不好奇了，关心地问道。

“你不用管我了，我马上到家了。这段时间我休假，没事不要给我打电话，有事更别打。我要在家当乖乖女了，你别老找我，我奶奶会不高兴。”苏清晨说完，不等对方说话，直接挂了电话。

“小嫂子，我还不知道你叫什么呢。”苏清晨扔了电话，又和安之素闲聊起来。

“我叫安之素，你和景泽一样也是明星吗？”安之素笑了下，问道。

“之素……名字真好听。”苏清晨把两条又细又长的腿盘到座椅上，撑着两只手托着腮，说道，“我不算明星，我是个模特。”

闻言，安之素回道：“难怪身材这么好。”

苏清晨是标准的九头身美女，个头将近一米八，安之素不知道该怎么形容她的漂亮，大概就像很多小说里描述的那样：肤白貌美大长腿，脖子以下全是腿。

“小嫂子的身材也棒棒的。”苏清晨很快接了一句，在她看来，安之素的确挺漂亮的，不似她的妩媚妖艳，但有种气质美，让你看到她就很想亲近，如果她走在人群中，一定也是一眼就能被辨别出来的。

“行了，别拍马屁了，你家到了，自己进去吧，不送你了。”叶澜成有点听不下去了，正好车子到了苏家别墅区的门口，他将车子停在了大门口，没有往别墅区里开。

苏清晨也很识趣，抓起了自己的包包和手机，麻利地下了车，跟安之素挥了挥手就进去了。

叶澜成看着她走进别墅区的大门，才重新启动车子离开。

“清晨她肯定是个超模吧。”安之素看向了叶澜成，问道。

叶澜成“嗯”了声，顿了下又道：“苏奶奶不太喜欢她当模特，但她喜欢，苏奶奶拗不过。因为担心那个圈子太乱，带坏了她，阿夜就收购了一家模特公司，把她保护得很好，所以她的性子一直比较单纯。”

安之素：“……”

自己的妹妹喜欢当模特，苏夜就收购了一家模特公司，要是妹妹改天想当明星了，那不是得去收购一家娱乐公司?

土豪的世界，果然是任性得没话说。

“我就服你们这些有钱人，一言不合就玩收购。像我这样的穷人，逛个淘宝还得货比三家呢。”安之素啧啧道。

叶澜成斜睨了她一眼：“是吗，土豪太太?”

安之素：“……”

车子在别墅里一停稳，安之素就背着自己的包下了车，率先跑进了别墅。

“妈，妈，我回来了。”

安之素还是很喜欢白心慈这个婆婆的，有时候叶澜成没空，她自己也会跑过来蹭饭，一来二去的，感情早就不知道升华多少个级别了。

白心慈在屋里听到了安之素的声音，放下了自己的宠物猫，迎了出来。

“妈。”白心慈还没走出客厅，安之素已经蹦跳着跑了进去。

“哎。”白心慈拉着她问道，“累不累，饿不饿，我怎么瞧着这段日子不见，你又瘦了呢?”

“嗯，妈，我要和你告状，都怪叶澜成每天都限制我吃肉，天天让我吃青菜，可讨厌了。”安之素瞥见叶澜成闲庭信步地走进来，故意扬声跟白心慈告状。

白心慈哪能看不出来安之素这点小心思，很配合地点头：“嗯，是讨厌，怎么能限制我们之素吃肉呢。回头妈训她，妈让蓉婶做了好多肉，你等会儿多吃点，补补。”

安之素咧嘴一笑：“谢谢妈。妈，我给您带了礼物。”

说着安之素就从包里翻出了一个精美的盒子递给白心慈。

"还有礼物啊！"白心慈接过盒子，打开一看，里面躺着一条丝巾，图案和花色都非常大气漂亮，一眼就喜欢上了。

"之素的眼光就是好，妈很喜欢，谢谢。"白心慈放下礼物，拉着安之素去餐厅，扬声问道，"蓉婶，饭好了吗？"

"好了好了，可以开饭了。"蓉婶端着最后一道菜从厨房出来，应道。

安之素还没走进餐厅就闻到了肉的香气，顿时肚子就不争气地叫了一声，惹得白心慈一笑，赶紧拉着她到餐椅上坐下。

而被白心慈完全忽略的叶澜成脸都有点黑了，她这偏心偏得也太明显了。

"喵——"同样被忽视的宠物猫哈密瓜跳到了叶澜成脚边，拿爪子挠了挠他的裤腿，企图得到一点安慰。

叶澜成垂头淡漠地扫了它一眼，然后理也没理它，就迈步朝着餐厅走去了。

哈密瓜的包子脸上顿时露出被全世界抛弃的可怜表情，仿佛猫生无望。

叶澜成先去洗了手才到餐桌边坐下，他坐下的时候，婆媳俩已经吃了起来，两人挨在一起坐着，一边吃一边说着什么，不时发出笑声。

叶澜成见她们都没有要理自己的意思，很识趣地自己拿起筷子吃了起来。

说好的婆媳不和呢，怎么到他这里，完全不存在这种问题？

白心慈问的都是安之素工作室的情况，安之素把进展和她说了一下，表示一切都挺顺利的。

白心慈听得很放心，然后终于想起了自己的儿子，转头叮嘱他："阿成，你也别总忙自己的，之素的工作室那边你帮衬着点啊！"

叶澜成的脸黑了一下，他还不够帮衬吗？

房租只是随便收收，装修也是他出的钱请的装修队，工资开三倍，人家才愿意日夜兼工，马上老九找的人也要就位了。

他真是委屈！

“呃……妈，叶澜成挺帮我的，他还让老九给我找了一些人手，我有什么事忙不开的就交给老九，老九每次都帮我办得好好的。”安之素一听白心慈误会叶澜成对自己不管不顾，赶紧替他澄清道。

闻言，叶澜成斜睨了她一眼，她还算有点良心。

“那就行，之素，你有什么事尽管找阿成给你办就行了。他是你丈夫，你不找他找谁，别和他客气。阿成，你可别不耐烦，知道吗？”白心慈到底是清楚儿子的性子的，就怕他嫌麻烦。

叶澜成无奈，只好应了声：“知道了，妈。”

白心慈这才满意一笑，终于想起这是亲生的儿子，用公筷给他夹了块红烧肉，叮嘱道：“多吃点。”

安之素顺着白心慈的筷子，眼睁睁看着已经为数不多的红烧肉进了叶澜成的碗里，像是在考虑要不要去抢回来。

叶澜成自然注意到了她的小眼神，嘴角勾起一抹坏笑，用自己的筷子夹起来，问道：“想吃？”

“嗯嗯。”安之素点头如捣蒜，虽然盘子里还有，但是按照她丰富的吃红烧肉的经验，叶澜成的这一块一看就比其他的好吃。

得到她肯定的回答，叶澜成嘴角的坏笑更加明显，他直接掉转了筷子，将香甜可口的红烧肉送进了自己嘴里，还贱贱地回答了她一句：“想吃，也不给你吃。”

安之素撇撇嘴，这个坏人！

白心慈瞧着自己儿子这幼稚的举动，连下巴都快惊掉了。她要是没有记错，儿子自打三岁之后，就没有做过任何幼稚的事、说过任何幼稚的话了。尤其是她的丈夫去世之后，他更是撑起了他们母子俩的一片天，练就了一身冷漠的气质，哪怕是面对她这个妈妈，也极少有笑的时候。

白心慈就如同看到了铁树开花一般，同时心里有一种欣喜油然而生。她感激地看向安之素，心里很清楚，儿子的变化全归功于这个儿媳妇。

“妈，你怎么突然这么看着我？我脸上沾菜汁了？”安之素被看得心虚，赶紧抬手摸了摸自己的脸。

白心慈笑着摇头，又拿起公筷给她夹了一块红烧肉，说道：“脸上干干净净的，什么也没有，妈就是看你长得漂亮，高兴自己有个这么漂亮的儿媳妇。你们早点把婚礼办了才好呢，这样妈就能到处去跟别人炫耀了。前几天跟李太太喝茶，她带着她那儿媳妇，逢人就炫耀，我瞧着啊，还没有你一半好看呢。”

安之素“呃”了声，被白心慈夸得不好意思了。

她也有点心虚，她可是想着先和叶澜成办一场订婚宴呢，这事该怎么跟白心慈开口呢？

安之素默默地在桌子下面踢了叶澜成一脚，暗示他把话接过去。

叶澜成不动如山，像没有收到安之素的信号。

安之素又踢了一脚。

叶澜成还是优雅地吃着饭。

安之素暗忖，这厮是故意的吧。

想了想，安之素也拿起了白心慈放下的公筷，很心疼地把刚才白心慈夹到自己碗里的红烧肉移到了叶澜成碗里，还努力挤出一抹心甘情愿的微笑：“你难得胃口这么好，喜欢吃就多吃点，我刚才已经吃了不少了，剩下的都给你吃。”

安之素笑得非常真诚，一点儿也看不出来心疼和不舍，她觉得自己可以给这番表演打一个满分。

看到安之素这么心疼叶澜成，白心慈对她更满意了，笑得非常慈祥，只有叶澜成心里清楚，她为什么舍得把自己最爱吃的红烧肉给他。

她还不是有求于他，也只有这个时候，她才知道讨好他。不过，叶澜成还是挺享受安之素这个时候的乖巧和狗腿模样的。

于是他满意地把碗里的红烧肉送进自己嘴里，动作优雅，不急不缓，细嚼慢咽地吃了下去。

这个时候，安之素又在桌子下面踢了他一脚。

叶澜成这次没有再假装没收到信号，看向了白心慈，开口道：“妈，我们先订婚，您没事帮忙挑个好日子，张罗一下。”

儿子这么一说，白心慈倒是想起来叶澜成第一次带安之素回来见她时说的话了，当下立刻答应道：“成，我回头就找人算算，挑个黄道吉日。你们想在什么时候？这日子定下来了，要准备的事就多了，不过不用你们操心，全交给我好了。”

“妈，那太辛苦您了。”安之素一听白心慈不反对，也不问为什么婚都结了还要订婚，她心里既感激又感动。

“不辛苦，我反正闲着没事。这几个月还有点冷，我看开了春就不错，你说呢之素？”白心慈默默算了下时间，在大冬天订婚有点受罪，就算是有暖气，穿那么薄的礼服也遭罪。

白心慈说的时间和安之素想的可谓不谋而合了，她笑着点头，道：“嗯，妈，那就过完年吧。”

“好好，妈知道了，定了日子妈再告诉你。”白心慈也是一脸高兴的表情。

第九章
顺其自然

饭后，安之素让蓉婶给她拿了熨斗过来。

白心慈抱着哈密瓜过来，问道："熨什么？"

"围巾。"安之素把揉成一团的围巾铺开，朝白心慈一笑，"这次去苏城，叶澜成陪我去见了外婆，外婆给他织的围巾。"

白心慈心里一阵意外，心想她家这儿子还没傻透，知道主动去拜访人家呢。

"你外婆手艺真好，这围巾织得比买的还好看。上面的刺绣是你绣的吧，瞧着就不像别人能绣出来的。"白心慈凑近看了看，那金黄的玫瑰栩栩如生，像能闻到玫瑰的花香。

安之素被夸得有点不好意思，点点头，小心翼翼地沿着围巾上的纹路把褶皱的地方熨平。

白心慈怀里的哈密瓜滴溜溜转着眼珠，好奇地盯着围巾上的玫瑰花，过了一会儿，它悄悄伸出猫爪子，想去摸摸那花是不是真的，它可是最喜欢吃花的，花园里的花没少被它摧残。

白心慈一开始还没注意到哈密瓜的举动，直到它的爪子快要碰到围巾，她才吓了一跳，抱着它往后退了一大步。

"喵——"哈密瓜没能如愿地摸上漂亮的玫瑰花，不满地发出抗议。

“你还委屈了啊？！”白心慈照着它的脑袋就敲了一下，警告道，“那是阿成的东西，你要是抓坏了，看他怎么收拾你。回头把你扔了，我都护不住你。”

“喵——”

也不知道哈密瓜是真听懂了还是没听懂，反正安之素就看到它把脑袋缩到了白心慈怀里，非常害怕的样子。

安之素乐了：“妈，哈密瓜挺通人性啊！”

“通不通人性我不知道，反正它是挺怕阿成的。”白心慈哈哈一笑。

安之素扑哧一笑，心想这算是动物本能吧，动物对危险的感知力远远超越人类。叶澜成整天摆着一张冰块脸，人看着都怕，何况是猫。

白心慈怕哈密瓜再乱抓围巾，就让蓉婶把它送到猫房睡觉去了。她则去了厨房，切了点水果出来。

正好安之素也把围巾熨好了，拿去卫生间用烘干机烘干，没一会儿就拿着一条平平整整的围巾出来了。

“好了吗？来吃点水果吧。”白心慈见她回来，招呼她吃水果。

婆媳俩没吃一会儿，叶澜成就下了楼，和她们说了一声，他准备去上班了。

“喏，围巾给你熨好了，你还戴不戴了？”安之素见他要走，空出一只手指了指围巾，问道。

叶澜成挑挑眉，她竟然没把他的话忘了，很好。

“戴。”叶澜成朝客厅走了几步，说道，“你给我戴上。”

“你自己不会啊？”安之素这句话几乎是脱口而出。

“不会。”然后叶澜成也理所当然地回答了她。

安之素深吸一口气，她忍，婆婆还在呢，要乖巧一点。

她放下水果，抽出湿巾擦干净手，起身拿起围巾，朝着叶澜成走了过去。

叶澜成站得像棵松树一样，他又比她高许多，她踮起脚都够不到他的脖子，只得压低声音道：“你就不能稍稍低一下你这高贵的头颅？”

叶澜成看着她这奓毛的样子，低低一笑，难得听话地微微低下了头。

安之素赶紧给他戴了上去，围巾并不长，在他脖子上绕一圈，剩下的放到前面，打了一个结，围巾结一点也不花哨，很稳重，与他的气质十分搭配。尤其是围巾上面的一朵金黄玫瑰，更是凸显出了尊贵之感。

安之素又顺手给他整理了下衣服，然后微微后退一步，打量了一下，叹道：“完美！”

叶澜成也觉得完美极了，手工围巾就是比买来的暖和，他甚至能闻到围巾上沾染的属于安之素独有的气息，闻着非常舒服。

“我走了，你下午就在妈这里待着吧，晚上我过来，吃完饭再回去。”叶澜成抬手在她头发上摸了一下，叮嘱了一句才转身朝外走去。

安之素不满地挠了挠自己的头发，每次被叶澜成摸头的时候，她都感觉自己像只小狗。她为此抗议过很多次，最后全被叶澜成无情地驳回了。

白心慈瞧着他们感情这么好，也是越看越欢喜，想着这样下去，用不了多久，自己应该就能抱孙子了。

一想到不久之后家里就能多一个跟叶澜成一样的小孙子，白心慈就高兴得嘴都合不拢了。不过笑了一会儿，她又改变主意了，还是要个跟安之素一样的小孙女吧，肯定比小孙子可爱、讨喜多了。

“妈，您笑什么？”安之素转身坐了下来，看到白心慈笑得这么开心，疑惑地问道。

白心慈哈哈一笑：“没什么，没什么，哎呀，妈困了，先去午休了。你困了也回房间睡会儿，晚上想吃什么，让蓉婶给你做。”

说着白心慈就起了身，带着一脸笑意去了房间。

安之素不明所以，过了一会儿，也提着包包，上楼进了房间。

她把包包扔到了床上，自己也呈“大”字形躺在柔软的床上，舒服地“啊”了声。

“叮咚！”

这时手机微信来消息的声音响起，她愣了一下，翻了个身，找到手机打开了微信。

宋佳人：安听暖怎么突然回国了？

看到这条微信，安之素的眼睛眯了眯，很快回复了她。

安之素：你都知道了，消息传得这么快。

宋佳人：姐姐，我谢谢你。她回国的消息都上新闻了，各家媒体铺天盖地都是她的新闻。

发完这条消息，紧跟着她还发了一条新闻链接。

安之素顺手打开了链接，是某家媒体的官网，一打开就能看到安听暖的版块，标题很醒目。

——安氏集团千金归来，未来豪门婆婆亲自接机，其与萧氏集团继承人婚期将近。

标题下面是一些图片，有安听暖单人的，也有她亲密挽着萧夫人的，每张图片下面还都配有文字。那些文字，无一不是在吹捧安听暖。

安氏千金、安氏继承人、萧氏未来总裁夫人、豪门太太……一系列字眼在安之素视线里跳动着，俨然将安听暖捧成了一个三百六十度无死角的公主。

安之素关了网页，脑海里浮现出苏清晨的评价，于是她在对话框里打下了四个字。

安之素：哗众取宠。

宋佳人：哈哈哈，之素，我发现你说话越来越犀利了。不错，近朱者赤，稳住这个状态，千万不要被安听暖影响了。

安之素发了一个遵命的表情，写道：放心吧，我早就料到她会回来了，只是比预想的时间提前了而已，看来她也不是很沉得住气的人，这么着急就赶回来了。

宋佳人：杨兮好几次在你手里败阵，安氏集团大受影响，她这个时候回来帮忙收拾烂摊子，一来能拉拢杨兮，二来也能在你爸面前刷好感度。一举两得的事，她不回来就傻了。

安之素：呵，被捧得越高，摔得越惨。我也已经不是五年前那个可以任由她捏扁搓圆的安之素了。

宋佳人：哦，宝贝，就该这样，有叶少这棵大树，安听暖这种小妖精，完全不必在意，来一个灭一个，来两个灭一双。

安之素：叶澜成要是知道你把他当成钟馗，估计你的律师事务所就要不保了。

宋佳人：……你不会出卖我吧？

安之素：看心情咯。

宋佳人立刻发了一个“我错了”的表情，附带一句话：周末请你吃火锅，求放过。

安之素：哼哼，看在火锅的面子上放过你吧。

宋佳人：谢叶少夫人不杀之恩，小的告退了。

安之素：跪安吧。

宋佳人果断闪人了。

安之素捧着手机笑了一会儿，原本以为亲眼看到安听暖回来，亲眼看到安听暖的风光，她会愤怒、会怨恨、会不甘，可是因为有了叶澜成，她的这些情绪还没有冒出头，就被他镇压下去了。他带她回家，让她知道，她没有了安家那个家不要紧，她还有他和白心慈。

安之素忽然觉得自己很幸运，有了叶澜成，就仿佛拥有了全世界，这样的安全感，是她自从妈妈去世之后，再没有感受过的。

想着想着，安之素困意来袭，渐渐睡了过去，嘴角还带着一丝安心的微笑。

盛世财团。

助理高旗下午上班看到自家大老板的第一眼就惊奇地发现他脖子上戴着一条围巾，深蓝色的颜色非常稳重大气，上面的一朵刺绣玫瑰也显得尊贵非凡。仅仅是多了一条围巾，就让自家老板整个人的气场又拔高了一个段位，有着画龙点睛的特效。

高旗心里直犯嘀咕，他跟着老板也有许多年了，就算是去国外谈生意，天寒地冻的时候，也没见老板戴过围巾。S市的冬天虽冷，但老板平时最多戴一条男士丝巾，还大多是为了装饰。

他敢拿自己堪比计算机的记性发誓，这是他家老板第一次戴这么厚的围巾，他忍不住拿出手机查了下今天的气温。

嗯，最低温度都在五六度，中午温度略高，有八九度的样子。而办公室暖气十足，恒温二十五度，老板戴着一条下雪天才需要戴出来保暖的围巾在脖子上，真的不怕捂出痱子吗？

贴心小棉袄高旗表示，自己需要去准备一些痱子药了。同时，他拿起办公桌上的座机，给工程部打了一个电话，下达了一个对全公司员工而言都不可理喻的指令。

暖气温度下调到十五度！

工程部的人听到这条指令都蒙了，忍不住提醒高旗，十五度会很冷。

高旗一脸严肃地让他们照办，挂了电话之后，他默默穿上了自己的羽绒服。他觉得老板真该给他涨工资了，这么贴心的助理去哪儿找啊？

暖气温度下调，叶澜成也很快就感觉到了，他拨了内线电话，把高旗叫了进去。

高旗裹着自己的羽绒服，端着一杯热气腾腾的咖啡进去："叶总，您叫我。"

"怎么回事？"看到他把自己裹成了一个粽子，叶澜成蹙眉问道。

高旗心想：还不是怕您捂出痱子来，真不知道您今天哪来的兴致。但这话他又不敢说，只能按照自己早就编好的借口回答："哦，暖气管道坏了，工程部正在维修。"

闻言，叶澜成"嗯"了声，端起咖啡喝了一口："什么时候能修好？"

——什么时候？鬼知道什么时候，那得看您什么时候舍得把脖子上的围巾摘下来，您要是一直戴到下班，那今天是好不了了。

您要是明天继续戴，那明天也别想修好了。

“这个……还不知道呢。叶总，您穿上大衣吧，别着凉了。”高旗也算是能把叶澜成的心血来潮应付得游刃有余了。

叶澜成“哦”了声，也没有很在意，交代道：“吩咐各部门秘书处，公司请大家喝下午茶，补偿因为暖气故障带来的工作不便。费用走公司的总账，让各部门财务上报到总财务室报销。”

高旗：“……”这心血来潮的代价可就大了啊，全公司几千员工，每人都请下午茶，可不是一笔小支出。我的大老板，这么任性真的好吗？

高旗内心疯狂吐槽，嘴上却立刻应道：“好的，叶总，我这就吩咐下去。”

高旗走出叶澜成的办公室，迎面就碰上了刚从电梯里出来的老九。

“高旗，公司的暖气坏了？今天怎么这么冷？”老九见了高旗，第一句话也是问这个事。

高旗没办法跟秘书处的那几个姑娘吐槽老板的神经质，这会儿见了老九，总算是逮着能听他吐槽的人了，他拉着老九就闪进了茶水间。

“这是咋了？”老九见他一副有苦难言的模样，问道，“被大少训了？”

“我宁愿是被叶总训了。”高旗说着就把老板今天下午戴了一条围巾来上班，进了办公室还不肯取下，非要宝贝似的戴在脖子上的事给说了一遍。

“哎，老九，你说我容易吗？我这还不是怕叶总捂一脖子痱子。叶总这都不给我涨工资，他的良心不会痛？”高旗一脸“你快同情我，快安慰我，快夸夸我”的表情。

老九非常不厚道地笑了，拍了拍高旗的肩膀，说道：“大少每年上百万年薪养着你，看来一点也不亏啊！”

“还亏？放眼S市，去哪儿找第二个像我这样的小棉袄啊？我觉得我的贴心价值，远远不止一百万。”高旗斜睨了他一眼，自我感觉良好。

老九“嘁”了声：“王婆卖瓜，自卖自夸。”

高旗嘿嘿一笑，话锋一转，神秘兮兮地问道：“老九，你和我说实话，叶总那围巾是不是女朋友送的啊？看着像是自己手工织的，上面还有一朵玫瑰花的刺绣，叶总的女朋友很心灵手巧啊！”

一听“刺绣”这两个字，老九就基本可以肯定那围巾是安之素送的。不过有些事在公开之前，关系再好也是不能说的。于是他只是讳莫如深地一笑，给了高旗一个“自己去想”的眼神就走了。

高旗摸了摸后脑勺，更加蒙了，这意思是是还是不是啊？真是的，就不能给一个准信吗？不知道好奇会害死猫吗？

高旗在重度幽怨中回到了他的专属座位，打开内部系统，将叶澜成刚才的吩咐传达给了各个部门的秘书处。

老九走进了叶澜成的办公室，第一眼自然是朝着叶澜成脖子上的围巾看了过去。

嗯，果然是他们家少夫人的手艺，这么精致漂亮的玫瑰，也只有他们少夫人绣得出来了。

当然也只有他们少夫人亲手绣的东西，才能让他们家大少爱不释手，宁愿热死也要戴在脖子上。

“来了，坐。”叶澜成正在忙，头也不抬地指了指对面的椅子。

老九应了声“是”，走过去在椅子上坐下，顺手将腋下夹着的一沓杂志放到了办公桌上，见叶澜成在忙，就没有打扰，耐心等着。

叶澜成忙了将近二十分钟才处理完手头的一份文件，签了自己的名字，合上后推到了一边，这才抬头看向老九：“交代你的事办得怎么样了？”

老九立刻把他搜集的几本杂志递了过去：“大少，这都是最近一期的珠宝杂志，涵盖了中外珠宝界大师的作品，都是当季新品，您看一下。”

叶澜成点点头接了过去，一共只有三本，都是薄薄的小册子。他很有耐心，从第一本第一页开始，像翻看什么重要文件似的，极其认真。

“这个设计师的作品不错，理念和风格都跟安之素很搭。”叶澜成把三本珠宝杂志都看完之后，才用笔将一个设计师的名字和作品圈了出来。

老九看了一眼，颔首道：“Tina，法籍华裔，国际著名珠宝设计师，法国B家的首席设计师。她的设计风格一直偏西方和时尚，这两年才融入了一些东方元素，的确跟少夫人的气质很搭。”

“嗯。”叶澜成直接吩咐道，“联系一下，给之素定制一套订婚首饰。”

“是，大少。”老九点头，记下了此事，而后将一份报纸递过去，说道，“大少，这份报纸是我偶然看到的，您看一下。”

叶澜成的目光在那报纸上扫了一眼，头版头条就是“安氏集团千金归来，未来豪门婆婆亲自接机，其与萧氏集团继承人婚期将近”的新闻。

新闻的内容叶澜成都不需要再看，冷冷嗤了声：“我去接之素的时候在机场看到了，新闻出得倒是快。”

老九没想到叶澜成早就知道了，而且还是亲眼所见，那他们少夫人岂不是也看到了？

思及此，老九问道：“大少，那少夫人还好吧？”

“自然是不怎么好。”叶澜成将报纸丢进垃圾桶里，仿佛让印有安听暖照片的报纸放到他桌子上都会弄脏他的桌子。

老九暗暗叹气，也有点替安之素不平，沉吟了片刻，说道：“安听暖如此高调回国，还拉着萧夫人做文章，八成是想用自己和萧氏的联姻，稳住安氏的股市。下午一开盘，安氏集团的股市就开始回温了。不得不说，这个安听暖也算一个聪明的女人。”

“哗众取宠。”叶澜成冷冷一笑，也把苏清晨用来形容安听暖的话搬了过来。

老九一笑：“是，这点小伎俩，也是老掉牙了。那大少，我们还要不要继续盯着安氏的股市？”

叶澜成眯了眯眼，淡漠道：“她一回国就惹之素不高兴，你还需要问我要不要回礼？老九，在你眼里，我什么时候这么好欺负了？”

老九浑身一颤，当下就站了起来，微微一低头：“对不起，大少，我竟然还问这么愚蠢的问题。”

“行了，知道怎么做就下去安排吧，最迟傍晚，我要看到能让你们少夫人高兴的回礼。”叶澜成摆摆手，示意老九下去。

“是，大少。”老九忙应了一声，疾步走了出去。

叶澜成微微朝后靠在椅背上，尊贵俊美的脸上浮现着冷漠的神色。谁能想到，外界传闻不近人情的叶大少，也有愿意为一个女人费心劳力的时候。

安之素舒服地睡了一个午觉，醒来之后又被白心慈叫下去吃了点下午茶，再之后才又回到房间，翻出设计册，坐到桌子前，埋头画设计图。

电影拍摄虽然只需要设计八款旗袍，但安之素需要画最少十张设计图，这样才有选择的空间，不然一旦有不满意的，她临时画不出来替补的。

埋首在桌前涂涂画画了半个下午，安之素终于把十张设计图的初稿全部搞定，等回家之后，她再导入电脑，进行上色和精修，就可以拿去给黎臣看了。等黎臣确定了稿子，接下来她才能着手裁制旗袍。

“呼——终于搞定初稿了。”安之素放下铅笔，长长地舒了一口气，站起来伸了一个大大的懒腰，坐了半下午，腰都有点受不了了。

站在桌前活动了一下，安之素打算下楼去陪陪白心慈，她一个人住在这里也挺孤单的，又没有其他孩子，每天只有蓉婶和一只猫陪伴。

正当安之素转身要走的时候，手机忽然提示有新的微信消息。

她脚步顿了下，一边拿起手机点开微信，一边朝房间外走去。

宋佳人：之素之素，快点开我发给你的链接进去看看，贱人自有天收，有人给你出气了。

看到这条微信的安之素有点蒙，本来想发一个问号过去的，但是紧接着宋佳人又发了一条链接过来，她干脆先点开了链接。

链接一打开就出现了一个网页，上面报道的还是安听暖今天回国的消息，连标题都没有改，安之素扫了一眼，退出，给宋佳人回复。

安之素：又让我看这条新闻干什么？

宋佳人：你是个傻子吗？谁让你看新闻了，看评论！看评论！看评论！

安之素：哦。

再次打开链接，安之素一直往下拉，终于在一堆照片和文字之后，看到了评论区。

一楼：安氏集团大小姐？闹呢，她是安氏集团大小姐，那前几天杨兮开记者会提到的那个人是谁？当我们吃瓜群众是属金鱼的啊？

二楼：支持一楼，我们的记忆不止七秒，别想骗我们。

三楼：哎哟，这是哪个记者写的稿子啊，有没有一点实事求是的精神？安听暖出身好？我怎么记得这位“安氏集团的大小姐”以前不姓安呢，她不是现在安氏集团总裁娶的续弦带过来的拖油瓶吗？

四楼：哇，楼上说清楚点啊，那这位“安氏集团的大小姐”的亲爸爸是谁啊？不会是个私生女吧？

五楼：感觉四楼说出真相了。

六楼：三楼三楼，你知道得好多啊，你是不是狗仔啊？专门挖豪门丑闻那种吗？还有什么劲爆的秘密，说出来让我们听听啊！

七楼：同问。

八楼：同问。

……

安之素一直往下刷，“同问”的楼层一直盖到了第十九层，而第二十层的时候，看样子应该是刚才的三楼说话了，但因为都是用游客身份说的话，所以只显示楼层，不显示个人昵称。

二十楼：说多了我怕被人追杀，反正我只能告诉你们，安听暖的身世没报道中说的那么好。哪个豪门没有一点狗血秘密啊，还安氏集团的大小姐，我只能呵呵了，当人家真正的安氏集团大小姐死了吗？

二十一楼：哈哈，我目测这个评论区要火，嗯，火速留名，转发微博、朋友圈。

二十二楼：同转，等火。

二十三楼：小伙伴们，大家一起转起来，送我上去，我要去当网红。

……

一直盖到了将近五十楼，全部都是在质疑安听暖的身世的，甚至有网友都跑去搜安听暖的社交资料了，还有自称会算命的网友留言，说安听暖的面相一看就是私生女等等，一通胡扯。

安之素看得目瞪口呆，赶紧问宋佳人：三楼不会是你吧？

宋佳人：你觉得如果是我亲自去骂她，还会给她留面子？那说话风格一看也不是我好吗？

安之素：言之有理。那是谁这么善解人意？

宋佳人：是谁你自己心里就没点数？安听暖的新闻下午才出来，然后相隔不到两个小时就有网友爆料，你不会以为是巧合吧？哦，宝贝，你可千万别告诉我，你想不到是谁。

安之素的脑海里立刻冒出了叶澜成那张尊贵俊美的脸，还有他曾经对她说过的话。

他说："叶太太，除了叶先生，没人可以欺负你。"

安之素的心忽然就像涌入了一股暖流一般，脸上更是扬起了灿烂的笑容。

宋佳人：安之素，你睡着啦？

手机一振，安之素立刻回神，指尖轻点，回复：没，我只是有点感动。

宋佳人：感动吧姑娘，好好感动吧。我觉得你可能除了和叶少白头偕老，给他生一堆孩子之外，已经没有其他法子报答他了。

安之素：还生一堆，你当我是母猪呢？

宋佳人：哈哈哈。不和你扯了，我也下去玩玩，爆料这种事我最喜欢了，尤其是爆安听暖的料，哈哈哈。

发完这条微信，宋佳人就去评论区盖楼了，眼前忽然闪过一张脸，她灵机一动，直接转发这条新闻给夏景泽，附带留言：你家小嫂子被人欺负了，火速来支援。

夏景泽正沉浸在游戏当中，忽然有微信消息弹出来，他本来不想理会，但一看到是宋佳人发来的，顺手就点开了。

下一刻，夏景泽猛地站了起来。

坐在前排的经纪人路凯被吓了一跳："泽少，你又怎么了？"

"嘘，别说话。"夏景泽瞪了他一眼，然后赶紧给宋佳人回复微信。

夏景泽：怎么回事？谁又欺负我小嫂子了？杨兮？

宋佳人：自己去看，我战斗着呢，没空给你解释。

夏景泽于是打开了她发的链接，立刻明白了，果断切换微博小号，以"忧郁男孩"的号转发了微博，配文字：原来这就是杨兮口中那个有神经病的安氏集团大小姐啊，以后我要远离漂亮的小姐姐了，谁知道是不是个神经病啊！

夏景泽这个小号要么不发微博，一发准是挤对人，因此他这条微博一发出来，他的粉丝就兴奋了。

粉丝甲：哈哈，盼星星盼月亮，终于又盼到小哥哥怼人了，哈哈哈，开心。

粉丝乙：小哥哥，你这么皮，你妈妈知道吗？

粉丝丙：都闪开，别挡着我，小哥哥，看我看我，我好喜欢你怼人时的样子。

粉丝丁：哈哈哈，我就欣赏小哥哥怼天怼地怼空气的勇气，谁都敢怼，完全不怕被封号。

……

粉丝们纷纷在下面留言，夏景泽只高冷地统一回复了一条。

忧郁男孩：废什么话，都给老子转发。

粉丝们：遵命。

宋佳人也第一时间看到了，她更有胆色，直接用大号转发。

卿本佳人："安氏集团的大小姐"，端好你的人设，千万别崩，我看好你哟。

宋佳人和夏景泽的这番操作，安之素就不知道了，因为她刚收起手机从楼上下来的时候，刚好看见叶澜成从外面走进来。

安之素的眼睛亮了一下，脚步轻快地朝他走了过去："你下班了。"

叶澜成"嗯"了声，抬手解开大衣的纽扣。

"我来。"安之素难得殷勤地伺候他脱掉了大衣，摘下了围巾，像个期待丈夫下班的小妻子，难得一见的贤惠。

叶澜成斜睨着她，问道："心情好？"

她突然对自己献殷勤，叶澜成还有点不习惯。

"嗯。"安之素挽起他的胳膊，朝客厅走了去。

白心慈"哎呀"了声："去去去，别在我这老太太面前秀恩爱，碍眼。"

安之素吐吐舌头道："哪有秀恩爱。"

"啧，欺负我老花眼看不清啊？"白心慈笑着打趣她。

安之素脸都红了，赶紧放开了叶澜成的胳膊。

叶澜成挑挑眉，嘴角浮现出一抹浅浅的笑。

晚上夫妻俩在白心慈这边用了晚饭，饭后又陪白心慈说了会儿话，之后看时间差不多了，夫妻俩才回了澜庭居。

叶澜成好几天没有抱着她睡觉，一上床就把她搂进了怀里。安之素也难得没有嫌弃他，还转过身反抱住他，把脸埋在他胸膛里。

"怎么了？"叶澜成感觉她今天有点热情，晚上还把她心爱的肉让给他吃，他都有点受宠若惊了。

"叶澜成……"安之素在他怀里微微扬起头，昏暗的灯光下，眼眸清澈而明亮地看着他。

"嗯。"叶澜成应了一声，也垂眸看着她。

安之素深吸了一口气，轻轻说道："叶澜成，我给你生个孩子吧。"

叶澜成的眼神在昏暗中变得深沉了几分，脑海里响起了孙大夫说过的话，她暂时还不宜受孕。

那些话仿佛还萦绕在耳边，他微微收紧了胳膊，用低沉的声音问道："想要孩子了？"

"你不想要？"安之素感觉腰间的胳膊收了一下，微微仰着头反问。

叶澜成在她额头上印下一吻："顺其自然吧。"

"这种事怎么顺其自然？"安之素撇撇嘴，羞赧道，"要孩子我们那个的时候就不用戴那个了。"

"哪个？哪个？"叶澜成一脸"我听不懂你在说什么"的表情。

"你说呢！明知故问！"安之素咬牙切齿，用一种"我超凶"的眼神瞪他。

叶澜成笑而不语，微微闭上了眼睛："睡吧。"

"喂。"安之素用手肘碰了他一下，"你还没说呢，要不要孩子啊？"

叶澜成没有回答，过了一会儿，安之素就听到了他均匀的呼吸声，显然是已经睡着了。

安之素："……"

她这么诚心地想给他生个孩子，他竟然睡着了！

安之素气得在他怀里翻了个身，拿背对着他，气死了，不生拉倒，以后他求她，她都不给他生。

昏暗中，背对着叶澜成的安之素并没有看到那双本来已经闭上的眼眸再次睁开，本就情绪冷淡的眼里，此时更是仿佛凝聚了一层寒冰。

他暗道：安听暖，你回来得正好，那些曾经落在安之素身上的伤，也该还回去了。

安家。

安听暖的房间里，她把自己关起来，连晚饭都没有吃，一双漂亮的眼睛又红又肿，一看就是刚刚哭过，俏脸上还挂着泪痕。

门外，安博远和叶丽姝夫妻俩急得像热锅上的蚂蚁，夫妻俩轮流在外面跟女儿说话，可安听暖谁都没理，只把自己关房间里哭。

“听暖，你给妈妈开开门，你别吓妈妈啊，听暖。”叶丽姝急得在门外跺脚。

“听暖，你别哭了，先开开门，爸妈都很担心你。”安博远也跟着哄劝，非常有耐心。

叶丽姝瞪了安博远一眼，气得抱怨道：“都是你养的好女儿，她还是姐姐呢，怎么就这么见不得妹妹好？听暖这才回国，她就去网上黑听暖，现在闹得沸沸扬扬的，她高兴了吧？”

“你胡说什么，又没有证据表明就是之素的手笔。”安博远一听叶丽姝指责安之素，脸色顿时也沉了一下。

“呵呵，这事还需要证据吗？她巴不得毁了听暖的幸福，巴不得毁了整个安氏集团。我们的股市刚刚因为听暖回国有了回温，你那好女儿又开始闹腾，你就看着吧，明天股市一开，就有你哭的了。她凭什么那么黑听暖，私生女、私生女地叫，骂谁呢？”叶丽姝也是气不打一处来，这会儿全撒在安博远身上了。

安博远的脸色更阴沉了，他打心里就不相信网上那些黑安听暖的事是安之素干的，可是那些陈芝麻烂谷子的事，又的确是安之素所熟知的。而且她背后还有夏家，在网上制造舆论也很容易。

“安博远，你别怪我丑话说在前头，她安之素怎么对付我，我都能看在你的面子上忍她、让她，不跟她计较。但是她要对付我女儿，那你就别怪我是狠心的后妈了，我绝对不会让她毁了我女儿的幸福，这是我的底线。”叶丽姝见安博远不说话，又给他打了一剂预防针。

安博远听得头疼，摆手道：“行了，之素不是那样的孩子，你别对她有偏见。她连股份都交出来了，显然就是不想再和安氏集团有任何牵扯。你还想她怎么样？她难道不够忍让你吗？”

“忍让我？”叶丽姝气炸了，“安博远，你眼睛是瞎了吗？

这么些年，我是怎么对她的，缺她吃、缺她喝了？她是怎么对我的？别说当我是妈，我还不如家里的用人合她的眼。还有听暖，从小到大，听暖都很喜欢她这个姐姐，可她呢，从小就欺负听暖，这些事你又不是不知道。

“你竟然说那些话，你良心不会痛吗？可怜了我的听暖，刚回国就被自己的姐姐从背后捅了一刀，而她爸爸还偏心她姐姐。一个努力地想稳住集团的股市，一个还拼命地作妖祸害。听暖为集团做的事，你就看不到吗？”

叶丽姝的嘴跟机关枪似的，一顿噼里啪啦地扫射，把安博远堵得哑口无言，一有心替安之素辩解几句，却又半晌说不出一个字。

正当安博远尴尬得有点心虚的时候，安听暖的房门忽然打开了，她柔柔弱弱的声音也跟着传出来：“爸、妈，你们别吵了。”

这柔弱的声音还因为哭了太久而有些沙哑，听起来更让人心疼。

“听暖，你终于肯出来了，吓死妈妈了。”叶丽姝总算等到女儿开门了，心疼地一把拉过女儿。

安博远也赶紧说道：“好，好，爸妈不吵了。听暖，你别哭了。爸爸知道你受委屈了，你别听网上那些人瞎说。在爸爸眼里，你和你姐姐都是爸爸的大小姐，千金公主。”

安听暖勉强一笑。

叶丽姝嗤了一声：“你说这话骗谁呢，你自己偏心谁你心里清楚。”

“我什么时候偏心了？你别在孩子面前瞎说。”安博远虎眼一瞪，也不高兴了。

叶丽姝还想反驳什么，却被女儿偷偷拉了一把，她愣是生生把话咽了下去。

“妈，你别冤枉姐姐，我相信姐姐不会这么对我的。爸，你也别打电话质问姐姐，姐姐会难过的。我没事，我只是有一点委屈，现在已经好了。你们快去休息吧，我也要休息了。”安听暖说了叶丽姝一句，又怕安博远去责怪安之素，赶忙乖巧地替安之素说话。

这简单的一句话就取悦了安博远，安博远心里十分满意这个女儿的乖巧懂事，脸上又露出了笑容："听暖，今天委屈你了。我们不要在意那些网民的话，都是闲着没事的人。你今天早些休息，倒倒时差，在家休息好了再去集团上班，爸爸已经给你安排好了职位。等你入职了，爸爸再召开一次董事会，把你介绍给那些叔叔伯伯，以后你在公司和他们打交道也更方便一些。"

这番话听得安听暖心里也舒服了一些，她温柔一笑："谢谢爸爸。"

安博远笑着颔首，又叮嘱了她几句才离开。

他一走，叶丽姝就拉着安听暖进了房间，砰的一声把门关上，咬牙切齿地骂道："安之素那个贱人真是长本事了，仗着有夏家给她撑腰，都敢明晃晃地打我们的脸了。我真想撕了她，偏你爸还总是偏心她，气死我了。"

安听暖一改在安博远面前乖巧懂事的模样，哭红的眼睛里透着阴沉沉的目光，嘴角掠过一抹冷笑："她不一直如此吗，总有本事让男人为她所用。难怪杨兮屡次败在她手里，她的确比五年前难对付了些。"

"还不是因为有男人撑腰。"叶丽姝不屑地哼了声，有些担心地问道，"这件事，萧夫人那边有没有不高兴？"

"不高兴是肯定的，这等于也在打萧家的脸。"安听暖恨恨地说道。

"那怎么办？听暖，你和萧夫人解释了吗？"叶丽姝闻言更着急了。

安听暖"呵"了声："要我怎么解释？难道我不是私生女吗？这件事我们除了吃闷亏，等着热度自己下去之外，还有其他办法吗？"

叶丽姝语噎，脸色微微变得难看起来。

她未婚生女，安听暖从生下来就被私生女这根钉子钉在了耻辱柱上。哪怕是后来安博远娶了她，安听暖被洗白，可骨子里，安听暖依然是个私生女。这一点，永远也没有办法改变。

“好了，妈，这件事就不要再闹了，你也不要总在爸面前说安之素，你要懂得物极必反的道理。我们能把她从云端踢下去一次，就能踢下去第二次。任何事都要徐徐图之，这一次，我要的还有安氏集团，就更不能心急了。”安听暖深呼吸，把胸腔内郁结的闷气吐了出来，安抚了叶丽姝几句。

叶丽姝自是不会再提这事惹她生气，心疼道：“妈妈知道了，乖女儿，你晚饭都没吃，饿不饿？妈去给你做点吃的。”

“不用了，妈，我不饿。你回去吧，我饿了会自己去煮吃的。”安听暖摇摇头，说道。

叶丽姝一想到以前在家十指不沾阳春水的女儿，跟着萧睿出国之后为了讨好他而学了一手好厨艺，她就心疼得不行。

“听暖，安氏集团妈妈一定会帮你夺到手里。”叶丽姝心疼地握住了女儿的手，发誓般说道。

“谢谢妈。”安听暖抱了抱她，说道，“快去休息吧，我给你买的礼物你还没拆呢，你就不好奇我给你准备了什么礼物吗？”

叶丽姝想起了礼物，眼睛亮了亮，笑着跟女儿道了“晚安”就出去了。

第十章
一炮而红

安听暖送叶丽姝出了房间，之后将门反锁，又坐回沙发上，盯着她放在茶几上的手机。

几分钟后，漆黑的手机屏幕忽然亮了起来。

看到屏幕上显示的来电号码，她的脸上露出了得意之色，伸手接起电话，一开口，又是那柔柔弱弱的声音：“喂，睿哥。”

“哭了？”远在大西洋彼岸的萧睿一听声音就知道她不对劲了。

安听暖咬着嘴唇，不说话。

萧睿哪怕此刻看不到她，也能想象到她此时受了委屈，又不想和他抱怨的样子。他眼前浮现出一张楚楚可怜的脸蛋，心软得一塌糊涂。

“别哭了，我知道你受委屈了。”萧睿也放轻了声音安抚道。

安听暖用一种压抑的腔调说道：“睿哥，我不是因为受了委屈才难过的。网上的那些话说得虽然难听，可终究也是……也是事实。我……我就是害怕，怕我这个不光彩的身世，会给你们家抹黑。我怕萧叔叔和萧阿姨不喜欢我，睿哥，我……我……”

安听暖说着说着，眼泪就啪嗒啪嗒地落下，泣不成声。

听她说这些丧气的话，萧睿的眉头一皱："听暖，我不许你妄自菲薄。你就是你，和什么身世背景都无关。我喜欢的是你这个人，要娶的也是你这个人。你也不必在意我爸妈那边对你的看法，我的决定，他们反对也没用。结婚之后，我们也不会和他们住一起。明白吗？"

安听暖听了这番话，嘴角扬起一抹笑，嘴上却还是说道："可是睿哥，不管怎么样，我还是想得到萧叔叔和萧阿姨的认可，他们只有你一个孩子。我不希望你因为我和他们闹矛盾。"

"这些你就不用操心了，我心里有数，他们心里也有数。你只要照顾好自己，等着我回去就行了。"萧睿很大男子主义地说道。

安听暖太熟悉他的性格，闻言便乖巧地应道："嗯，睿哥，我好想你。"

"我也是，照顾好自己。我这边还有事，不多聊了。你早点休息，先不要急着上班，好些年没回去了，先熟悉熟悉环境吧。"萧睿这么叮嘱了几句后就挂断了电话。

听到手机里传来嘟嘟的声音，安听暖才放下手机，冷冷一笑：安之素，我看你怎么跟我斗！

而另外一边，萧睿挂了电话之后，又立刻打了一通电话，他在电话里安排的事，自然也是安听暖的事。

那些网上黑安听暖的新闻自然是不能留着的，他是不在意安听暖是不是私生女，但他不允许别人这么打他的脸。

这种事情，必须在第一次出现的时候，就以雷霆的手段镇压下去，让运作这件事的幕后之人知道，他萧睿的脸，也不是谁想打就能打的。

于是不出一个小时，国内某家网站关于安听暖的那个帖子就被删了。微博上所有转发的微博号也被技术部在不通知博主的状态下，直接强硬地删除了。

安听暖知道这个消息的时候，正躺在浴缸里泡澡，消息是杨兮打来电话告诉她的。

"听暖，是萧家那边出手了吗？网上那些所有黑你的帖子都被删了。”杨兮非常震惊和兴奋地说道。

安听暖高傲地“嗯”了声。

她早就知道萧睿不会看着她被人黑，就算为了萧家和他自己的脸面，他也不可能让她在回国第一天就被打脸。

安听暖太了解萧睿了，先前故意哭那么伤心，也不过是演戏给安博远看的。

“太好了。”杨兮兴奋道，“听暖，萧少对你真好，看不得你受一点点委屈。哈哈，安之素那个贱人，这会儿肯定傻眼了。”

安听暖十分受用地泡在舒服的按摩浴缸里，不在意地“嗯”了声，似是从来没把安之素放在眼里过。

杨兮这下更安心了，她本来还有点担心，怕安之素现在有夏景泽撑腰，安听暖对付起来会吃力。现在看来，她的担心实在是多余了。

“听暖，你一回来，我感觉我整颗心都落地了。”杨兮由衷地说道。

安听暖高傲一笑：“本来也没什么好怕的，你别自己心虚，一见了她就方寸大乱。好了，我这几天都有空，明天我约叶晴出来喝茶，你也一起来吧。”

“嗯，有你在，我就不怕了。正好我今天也刚把她的礼服改好，明天也要送去给她试。哼，电影节上，我一定会把安之素踩到脚底下的。”杨兮握了握拳头，对自己的设计非常自信。

安听暖微笑着鼓励道：“嗯，相信你。”

“谢谢你，听暖。”杨兮也是由衷地感谢安听暖，她如今拥有的一切都是安听暖给的，连她自己都无法想象，若是安听暖对她撒手不管了，她会不会被打回原形。

“我们之间就不必客气了，早点休息吧，明天见。”安听暖从来不会因为杨兮的一切都是自己给的，就要求杨兮对她言听计从。她一直和杨兮保持着平等的朋友关系，而越是如此，杨兮越是对她忠心耿耿。

果然，杨兮内心更感激了，感激地说道：“那你也早点休息，明天见。”

挂了杨兮的电话，安听暖的头朝后微微仰着，靠在浴缸的边缘，嘴角掠过了一抹阴冷的笑。

与此同时，叶澜成的手机也振动了起来。

他刚刚睡着，睡得浅，手机一振动他就醒了，怕吵醒安之素，他伸手就把手机从床头柜上拿了起来，看到是老九打来的，便下了床，朝外面的阳台走去。

一直到进了阳台，关上了隔音玻璃门，叶澜成才滑下了接听键。

“大少，有个消息需要跟您汇报一下。”电话接通，那边的老九直接说道。

“你说。”叶澜成漆黑的眸子里倒映着天上的星光，但柔和的星光并没有给他的冷漠染上一丝温柔。

老九飞快说道：“我按照大少的意思，找了一批水军在网上黑安听暖。本来事情进展得很顺利，帖子被炒得很火，但是就在刚才，那些帖子全被删了。”

闻言，叶澜成微微蹙了下眉头：“萧家做的？”

“是的。大少，这萧家自从攀附上沈家之后，越发胆大了。沈家也是一点不避讳，一直给萧家行方便。”老九严肃地回答道。

老九说完之后，叶澜成沉默了良久。

叶澜成不说话，老九也不敢出声打扰，他比谁都清楚，沈家是他们大少的忌讳，能不提的时候，最好不要提；必须提的时候，也尽量少提。

“这件事就先这样吧，明天再盯一下安氏的股市。安氏与萧氏联姻，安氏的股市必会回温，不急于一时，徐徐图之吧。”过了良久，就在老九以为叶澜成会直接挂了电话的时候，他又听到了叶澜成的吩咐。

老九立刻应道：“是，大少，我会让人密切关注安氏那边的动向。我们终止了与安氏的合作，安氏为了发展，一定会寻求新的出路，萧氏无疑是最好的目标，他们有什么动作，我再给大少汇报。”

“嗯，辛苦了，早点睡吧。”叶澜成说了这么一句就挂了电话。

之后他自己倚在阳台的栏杆上，寒冰一样的眼眸注视着夜空，久久也没有回房休息。

S 市电影节在经过了数月的准备之后，终于在万众瞩目下拉开了序幕。记者们早早就抵达了会场，分布在红毯的两边，镁光灯也陆续架起，大家都在翘首以盼。

红地毯时间一到，陆续有明星入场，一线大腕、流量明星、偶像明星，一个接着一个走过红毯，每每一有明星出场，都能引起粉丝们的尖叫和欢呼，以及记者们摄像机的一顿猛拍。

红地毯的尽头还有一位热场主持人，当音响里传出“影后叶晴”这四个字的时候，全场粉丝发出了雷鸣般的欢呼声。

“叶晴、叶晴、叶晴……”叶晴的粉丝举着手里的牌子，不断喊着叶晴的名字。

叶晴在这一阵热烈的召唤中，缓缓地从红地毯的尾端走进粉丝们的视线，走到记者们的镜头之下。

“天哪，叶晴好美。”看到叶晴入场的粉丝集体发出一声惊叹。

与此同时，记者们的直播摄像头也对准了叶晴，正在看直播的粉丝也炸开了锅，疯狂刷着弹幕，清一色的“叶晴好美”“叶晴好漂亮”“叶晴的礼服好炫”的夸赞。

叶晴傲然地行走在镜头下，享受着粉丝们的热爱，她身上穿着的正是杨兮设计出来的礼服。

粉丝们看电影节，第一是为了看明星，第二就是为了看明星的礼服，毕竟每一年的电影节都是一场没有硝烟的礼服战争，谁的造型更让人惊艳，谁的礼服更出彩，这些都能够为明星们博取眼球和关注度，因此每一位来参加电影节的明星都铆足了劲地在自己的造型和礼服上砸下重金，就为了在红地毯上走的那么一两分钟，能够给现场和镜头前的粉丝留下深刻的印象。

是以每个人的造型和礼服都是非常特别又令人记忆深刻的，前面已经走过了那么多男男女女、大大小小的明星，粉丝们都快审美疲劳了，可是当叶晴出场的时候，粉丝们依旧眼睛一亮，被她身上的礼服所吸引。

她穿着一身主打色为暗紫色的礼服，样式是传统的抹胸款，上半身却是用孔雀羽毛点缀，一小片一小片的仿真羽毛宛如真的孔雀羽毛，飘逸又艳丽，将她完美的身材体现得淋漓尽致，非常有神秘感。

而抹胸的款式又能将她漂亮的锁骨和美人肩完全体现出来，她那修长白皙的脖子也完美地高昂着。

这礼服的上半身设计已经是出彩夺目的了，但再看下半身，更是让人有种美到了极致的感觉。

只见下半身采用的是前短后长的设计，前面的裙摆只长及膝盖，既显得俏皮，又能将她的一双铅笔腿露出来，能够显得腿长。后面则是长摆设计，长度及地，裙摆的底色是高贵的紫色，边上也全是人工造的孔雀羽毛，整体一看，既高雅又冷艳，瞬间就盖过了所有女明星的风头。

——美美美，美炸了！

——叶晴绝对承包了今晚电影节所有的亮点。

——我们晴格格就是高贵冷艳，根本不是其他明星能够比的。

——哇，女神朝我微笑了哎。

直播间里满弹幕都是叶晴的粉丝在刷屏，各种赞美，把叶晴夸成了下凡的小仙女。

——难道只有我一个人觉得，叶晴穿着这身衣服就像一只开屏的孔雀吗？

正当粉丝们全被叶晴迷得神魂颠倒的时候，一个不和谐的弹幕出现了，特别突兀地穿插在一堆赞美当中，非常显眼。

“噗——”

直播间屏幕前，安之素一口水喷了出来，然后朝旁边的女人竖起了拇指，佩服道：“厉害了我的大律师，一句话激起千层浪啊，你也不怕被叶晴粉丝们的口水淹死。”

宋佳人无比淡定，非常不屑地扔出一句话：“谁㞞谁是孙子，不服来战。”

“哈哈哈……”安之素哈哈大笑。

宋佳人客观地说道：“我真没觉得她这衣服哪里好看，就是一只行走的开屏孔雀嘛，她是没有文化，读书少，所以不知道孔雀开屏是求偶的意思吗？”

安之素快要笑岔了气，偏头看了一眼镜头里的叶晴，然后点头道：“是有点像，不过杨兮显然也规避了这一点，所以把主色换成了暗紫色，只在上身和裙摆的位置添加了人造羽毛，营造出意境美，衬托出叶晴的高贵，这点上，其实是成功的。”

“嘁！”宋佳人鄙视她，“你倒是能够不掺杂私人感情地对她进行专业点评啊！”

“一码归一码，杨兮多少还是有点设计天赋的，不过……”安之素说着朝宋佳人一耸肩，“嗯，也就这么一点了。”

“哈哈哈……”这下轮到宋佳人大笑了，她拍着安之素的肩膀说道，“这才对嘛，不管她的设计有多好，在我们眼里只有两个字，垃圾！”

安之素又笑了，努嘴道：“看，有人在骂你了。”

此时弹幕里，果然有人正在骂宋佳人，说她眼瞎，说她才像一只孔雀。

宋佳人淡定地把手放到键盘上，噼里啪啦地与粉丝们对骂。

安之素一点也不担心她寡不敌众，论吵架，宋律师什么时候输过？

于是她很放心地继续看直播，设计师不能闭门造车，她也需要不停充电学习，从别的设计师那里获取一些设计灵感。

此时，在电影节的现场，叶晴还不知道有人说她是一只行走中的开屏孔雀，她高傲地走过红地毯，享受着粉丝们的欢呼，非常满意这身礼服带来的视觉冲击。

“好了，让我们看看接下来是哪位大腕出场。”叶晴刚走过红地毯的中心区，主持人就开始播报下一位要入场的明星了。

粉丝们期待地等着主持人揭晓答案，主持人也没有卖关子，用高亢的声音揭晓道：“下面，让我们用最期待的目光，欢迎影帝夏景泽入场。”

“哇，小泽、小泽、小泽！”

“小泽、小泽，我们的小泽，终于到小泽了！”

“小泽、小泽我爱你！”

一听夏景泽要入场了，现场的粉丝们再次变得狂热，声音比叶晴出场的时候还震撼，女粉丝们疯狂地喊着夏景泽的名字。

所有的镜头都切换到了入口的位置，直播间里的粉丝们也期待地等待着，没有一个人在这个时候刷弹幕，就怕满屏的弹幕会挡住她们看夏景泽的视线。

夏景泽就在这种万众期待的目光中翩然而来，而他出现在大众视野中的第一秒，全场都响起了一片惊叹声，紧接着就是一阵沉默，死寂般的沉默。

夏景泽也停在入口处，就那样静静地站立着，仿佛翩翩少年，遗世独立。

所有人都看呆了，被他那一身衣服和他那一身气质。

今天的夏景泽穿着一身非常特别，特别到无法形容的礼服，不是传统的西装，也不是传统的燕尾服，像是西装和燕尾服的结合版，立领对襟的设计，前短后长的下摆，非常独特。

然而更独特的还是衣服上的刺绣，由于底色是纯净的白，所以更显得上面红色的梅花刺绣栩栩如生。一朵又一朵绽放的梅花连成了一棵梅花树，如同大雪寒风中的真梅花，高冷而静默。

这样的礼服配上夏景泽站立不动的姿势，更显得他整个人像一株梅花，静静地绽放在那里，不管别人投来的目光是欣赏还是鄙夷，他自傲骨铮铮。

一时间，每个人的脑海里都浮现出了句句诗词，或是梅花香自苦寒来；或是遥知不是雪，为有暗香来；或是无意苦争春，一任群芳妒；又或是冰雪林中著此身，不同桃李混芳尘。

在这一刹那，那些所有歌颂梅花的诗词都一一在粉丝们脑海里跳跃，而夏景泽就那样站立着，芝兰玉树，帅气逼人。

他似是有意站在那里给别人欣赏，待别人欣赏完了，他才迈着步子，优雅又缓慢地行走在红地毯上。

谁家翩翩公子郎，着此梅衣落凡尘。

这一刻，没有粉丝惊呼，直播间也没有弹幕，每个人的视线都追随着他，久久无法从他那身梅衣上移开。

此时就连叶晴也停下了脚步，转过了身，愣愣地看着迎着她走来的翩翩公子。

叶晴喜欢夏景泽，很小的时候就喜欢了。小时候她还不懂什么是喜欢，只觉得夏景泽长得好看，她和他说话，他都会很有耐心地回答，还愿意带她一起玩，比她堂哥好了不知道多少倍。

后来稍微大了一点，叶晴才明白，原来那就是喜欢。这么些年，她的喜欢早就变成了爱，一种深深的、无法自拔的爱。

为了让夏景泽也爱上她，她付出过很多很多努力。夏景泽当明星，她也跑来当明星。夏景泽拿到了影帝，她也想尽一切办法拿到了影后。

夏景泽是时下最有流量的男明星，她就是时下最有流量的女明星。夏景泽是高富帅，她就是白富美。不管是家世、样貌，还是成就，她没有一点配不上夏景泽的，她自认没有哪个女人比她更能配上夏景泽了，可是夏景泽偏偏不爱她，甚至她越爱他，他越躲着她。他们小时候有多亲密，现在就有多疏远。他的冷漠，经常让叶晴怀疑小时候去哪儿都愿意带着她的那个人，究竟和现在的他是不是同一个人。

而此时，夏景泽就和以前很多次一样，从她身边路过，别说打声招呼，就连一个眼神都没有给她。他就像见到了一个陌生人，就像从来看不到她炙热的视线。

叶晴微微握紧了拳头，她不甘心，她到底哪里比不上安之素？为什么他会看上那个有着精神病史的女人，那个有过杀人前科的女人，他是瞎了吗？

叶晴的指甲都快嵌进掌心了，精致的五官有些扭曲。一想到夏景泽此刻穿着的衣服是安之素设计的，她就嫉妒得快要发疯，她恨不得现在就上去把那身衣服从夏景泽身上扒下来，夏景泽可是从来不肯收她送的礼物。

夏景泽的这身衣服无疑成了今晚的焦点，哪怕他已经签完名进了会场，场外和直播间的粉丝观众还在议论着那身衣服。

以至于所有人都忘记了叶晴刚才的风光和漂亮，尽管她还站在红地毯上，似乎也没人有心思去注意她，她似乎成了一只斗败的孔雀，垂头丧气。

有几家媒体非常会制造新闻，立刻捕捉到了叶晴微微扭曲的五官，以及她脸上难看的神色。直播间有他们自己的水军，收到指令后马上制造话题。

——我怎么觉得夏景泽像在打叶晴的脸啊，他们之间有仇吗？

——影后 VS 影帝，影帝完胜，影后惨败。哦，为可怜的影后掬一把同情泪，礼服的确出彩，人也漂亮，但是比起影帝的造型，还是差了一点。

——你说的那都是废话，我们小泽童星出身，从小帅到大，什么时候比美比输过？看到没有，比女人还美，这才是实力打脸。

——小泽今晚真的玉树临风啊！

——小泽穿麻布都好看。

——我们小泽的美，岂是那些妖艳女人能比的？别逗了好吗？

——哎呀呀，我感觉叶晴的假鼻子都快被气歪了。

——哈哈哈，下巴好像也歪了。完了完了，她会不会去讹我们小泽，让小泽赔偿她整容费啊？！

直播间的弹幕一条条地弹出来，一开始是水军在带节奏，到了后面，就一水的全是夏景泽的粉丝了。

——难道只有我一个人想知道今天小泽穿的礼服是谁设计的吗？

一大波夸赞夏景泽的弹幕里，忽然冒出了一个不和谐的声音。

粉丝们看着这条弹幕从屏幕上飘过，好一会儿后才纷纷回应。

——同问，我也好想知道哪个设计师这么厉害，太有创意了。

——对啊对啊，我都被惊呆了，那衣服的刺绣梅花跟真的一样。

——这还用猜，肯定是某个知名设计师出品。

——不是杨兮吗？她不一直是小泽的御用设计师？

——不存在的，我有朋友有内部消息，小泽今年换设计师了。

宋佳人看到这句话，立刻发了一句：叶晴身上那身丑出宇宙新高度的孔雀服才是杨兮设计的，幸亏夏景泽明智，及时更换了设计师，不然今天被说成孔雀的就是他了，好险。

——小泽躲过一劫啊！杨兮是江郎才尽了吗？设计出那么丑的衣服，跟小泽的设计师比，简直没眼看。

宋佳人一句话之后，又出现了一波吐槽叶晴礼服丑的弹幕，连带着杨兮也被粉丝们狂喷。

安之素一直静静地看着直播，当看到宋佳人又带起了一波节奏的时候，她才抬起头，看向宋佳人，一脸敬佩。

“宋大神，请收下我的膝盖。我觉得你不去当水军，真是水军界的一大损失。这节奏带得，我给一百零一分，多给的那一分，一点不怕你骄傲。”

宋佳人一点不谦虚地收下安之素崇拜的眼神，说道：“以后请叫我全能宋，当水军、打官司，五花八门，样样精通。”

安之素笑倒在了沙发上，她很开心，因为身边有宋佳人这个好朋友，更因为今晚的电影节上自己设计的衣服在夏景泽身上大放异彩，赚足了眼球，比预想的效果还要好。

而这些还只是开始，后面整场电影节的颁奖晚会上，夏景泽穿着这身衣服，无数次出现在镜头之下，甚至好几次，镜头还放大，仔细照了一下夏景泽衣服上的刺绣，那些比真梅花还漂亮的刺绣，引得场外的观众连连惊叹。

电影节上的其他男女明星们也被吸引，有些和夏景泽关系不错的，早就过来询问他这身衣服是谁设计的了。

夏景泽十分大方地告诉他们，他今年换了一个设计师，如果他们有需要，他可以介绍他们认识，当然重点是向一些女明星推荐了安之素，毕竟安之素还是以设计女装为主。

电影节结束的时候已经很晚了，夏景泽被经纪人和助理以及保镖们簇拥着走出来。

“夏景泽出来了，夏景泽出来了。”外面蹲点的记者们一看到夏景泽就蜂拥而上，挡住了夏景泽的去路。

“小泽、小泽，今晚的电影节，你又斩获了大奖，有什么想对粉丝们说的吗？”一记者举着话筒问道。

“当然。”夏景泽朝着镜头露出一个微笑，迷倒众生，“谢谢你们这么喜欢我，这是我的荣幸，我会继续努力。新电影很快开拍，我希望下一个电影节上我依然能够拿奖，我拍的电影依然能够荣获最佳电影奖。然后我有一个小小的新愿望，希望我的新电影还可以多拿一个奖，那就是最佳服装设计奖。”

说完，夏景泽还指指自己身上的衣服，说道：“这是我的新设计师帮我设计的衣服，我非常满意，感觉自己从来没有这么风度翩翩过。她也是我新电影的服装设计师，由黎臣导演亲自聘请的设计师，我非常期待她的新作品。”

夏景泽说了一连串的话，多次提及设计师，记者们发出“哇”的一声惊叹，对他的设计师究竟是谁非常感兴趣。

“小泽，你的设计师究竟是何方大神啊？连黎臣导演都亲自聘请，肯定是个设计师界的名师吧。”一记者立刻问道。

“我们很好奇呢，小泽，你就满足一下我们的好奇心吧。”另一记者也立刻说道。

夏景泽微笑着摇头：“不，她并不是名师，她是一位天才，服装设计天才。至于是谁，你们之前不是拍到过我和她的绯闻吗？”

众记者一片哗然，过了好一会儿才想起来前段时间夏景泽的那条桃色绯闻，当时闹得沸沸扬扬的，因为夏景泽一直不回应，渐渐地才被新的话题盖了下去。

但是这段时间以来，一直有狗仔队跟着这条线，就是为了揪出夏景泽的那个神秘女友，奈何他们不管怎么跟夏景泽，始终没有拍到他和神秘女友再见面。

现在夏景泽忽然自己提起那条绯闻，大家又不是傻子，一下子就想到了什么。

“天哪，小泽，你不会是想说你的神秘女友就是你的设计师吧？”有个女记者反应过来，惊呼了一声。

众记者瞬间炸开了锅，纷纷叽叽喳喳地追问。

夏景泽今晚的耐心特别好，微笑着回答道：“你们都误会了，她只是我的设计师，被拍到的那次是我第一次和她见面。第二次一起打网球其实只是顺便，签约和商量服装设计的细节才是重点。现在误会澄清了，还请大家不要再报道那些子虚乌有的事。毕竟我不要脸，我的设计师还要脸呢。”

众记者一片哗然，原来是这样，哪有什么神秘女友。

此时，同样被经纪人和保镖们簇拥着出来的叶晴却是无人问津，所有记者都正在围着夏景泽，根本没人注意到她。

叶晴朝着夏景泽这边看了一眼，然后就被她的经纪人匆匆忙忙拉上车，今晚这情况，她实在不宜和夏景泽再同框出现。

叶晴一上车就开始发脾气，拿出手机打电话给杨兮，劈头盖脸就是一顿抱怨。

“杨兮，你给我穿的什么衣服，丑死了，粉丝们都说我像一只开屏的孔雀，我今天的脸都被你设计的礼服丢尽了！”

杨兮自然一直在关注电影节这边的情况，直播间里夏景泽的粉丝攻击叶晴的话，她也一句不落地看到了。叶晴的粉丝早就和夏景泽的粉丝在网上对骂了起来，口水大战都轮番上演几波了。

她自己都用小号出场了，诋毁安之素设计的衣服太丑，可惜她势单力薄，根本不是夏景泽那些粉丝的对手，非但没有带起节奏，还被人逮着一顿猛喷，骂她眼瞎没眼光。

现在叶晴又来埋怨她，她都快气炸了。

明明夏景泽出现之前，她是全场的焦点，所有人都在夸她今晚的造型漂亮，夸她身上的礼服出彩，夸她高贵冷艳。

一切都是安之素造成的，都是安之素的错。如果她没有给夏景泽设计那套礼服，那么今晚整个电影节，就没有哪个明星的造型能够盖过叶晴的风头。

杨兮紧紧握着手机，都快把手机捏变形了。

安之素，又是安之素。五年前她就比不过安之素，五年后，难道她还是只能屈居第二，永远比不过安之素吗？

“杨兮，你这个蠢货，以后别想再让我穿你设计的衣服！”叶晴没听到杨兮说话，又生气地吼了一句，之后猛地挂了电话，将手机狠狠地摔在了车座上。

她的助理已经吓得缩到了后面，根本不敢靠近她。谁都知道叶晴大小姐脾气很大，动辄就打骂经纪团队，从来不把她们当人看。

“叶晴，你先不要生气了。那些攻击你的都是夏景泽的粉丝，你自己的粉丝还是觉得你今晚很漂亮。”最后还是经纪人劝了一句。

叶晴咬牙切齿地说道：“我才不管别人说我漂亮还是丑，我只在乎景泽哥的看法，他肯定也觉得我今晚特别丑。他从我身边走过，连看都没有看我一眼。”

经纪人无奈地叹了一口气，叶晴喜欢夏景泽，在这个圈子里算是一个公开的秘密。但夏景泽不喜欢叶晴，更是一件谁都看得出来的事情。

只是叶晴一根筋，撞了南墙也不回头，说什么都要喜欢夏景泽，谁劝也不听。经纪人为此又头疼又无奈。

叶晴发了一顿脾气，过了好一会儿才稍微稳定住情绪，重新拿起手机，本想给夏景泽打通电话，想了想，还是先打开了微博，结果就看到了夏景泽刚刚发的一条微博。

——大家好，给大家介绍一下，我的“神秘女友”兼御用设计师@素嬛工作室。

微博下面只配了一张图，就是他和安之素那张曾经被狗仔队拍到并曝光过的照片。

照片中安之素低着头，看不清长相，只有一个侧脸，很朦胧，非常引人遐想，让人抓心挠肺，想知道这姑娘到底长什么样子。

这条微博一发出来，不到一分钟就被送上微博热搜了，粉丝们纷纷在下面留言。

——哈哈，可以可以，小泽很皮哟。

——很秀，陈独秀都没你秀。

——来来来，是谁说小泽秘密交了女朋友的，站出来，让我们看看你被打肿的脸。

——小泽新换的设计师好棒啊，今晚这身衣服太好看了。

——哎呀，你们快去关注小泽设计师的微博，我刚刚关注完去看了一下，有小泽穿着这身衣服的高清照哦。

——哇，我要去，我要去。

夏景泽的粉丝们迅速转移阵地，果断点开了安之素的微博，这微博号应该是刚注册的，只有一条状态，就是夏景泽的九宫格照片。

粉丝们一张张点开，全是夏景泽穿着那身礼服摆出各种姿势拍摄的照片，三百六十度无死角，每一个角度都帅出了新高度。

粉丝们果断抱走了夏景泽的帅照，也没忘关注安之素的微博，就算对她的设计作品没兴趣，她们也等着安之素时不时更新几张夏景泽的照片呢。

于是乎，安之素的微博粉丝也从零一下子飙升到了几百万，妥妥地将一大批三线女明星甩在身后，占据了微博热搜飙升榜第一名。

叶晴看完夏景泽这条微博，然后翻到通讯录，一个电话打了出去。

看到来电显示，安听暖淡定地接通电话，声音柔和："叶晴。"

"听暖，你在哪儿？"叶晴面对安听暖也没有那么大脾气了，毕竟安听暖不是杨兮，而且她和安听暖也算表姐妹关系。

"我在外面和朋友喝咖啡，你要过来吗？我朋友正好要走了。"安听暖问道。

叶晴点头道："给我发个地址，我很快过去。"

"叶晴跟你发脾气了？"此时安听暖哪里是和什么朋友在一起，和她一起的正是杨兮，杨兮看到她把手机放下，才小声地询问了一句。

"她现在冷静下来了，自然知道今晚让她出糗的人是谁。你也不要在意她说你的那些话，先回去吧，我在这儿等她一会儿。"安听暖说着，发了一个位置给叶晴。

杨兮点点头："那我先回去了。"

杨兮走后差不多半个小时，叶晴姗姗来迟，她已经换了一身衣服，戴着帽子和墨镜，进了包厢才敢摘下来。

"外面冷吧？先喝点咖啡暖暖胃。"安听暖看到她进来，放下了手中的杂志，提起一直放在暖炉上温着的咖啡壶，给叶晴倒了一杯。

叶晴心中憋了一团火，倒也没觉得多冷，但安听暖给她倒了咖啡，出于礼貌，她还是端起来先喝了一口，才开始跟安听暖诉苦。

安听暖这五年虽然不在国内，但和叶晴一直保持着联系，关系也算不错，自然是知道她喜欢夏景泽的，今晚夏景泽明显在为安之素造势，她的醋坛子早就打翻了。

"安之素她算个什么东西，凭什么让景泽哥帮她造势，帮她打名气？听暖，你从小就聪明，你快帮我想想办法，我该怎么才能让景泽哥看清她的真面目？"叶晴手握着咖啡杯，声音愤怒，如果对面坐的人是安之素的话，她肯定会毫不犹豫地把滚烫的咖啡泼过去。

安听暖优雅地搅拌着咖啡，精致的咖啡勺与咖啡杯碰撞，发出好听的声音，仿佛能够让叶晴愤怒的心平静下来。

"叶晴，你何必跟她动怒，犯不着。你是什么身份，她是什么身份，与她生气，只会降低自己的身份。夏景泽如今再捧着她，难道还能娶她回家吗？夏家不会接受一个有前科的女人的。"安听暖温柔的声音在叶晴的心情稍稍平静一些之后才响起。

"娶她？做什么白日梦。以夏家那样的家世，只有我们叶家才配得上。她安之素连给我们这样的家族提鞋都不配……"叶晴一时嘴快，说完才忽然想起来安听暖也姓安，连忙又补救道，"当然听暖你跟她不一样，我并没有贬低你的意思。"

安听暖并不生气，微微一笑："嗯，我知道你的意思。叶晴，你现在生气也无济于事。夏景泽已经帮她把名气打了出去，你接下来要做的是阻止夏景泽继续帮她。她现在是一无所有，但谁也不能保证她不会在设计界大红大紫，到时候夏家看在夏景泽喜欢她的分上，说不准就会松口了。”

叶晴的神色忽然紧张起来，她握紧了拳头，道：“不可能，我绝对不会让安之素那个贱人大红大紫的。听暖，你快帮我想想办法，要不然我去曝光她以前的事好了。夏家若是知道了安之素以前的事，肯定不会再让景泽哥跟她接触。”

“没用的。”安听暖摇头说道，“这个办法杨兮已经用过了，但是你也看到了，效果并不明显。夏景泽甚至拜托了你们盛世财团，让你堂哥断绝了和我们安氏的合作，导致安氏的股票连续跌了好几天。这种伤敌一千，自损八百的办法，能不用则不用吧。”

“那你有什么办法？”叶晴一听这个办法不能用，立刻又着急地问道。

安听暖给了她一个少安毋躁的眼神，说道：“现在夏景泽和安之素马上又要合作一部电影，虽然安之素只是设计师，但平常肯定有很多机会接触他，而且是光明正大、不用避讳狗仔队的接触。我觉得这个时候，你最好也能参演那部电影，一来可以监视他们俩的情况，二来你也可以借这个机会和夏景泽拉近关系，近水楼台先得月的道理，你应该懂的。”

叶晴当然懂，不懂的话，她之前就不会费尽心思去试镜了。可惜她如意算盘打得好，最后却被安之素截了和，便宜了木歌。

“我倒是想和景泽哥一起拍那部电影，可是黎导已经定了女主角，我没有机会了。”叶晴挫败地说道，连叶澜成都不肯帮忙，她就更没有办法了。

“除了女主角，应该还有其他角色吧。”安听暖提醒道。

其他角色当然有，可不是女主角，以她目前的名气去当女二，她可没办法说服自己自降身份，去给木歌当绿叶。

“叶晴，成大事者不拘小节，不管什么事，有舍才有得。如果将来得到的东西是你最想要的，那么现在舍弃一些无关紧要的东西，又有什么关系呢？值得就够了。”安听暖自然知道叶晴在犹豫什么，于是又温和地劝了几句。

叶晴就着安听暖的话仔细想了想，她最想要的当然是夏景泽，这是她从小到大的心愿，为了嫁给夏景泽，她都不顾家里的反对当了明星，那么其他的事，还有什么舍不下的呢？

想通了这一点，叶晴的眼神就清明了起来，冲安听暖一笑，说道：“听暖，谢谢你开导我。我知道怎么做了，我这就给经纪人打电话，让她去帮我谈女二的角色。”

“我们之间还客气什么。”安听暖笑得更加温和了，只是只有她自己知道，她温和的笑容里藏着什么样恶毒的心思。

于安听暖而言，身边的人只有两种，一种是可以利用的，一种是不可以利用的。叶晴就属于第一种，小时候，她和叶晴交好，是为了利用叶晴攀附叶家。现在她帮叶晴出谋划策，也不过是为了借叶晴的手对付安之素。

至于朋友，呵，她安听暖从来就不需要朋友。

叶晴当着安听暖的面给经纪人打了电话，经纪人在电话里一听叶晴想去《大清格格》这部电影里当女二，顿时就爹毛了。

叶晴如今可是影后，现在去给一个新人当绿叶，那不是自降身份吗？

这消息要是报道出去，别人该怎么猜测叶晴，还不得以为她开始走下坡路了？她好端端的影后不当，跑去当女二，是脑子被门挤了吗？

“叶晴，你不能因为夏景泽就这么自毁前途，这件事我不同意。”经纪人的态度很明确，直接就拒绝了。

叶晴的态度更明确：“这是我自己的事，你是我的经纪人，只需要听从我的命令就行了。我不需要你同意或者不同意，也别跟我提什么前途之类的，我不缺钱，不需要靠混娱乐圈赚钱，懂了吗？”

经纪人憋了一口气，简直要被这种不听话的艺人给气死，可是叶晴现在是她手里最有名气的艺人了，她又舍不得丢了，权衡利弊，最终还是妥协了。

“我只能说去试试，不知道能不能谈成，毕竟之前黎导有邀请过你当女二，你当时就拒绝了，还拒绝得那么干脆，我不保证黎导还愿意用你。”暗自将火气压下去之后，经纪人才说道。

“我不管你用什么办法，我只要看到我想要的结果。”叶晴的大小姐脾气又上来了，说完这句话就挂了电话，不再听任何借口。

挂了电话，叶晴就忍不住对安听暖抱怨了句：“现在的经纪人都以为自己是谁啊，当我和其他艺人一样是好拿捏的软柿子吗？经纪人让往东就往东，让往西就往西，可笑。”

“你呀，怎么又生气了，都和你说了，女人不要经常生气，很容易变老的。”安听暖笑着又给她倒了杯咖啡。

叶晴噘了噘嘴，把手按在自己的眼角往上提了一下，说道：“不能生气了，不能生气了，明天得去做个美容保养一下了，要不要一起？”

“我就不去了，明天周一，我要去安氏正式报到上班了。”安听暖摇摇头，说道。

叶晴意外地“啊”了声：“你要去安氏上班？接替你爸的职位吗？”

“怎么可能，我爸让我先跟着一位副总学习经验。”安听暖说道。

“当助理啊！”叶晴闻言露出诧异之色，“你爸是不是疯了？你堂堂安氏的大小姐，进公司不安排个高一点的职位就算了，还要你去当助理，他怎么想的啊？”

“我没有经验嘛，我爸这么安排也没错，如果直接空降，董事会也会有意见。”安听暖一副无所谓又很为安博远考虑的语气。

叶晴替她打抱不平，恨铁不成钢地说道：“你这软弱的性子什么时候能强势一点？你从小就这样，以前你妈没被扶正的时候，你性子软一点也就算了，现在名正言顺，你凭什么不能要求多一点？安氏集团早晚都是你的，你可上点心吧，别到了最后，你爸再把集团留给安之素了。”

安听暖微微垂着眼帘，一副逆来顺受的样子，被叶晴说了几句也不反驳。

“行了行了，每次都这样，还没说你两句你就不开心了。真受不了你，得亏你命好遇到了萧睿，不然你不得被欺负死。”叶晴最看不得安听暖这样，好像自己欺负了她似的。

安听暖这才露出了一个微笑：“还有你呀，从小你也挺护着我的。”

“那当然，算你有良心，没有忘了我护着你的事。”叶晴昂起了高傲的脑袋，哼道。

安听暖微笑着摇头：“不会忘，永远不会忘。”

她怎么会忘记小时候那些耻辱的日子，那些被别人叫私生女的耻辱，她一辈子也不会忘，也永远不会让自己再经历那种耻辱。

第十一章 神秘女友

晚上躺在床上的时候，安之素还在抱着手机刷微博，看着素嬛工作室这个微博的粉丝数量还在疯狂增长，她笑得嘴都合不拢了。

叶澜成靠在一旁，手里拿着一本书，见她开心地在床上蹬腿，便合上了书，问道："很开心？"

"嗯嗯。"安之素笑得五官都挤到了一起，举着手机跟他炫耀，"叶澜成，你看你看，素嬛工作室的微博已经有两百万粉丝了，厉害吧！"

叶澜成配合地扫了一眼，点头，嘴角也勾起了一抹笑："嗯，厉害。"

安之素笑得更开心了，她忽然扔了手机，不知道哪里来的胆子，一个翻身骑坐到他腰上，双手搂着他的脖子，俯身在他嘴上亲了一口。

叶澜成略微愣怔，被她大胆的动作惊住了。他们结婚也有一段时间了，每次亲密都是他主动，她只撩拨过他一次，最后还是他接过了主动权，她像现在这样大胆地骑到他身上，还真是历史性的突破。

“叶澜成，我真的好开心。之前我一直担心给景泽设计的衣服达不到预想的效果，怕大家接受不了那样的设计，怕素嬛工作室第一枪就没有打响。但事实证明，我成功了，万事开头难，跨过了这一步，以后我一定会顺顺利利的对不对？”安之素像个孩子一样，摇晃着叶澜成的身体，想要他给她一个鼓励的答案。

叶澜成被她摇得有点头晕，大手扣住了她纤细的腰肢，将她固定在自己腰上：“是，以后都会顺利的。”——有我在，不顺利也会变得顺利，我会让你以后的道路没有任何绊脚石。

当然，剩下的这些话，叶澜成并没有说出口。

安之素开心极了，又在他嘴唇上重重亲了一口，然后就要翻身躺回自己那半边床上去。

但是她刚躺回去，叶澜成的身躯就紧跟着压了上来，淡漠又性感的声音在她耳边响起：“撩完就想跑，哪这么容易。”

次日，毫无意外，安之素又是睡到日上三竿才起，她还得去一趟黎臣的公司，起来之后就赶紧去洗漱，匆匆吃了几口叶澜成留下的早餐，就去找黎臣了。

抵达黎臣的公司时，安之素意外地在电梯口碰到了叶晴，叶晴带着经纪人和助理从电梯里出来，差点撞到安之素。

安之素及时往一旁退了半步，才勉强避开了叶晴。

叶晴看到是安之素，停下了脚步，将脸上的蛤蟆镜往额头上一推，恨恨地瞪着她。

安之素并不想在人来人往的电梯口跟她发生什么冲突，便当作没有看到，等电梯里的人全部出来后，她就准备进电梯了。

“站住。”岂料叶晴根本不管这里是不是人来人往，伸手就拽住了安之素的胳膊。

安之素蹙眉，冷淡道：“叶小姐，我们好像不熟吧。”

“谁和你熟！”叶晴一脸嫌弃道。

安之素也不生气，嘴角扬起一抹嘲笑：“那你这样拉着一个陌生人，不觉得不礼貌吗？”

叶晴哼了声，放开了她，说道：“安之素，你别以为景泽哥现在捧着你，你就飞上枝头变凤凰了。就你这样的背景，夏家不会接受你的。等景泽哥玩够了，你照样跟其他女人一样会被一脚踹开，到时候有你哭的。”

安之素听了这话就特别想笑，所有人都以为她背后的人是夏景泽，她都有点同情夏景泽这个背锅侠了。

“笑什么笑，别怪我没有提醒你，现在你笑得多开心，到时候哭得就有多惨。”叶晴看着安之素脸上刺眼的笑，气急败坏地说道。

“我是笑是哭，似乎跟叶小姐没有关系吧。以后的事我是不知道，但至少现在，景泽是护着我的啊！你想哭，还没有机会呢。”。

“你！”叶晴像一串爆竹一样被安之素的话点燃，吼道，“你不要脸，你……”

“叶晴！”经纪人眼看围观的人越来越多，赶紧从身后将叶晴拉走，压低声音道，“好了，别说了，你想上头条吗？”

叶晴被经纪人拉着，气是一点儿都没消，还回头扔了一句狠话：“我不会放过你的。”

安之素“嘁”了声，转身进了电梯，有叶澜成给她撑腰，她还需要怕叶晴？不存在的。

电梯外围观的公司员工看到安之素把叶晴气走了，都露出了佩服和崇拜的表情。他们都是这个圈子里的人，叶晴的身家背景，他们是很清楚的。她因为头上顶着盛世财团大小姐这顶帽子，在娱乐圈可以说是非常霸道，没人敢轻易招惹她，一向只有她欺负别人的份，什么时候有人敢这么气她？

安之素心情很好地上了楼，助理小王已经在电梯口等着了，见她出来，笑道：“安小姐来了，黎导正等你呢。”

“王哥好。”安之素也笑着和小王助理打招呼。

小王领着她去了黎臣的办公室，黎臣看到她来了也很高兴，热情地招呼她：“之素来了，过来坐，刚泡好的茶，尝尝。”

“谢谢黎导。”安之素走了过去，在他对面坐下，接过他递过来的茶，轻呷了一口，“嗯，这茶真香，是野山茶吧？”

“哈哈，你倒是识货，一口就喝出来了。”黎臣一听就乐了，哈哈大笑。

安之素嘿嘿了一声，这多亏了叶澜成平常没事喜欢泡茶喝，不然她也喝不出来茶和茶之间的微妙区别。

“黎导，设计图我画出来了，您看看。”安之素喝了几口便放下茶杯，从随身的挎包里拿出了设计册递给黎臣。

安之素一共画了十张设计图，可以说每张都很好，她还给每幅作品都起了一个很有韵味的名字，让人一看就能想象到成品是什么样子。

最让黎臣满意的是，安之素的这些设计完全是根据电影的剧情走向来设计的。颜色的搭配，款式的变化，都在逐步反应女主角的性格变化。这就像造型师会根据剧情的走向，不断调整女主的造型和妆容一样。

“非常好，我很满意。”黎臣当场就挑选了其中的八套定下来，问道，“这八套服装，你那边多久能赶制出来？”

安之素不敢夸下海口，说道：“黎导，旗袍的制作工艺比普通的服装都要繁复，尤其是上面的刺绣，都是一针一线人工绣制而成，我只能保证尽量用最快的速度赶制出来。最慢一个星期，我这边就能先出一套戏服，您先用作前期的宣传和拍摄，剩下的，我一边赶制，您一边拍摄，应该不会拖延拍摄的进程。”

黎臣闻言满意地点点头，笑道：“跟你合作我还真是省心，哈哈，那行，你先出一套戏服，我用来进行前期宣传。开机还要再准备半个月，一开始也用不上旗袍戏服，这样算算，你差不多还有将近一个月的时间。”

安之素一听还有一个月的时间准备，更加放心了，举手保证道：“保证完成任务，不拖剧组后腿。”

黎臣笑着点头，忽然想起了什么，说道：“之素，有件事得提前跟你说一下。《大清格格》的女二也定下来了，是叶晴。我刚听下面的人说你们在楼下闹了矛盾，还是因为那天选女主角的事？”

对于这个消息，安之素还挺意外的，回道：“她估计是记恨上我了，不过没事，反正也没有什么机会碰到，今天也是巧合。”

黎臣本来还担心安之素会不高兴，听了这话就放心了，也对安之素更加欣赏，颔首道：“她被她家里宠坏了，你不用跟她一般见识。我本来已经不打算用她了，但她毛遂自荐，考虑到她的名气和宣传力，我才决定再用她。”

“我不会的，黎导放心吧。”安之素并不在意黎臣选谁拍戏，黎臣能对她说这话，已经算很看重她了，不然选谁当女二，根本没必要通知她这个设计师。

安之素又问道：“黎导，木歌今天在公司吗？在的话，我找她量量尺寸，回去就安排裁衣了。”

“在呢，我让小王带你去找她。”黎臣点头，把助理叫了进来。

小王很快进来，带着安之素去找木歌。

木歌在楼下的排练室训练，安之素见到她的时候，她的训练正好告一段落，她坐在窗边，望着窗外，不知道在想些什么。

安之素总觉得这是一个有故事的女孩，她的眉宇间总带着一丝愁容，很让人怜惜。

“木歌。”小王站在门口喊了发呆的木歌一声。

木歌回头，那双好像无神的眼睛在看到安之素的时候亮了一下，她朝安之素微微一笑：“安小姐。”

“木小姐。”安之素朝她点点头，说道，“我来给你量尺寸。”

木歌点头：“好啊！”

“那我先出去了，安小姐，你好了再找我。”王助理低声和安之素说了一句，然后就带上休息室的门先走了。

安之素走了进去，木歌招呼她坐下，并给她倒了杯水：“安小姐，上次的事，我还没有来得及谢谢你呢。”

“木小姐客气了，我只是举手之劳，你能被黎导选上，是你自己有实力和演技。”安之素摇摇头，她只是做了多数人都会做的事，并不觉得木歌欠她什么。

“不是的，如果没有安小姐的帮忙，我都没有机会去试镜。”

木歌微笑着，很认真地和安之素道谢，“安小姐，真的谢谢你。”

安之素笑道：“好，我接受你的道谢了。你叫我之素就行了，我也叫你木歌好吧？”

安之素对木歌印象很好，也不想安小姐、木小姐地称呼彼此，总觉得很生疏。

“好啊！”木歌显然也很喜欢安之素，立刻点头。

“那我们先量一下尺寸吧，设计图已经确定了，给你量了尺寸就可以做衣服了。”安之素说着，从包里翻出了皮尺。

安之素开始给木歌量尺寸，做旗袍需要的尺寸数据很多，不仅仅是三围这么简单。她很有耐心，也尽量每个尺寸都量到精准，一一在小本子上记下数据。

“好了，木歌，我先走了，等衣服做好了，我再拿来给你试。”安之素还得赶去工作室一趟，并没有多少时间和木歌说话。

木歌点头道：“好的，之素，我们能加个微信吗？”

“当然可以。”安之素麻利地拿出了手机，打开了微信二维码。

木歌也拿起自己的手机，打开微信扫了一下，说道：“之素，你好厉害，我还关注了你的微博呢，昨天我看到夏景泽在电影节上穿的衣服了，好漂亮，你真是一位天才设计师。”

“谢谢夸奖，下次你去参加电影节，我也给你设计衣服。”安之素通过了木歌的好友请求，笑着说道。

“好啊！”木歌点头，顿了下又补充道，“如果我有机会去参加电影节的话。”

“肯定会有的，相信自己。”安之素朝她一眨眼，“到时候我可要做大明星木歌的御用设计师哦。”

木歌的脸上终于露出了灿烂的微笑，她轻轻点头：“嗯，我一定会努力的。”

“加油，我走了，拜拜。”安之素先是朝她比了一个加油的手势，而后又摆了摆手，才背着包走了出去。

安之素从休息室出来的时候，给王助理打了个电话，询问他还有没有事，没有事的话，她就先走了。

王助理在电话里说道："这边没有什么事了，不过还得麻烦安小姐去一趟盛世财团。"

"盛世财团？去那儿干什么？"安之素疑惑地问道。

"是这样的，盛世财团的叶少也是这部电影的投资人之一，关于设计图，也要让那边过目一下的。"王助理解释道。

"什么？！"安之素惊呼了一声，"叶澜成也投资了这部电影？！什么时候的事？"

王助理听安之素语气惊讶，也暗自惊讶了一下，心想原来安之素不知道啊，他还以为她知道呢，毕竟叶澜成可是让出了很多收益给安之素的。

不过安之素不知道，他当然也不会说破，笑着说道："早在电影筹备的时候叶少就是投资人了，安小姐，麻烦你下午抽空去一趟盛世财团吧。"

"哦哦，好的，那我下午去一趟。"安之素闻言应了下来。

挂了王助理的电话，安之素下意识就想给叶澜成打个电话，不过在翻到叶澜成的号码时又把手机收了起来。

"算了，不打了，晚上回去再给他看，先去工作室。"安之素想着没必要特意跑一趟盛世财团，有那个时间，还是先把裁衣的事情安排好吧。

工作室几天前就装修好了，老九给她招的助理和前台也上岗了，谢欣妍和涂小亭也从苏城来了S市，这两天一直在熟悉环境。

安之素去之前就给助理打了电话，让助理通知许宝珠、谢欣妍和涂小亭三人去一趟工作室，有工作要安排。

因此她从外面走进工作室的时候，许宝珠三人已经到了，看到她来了，三人纷纷站起来喊道："安姐。"

安之素冲她们微微一笑，说道："上楼说，你们的工作来了，这几天可能要辛苦一点了。"

"没事，安姐，我们这两天一直闲着，都快发霉了。"谢欣妍很兴奋，终于有活干了。

安之素满意地点点头，带着她们去了楼上的会议室。

助理已经把会议室准备好了，四人一进去，安之素就直接给她们看了一幅设计图，开始剖析设计图上的刺绣需要用什么针法，需要怎么分工合作。这一番讲解下来就过去了一个多小时，其间助理进来送了两次茶水。

“差不多就是这样了，都听明白了吗？”安之素说得有点口干舌燥，端起茶杯喝了几口茶，问道。

闻言，许宝珠三人一起说道：“明白了，安姐。”

“那就好，我现在就开始裁衣，争取今晚裁好。明天开始，你们就分工绣花，我们争取一个星期之内出成品，好吗？”安之素放下了茶杯，说道。

“好的，安姐，我们保证不耽误。”许宝珠三人回道。

安之素微微一笑：“这段时间你们辛苦一下，等忙完了，我给你们发奖金。”

“谢谢安姐。”三个年轻的女孩脸上都洋溢着期待之色。

安之素一向是个行动派，说要裁衣就没有耽误，三个女孩也留下来帮忙。

许宝珠三人看着安之素利落的动作，一个个羡慕不已，许宝珠崇拜道：“安姐，你好厉害，会画设计图，会裁衣，还会刺绣，真是全能设计师了。”

“嗯嗯嗯。”谢欣妍眼前全是崇拜的小泡泡，“安姐，你要是男人，我肯定倒追你，太全能了。”

“我要是男人，我肯定娶安姐，又漂亮又全能，以后娶了安姐的男人，一定很幸福。”涂小亭也崇拜地说道。

这都什么跟什么，还娶她的男人幸福，她怎么没看出来叶澜成觉得自己幸福了，天天就会说她气他。

安之素这一忙就是两个小时没有休息，旗袍需要裁剪出来的裁片太多了，不是一时半会儿能全部完成的。因此安之素先把前片和后片裁剪了出来，然后交给许宝珠三人去画图，刺绣都在前片和后片上，她们先画图，画完图之后就可以着手刺绣了。

完成了这些，安之素总算能歇一歇了，她回到自己的办公室，助理给她送来了茶水，询问道："安小姐，开业典礼你想定在哪天？我好着手去准备。"

助理赵玉是老九招来的，比安之素还要大上几岁，能帮安之素分担许多事，安之素对她十分满意。

"赵姐有什么好的意见吗？"安之素还没有时间仔细考虑开业的事。

赵玉寻思了一下建议道："安小姐，经过昨天的电影节之后，我们素嬛工作室的第一波名气已经打了出去，这是一个很好的兆头。我觉得我们应该趁热打铁，赶在电影官宣的时候举行开业典礼。到时候我们的第一件成品也可以放到官微上宣传了，如果能够请到电影的男女主角过来，那就更好了。"

闻言，安之素思量了一下，点点头："那行，那正式开业就定在《大清格格》官宣的第二天吧。请夏景泽倒没有什么问题，至于木歌，我回头问问她吧。你先准备开业事宜。"

"好的。"赵玉点点头，退出了办公室。

赵玉出去之后，安之素总算能歇上一会儿，她端起面前的茶水喝了几口，一杯茶没喝完，手机就响了起来。

安之素只好放下茶杯，拿起手机，看到是叶澜成打来的，便有些意兴阑珊地接通了，有气无力地"喂"了声："叶澜成，你找我有什么事？"

"你说呢？"叶澜成咬牙切齿的声音传入了耳朵。

"我说什么？我怎么知道你为什么找我？"安之素想也没想就下意识回道。

"有什么事你直说就是喽，我这边还忙着呢。"安之素一副"你不要打扰我工作"的语气。

叶澜成语气阴沉地问道："黎导的助理没有告诉你让你送设计稿给我过目吗？"

安之素心虚了，王助理是告诉她了，但是她忘了啊！

"这个……说是说了，但我下午忙，没空去。晚上回家我再给你看，好吧？"安之素这边还想和苏城的几位师傅开个视频会议呢，哪有时间为这事专门去一趟盛世财团。

“不好。”叶澜成拒绝得很干脆，“晚上是下班时间，我不喜欢在家里讨论公事。”

安之素嘴角一抽：“叶澜成，你在逗我吗？你哪天晚上没有在书房加班？”

“不管，设计稿的事，我就不想在家讨论。”叶澜成索性开始不讲理。

安之素无语道：“叶澜成，你这样很幼稚啊！”

“给你半个小时的时间，我要在办公室里看到你。”叶澜成雷厉风行，扔下这句话就挂了电话，不给安之素反驳的机会。

安之素气成了河豚，差点怒摔手机。

这人简直太不讲理了！

可再生气，她也不敢再耽误时间，赶紧收拾了一下，火急火燎地跑出办公室。

前台的美女见她从楼上跑下来，吓了一跳，赶紧起身问道：“安姐，出什么事了？”

“没事没事，我有事先走了。”安之素朝她摆摆手，一阵风似的跑出了工作室。

安之素的车就停在外面，她上了车，发动车子，朝着盛世财团开了过去。

半个小时是肯定到不了的，她的工作室和盛世在S市的两个方向，路上都需要四十分钟，半个小时，除非她飞过去。

反正也不可能在叶澜成规定的时间内赶过去，安之素索性不着急了，翻出蓝牙耳机戴上，和苏城的几位师傅微信语音连线，一边开车，一边讨论制作旗袍的事。

安之素打算将八件旗袍分开来做，工作室这边做四件，苏城几位师傅那边做四件，这样两边同时进行，才能赶上电影的进度。

至于设计稿，之前安之素就给她们看过，她们手里都有稿子，讨论起来也很方便。差不多等安之素开到盛世财团楼下的时候，苏城几位师傅的工作也确定了下来。

挂了语音通话，安之素熟练地把车子倒进了停车位，拔了钥匙，推门下车，快步走进了盛世财团。

算起来，这是安之素第二次来盛世财团。她第一次来找叶澜成时的场景仿佛就发生在昨天，可事实上已经过去了好几个月。她从那时的一无所有，到现在的工作室高起点起步，一切都源于这里的主人，那个叫叶澜成的男人。

安之素的心情有点复杂，她进来之后就直接去了前台，报了自己的名字。

"是安小姐啊，总裁办早就打过招呼了。安小姐，我带你上去。"前台的一位美女热情又礼貌地说道。

安之素微笑着道谢。

前台接待员领着她去坐电梯，难免对她好奇，一直偷偷打量她。

这也不能怪她好奇心太重，谁让她在盛世工作三年，还是第一次接待总裁办钦点的女客人呢。

不只是她，整个前台接待办事处的人，没有一个不对安之素好奇的，都在猜测这个女人的身份。只是她们只敢在背后猜测一二，再给她们一个胆子，她们也不敢直接去问安之素和她们总裁的关系。

"叮！"

电梯直达了总裁办公室楼层，前台接待员以手挡门，请安之素先出去。

安之素道了谢先走了出去，一出去就有一个年轻的男人迎了上来，对她微微一点头："安小姐你好，我是叶总的助理高旗。"

"高助理你好。"

高旗微笑着点头，对她身后的前台接待员说道："安小姐我来接待，你先下去吧。"

"好的，高助理。"前台应了声就走了。

"安小姐，请随我来，叶总已经等候多时了。"高旗做了一个"有请"的手势，对安之素说道。

安之素"嗯"了声，随着高旗去了叶澜成的办公室。

“咚咚咚！”

高旗在门口轻叩了三下门：“叶总，安小姐来了。”

“进。”办公室内传来了叶澜成淡漠的声音，一贯的简洁。

高旗推开了门，侧了侧身道：“安小姐，请。”

安之素点头道谢，走进了办公室。

高旗很知趣，并没有跟进去，而是贴心地替他们关上了门，转身离开的时候，还在猜测安之素会不会就是他们叶总的神秘女友。

“高助理，那位安小姐是谁啊？叶总竟然钦点要见她。”高旗一回到总裁办，其他秘书们就很好奇地围上来打听。

“叶总第一次点名要见一个女人哎，是叶总喜欢的人吗？”另一个秘书问道。

“说不定就是叶总的女朋友呢。”第三个秘书跟着说道。

高旗被几个女秘书围着，听着她们七嘴八舌地瞎打听，微微沉了脸色，说道：“叶总的规矩你们是忘了吗？这事也敢乱说，不怕被扣工资？”

女秘书们心里咯噔了一下，下一秒就飞快地回到自己的位子，该干什么干什么去了，一本正经的样子好像刚才说话的不是她们。

高旗心里佩服这些女人比翻书还快的变脸速度，脸上却没有变现出来，他是总裁办的领导者，就算自己好奇，也不能和她们“同流合污”，不然很快一些不着边际的八卦消息就会传出去，到时候叶澜成第一个就要罚他。

此时，总裁办公室内。

安之素身后的门一关上，她就原形毕露了，小嘴开始吧啦吧啦地抱怨道：“你说你干吗非要我跑一趟，反正晚上都要回家的，我晚上再给你看不是一样吗？”

叶澜成听着她的抱怨，脸上不见任何不耐烦，嘴角反而勾起了一抹笑。

“笑什么笑，天天就知道折腾我。”安之素一看他还笑，更是气不打一处来，三两步走到桌前，从包里翻出设计稿扔给他，“自己看吧，我去歇会儿，今天忙死了。”

她说着就转身朝着休息区的沙发走了过去，不客气地在舒服柔软的沙发上坐了下来。

叶澜成挑挑眉，把设计稿往旁边一放，问道：“要不要吃点什么？”

“有什么吃的？”安之素的眼睛微微一亮，中午她就匆忙吃了几口，来的路上就有点饿了。

“你想吃什么就有什么。”叶澜成说道。

安之素“哇”了声，果断点单：“一杯卡布奇诺，一块提拉米苏，再来几块黑巧克力吧。”

叶澜成蹙眉，冷冷地吐出两个字：“没有。”

安之素瞪了他一眼，不和他计较，拿出手机道：“算了，我点外卖吧，你要不要吃点下午茶？”

叶澜成斜睨了她一眼，没搭理她，抬手按下座机上的通话键。

“叶总，您有什么吩咐？”电话里很快传来高旗的声音。

“送一杯热红茶和一些点心进来，不要太甜。”叶澜成吩咐道。

高旗应道：“好的叶总，稍等。”

安之素听到了他的吩咐，抗议道：“可是我想喝咖啡、吃蛋糕，还想吃点巧克力。”

“没有。”叶澜成又扔了两个字给她。

安之素生气了：“什么没有，你就是不想让我吃这些东西。”

“嗯。”叶澜成倒是非常坦诚地承认了。

安之素更气了：“限制我吃肉，还限制我吃甜品，你还有没有人性了？你这是家暴你知道吗？”

“不知道，我法盲。”叶澜成回答得相当干脆。

可恶的叶霸道！

安之素再次拿起了手机，咨询了她的御用律师。

安之素：宋律师，请问家暴可以诉讼离婚吗？

宋佳人秒回：必须可以，你有朋友被家暴了？推荐给我，我帮她打官司，我最擅长这种离婚官司了。

安之素：没有朋友，就是我，我被叶澜成家暴了。

宋佳人：……

安之素：真的，他不给我吃肉，还不给我吃甜品，剥夺了我对食物的选择权，对我精神造成了极大的伤害，我需要法律援助。

宋佳人：我唯一能够给你的法律援助就是唱一首《凉凉》送给你，哈哈哈。

安之素发了一个“友谊的小船说翻就翻”的表情。

宋佳人发了一个“抱抱”的表情，说道：乖，肉吃多了不容易消化，甜食吃多了对胃不好，人家叶少是为你好。

安之素：你走吧，不想和你聊天。

宋佳人发来了一个“我滚了”的表情，安之素被这个表情逗笑了。

“笑什么？”叶澜成抬起了头。

安之素哼道：“笑什么也不告诉你，赶紧看设计稿。”

叶澜成指指自己堆积成山的文件：“等我先看完这些。”

安之素嘴角一抽：“你既然这么忙，干吗还催我送设计稿过来？送来你又没空看。”

“呵呵。”叶澜成看着她，一副“你总算没瞎透”的语气说道，“你不是说我很闲吗？”

安之素微微一瞪眼，她说过这话吗？什么时候？她怎么没印象了？安之素努力回想了一下，过了好一会儿才想起来，她好像是说过，所以说今天他特意找个理由叫她过来，就是要让她看看他有多忙？

他这也太……幼稚了吧。

“叶澜成，有没有人说过你很幼稚？”安之素在心里吐槽他：幼稚鬼，小学生。

“并没有。”叶澜成生硬地回了三个字。

安之素呵呵道：“那一定是他们不敢。”

叶澜成挑眉，低语了句：“得寸进尺。”

安之素没听清，以为他在逃避现实，正要再说几句，办公室的门就被敲响了。

叶澜成说了声“进”，高旗才敢推门进来，手里端着一个托盘，托盘里都是准备的下午茶。

“给她。”叶澜成微微朝安之素抬了抬下巴。

高旗自然知道这些下午茶都是给安之素准备的，毕竟他们总裁可没有吃下午茶的习惯。

高旗把托盘放到了桌子上，又把托盘里的茶和点心一一摆上桌，招呼道：“安小姐，你尝尝合不合口味，不喜欢的话我再让下面的厨房重新准备。”

“谢谢高助理，这些就可以了。”安之素脸上笑眯眯的，心想：我倒是喜欢吃蛋糕，但是你们总裁不给啊，说了有什么用。

高旗点点头，拿着空托盘又退了出去。

“吃吧，别吃太多，晚上还要吃饭。”叶澜成叮嘱了这么一句，又低头去看文件了。

安之素拿起一旁的湿纸巾擦了擦手，朝着一块蛋黄酥伸出了手，拿起来，咬了一小口。

她一向不是很喜欢吃这些有点咸味的点心，一直认为点心就要做成甜的才好吃，又不是吃饭，谁乐意吃咸的。

不过当她把一口蛋黄酥咬进嘴里的时候，忽然就改变了一贯的想法，这蛋黄酥咸中带甜，两种极端的味道融合在一起，口感竟然出奇的好，比单一的咸和甜都好吃。

安之素很快就又咬了一大口，这一口还咬到了蛋黄，味道更好了。安之素的小脸上露出了满意之色，三下五除二就吃完了一个，又伸出手去拿第二个。

叶澜成没有管她，埋头处理文件，他有意把上午的文件也积压到了下午，这会儿都半下午了，再不抓紧，晚上就别想准时下班了。

看叶澜成没管自己，安之素就有点放飞自我了，吃完了两个蛋黄酥之后，又吃了一些其他的茶点，最后还喝光了一整杯热红茶，导致的直接后果就是：她犯困了！

安之素靠在沙发上，坚持了好一会儿没坚持住，迷迷糊糊地睡着了。

叶澜成好一会儿没听到她的声音，抬起头看过去的时候，就看到她靠在沙发上，以一种极其不舒服的姿势睡着了，脖子歪成了一个奇异的弧度，看得他眉头都皱成了一个“川”字。

“这都能睡着。”叶澜成也是佩服，放下笔，轻缓地站起来，又轻手轻脚地走了过去。

安之素睡得正熟，连叶澜成靠近了也没有察觉，直到被叶澜成抱了起来，她才有点要睁开眼睛的意思，长长的睫毛扑扇扑扇的。

“睡吧。”叶澜成轻轻地拍了她一下，声音很是柔和。

安之素“嗯”了声就没声了，手却习惯性地搂上了他的脖子，窝在他怀里，睡得安心。

她乖巧的样子取悦了叶澜成，他嘴角扬起一个细微的弧度，抱着她去了休息室。

叶澜成将熟睡的安之素放到了床上，安之素迷迷糊糊地翻了个身，抱着被子继续睡。

叶澜成俯身看着她，她睡着的时候特别乖，像一只乖巧的小猫咪，他忍不住在她额头上亲了一下，很想脱了鞋子，抱着她睡上一觉。

可一想到外面办公桌上堆积的文件，叶澜成就扶了下额，早知道，他就不把上午的文件积压到下午了，本来是想让他的小妻子看看他有多忙的，结果现在好了，人家吃饱就睡着了。

他真是偷鸡不成蚀把米，搬起石头砸自己的脚啊！

摇了摇头，叶澜成又走出了休息室，认命地去批阅文件了。

安之素这一觉睡得极其安稳，醒来的时候视线一片黑暗，她下意识地伸手去开床头灯，却摸了个空。

这不是她家！

安之素一下子坐了起来，脑海里弹出来的判断让她心中一慌，眼前什么都看不见，一些糟糕的记忆汹涌而来，那些被护士关在漆黑的小屋里恐吓的画面让她吓出了一身冷汗。

“啊——”安之素忍不住叫了一声，掀开被子跳下床，摸黑往前跑，脚下不知道绊到了什么，扑通就摔在了地上。

办公室外，正在给高旗交代工作的叶澜成听到了安之素的叫声，霍地站了起来，一贯冷淡的神色里多了一抹焦急，拔腿就朝休息室走去。

高旗一愣，视线下意识追随了过去，只见叶澜成快步走到休息室的门前，一把推开了休息室的门。

“叶澜成。”下一秒，一道人影跌跌撞撞地撞进了叶澜成的怀里，声音带着浓浓的恐惧，“叶澜成，你去哪儿了，你为什么要丢下我……”

安之素猛地扑到他怀里，紧紧抱着他，都快吓哭了，全身都在颤抖。

叶澜成心疼坏了，轻拍着她的后背，声音里带着前所未有的温柔：“别怕，我没有丢下你。”

安之素哭得惨兮兮的，她特别怕黑，晚上睡觉的时候房间里必须有灯，只要有一点点光线她都不害怕，所以在家里的时候，阳台那边的壁灯是从来没有关过的。

叶澜成有些懊悔自己一忙起来就忘记她这个习惯了，自责地道歉：“对不起，我忘记给你留灯了。别害怕了，这是我的休息室。”

“那你让我抱一会儿，就一会儿，一会儿我就好了。”安之素把头埋在叶澜成怀里不肯出来，因为过度害怕，肩膀还在止不住地颤抖。

叶澜成轻声细语，温柔至极地轻轻拍打她的肩头安抚。

高旗站在那里已经石化，惊讶得张大了嘴巴。

高旗惊呆了，这下绝对可以确认一件事了，这位姑娘就是他们总裁的神秘女友。

这也太宠了吧，声音温柔得让他鸡皮疙瘩都冒出来了。

高旗很知趣，虽然很想再看看他们总裁是怎么宠女友的，但考虑到后果，他还是果断收起了好奇心，悄无声息地退出了办公室。

“咔嚓！”一声非常轻微的开门声响起，安之素猛然颤了一下，从叶澜成怀里抬起头看向门口的方向，刚好看到了高旗一个背影。

安之素这才后知后觉地意识到，刚刚高旗一直在办公室里，肯定看到了她刚才哭哭啼啼的一幕。

太丢人了！安之素捂脸，委屈道：“有人你怎么不说？”

“怕什么，不该看到的他就是个瞎子。”叶澜成对自己调教出来的助理还是很放心的。

安之素翻了一个白眼：“都怪你，明知道我怕黑还不留灯，我一睁开眼睛什么都看不到，差点吓死了，还以为我又被……”

说着她忽然打住了话头，眼底掠过一抹暗沉。

“又被什么？”叶澜成直直地盯着她询问。

“没什么。”安之素不想去说那些事。

“没什么是什么？”岂料平常她不说就不会再问的男人，今天似乎出奇的执着，又问了一句，目光也有点胁迫的味道。

安之素被他的眼神看得有点不舒服，倔强地道：“就是没什么。”

“如果我想知道呢？你也不说吗？”叶澜成像是跟她在这事情上杠上了。

安之素吸了口气，粉拳微微握紧，声音有点抖：“叶澜成，你说过不逼我的。”

“是，我说过。”叶澜成承认。

“那你就别逼我，再给我一点时间。”安之素祈求地看着他。

“还要多久？半年？一年？还是更久？或者你自己都不知道？”叶澜成语气淡漠地反问着她。

安之素又握了握拳头，她不知道，她真的不知道。

那些事，她自己都是糊里糊涂的，又该怎么跟叶澜成说？

叶澜成的大手握住了她的拳头，拉着她到沙发上坐下，像是下定了决心，说道：“之素，我想知道你过去经历的一切，并不是想窥探你的隐私，我只是想知道，是什么人、什么事把我记忆中的你变成了现在这样。”

“你……”安之素惊讶地抬起视线，“你还记得我小时候的样子？我们好像就见过两次。”

叶澜成微微点头，神色间不由自主多了一抹回忆的味道：“第一次见你，你七岁，我十二岁，还记得你救我的事吗？”

安之素努力回想了一下，记忆已经很模糊了，毕竟七岁也不大，她只记得自己救过他，至于当时的细节，早就模糊不清了。

“笨蛋。”叶澜成在她脑门上弹了一下，“这一点和小时候一样。”

安之素噘嘴，捂着额头辩解：“都过去这么久了，不记得也正常啊！你以为谁都和你一样，脑子这么好使？”

叶澜成轻笑一声，接着说道：“十二岁那年，我和我父亲经历了一场车祸，父亲当场死亡，我逃了出来，却被人追杀，情急之下我躲进了你坐的车里。你当时吓坏了，我捂着你的嘴不让你叫，说我不是坏人，你就相信了。

“我记得车里只有你一个人，车子就停在我家附近。我当时身上有伤，血弄脏了你的衣服。你以为我要死了，笨拙地给我做人工呼吸。算起来，我的初吻还是被你拿走的。”

说着，叶澜成停顿了一下，盯着她的红唇。

安之素的脸一下子红了起来，那些记忆虽然模糊，但叶澜成一说，她也隐约想得起来。好像那时候叶澜成不让她亲他，她非要亲，扬言自己是在救他。他受了伤，没力气反抗，被她按着亲了好几下，弄了他一嘴的口水。

后来她妈妈回来了，看到车里多了一个少年，问她，她也一问三不知。她妈妈素颜也是一个心善的人，马上开车送叶澜成去了医院。

再后面的事安之素不太记得了，只依稀记得叶家的人找到了医院，她和她妈妈把他交给叶家人就走了。

过后安之素就把这事忘了，直到她妈妈葬礼那天，叶澜成给了她一块玉佩，她才又想起他。她本以为他们一辈子都不会再有交集，可谁能想到，缘分这么奇妙，他们现在竟然成了夫妻，成了最亲密的人。

“我记得那时候的你，虽然小，却很勇敢。即便是在你妈妈的葬礼上，所有人都在同情你，你依然非常勇敢地面对。我那时候就想，你长大之后，一定没有什么事情可以打败你，可以让你感到害怕。之素，告诉我，到底发生过什么事，让你变成了这样？”叶澜成掰开了她的拳头，与她十指相扣，逼着她说出心里的恐惧。

安之素紧紧地攥了一下手指，却无法再攥成拳头，她低头看着插入她指缝中的手指，修长又坚韧，像一根根青竹，仿佛能够给她无限的勇气和力量。

“叶澜成，我……我不是想瞒着你什么，也不是不想和你坦白，而是那些事，我其实自己也很糊涂，那件事发生得很突然，我到现在也不知道自己是怎么被算计的。”安之素鼓起了很大的勇气，终于在叶澜成面前说起五年前的事。

“没事，别紧张，慢慢说，说不清也没关系。”叶澜成总算是撬开了她的嘴，不敢冒进，柔和地引导着她。

其实五年前的那件事，他从夏宁和宋佳人那里知道了一个大概，但还是想听安之素亲口告诉他，只有她愿意把她认为最隐秘的事说出来，他才会觉得她真把他当成了亲密的人。

叶澜成很清楚，经历了这么多，安之素的性格早就变得像蜗牛一样了，他不能心急，得徐徐图之，才能慢慢让她从壳子里爬出来，爬进他怀里，把他当成她的保护壳。

好在叶澜成一向不是一个心急的人，他很有耐心，花费了几个月的时间让安之素一点点地信任他，现在又有了一个合适的契机，他才敢逼一逼她。

第十二章
被当总裁耽误的厨子

“五年前，我拿到了出国留学的名额，同学们说要给我庆祝，他们把地点定在了一家酒吧。我那天喝了一点酒，但我肯定自己没有醉。打车回到家的时候，我都是清醒的。”安之素慢慢地回忆那一晚的事。

“嗯，后来呢？”叶澜成的声音带着蛊惑，引着她继续回忆。

“后来……”安之素微微皱起了眉头，“后来我收到了思翰发的短信，他在短信里向我求救，我打他的电话他不接，当时我很担心他，就立刻开车去找他了。”

“那你见到他了吗？”叶澜成轻声询问。

安之素像是想起了什么可怕的事情，手开始颤抖起来，语气也急了：“我……我车子开得很快，那时候已经很晚了。思翰家里条件不好，他白天上学，晚上要打工，所以是在学校外面租的房子，我一直朝着他租的房子那边开。

“半路的时候，经过一个路段，那里的路灯坏了，我跟一辆车相撞，被迫停了车。我记得并不严重，只是蹭了一点漆，那位车主也很好说话，得知我是有急事，都没有让我赔钱就让我走了。可是……可是……”

说到这里，安之素的声音颤抖得厉害，抬起另外一只手捂住了眼睛，微微仰着头，努力把眼泪往回逼，可还是有一颗颗眼泪滚落。

叶澜成的心也跟着疼起来，他知道只要他说一句“别说了”，她就能好一点，可他还是忍着心疼，狠心问道：“可是什么？”

安之素屈起了膝盖，把头埋进膝盖间，声音颤抖：“可是后来我就记不清发生什么了，我明明记得自己撞上的只是一辆车，可为什么又变成思翰了？我明明还清醒地下车和车主周旋了一会儿，为什么我会在车里晕过去？

“我醒来的时候看到了很多人，好多警察，他们把我带下车，我就看到思翰倒在血泊里，浑身都是血。警察说我撞死了思翰，我说我没有，他们都不信。不管我怎么解释他们都不信，他们把我抓走了，还说我酒驾。可我只喝了一点点鸡尾酒，根本没有达到醉的程度，我酒量那么好，喝那么点酒根本不会醉。

“可他们就是不信，爸爸也不相信我。最奇怪的是思翰给我发的那条短信也不见了，那段路的监控也坏了，甚至查不到我说的那辆车。他们说我是喝酒喝多了出现了幻觉，爸爸为了给我洗脱罪名，就说我有精神病，还找医院开了证明。

“爸爸一点也不相信我，他把我丢到了精神病院，那些精神病人总是欺负我，殴打我。护士也很坏，我不肯吃药，她们就把我关进小黑屋。我特别害怕，没有人相信我。

“为什么都不相信我？我真的没有撞死思翰。思翰他……他那么好，我怎么会……怎么会撞死他？叶澜成，你相信我，我没有，我没有……”

叶澜成再也忍不住，把她抱进了怀里：“好好好，我相信你，你没有，你没有撞死他，也没有精神病，别怕了，别怕了。”

安之素痛哭了起来，五年来，她哭过无数次，尤其是刚发生那件事的时候，她被关在拘留室里，整夜整夜地哭。那时候她脑子很混乱，分不清梦境和现实，经常梦到自己撞死了贺思翰，甚至怀疑自己真的有精神病。

她不知道自己是怎么坚持下来的，现在，她所有的委屈像是在叶澜成怀里找到了宣泄口，尽情释放着，像受了委屈的孩子，只有在最亲密的人面前才会大哭。

叶澜成没有说话，只是抱着她，让她把委屈都哭出来。

安之素哭了很久，直到哭累了才慢慢停歇下来，也幸亏她没有化妆，不然现在的脸肯定是不能看了。

叶澜成用下巴抵着她的头顶，声音温柔地说道："之素，那些无关紧要的人，信与不信并没什么要紧的，我信你就够了。"

安之素的鼻尖又是一酸，她紧紧地抱了他一下，抽噎着问道："叶澜成，你为什么对我这么好？你是不是有点……"

"嗯？"叶澜成微微拉开了她，垂眸看着她，"怎么不说了？"

安之素红着脸，过了好一会儿才敢问出剩下的话："喜欢我啊？"

叶澜成脸一黑，目光锐利地看着她。

安之素立马怂了，缩了缩脖子，嘀咕道："不喜欢就不喜欢呗，凶什么凶。"

叶澜成的脸更黑了，直接在她脑门上敲了一下："是不是傻，问的都是什么问题，这也需要问吗？"

叶澜成感觉要被气死，他表现得还不够明显？她蠢成这样，难怪被别人算计，傻得都冒泡了。

"你别总敲我脑袋，都把我敲傻了。"安之素嘟了嘟嘴，抗议道。

"你傻还需要我敲？"叶澜成都不想和她说这事了，起身去给她倒了杯温水。

安之素刚才哭得太厉害，嗓子有点干疼，接过杯子就咕噜咕噜喝了几大口。

"慢点喝。"叶澜成拧眉叮嘱。

安之素一边点头一边喝，一口气就喝完了大半杯，情绪也稳定了下来。

"那件事，我会查清楚，还你一个清白的。"叶澜成见她情绪稳定了，才拾起刚才的话题。

安之素捧着水杯，有些黯然地说道：“佳人也在查，她已经查了五年，但是一点进展都没有。当年的事，疑点特别多，又找不到其他能够证明我说的都是真话的人，想要翻案很难。”

“任何事情只要做过都会留下痕迹，谁也没有本事彻底抹除。一步步地抽丝剥茧，总会找到破绽。”叶澜成笃定地说道。

安之素的心忽然安定下来，她想了想才把心中多年来的疑点说了出来：“当年他们认定我有精神病的最重要的依据，就是找到了我看过心理医生的证明。但是我记得我只去过两三次，而且每次都是陪杨兮去的，她那段时间精神压力大，需要心理医生帮助减压。不知道为什么最后在医生那里留下的病历却是我的，我唯一能够想到的就是那个医生被收买了，做了假证。”

“这件事，夏宁也查到了，经过分析，也觉得突破点在当年那个心理医生身上，只是这么多年过去了，那个心理医生早就辞职了，从那件事之后就杳无音信了。现在夏宁和宋律师联手，都在查当年的真相，不要着急。你还记得那个心理医生的样子吗？”叶澜成也没有隐瞒安之素，他早就开始查当年那件事。

安之素虽然感到意外，但想想也觉得在情理之中，叶澜成是什么人，恐怕在和她结婚之前，就已经把她查了个底朝天。

这是人之常情，安之素并不生气，反而有些感动。他们结婚几个月，他已经在她看不见的地方，为她做了很多很多事。

安之素吸了一下鼻子，把酸涩的情绪压了下去，摇了摇头，说道：“我并没有见过杨兮的那个心理医生，每次杨兮进行心理治疗的时候，我都会在休息室等着。事情发生之后，杨兮提到了这件事，警察去做了调查，才拿到了那些病历，因为事情没有闹上法庭，所以我始终没有见过那个医生。”

叶澜成闻言，沉思了片刻，才从一个抽屉里拿出了一份档案。

“这是什么？”看着叶澜成递过来的档案袋，安之素不明所以。

“那个心理医生的档案，宋律师和夏宁都没有查到，这是老九费了一番功夫刚查到送来的。”叶澜成说道。

这也是他为什么要在今天逼安之素说出那件事，因为越查下去，他越发现没有安之素的配合很难，许多事情，只有让她自己出面，才更容易找到疑点。

“你……竟然查到那个医生的资料了。”安之素非常震惊，要知道宋佳人查了五年，那人就像人间蒸发了一样，根本查不到一点信息。

“暂时只有一点，当年那件事发生之后，那家心理诊所也关门了，在有关部门注册的法人信息也被抹得一干二净。老九也是通过走访当年去找那医生取证过的老民警，才得到了一点信息，顺着那点信息才查到的这些，你先看看吧，看看能不能想起什么。”叶澜成把档案袋递到了她手里。

安之素又吸了一口气，打开档案袋，取出了里面几张薄薄的A4纸。

诚如叶澜成所言，资料只有一点，非常简单。

安之素从第一张开始翻看，首先就是一些基本资料，姓名栏上赫然写着一个名字：丁祺。

“丁祺？”安之素默念了一遍这个名字，很陌生，完全没有印象。当年杨兮对自己看心理医生的事很保密，除了让她陪同过几次之外，并没有提过关于治疗的只言片语，所以她才连医生叫什么都不知道。

想了一会儿没想起来，安之素索性继续往下看。

父亲：丁兆丰，已故。

母亲：陈佩兰。

再下面就是丁祺的家庭住址、求学经历，以及工作经历。

安之素看完之后，发现关于丁祺的信息截止在五年前，此后的信息全是空白。

“一个活生生的人竟然有五年的空白资料，叶澜成，你说丁祺有没有可能被……”安之素放下资料，做了一个抹脖子的手势。

“有这个可能。”叶澜成点头，分析道，“当年的事，显然是安听暖和杨兮联手挖了一个坑，一步步引你跳下去。每一步都在她们的计划当中，你是被害者，贺思翰是牺牲者。事发之后，丁祺消失了，心理诊所的痕迹被抹掉了，他被灭口的可能性很大。”

闻言，安之素倒吸了一口冷气，感到一阵胆寒。她以前实在是太天真了，以为安听暖最多只是会演戏、会装，没想到，安听暖的内心竟然如此歹毒和阴暗。

“叶澜成，我有预感，找到丁祺，就是翻案的关键。”安之素微微握了下拳头，这一次，她不会再给安听暖算计她的机会。

叶澜成拍了拍她的手背：“放宽心，我已经让老九安排人去丁祺的老家找陈佩兰了，相信陈佩兰会知道她儿子的下落。”

安之素的眼睛微微一亮，嘴角弯起了一个明显的弧度。

叶澜成喜欢看她笑，她笑的时候眼睛里仿佛星辰闪烁，清澈又明亮。

“叶澜成，你怎么这么好。”安之素抱住了他的胳膊，靠着他的肩头。

“这样不好吗？”叶澜成嘴角一扬，反问她。

安之素摇头，一些话还没有说，耳根就先红了，声音像蚊子振翅一样：“好，只是你对我这么好，我会喜欢上你的。”

“喜欢我，让你觉得很吃亏吗？”叶澜成闻言，嘴角扬起的弧度更明显。

“嗯——”安之素一副计较的模样，“我喜欢你，你不喜欢我，我就很亏呀。”

叶澜成的脸又黑了，不喜欢她，娶回家当摆设就好了，还会劳心费神管她的事？

“亏不着你。”叶澜成有些无奈。

安之素撇撇嘴，难得耍起了小脾气：“反正你不喜欢我，我也不要喜欢你。”

叶澜成只觉得胸闷气短，彻底失去了和她说这个话题的兴趣，深吸了一口气，说道：“收拾一下，回家。”

“回家？你下班了？”话题跳转得太生硬，安之素愣了一下。

叶澜成显然是没了和她说话的兴趣，抬手指了指窗外，让她自己看。

安之素顺着看了过去，当看到外面一片漆黑的时候，她还惊了一下，天都黑了，她竟然全然不知。

叶澜成很快就关了电脑，收拾了几份文件装进公文包里，也顺带把安之素的设计稿一起装了进去。

安之素见此，也麻溜地收拾了一下自己，抓起手提包跟着叶澜成往办公室外面走。

他们坐电梯到了一楼，走出公司，直接上了安之素开来的车。

安之素坐在副驾驶座上，讨好地说道："我请你吃饭吧，这么晚了，回去做也麻烦。"

"不麻烦。"叶澜成除非必要，一般还是喜欢自己在家做吃的，外面的饭，他吃不惯。

安之素耸肩道："好吧。"

车子一路疾驰，这会儿也不堵车，半个小时就到了家，夫妻俩从车库上来，叶澜成把公文包和大衣都递给了安之素，自己卷起袖子进了厨房。

叶澜成今晚没打算做什么复杂的饭，安之素进来的时候，看到他正在煮面，已经有香味扑鼻而来，她把脑袋凑了过来，问道："煮的什么面？"

"海参鲍鱼面，简单地吃一点。"叶澜成看了她一眼，似是在问她的意见。

又是海参又是鲍鱼的，这还叫简单，难道简单的定义不是西红柿鸡蛋面吗？

"难怪你上次看不上我做的西红柿鸡蛋面。"安之素撇撇嘴，鲍鱼什么的，她会吃，做就完全不懂了。

叶澜成轻笑了声，注意力全放在煮面上。

安之素又凑过来，要求道："能给我在面里面加一个荷包蛋吗？"

"不能。"叶澜成拒绝得很干脆。

安之素瞪眼道："为什么？我现在连要求吃个荷包蛋都不行了？"

“不配。”叶澜成给了她两个字。

安之素嘴角一抽，就是荷包蛋配不上鲍鱼海参的意思咯？

“不管，我就想吃，没有荷包蛋的面是不完整的。”安之素才不管配不配，极力要求这点福利待遇。

“加了蛋在里面会串味。”叶澜成也坚持自己美食的完整性。

安之素不是那么固执的人，退而求其次：“那你能另外给我煎一个荷包蛋吗？”

“可以。”叶澜成这下倒是答应了。

安之素满足了，拿了两个鸡蛋递给他：“喏，你一个我一个。”

“我不吃。”叶澜成只接了一个鸡蛋。

“那我吃俩。”安之素又强行把另外一个鸡蛋塞过去。

叶澜成很是无奈地接过了第二个鸡蛋，拿出平底锅，开了火，倒油，开始煎蛋。

安之素在一旁偷师，想学学叶澜成是怎么把鸡蛋煎得黄白分明又好吃的，她上次给叶澜成煮面，硬是毁了好多鸡蛋才勉强煎出来一个。

“煎蛋的时候油不能放太多，适量就行了，火也不能开太大，小火即可。也不要等油很热了再打鸡蛋，那样鸡蛋容易焦，油温差不多的时候就可以打鸡蛋了。”叶澜成说着已经熟练地磕碎了鸡蛋，打进了平底锅里。

“刺啦——”

一声油炸声响起，蛋清从平底锅的中间朝四周铺开，叶澜成一只手轻摇平底锅，一只手用锅铲将鸡蛋翻了一个面。

他放的油量刚刚好，鸡蛋把油全部吸收了，又圆又金黄的荷包蛋不到一分钟就出锅了，卖相非常好。

安之素佩服不已，不由得说：“叶澜成，你真是一个被当总裁耽误的厨子。以后要是你破产了，去开餐厅都能赚到钱。”

叶澜成真想拿锅铲子撬开她的脑袋，看看里面都是什么，她就不能盼着他好？

“我可没有诅咒你的意思，我就是觉得你很厉害，很少有男人像你这么会做饭。”安之素看到叶澜成的脸黑了，赶紧补救道。

叶澜成“呵”了声：“说得好像你见过很多男人似的。”

“没有没有。”安之素赶紧摇头，“就你和我爸，我爸还不如我呢，他连西红柿鸡蛋面都不会煮。”

说着，脑海里忽然又闪过一张快要模糊的脸，她愣了一下，还有贺思翰，那也是一个很会做饭的男人，只是他做饭大都偏家常，不像叶澜成，会做很多精致的菜肴，连煎蛋都煎得像是用机器煎出来的一样，没有一点瑕疵。

“刺啦——”

她这么一走神的工夫，叶澜成已经把第二个鸡蛋打进了锅里。她猛然回神，脑海里那张脸骤然消失。

“去拿两个碗出来，面也好了，可以吃饭了。”叶澜成像是没有注意到她的走神，垂着视线看着锅里的煎蛋，吩咐了一句。

安之素忙转身去碗柜拿碗。

夫妻俩简单地吃了一顿晚饭，饭后安之素承包了洗碗的家务，叶澜成也没和她抢，直接去书房加班了。

安之素收拾完厨房出来，没有急着回房间休息，而是去了后院的花房，取了一匹布出来，开始剪裁第二套旗袍的样式。

夫妻俩各忙各的，一直到将近十二点，叶澜成才忙完回房，本以为小妻子这会儿已经睡着了，但没想到房间里空空如也，床上的被子也整整齐齐，小妻子并不在房间里。

叶澜成心念一动就猜到小妻子去了哪儿，他迈步朝着卧室的阳台走去，站在阳台上就能看到花房，果不其然，安之素正在花房里忙碌着。

他种的花都开得很好，安之素站在花花绿绿的花丛里，成了唯一的点缀，将她衬托得像个花仙子，他看痴了，过了良久才回神。

回神之后，叶澜成没去喊她回来睡觉，结婚几个月，他多少还是知道一点她的习惯，工作没有忙完，喊她休息她也不会搭理。如果强行终止了她的工作，她还会发脾气，能好几天不和他说话，他领教过一次，从那之后也就不强求她了。

他自己先去浴室洗漱了一番，披着浴袍出来的时候，安之素还没有回来，他便径自上了床，拿起一本书翻看起来。

寂静的深夜，房内只剩下翻动书页的声音，柔和又静谧。

安之素是在半夜一点回到的房间，她寻思着叶澜成已经睡下了，所以进来的时候尽量不发出声音。她进来之后，果然发现叶澜成已经睡下了，躺在属于他的那边，睡得规规矩矩的。

叶澜成睡觉一向如此，不像安之素，喜欢侧躺蜷缩着，一晚上能来回翻好几次身，总之就是不能一个姿势安稳地睡到天亮。

安之素还经常在心里吐槽叶澜成这种睡姿像挺尸，不过好像只要她也躺在床上的时候，他很少会这样睡，大部分时间都是侧身抱着她，就是翻身平躺着，手还是会抱着她。

安之素渐渐发现，自己好像越来越贪恋被他抱着睡觉的感觉了，似乎也是从结婚之后，她就没怎么做过那些噩梦了。

想着这些，安之素打了一个哈欠，赶紧拿了睡衣去浴室，很快就洗好了澡出来，轻手轻脚地爬上床，怕吵醒叶澜成，只轻轻掀开一角被子，在另外一边躺了下去。

下一秒，一只长臂就伸了过来，揽住了她的腰，轻而易举地把她拖进了一个怀抱。同一款沐浴露的香气袭来，安之素微微一笑，转过身，面对着他，趴在他怀里。

叶澜成并没有醒，他只是感觉安之素回来了，所以习惯性地把她抱进怀里，感受到怀里的实在感，他睡得更沉了。

安之素嘴角扬着笑，轻轻闭眼，就着鼻尖沐浴露的香味，很快就进入了睡眠。

时间过得飞快，一个星期后，素嬛赶制出了第一件旗袍戏服。戏服一出来，剧组那边就给木歌设计了戏妆，紧接着《大清格格》这部电影的官宣定妆照就在微博上发布了。

黎臣在业界的口碑一向好，加上又是夏景泽主演，连配角都是叶晴这位影后，流量不用刷就滚滚而来。

木歌这个名字也几乎是一夜爆红了，毕竟能够被黎臣看上的新人，还能在众星云集的电影里当女主，如果不是运气太好，那就是背景太强大。

不过狗仔们挖了几天也没挖出木歌的背景，就默认她是运气太好的原因，断言她将会一炮而红，成为新晋的黎女郎。

同时，与木歌一样备受关注的还有素嬛工作室，定妆照刚发出来，素嬛工作室紧跟着就单独发了木歌的九宫格图片，她本身长得就很古典，气质也清贵，穿着精心制作的纯手工刺绣旗袍，美得不像凡人。

素嬛工作室上百万条评论，几乎全是对木歌这件戏服的夸赞，素嬛工作室短短几个小时就上了热搜排行榜的第二名。

素嬛工作室内。

赵玉、前台姑娘、许宝珠、谢欣妍和涂小亭一群姑娘抱着手机刷微博，她们翻看着微博下面的评论，脸上全笑开了花。

安之素提着下午茶来的时候，姑娘们欢呼着去抢。她们和安之素相处久了，也没了最初的客气，每次安之素请她们吃下午茶，她们都欢天喜地地抢，一点儿也不需要安之素招呼。

"安姐，我觉得我们要火了，你看到了吗？微博上一片好评，我们的工作室未开先火了呢。"许宝珠抢了一块抹茶蛋糕，一边吃一边高兴地和安之素说道。

谢欣妍跟着欢呼道："我觉得我们很快就要接订单接到手软了。"

"嗯嗯，数钱也可以数到手软了，哈哈。"涂小亭俏皮地连连点头。

赵玉在她脑门上敲了一下："瞧你这小财迷的样儿。"

涂小亭伸出舌头吐了吐，然后舔了舔蛋糕上的奶油，像只小狗似的，把大家都逗笑了。

安之素拿起一杯咖啡举起来，说道："最近大家辛苦了，后面还有几套戏服要赶制出来，还有得忙，我们再接再厉，预祝我们工作室生意兴隆，订单满天飞。"

"生意兴隆。"

“订单满天飞。”

“红红火火。”

“干杯。”

吃完下午茶之后，谢欣妍、许宝珠和涂小亭就继续去忙了。前台妹子孟曼妮也去忙了，她负责管理工作室的微博账号，经营公众账号大有学问，她显然经验丰富，把工作室微博的粉丝们维护得很稳定。

赵玉跟着安之素去了办公室，和她说起了后天工作室正式开业的事宜：“安小姐，我和夏景泽的助理，以及木歌的助理都确认过了，他们可以来参加开业仪式，也很愿意为我们宣传，会在明天公布这个行程，届时会有一些媒体和粉丝到场，场面一定会很热闹。”

安之素点头，叮嘱道：“安保公司那边再确认一下，一定要确保现场的安全。”

“好的，安小姐放心，当天的安保工作我已经再三确认过了。”赵玉是一个非常谨慎的人，安之素把开业事宜全权交给她也很放心。

“辛苦了，这段时间你一直在忙开业的事，周末也没有休息，等开业过后，再好好给你放个假。”安之素点头说道。

赵玉微笑道：“谢谢安小姐。”

这也是赵玉喜欢安之素的原因，她其实并不是一个有经验的老板，但一直在努力地去学习怎么当一个管理者。她用她自己的方式获取了工作室一群姑娘的喜欢，这大概就是人格魅力吧，即使没有那么多技巧，也能让人心甘情愿为她做事。

次日，素嬛工作室的官微就发了一条“工作室正式开业，有幸邀请《大清格格》的男女主角来剪彩”的微博。

夏景泽和木歌第一时间转发了这条微博，确认了消息的真实性。

夏景泽的粉丝量本就非常庞大，这条微博一发，又给素嬛工作室免费宣传了一波。粉丝们纷纷在下面评论，表示想去开业仪式上看夏景泽本人。

木歌的粉丝虽然比不上夏景泽，但《大清格格》的定妆照出来之后，她的颜值也迅速吸引了不少粉丝，想要去开业仪式上看她的粉丝也有很多。

几家欢喜几家愁，在安之素风生水起的时候，杨兮躲在微博后面，嫉妒得眼睛都发红了。她给夏景泽当了两三年的御用设计师，夏景泽从来没有在镜头前提过她的名字，更没有给她宣传过，每次她自己的团队宣传的时候，夏景泽也从来不配合。

可是轮到安之素，夏景泽把自己贴上去给她宣传，给她造势，给她铺了一条康庄大道。安之素踩着夏景泽给她铺的康庄大道，走得顺风顺水，工作室还没开业就已经名声大噪，娱乐圈、设计界，几乎无人不知。

杨兮嫉妒得快要发疯，为什么总是这样，她到底哪里不如安之素，为什么男人眼里只能看到安之素的漂亮和才华？以前的贺思翰如此，现在的夏景泽又是如此。

不公平，太不公平了。

杨兮把平板电脑扔到桌子上，发出了“砰”的一声巨响，等心情平复之后，她才拿起手机，给安听暖打了一通电话。

安听暖这段时间都在跟着集团的一位副总熟悉集团的工作，她工作认真，又从来不摆大小姐的架子，很得副总的欣赏。副总出去谈生意都会带着她，一方面是带她熟悉业务，一方面也是给她引荐人脉，让她认识更多生意场上的人，这对她以后接手集团百利而无一害。

安听暖从来都是一个分得清孰轻孰重的人，她很清楚自己目前要做的事就是在集团立足，博得董事会里几位有实权的副总的欣赏，只有在公司笼络到更多的人心，她以后接手集团才更方便。

因此这段时间，她都无心关注安之素的事。不过她不关注，自然有人替她关注，叶晴和杨兮都会跟她说。

看到杨兮打来电话，安听暖就知道，一定是安之素那边又有了新情况，杨兮按捺不住了。

她刚陪副总见完客户回来，虽然只是一个助理，但毕竟身份摆在那里，自己的办公室还是有的，此时她就坐在自己独立的助理办公室里，面前是刚煮好的咖啡，散发着浓浓的咖啡香，是她亲手煮的，深得萧睿的喜欢。

安听暖端起咖啡轻抿了一口，有点苦，不是她喜欢的口味，但这么多年强迫自己喝下来，也已经习惯了。她只喝了一口就放下了杯子，这才不紧不慢地接通杨兮的电话。

“杨兮，什么事？”电话接通，安听暖明知故问。

杨兮没有她这么淡定，焦急地说道：“听暖，安之素的工作室明天就要开业了，夏景泽也会去给她捧场，我们就什么都不做吗？”

这件事安听暖自然也是知道的，她淡定地反问道：“你想做什么？”

“做什么都行，总不能让她这么顺顺利利地开业吧。”杨兮说着试探地问道，“叶晴那边，不打算做点什么吗？”

“杨兮……”听懂了她意思的安听暖声音微微沉了几分，“杀鸡焉用宰牛刀的道理，你不懂吗？”

杨兮听出了安听暖的不悦，声音弱了几分，却仍不甘地说道：“我就是不想看到她这么顺风顺水，不然五年前我们做的那些事，岂不是就没有意义了？”

“闭嘴！”安听暖倏然沉了脸，语气有些严厉，“五年前我们做什么了吗？不过是向警察提供了一些安之素酒后撞人的证据，除此之外，我们还做什么了吗？”

杨兮被安听暖训斥得心里咯噔了一下，下意识看向办公室外面，透过厚重的磨砂玻璃能够看到外面没有人，她这才松了一口气。

“对……对不起，听暖，我说错话了，我以后再也不说了。”意识到自己嘴快说错了话，杨兮赶紧道歉。

安听暖微微缓和了语气：“杨兮，那件事，你必须三缄其口，不要一被安之素刺激就口无遮拦。宋佳人到现在还没有放弃给安之素翻案，你别被她们抓到了把柄，否则，我们都会万劫不复，明白了吗？”

“明……明白了。”杨兮脸色苍白地点头。她比谁都清楚，一旦五年前的真相被翻出来，她和安听暖，一个也逃不了。

“行了，你就是沉不住气，不就是一个工作室开业吗，利用媒体炒作，一旦热度下去，就会像一颗石子沉入大海，有什么好紧张的。”安听暖恩威并施，安抚了她几句。

杨兮说道：“我知道，我就是有点不甘心。”

安听暖一只手拿着手机，另外一只手握着咖啡杯，玉葱般的食指轻轻在杯沿摩挲着，好一会儿之后，她才状似随意地问道：“你和贺思翰的妹妹，最近还联系吗？”

“思怡？”安听暖突然问起贺思怡，杨兮蓦然愣了一下，然后足足过了好几秒，她才猛然明白过来安听暖的“深意”。

“说起来，也有段时间没联系了，我晚上有空，顺便去看看她吧。”杨兮收到安听暖传递的讯号，很快应了声。

安听暖“嗯”了声，挂了她的电话。

她这边刚刚挂断杨兮的电话，桌子上的座机就响了，一看是副总办公室打来的，她没有耽误就接了起来。

“王副总。”

“听暖啊，说了多少遍了，你叫我王叔叔就行了。”那边王副总爽朗的笑声传来。

安听暖坚持道：“在公司里，我还是叫您王副总比较好，下了班，您就是想让我叫，我也要赖着叫王叔叔。”

“哈哈哈。”王副总的笑声又传了过来，而后才说道，“你呀，真是不错，有集团继承人的风范。告诉你一个好消息，客户那边传来了合作意向合同，他们愿意跟我们合作，可都是你的功劳啊！”

听到这个好消息，安听暖的脸上也露出了笑：“王副总，您过奖了，这是整个团队的功劳，我其实什么都没做。”

“哎，王叔叔知道你的能力，你就别谦虚了。合同我已经发到你邮箱了，你打印出来，拿去给你爸过目，没问题就让他签个字，这个合作就达成了。”王副总又满意地说道。

“谢谢王副总夸奖，我马上拿去给董事长看。”安听暖谦虚地挂了电话。

她把邮箱里的合同书打印了出来，脚步轻快地走向董事长办公室，本想直接推门进去，可手刚抬起来，里面的对话声就传了出来，她下意识收回了手。

“董事长，这是大小姐工作室的地址，大小姐的工作室明天开业。”办公室内，安博远的司机老周把一张名片放到了办公桌上，正是素嬛工作室的名片。

这张小小的名片做得非常别致，中国风的设计，上面印着一件旗袍，还有素嬛工作室的商标，是安博远熟悉的梅花扣。这个标志还是当年他和前妻素颜一起设计的，因为素颜钟爱梅花，所以素嬛从成立之初，一直用的都是梅花扣作为商标。

看着那小小的梅花扣商标，安博远难免想起已经过世多年的前妻，也难免心生愧疚。

“董事长，明天大小姐的工作室开业，您要去吗？”老周给安博远开车开了十多年，多少能猜到老板的心思。

安博远暗自吸了下鼻子，将涌上来的伤感压了下去，视线扫过那名片上的地址，叹气道：“我就不去了，她大概也不想看见我。明天，你替我送一份礼物过去吧。”

“是，董事长，那送什么？”老周知道这父女俩关系如履薄冰，也不敢劝安博远亲自去，只是尽职地询问了一句。

安博远略微想了一下，片刻后从抽屉里拿出了一张支票，在上面填了一个数字，签了名，递给老周。

“这……”老周接过了支票，有些诧异，没想到老板会直接送钱。

“你明天给之素送去吧，她没有什么钱，工作室刚开业，用钱的地方也多。你再帮我带一句话给她，要是手头紧的话，再给我打电话。”安博远叮嘱道。

老周忙应了声：“董事长放心，我明天一定送过去。”

安博远点点头，摆手道：“没什么事了，你出去吧。”

老周又应了声，这才将支票小心翼翼地收进口袋里，朝着门口走去。

“咚咚咚！”

“进来。”安博远应了一声。

安听暖推门而入，看到老周，一副很意外的样子：“老周，你也在啊！”

“二小姐。”老周恭敬地点了下头，侧了侧身，让安听暖先进来。

安听暖微笑着走了进来，老周随后才出去，给他们带上了门。

安博远看到是安听暖来找自己，把那张名片塞进了一份文件里。

安听暖假装没有看到安博远的动作，拿着文件，笑盈盈地走了过去。

“爸，这里有份合同需要你过目签字。”安听暖把手里的文件递到了桌子上。

“好，我现在看看，你先坐。什么文件？”安博远露出了温和的笑意，让安听暖坐下等。

安听暖一边坐下一边说道：“是今天王副总带我去谈的那个合作案，对方答应跟我们合作了，这是他们发来的合作意向书。”

安博远一听就露出了欢喜和赞赏，嘴上也不吝啬地夸赞道：“听暖就是厉害，这才来公司上班没几天就签了一个大单子，爸爸真高兴。”

“这都是王副总的功劳，我可不敢在爸爸面前邀功。”安听暖一副不敢居功的样子，很讨人喜欢。

“你是我女儿，你有多大的能力，爸爸还能不知道吗？你再跟着王副总磨炼磨炼，爸爸就把你调上来。”安博远说着，翻开那文件看了起来。

安听暖说道：“爸，我不觉得委屈。我对集团的业务不熟悉，多在基层实习一下挺好的，我还想等跟着王副总熟悉完他那个部门的业务之后，再去其他部门实习一下呢。等我把集团所有部门都实习一遍之后再调上来，跟爸爸学管理。”

这番话听得安博远非常欣慰和高兴，他一边看文件一边说道："这倒也不用，王副总管的就是综合部门，你跟他实习，就能熟悉其他部门的业务了。爸爸都计划好了，你先跟着他熟悉集团业务，等年后，爸爸就把你调到管理层。"

"好，那我听爸爸的安排。"安听暖进退有度，乖巧地应答。

安博远又是满意一笑，快速又仔细地把合同看了一遍，最后在下面签了字。

安听暖接回了合同，却没有急着离开，而是一副欲言又止的样子。

"怎么了？有事和爸爸说？"安博远看出了她的欲言又止，笑问，"有什么事不好意思跟爸爸开口的？"

安听暖咬了咬嘴唇，微微垂下了头，又纠结了好一会儿才开口："爸，我说了，你可不能生气啊！"

"爸爸哪里舍得生你的气，你这么乖，什么时候让爸爸生气过？说吧，爸爸不生气。"

安听暖得了免死金牌，才继续说道："爸，我听说姐姐自己开了一个工作室，明天就正式开业了。我……我想去给姐姐道个喜，但又怕姐姐看见我生气。姐姐因为那件事，一直记恨我。我也知道错了，一直想亲口和她说声对不起。爸，我……我能去吗？"

安博远一听安听暖说的是这件事，温和的神色略微沉了几分。

"爸，你别生气，我……我不去就是了。"安听暖很会察言观色，一见安博远变了脸色，马上露出害怕的表情。

安博远见自己把小女儿吓着了，又忙把神色调整了回来，说道："听暖，爸爸没有生气。你也不用一直为那件事自责，她是你姐姐没错，但她做错了事，的确该受到法律的惩罚，你没有错。你姐姐脾气倔，好在你性子柔和，愿意包容她。你这么懂事，爸爸很欣慰。"

安听暖连连摇头，神色自责不已："爸，我真的后悔了，我不该被警察一吓唬就说出那些话，如果我……我能够帮姐姐隐瞒那些事，姐姐就不会被抓走了。"

说着，安听暖的眼睛里就蒙上了一层泪水，眼看眼泪就要滚落出来，让安博远看了半点责备的话也说不出口。

“好了，那件事就别说了，你那时候也小，那么多警察盘问你，你哪里想得到那么周全。事情都过去这么多年了，就不要再提了。”安博远抽了几张纸巾递给她，让她擦擦眼泪。

安听暖接过纸巾，吸了吸鼻子，说道：“对不起，爸，我不该说这些让你不开心的话。我……我就是想明天去姐姐的工作室看看，看看有没有需要我帮忙的。姐姐一个人开工作室一定很辛苦，我想着要是能帮她分担一点，也能让她少辛苦一点。”

“你有这个心就行了，她明天工作室开业，必然也忙，怕是没有时间招呼你，你明天就别去了吧，等以后找个合适的时间再去。”安博远委婉地打消了安听暖的这个想法，他自己都不敢去给安之素添堵，又怎么会同意安听暖去。

安听暖装出一副不敢忤逆安博远的样子，咬唇点点头，样子又有点委屈，像是想和姐姐亲近，但是姐姐又不喜欢她一样。

安博远的心又软了下来，他从抽屉里拿出了一本册子递给安听暖，语气温和地说道：“过些天有个义卖会，这是宣传册和邀请函，你拿回去看看。爸爸就不参加了，你替我去吧。多在圈子里露露脸，方便你结交人脉。”

安听暖接过安博远递来的册子，嘴角弯起好看的弧度：“谢谢爸爸。”

第十三章 重量级嘉宾

夜幕降临，但夜色并没有掩盖白天的喧嚣，反而为形形色色的人笼罩上了一层保护色。他们脱下束缚了身体一天的职业装，换上自己喜欢的衣服，在夜色的掩饰下，尽情宣泄自己对生活的不满。

而酒吧，历来都是一个深受欢迎的地方，在S市的一条酒吧街上，各色酒吧林立，几乎每家酒吧都是入夜就爆满，座无虚席。

今晚的杨兮也换了一身装束，穿着略显性感的衣服，化着浓妆，涂着烈焰红唇，走进了一家名叫“夜嗨”的酒吧。

一入酒吧，人声鼎沸，音乐声震耳欲聋，五颜六色的灯光交织在一起，明亮又晃眼，离得稍微远点，便根本看不清彼此的样貌。

杨兮本身长得就还行，再加上会打扮、身材好，一进酒吧很快就引起了男人们的注意。好几个男人过来搭讪，不过都被她拒绝了，她一直朝着里面走，视线来回扫动，像是在寻找什么人。

“嗨！”

正当杨兮左顾右盼的时候，有人从背后拍了她一下，熟悉的声音传入耳朵，她回头一笑：“思怡。”

贺思怡浓妆艳抹，穿着兔女郎的装扮，头上还戴着一对兔耳朵，性感又可爱，她拉着杨兮往一个卡座走去：“兮姐，你再不来，这卡座我就留不住了，刚才好几个客人要坐，我都挡住了，还被经理训了一顿，幸好你来了。”

“既然答应你来捧场，我肯定不会失约的。”杨兮笑着坐到了卡座里，也拉着贺思怡坐了下来，看到她身上的装扮，皱了皱眉，“思怡，你怎么穿成这样？这里这么多男人，太危险了。”

“这里的服务员都这么穿啊！”贺思怡抬手拨弄了两下兔耳朵，不在意地说道，“没人敢占我便宜，放心吧兮姐，我混迹酒吧多年，知道怎么保护好自己。”

“你……”杨兮被她的话噎了一下。

贺思怡赶紧转移话题，拿过酒水单嬉笑着问道：“兮姐，想喝什么啊？我们这里有几款鸡尾酒都不错。”

杨兮一副无奈的样子，只好顺着她的话题，看了一眼酒水单，说道：“来几瓶威士忌吧。”

“威士忌？”贺思怡惊讶道，“兮姐，那可是烈酒，你还要来几瓶？半瓶下肚你就得醉了，还是喝鸡尾酒吧。”

“我今天不想喝鸡尾酒，你就去拿威士忌吧，喝不完我带走。给你捧场，点一瓶算什么事。你们这儿的卡座也是有最低消费的吧，你再看着上一些果盘和小吃，我晚上也没吃什么东西，你陪我吃点喝点。”杨兮说道。

贺思怡立刻就觉察到了杨兮的不对劲：“兮姐，你心情不好吗？”

杨兮也没否认，点了下头。

“怎么了？谁欺负你了？兮姐，你和我说，我帮你出气，竟敢欺负我兮姐。”贺思怡顿时变得凶神恶煞，好像现在就能去给杨兮出气。

杨兮笑着摸了摸她的兔耳朵：“一点工作上的事，去拿酒吧，陪我喝酒就好了。”

贺思怡见她不想说，也就没有再问，站起来道：“我去去就回来。兮姐，这里臭男人太多了，他们看你长得漂亮就想占你便宜，你可别乱跑啊！”

杨兮笑了起来："行，小唠叨，我知道了。"

贺思怡这才转身跑去了吧台，先让酒保送五瓶威士忌去卡座，又跑去后厨，让厨师切一个大果盘，又亲手给杨兮装了几碟小吃，切了几块小蛋糕，最后推着小推车回到卡座。

她回来的时候，杨兮自己已经喝上了，而且是小半瓶都没了。

贺思怡吓了一跳，忙夺了她的酒杯，有点生气道："兮姐，你喝这么急很容易醉的。你还说晚上没怎么吃东西，空腹喝酒容易伤胃，我都给你准备小蛋糕了，你就不能等我回来？这么大了还不省心，还说我不会照顾自己，我看不会照顾自己的是你还差不多。"

贺思怡板着小脸，絮絮叨叨地说了一大堆，念叨着也没耽误她把一个装着精致小蛋糕的盘子递给杨兮："快点先吃了，不然不让你喝了。"

"好，我吃。"杨兮脸上露出感动的表情，拿起小叉子吃了几口，吃着吃着，眼泪就下来了。

"兮姐，你怎么哭了？"贺思怡看到她突然哭了，吓了一跳，越发感觉到她今晚心情很差。

杨兮的眼泪吧嗒吧嗒落在蛋糕上，很快盘子里的一小块蛋糕都不能吃了。

"兮姐，你怎么了？你说话啊，你别吓我啊！"贺思怡认识杨兮这几年，除了她哥哥死的时候，她还从来没有见杨兮哭过。

"思怡，给我倒杯酒吧，我只想喝点酒，别逼我吃东西，我吃不下。"杨兮的哭声中带着哀求。

贺思怡赶紧给她倒了杯酒，她端起酒杯一饮而尽，然后又让贺思怡给她倒酒。

贺思怡担心却又没办法，只好一杯又一杯地给她倒。

杨兮一杯接着一杯地喝着，不知道喝到多少杯的时候，忽然一弯腰，难受地吐了出来，好在都吐到了垃圾桶里。

贺思怡心疼地给她拍背，又倒了温水给她漱口。

杨兮摆手："我不要喝水，我要喝酒，我要喝酒。思怡，我好难受，我心里好难受。"

“兮姐，你到底怎么了？”贺思怡像哄孩子似的拍着她的背。

杨兮醉倒在她怀里，说胡话一样自言自语：“我难受，思怡，我想你哥了，我想思翰了。他那么好，那么温柔，我那么爱他，为什么老天对他那么不公平，为什么害死他的罪魁祸首还能逍遥法外，还能随心所欲地生活？不公平，太不公平了，我恨，恨这个不公平的世道。”

杨兮胡言乱语地说了一大堆，贺思怡终于明白，原来她是想哥哥了。

“兮姐，你别这样……哥哥要是看到你这样，他会伤心的。”贺思怡的情绪也被勾动了起来，一边安慰杨兮，一边也红了眼眶。

这个世界上，没有人比她更想念哥哥。哥哥活着的时候，虽然兄妹俩过得很清贫，可是哥哥很疼她，宁愿自己累一点，也不会饿着她，不舍得她吃苦。

后来哥哥死了，她孤苦无依，辍了学，为了生存，只能打工。她又没有学历，只能混迹在各个夜场等龙蛇混杂的地方，为了混口饭吃，每天都过着人不人、鬼不鬼的日子。

贺思怡的恨，比谁都要强烈。

“思怡，我知道我不该在你面前提思翰，可是我真的很痛苦、很恨。安之素那个贱人，明明就是她害死的你哥，可就因为她有精神病，所以可以逃脱法律的制裁。现在她从精神病院出来，又混得风生水起，凭什么？她一个杀人犯，凭什么过得那么好？我好恨，有时候，真的恨不得杀了她，替你哥报仇。”杨兮醉得厉害，说话都语无伦次。

贺思怡敏锐地从她一堆醉话中捕捉到了关键词，她立刻问道：“兮姐，安之素她最近日子过得很顺风顺水？”

贺思怡记得之前听杨兮说过，安之素从精神病院出来之后，安家那边收回了她在安氏集团的股份，她现在也被安家赶出来了，应该过得很不好才对啊，怎么现在又忽然好了？

“思翰、思翰、思翰……我好想你，好想你。你回来好不好？我真的好想你。”杨兮已经彻底醉了，一直在喊贺思翰的名字，没有回答杨兮的问题。

贺思怡的眼睛眯了眯，过了一会儿，她让同事帮她看着杨兮，自己很快回更衣室换下了工作服，跟经理请了假之后，就扶着杨兮出了酒吧。

她在酒吧门口打了出租车，报了杨兮家的地址。

出租车在杨兮家的小区门口停下，贺思怡扶着杨兮下车，从她包里翻出门禁卡，刷开门走进去。

贺思怡来过杨兮家很多次，扶着杨兮走进单元楼，上电梯，按了楼层，直接来到了杨兮家门口。

用杨兮放在包里的钥匙开了门，贺思怡又扶着杨兮去了卧室，把杨兮安放到床上，她也出了一身汗，累得坐在地上喘气。

“啪嗒！”

杨兮的手包从床上滑落了下来，里面的东西从拉开的包口里一股脑地落到了地上。

贺思怡只好给杨兮一一捡起来塞回包里，然后捡着捡着，动作忽然就停顿了一下，她把刚刚塞回包里的名片又拿了出来，仔细看了眼名片上的内容。

素嬛工作室。

贺思怡现在对名字里带素的都很敏感，她的脑子转得很快，想起杨兮今晚的反应和她说的醉话，忽然就联想到了一个可能。

贺思怡立刻拿出了自己包里的手机，打开网页，在搜索框里输入了“素嬛工作室”五个字。

搜索出来的结果非常多，贺思怡打开了置顶的网页链接，进入之后就是一个微博主页，博主的名字就叫素嬛工作室。

贺思怡点开微博的动态，一条一条往下翻看，全部都是关于素嬛工作室的实时动态，最新的那条就是关于工作室正式开业的通知。

原来杨兮说安之素最近混得风生水起，就是指的这间工作室，那么多明星大咖助阵，还没开业就火了，还真是够顺风顺水的。

贺思怡握紧了手机，眼底的恨意升起。她又看了眼那名片上的地址，将那地址铭记在心，然后拨了一通电话出去。

那边的人倒是很快接通了，电话里很吵，还夹杂着呼呼的风声：“阿思，怎么想起来给我打电话了？”

“好久没见厉哥了，想你了呗。厉哥在哪儿呢？”贺思怡语气轻佻地说道。

那边的人哈哈一笑，说道：“我在盘龙山呢，想我就来玩几把吧。”

“我一猜就知道厉哥在那儿，行，我很快就到。”贺思怡挂了电话，将那张名片塞回了杨兮包里，把剩下的东西也胡乱塞了回去，拉上拉链，给她放到了一旁的椅子上。

弄好了这些，贺思怡又给杨兮盖上了被子，说了句：“兮姐，我不会让安之素好过的，她不配。”

说完这句话，贺思怡就急匆匆离开了杨兮家。

随着一道大门关闭的声音传来，本该醉得不省人事的杨兮忽然睁开了眼睛，那双眼睛里哪里还有醉意，分明只剩下恶毒。

素嬛工作室开业这天在皇历上是个好日子，宋佳人举着手机给安之素念皇历上的注释：“哇，之素宝贝，今天真是个好日子呢。你看这上面的注释，宜开市、宜交易、宜纳财，好日子啊！”

“你什么时候也信这个了？”安之素从她怀里接过她带来的那束大大的花，脸上满是开心的笑容。

宋佳人一抬手搭在了她肩膀上，笑道：“大吉大利，说点好听的嘛。恭喜啦，我的之素宝贝。”

安之素嘟嘴做了一个亲亲的动作。

宋佳人假意嫌弃地“咦”了声，抖了抖身子，说道：“你别亲我，被叶少看到了，我的小命就不保了。”

“他不敢，他充其量只是我的小妾，你才是正房。”安之素作势又要去亲她。

宋佳人赶紧跑开了，哼道：“我们从小穿一条裤子长大的，你以为我不知道你打的什么主意，想把口红涂我脸上，哼，我才不上当。”

“不上当是吧，那我强吻总行吧。”安之素把花束放到了办公桌上，然后就去追宋佳人。

宋佳人“哇”了一声，在办公室里躲着跑。

“哈哈哈，小美人，看你今天往哪儿跑。”安之素今天心情特别好，在宋佳人屁股后面追着。

宋佳人哇哇地躲着，还喊道：“救命啊，抓流氓了。”

“哈哈哈……”安之素被逗笑，笑声充斥着她的办公室。

忽然，门外响起了敲门声，随后赵玉的声音传了进来：“安小姐。”

安之素立刻停下了和宋佳人的打闹，轻咳了两声道：“喀喀，请进。”

赵玉得了允许，推门而入。

“赵姐，是有宾客来了吗？”距离开业仪式还有一段时间，所以安之素把事情都交给了赵玉，宋佳人一来，姐妹俩就躲在办公室说话了。

赵玉说道：“还没有呢，是有一位客人提前来恭贺了，还说有礼物要亲手交给安小姐。”

闻言，安之素疑惑地问道：“什么客人？是我们邀请的吗？”

“那倒不是，我也不认识，是位姓周的先生。”赵玉说道。

“姓周？”安之素仔细想了想，想不起来自己认识什么姓周的人，遂道，“那你请他进来吧。”

赵玉应了声“好”，便转身去请人了。

没一会儿，安之素就见到了那位姓周的客人。

“老周。”看到老周，安之素有些意外。

老周恭敬地朝安之素点了下头：“大小姐，恭喜您的工作室开业，祝大小姐开业大吉，生意兴隆。”

老周给安博远开了十多年车，深受安博远的信任，安之素自然是认识他的，所以几乎一看到他，就猜到是谁让他过来的了。

一想到自己那个爸爸，安之素的神色就有些冷淡了，她淡然说道："是安董让你来的吧。"

"是，大小姐，董事长知道您的工作室今天开业，特意派我来给大小姐送礼物。"老周点头，从口袋里拿出一个信封，递给了安之素。

安之素并不打算接，"呵"了声，说道："我不需要他的礼物，麻烦帮我转告一声，让他管好叶丽姝和安听暖母女俩，不要再来打扰我，就是给我的最好的礼物。"

老周有点尴尬，不知道该怎么接话。这毕竟是老板家的家事，他一个打工的，也没有什么资格评头论足。

想了想，老周干脆把信封放到了桌子上，说道："大小姐，董事长还说了，您要是钱不够用，尽管给董事长打电话。大小姐，今天工作室开业，您别生气，我先告辞了。"

说完这些，老周也没有多作停留，转身离开了办公室。

安之素握了握拳头，目光不悦地盯着那信封。

一只素白的手将信封拿了起来，手的主人正是宋佳人，她一边撕开信封一边道："我倒是有点好奇，你那个爸爸能给你送什么礼物。"

说着，信封被撕开，宋佳人从里面抽出了一张支票，意外地挑了挑眉，嘴唇一张一合地数："个、十、百、千、万、十万……哟，一百万。哎呀，之素宝贝，你在你爸眼里还值一百万呢，不错不错，比我想象的多多了。"

一百万？呵呵，出手真阔绰。

"你回头走的时候帮我还回去吧，顺便帮我带一句话，我安之素命贱，不敢拿这一百万，怕折寿。"安之素讽刺地说道。

宋佳人听出她语气里的自嘲，自然知道她心里不痛快。

堂堂安氏集团名正言顺的大小姐就值一百万，安博远也拿得出手，真是有点欺负人了。

当然，她和安之素也不会知道安博远的考量，他本来是想开一张一千万的支票的，但怕金额太多，安之素不肯要，所以才开了一张一百万的送过来，只是当今天开业的礼物。

“干吗还回去，还回去给叶丽姝和安听暖那对母女花吗？你气傻了吧？”宋佳人往办公桌上一坐，眼珠子骨碌碌地转着，像是在打什么主意。

的确，还回去才是真傻。

“那你帮我处理了吧，你鬼点子多，我实在懒得看见他们的东西。”安之素一点也不想费脑子去想怎么处理安博远给的这一百万。

宋佳人灵光一闪，有了主意，说道：“那还不好办，直接捐给孤儿院好了，以你的名义捐，一箭双雕，怎么样？”

“行，就这么办，捐出去，一分都不留。”安之素闻言，毫不犹豫就点了头。

宋佳人哈哈一笑，将支票收进了自己的手包里，还说道：“下次你爸要是还给你送钱，你记得千万别退回去，给我，我统统帮你花了。”

“好。”安之素被搅坏的心情顿时又好了起来。

宋佳人正要再说些什么逗逗她，就听外面响起了吵闹的声音。

“景泽、景泽、景泽，夏景泽！”

“啊啊啊，夏景泽本人好帅。”

“哇，偶像偶像，看这里，看这里。”

粉丝们欢呼的声音传入了安之素和宋佳人的耳朵里，宋佳人跳下桌子跑到窗户边一看，就看到夏景泽在一群保镖的簇拥下从车上下来，他戴着一副墨镜，看不清眉眼，但从他勾起的嘴角看得出来他在笑。

安之素下楼的时候，正赶上夏景泽从外面进来，他一进来就过来抱了安之素一下，在她耳边低声道：“小嫂子，恭喜恭喜，开业大吉。”

“谢谢。”安之素微笑着回道。

夏景泽又献宝似的指着保镖们抬着的一个半人高的紫水晶摆件说道：“喏，开业大礼，风水摆件，辟邪招财，我花了好大的力气才寻到的，可难得的紫水晶了。”

安之素顺着看了过去，果然是一个挺大的紫水晶摆件，造型也好看，是一个贝壳形，一颗颗紫水晶像钻石一样闪闪发光，观赏价值极高。

“谢谢，我很喜欢。”安之素再次道谢。

夏景泽摆手：“重要的是你喜欢，来来来，你们几个去把这个摆到那个位置上，那个方位聚财，小心点，别摔碎了，碎了就不灵了。”

保镖们不敢大意，小心翼翼地抬着摆件放过去。

“安姐，木歌小姐来了。”许宝珠跑了进来，喊着安之素。

安之素应了声，对夏景泽说道：“景泽，让佳人陪你一会儿啊，我去外面看看。”

“好的好的，你去忙，不用招呼我。”夏景泽摆手，哪儿敢让安之素招呼他，被他澜成哥知道了，不得挨揍啊？

安之素脚步匆匆地走了出去，留下了宋佳人和夏景泽。

宋佳人也没打算招呼夏景泽，径自往旁边的休息室走了去。

夏景泽屁颠屁颠地跟了过去：“小嫂子让你陪我，你怎么自己走了？”

“你是三岁孩子啊，还需要大人陪？”宋佳人忍不过三秒又开始挤对他了，感觉他就长了一张欠挤对的脸。

“不是啊，但我们这不是好久没见了吗，你就陪我说会儿话呗。”夏景泽和她一起进了休息室，挨着她坐了下来。

宋佳人抓起一把瓜子往他手里塞：“乖，嘴闲就吃瓜子吧，我忙着呢。你以为我是你啊，我可是有案子要忙的。”

说着，宋佳人就从随身带的包里翻出一个案宗，她今天是真忙，但安之素的工作室开业，她再忙也要来，于是把案宗带了过来，反正不需要她帮忙招呼，她有点空就想尽快把案宗看完。

夏景泽接过了瓜子，一边嗑着，一边伸着头去看她手里的案宗，看了两行发现全是专业术语，他一个也没看懂，于是发挥了十万个为什么的精神，开口问道：“什么是非诉讼调解？”

“就是请律师以非诉讼的方式达成和解。”宋佳人头也不抬地给他解释。

夏景泽“哦”了声，又问道：“那什么是有限否定？”

“有限否定，指被告在答辩中对原告的主张因缺乏确定性而不足以作出答辩的否认。”宋佳人给了一个十分专业的翻译。

夏景泽愣了下，摇头道：“虽然听不懂，但是感觉好厉害的样子。佳人，你上学的时候肯定是个学霸吧。”

宋佳人没理他了。

“那这个 mistrial 又是什么意思？”夏景泽见宋佳人不理他，又化身好奇宝宝。

“无效审判。”宋佳人没了耐心，瞪了他一眼，“夏景泽，你能不能安静点？”

夏景泽咧嘴一笑：“生什么气嘛，你说咱俩难得见一次，你看什么案宗啊，又没有我好看，你仔细看看我，看我今天有没有什么不同？”

说着，夏景泽还把他那张自认帅裂苍穹的俊脸凑了过去。

宋佳人“呵呵”了声：“更骚了，算吗？”

夏景泽嘴角一抽：“你鼻子失灵了啊，我换香水了，怎么样，好不好闻，是不是比以前更好闻了？”

“哦，怪不得老远就能闻到一股狐狸的臊味，原来是你换香水了。”宋佳人点点头，露出了恍然大悟的神色。

夏景泽：“……”

“宋佳人，我和你说，你说话这么毒，是不可能找到男朋友的。”夏景泽也开始毒舌了。

“不劳你费心，追我的人能绕 S 市一圈。”宋佳人比画了一个画圈的手势。

夏景泽“嘁”了声：“你说的是夏天追你的公蚊子吧。”

“滚蛋。”宋佳人举起手里厚厚的案宗就拍了过去。

这边他们在休息室里斗嘴打闹的时候，外面安之素已经见到了木歌。

她今天打扮得很漂亮，但她咖位没有夏景泽大，出行还没有配保镖，从车上下来的时候，只带了一个助理。

安之素见她没有带保镖，赶紧让几个保安过去保护她，自己也迎了上去。

“木歌。”安之素笑着和她拥抱了一下，“谢谢你今天能过来。”

“这是我的荣幸，祝你开业大吉。”木歌说着指了指助理手里的花篮，“小小心意，别嫌寒酸。”

木歌出道之后还没有拍过戏，黎导的《大清格格》是她的处女作，所以她不能像夏景泽那样，出手那么豪气，只能给安之素送一个花篮。

“你能来就是送我最好的礼物了，什么寒酸不寒酸的，我带你进去休息，参观一下。”安之素让赵玉接了木歌助理的花篮，然后带着木歌进了工作室。

工作室外面搭了一个大舞台，开业仪式开始之前，一直有人在舞台上面跳舞或者唱歌，请了礼仪公司的人暖场，气氛一直很热闹，围观的人非常多。

夏景泽的粉丝更是把工作室周围堵得水泄不通，他们知道开业仪式开始的时候还能见到夏景泽，所以都愿意在这里等着，没人舍得离开。

“之素，你这里的设计好棒。”木歌被安之素领着参观工作室，走了一圈下来，她忍不住赞赏道。

“你也喜欢这种风格吗？”安之素笑着问道。

木歌“嗯嗯”地点头：“简约、大方，优雅又静谧，我太喜欢了。之素，你好有才，我真佩服你。”

“我还佩服你呢，你演技特别好。”安之素是真觉得木歌是个非常有潜力的演员，她觉得木歌很可能因为这部电影一炮而红。

木歌有点害羞地笑了笑，她在熟悉的人面前才会露出本性，她的本性就是一个软软糯糯的女孩，高冷和冷傲都是她的面具。

“安姐、安姐，又来客人了。”安之素和木歌说了一会儿话，外面又有人喊她。

安之素带着歉意道：“木歌，我让人带你去休息室休息，我出去招待一下。”

“好的，你去忙吧。”木歌点点头。

安之素喊了一个礼仪过来，让她招呼木歌，自己就又出去了。

外面来的客人让安之素有点意外，来的是黎臣的助理，王助理也带来了一个花篮，还有一份包装精致的礼物，他笑着向安之素道贺：“安小姐，恭喜恭喜，开业大吉，生意兴隆。黎导今天有事来不了，特意让我替他来道贺。”

安之素赶紧接过花篮道谢：“谢谢王哥，谢谢黎导。”

黎臣的助理，媒体自然也是认识的，立刻把这一幕拍了下来，心想这位工作室的老板娘面子真够大的，不仅夏景泽和木歌来捧场，连黎臣那位向来孤傲不与人来往的大导演都派了助理来。

很快，媒体的镜头里又出现了一辆车，是一辆白色的豪车，而那豪车的车标仿佛明晃晃地闪烁着三个字：我很贵。

看到又有豪车抵达开业现场，媒体的镜头齐刷刷对准了车门，全场的视线也投了过去，大家都很好奇，安之素又请来了什么重量级的人物。

安之素自己也是好奇的，她就邀请了夏景泽和木歌，并没有邀请其他人啊，连王助理来，她都感到挺意外的。

在安之素意外的目光中，白色的豪车缓缓停下，副驾驶座的保镖先下了车，又转身去给后面车内的人打开了车门。

这时候媒体和现场粉丝们的视线都紧盯着那扇打开的车门，很快，一道高大挺拔的身影就从车上走了下来。

“哇！”

现场的媒体人在看清那人的容貌之后，都不禁发出了一声惊呼。

“那不是恒成集团的苏总吗？”在场这么多人，有不少上班族，也有一些在大公司上班的白领，苏夜这张经常出现在财经杂志上的脸，实在太有辨识度了。

媒体也后知后觉地反应过来，急忙拍下苏夜的俊脸。

而苏夜对自己引起的动静没有什么反应，下了车之后，他微微弯腰，朝车里伸出了一只手。然后大家就看到有一只白皙的手搭在了他手心里，他握住了那只白皙的手，将手的主人从车里牵了下来。

看到苏夜还带了女伴过来，大家对他的女伴也很好奇，伸长了脖子去看，很快就看到了一张漂亮的脸蛋。

苏夜带来的女伴当然是他的未婚妻夏宁，夏宁难得没有穿职业装，似乎是因为来参加开业仪式，所以略微打扮了一下，整个人显得比平常还漂亮。

夏宁一下车就打算松开苏夜的手，苏夜却不肯放开，牵着她直接朝着安之素走过去。

安之素看到苏夜的时候就很意外了，此时看到了夏宁，她就更意外了。万万没有想到夏宁也来了，而且是跟苏夜一起来的，这还真是比太阳打西边出来还稀奇。

不过身为东道主，现在不是她稀奇的时候，见他们朝自己走来，她立刻迎了上去："苏夜，夏宁姐。"

夏宁见到安之素，趁机缩回了自己的手，拉住了安之素的手："之素，恭喜你，开业大吉。准备了一点小礼物给你，预祝你以后生意兴隆。"

"谢谢夏宁姐，你们能来，太让我意外了。"安之素接过了夏宁递来的礼物，礼盒很精美，也沉甸甸的，不用想也知道是很贵重的东西。

夏宁微笑着说道："谢就见外了，你开业，我们不来捧场，阿成非要和我们绝交不可。"

"这事他肯定干得出来。"苏夜接着说了一句，也朝安之素道了句"恭喜"，然后让保镖和司机一起把礼物抬过来。

安之素转头看过去，司机和保镖正抬着一个屏风走了过来。那屏风非常精美，是纯红木的木雕屏风，上面雕着山河花鸟，栩栩如生，一看就是出自大师之手。

"谢谢，这屏风很漂亮，我很喜欢。"安之素由衷道谢，将苏夜和夏宁请了进去。

夏景泽听说苏夜和他姐都来了，巴巴地从休息室跑了出来："姐、姐夫，你们今天来怎么不提前和我说，不然我们就能一起了。"

夏宁听他又叫苏夜姐夫，不悦地蹙起了眉头，还瞪了他一眼。

夏景泽果断无视了夏宁的警告。

苏夜假装没有看到夏宁的不悦，说道："一起来还怎么给之素造势，一个一个来，才叫撑场面。"

夏景泽一想，还真是这么个道理，"哇"了声道："还是你们这些商人奸诈，我都没有想到。"

"你傻呗。"宋佳人在一旁说道。

夏景泽"嗷"了声，向安之素控诉："小嫂子，你看她老欺负我。"

"活该，让你嘴贱。"夏宁瞪了他一眼，显然还因为他乱喊姐夫而不满。

宋佳人哈哈大笑："让你再告状。"

夏景泽委屈得像只小奶狗："姐，我可是你亲弟弟。"

"你要不是我亲弟弟，我早就修理你了。"夏宁无情地说道。

夏景泽又"嗷"了声："姐，你就不能多爱我一点点吗？"

"不能。"夏宁又无情拒绝了。

"安小姐，外面又来客人了。"几人正说着话，赵玉又跑了进来。

安之素"啊"了声："还有人来，谁呀？"

她在S市也就认识这么一些人了吧。

"不知道，车子刚刚开过来，你还是亲自出去看看吧。"连安之素都不知道，她就更不知道了。

安之素点点头，跟着赵玉又出去了一趟。

这边安之素刚走出来，那边一辆低调豪华的黑色豪车就缓缓停了下来。

媒体的镜头和大众的视线都落到了那辆豪车上。

那黑色的豪车和刚才苏夜乘坐的那辆白色豪车几乎是不相上下，不用猜也知道又是一个重量级客人。

车里的人还没下来，大众的议论声已经开始了。

"我去，这个工作室的老板也太厉害了，请来了夏景泽，请来了木歌，又有大导演助阵，更有恒成集团的总裁亲临，现在又来一位大佬，这工作室是要上天啊！”

“起点这么高，不火都没天理。”

议论声源源不绝，连本来对这间工作室不感兴趣，纯属冲着夏景泽而来的媒体，现在都开始对工作室和工作室的老板产生了浓厚的兴趣。

此时那豪车的车门在一阵议论声中被打开，首先下来的是一个助理模样的男人，他一脸严肃，下车之后就帮后座的人开了门。

众人都盯着那扇车门，只见先是一条修长笔直的大长腿迈了下来，接着才是一道跟苏夜一样高大挺拔的身影从车上下来。

当那张尊贵冷峻的脸彻底暴露在大众的视线当中的时候，人群中有人狠狠地倒吸了一口冷气：“我的天！”

这是一个女人的惊呼声，她周围的人听到了，忍不住问道：“你认识？”

“我……我当然认识，这……这是我们总裁啊！”那女人既激动又敬畏地说道。

“啊，又是一个总裁？这又是哪家大公司的总裁，比恒成集团还厉害吗？”周围人听到这话，立刻好奇地问道。

那女人傻愣愣地点头：“比起恒成集团，有过之而无不及。那是……我们盛世财团的总裁，叶澜成。”

很多人或许不认识盛世财团的总裁是谁，但是这个集团的名字，可以说只要玩股票的人，都是耳熟能详的，毕竟新手也知道买盛世财团的股票，那可是股市里一支长盛不衰的股票啊！

“原来盛世财团的总裁这么年轻啊，好帅好酷啊！”有女人已经为叶澜成的尊贵冷峻着迷了。

“好低调的总裁啊，好像从来没有在新闻上看到过他。”另外有人说道。

刚才盛世财团的那名女员工说道：“我们叶总很低调的，从不接受任何媒体的采访，我们财团内部的员工，也只有高层能经常见到他，我们这种底层的员工，一年见不到他都是正常的。”

“那是很低调了，难怪这么冷酷，感觉不好亲近的样子。”又有人说道。

女员工点头道：“是啊，真没想到叶总也会来这里。这个工作室的老板太厉害了，竟然能请动我们叶总，要知道我们叶总从来不接受任何开业仪式的邀请，连我们财团旗下的子公司开业，他都不会露面的。”

“你这么一说，我越来越好奇这位女老板的身份了，不会也是哪个有钱人家的千金小姐吧？不然她怎么会认识这么多娱乐圈和商界的大佬，像我们根本没机会认识他们啊！”有好奇心重的人已经开始好奇安之素的身份了。

“哎呀，你们记性真差，这位女老板不是上过新闻吗，虽然那头条上去没多久就被封锁了，但我还记得大致内容呢。”有人说道。

“什么头条？”好多人没有看过那些关于安之素的黑料帖子。

刚才那人说道：“好像说她是某个集团的大小姐，还跟一个设计师闹过矛盾，那设计师开过记者招待会，哭得梨花带雨的，哭诉这位大小姐欺负她什么的。”

“啊，她还真是个千金大小姐啊！”听了这些，其他人露出果然如此的神色。

“应该是吧，不过豪门的那些事，谁说得清楚。估计也是个不受宠的大小姐，不然干吗辛辛苦苦出来创业，等着继承集团不就好了？”刚才那人又说道，还有点同情的味道。

其他人觉得她说得有点道理，现在的富二代，但凡家里宠着的，哪里舍得让他们出来劳累，尤其是女孩子，个个都被当成公主在养。

这些议论声并没有传到安之素的耳朵里，因为她在看到叶澜成的时候已经石化了，她站在原地，一动不动地看着那个男人。

他穿的还是早上她给他搭配的衣服，她记得他说今天有个重要的活动要出席，让她给他搭配一身适合出席的衣服。

她很认真地在衣帽间里搭配了十分钟，才给他配了这一身得体的服饰，此时他穿着她亲手给他搭配的衣服，系着她亲手给他打的领带，朝着她缓缓而来，使得她的心脏不受控制地怦怦乱跳。

原来他说的重要活动就是她的开业典礼。

原来他重视的人，是她啊！

安之素的鼻尖有些发酸了，她从未想过叶澜成会在今天出现，他们的关系还在保密中，很多时候，他无法亲自出面给她撑腰，所以让夏景泽、苏夜代替他，她以为今天也是如此，他只会在背后注视着她。

可是他出现了，在这样一个对于她而言非常重要的日子。他没有缺席，也没有站在背后，就这样光明正大地走到她身边，告诉所有人，他叶澜成也是她的后盾。

叶澜成高大的身影在她身前站立，一片阴影从她头顶笼罩下来，将她整个人笼罩其中，仿佛能够为她挡去所有的风寒。

她微微抬起了头，看着他尊贵冷峻的脸，嘴角渐渐牵起，眼睛也弯成了两个小月牙，露出了他最喜欢看的笑颜。

叶澜成淡漠的眸光中渐渐浮起一抹温暖，他并没有说话，只是把一直抱在手里的那盆与他气质完全不搭的仙人球递给了她。

安之素歪了下头，瞅着他手里的仙人球，有点眼熟，如果没有看错的话，好像是家里花房里的那一盆。

“这是……礼物？”安之素寻思着这不会就是叶澜成送的开业礼物吧。

“嗯。”叶澜成应了声，见她不接，直接拉起了她的手，强行把仙人球塞到了她手里，然后留下内心凌乱的她，大步流星地走进了工作室。

他送仙人球就算了，能不能另外买一个啊，直接从家里拿，也太不走心了吧，真是让人感动不过三秒。

安之素暗自翻了一个白眼。

“安小姐？”赵玉见安之素不动，走过来轻声提醒她。

安之素回神，看向了赵玉。

赵玉问道：“安小姐，还有客人要来吗？没有的话，仪式要开始了。”

“应该没有了，准备一下，开始吧。”安之素想了想说道。

“好的。”赵玉点头，一言难尽地看了眼她手里的仙人球，然后才转身去准备。

“哈哈哈，澜成哥，你就送小嫂子一盆仙人球啊，哈哈哈，嗯，很有创意啊！”夏景泽把刚才的那一幕看在了眼里，看到安之素抱着仙人球进来，忍不住笑出了声，不过还知道压低声音，只能他们这几个人听到。

叶澜成斜睨了他一眼，反问：“你有意见？”

夏景泽的笑声一下子卡壳了，他赶紧把头摇得跟拨浪鼓一样：“没有没有，这个礼物送得好、送得妙，让小嫂子摆在电脑桌上，又养眼又防辐射，棒棒哒。”

安之素把仙人球交给了孟曼妮，让她送到自己办公室里，之后就来请他们出去剪彩了。

本来剪彩仪式只有两个嘉宾，夏景泽和木歌，加上她自己也就三个，但是现在，苏夜和叶澜成也来了，这两位大佬当然也要上去露个脸。

于是剪彩的人从三个变成了五个，赵玉又临时准备了两把剪刀，好在剪刀这玩意儿，工作室也不缺，不然临时去买，又要耽误时间了。

舞台上，五个颜值爆表的俊男靓女同时拿起剪刀，同时剪断了礼仪小姐手中的绸缎。

媒体的镜头将这一幕记录下来，镜头里全是或漂亮或帅气的脸，甚至都不用修图，回去直接就能发通稿。

“让我们再次用热烈的掌声祝贺素嬛工作室正式开业，也感谢四位重量级嘉宾百忙之中前来捧场。”剪彩完成，主持人立刻带动气氛。

台下的众人很给面子，纷纷鼓掌，主持人正要接着说话，一个黑色的不明物体忽然就从台下的人群中飞了过来，咣当一下砸在了舞台上。

这个不明物体来得突然，发出砰的一声巨响，将台上台下的人都惊了一下。

安之素的笑容微微一僵，她朝着台下的众人看去，可是并没有看到是谁丢的东西。对方在这个时候故意丢个东西上来，明显是有意搞破坏。

叶澜成的眸光也沉了几分，锐利的视线同样扫了一圈台下的人。

后台的赵玉反应很快，立马安排了一名保安上去把那袋子拿下来。

保安迅速上了台，伸手去捡地上那黑色的垃圾袋，手下一沉，袋子里像是装了什么沉甸甸的东西，他也没时间去检查，提着就要跳下台，然而他还没迈步，耳边忽然就传来了嘀嘀嘀的声音。

听到这个声音，保安的神色一变，他迅速打开了黑色的垃圾袋，下一秒就条件反射般将袋子丢了出去，大喊道："炸弹！趴下！"

炸弹！

这两个字一喊出来，台上台下所有人的脸色都变了，尖叫声响起，人群一窝蜂地尖叫着逃跑，但由于人太多、太挤，大家都在舞台周围拥挤，使得舞台开始晃动，变得极其不稳定。

安之素的脸煞白一片，几乎是条件反射地想去看看是不是真炸弹，但她刚跑了两步，就被叶澜成猛地拽住了手腕："你干什么？"

"我……"安之素这才反应过来，下一秒就一个转身，用力推了叶澜成一下，"你快跑。"

叶澜成没料到她会突然推自己，一时没防备，被她推出了半米，他再伸手去拽她，可她已经跑开了。

"有炸弹，快跑啊，快跑啊！"

"炸弹，快跑啊！"

"啊，别踩我，别踩我！"

"啊——"

台下的人群已经彻底乱了起来，大家拥挤不已，好些人被绊倒，被人踩踏，发出尖叫。

控场的保安也乱了套，根本没办法指挥大家有序逃跑，还没有来得及做出反应就被人群冲散了，场面失控了。

舞台被挤得摇摇晃晃，苏夜和夏景泽都被保镖迅速拽下了台，老九想要挤上来却被人群给阻拦了，只能大喊着让叶澜成跑，但声音也很快被人群的尖叫声淹没。

安之素这时已经跑到了黑色的垃圾袋前，她扑了上去，打开了垃圾袋，看到里面真的有一颗炸弹，炸弹的计时器上倒计时还有三十秒。

她的大脑里只有一个想法，尽量减轻炸弹爆炸时引起的人员伤亡，于是毫不犹豫地趴在了炸弹上，企图用自己的身体挡住炸弹刚爆炸时爆发的威力。

“安之素！”

她刚扑上去，身后就响起了一声怒吼，下一秒就有一道很大的力气猛地将她扯开。她被扯得翻倒在地，视线里映入叶澜成那张盛怒的俊脸，因为盛怒，冰冷的眼眸里像是积攒了两团怒火。

安之素浑身打了一个激灵，张口要说话，可声音还没从嗓子里出来，耳边就先响起了爆炸声。

第十四章
叶家人

“砰！”

一道震耳欲聋的爆炸声响起，伴随着人群尖锐的喊叫声，刺痛了安之素的耳膜。

安之素的瞳孔狠狠一缩，人已经被叶澜成抱住翻滚着朝台下滚去。

“扑通！”

安之素的后背着地，头却垫在了一双柔软的大手上，身子也被叶澜成紧紧压着，她听到耳边传来叶澜成的闷哼声。

而此时，舞台之上，那炸弹发出震耳欲聋的爆炸声之后，却出乎所有人意料，没有出现预想中的画面。而是有大片大片的彩带像烟花一样从炸弹盒子里弹出，盒子里还响起了一道兴奋的笑声。

“Surprise！”

所有尖叫的、哭泣的、呼喊救命的声音戛然而止，那一双双因为恐惧而变得通红的眼睛全都看着舞台上那些飘舞着的彩带，瞬间愣住了。

这是……恶作剧！

意识到所谓的炸弹只是一场恶作剧之后，所有人同时松了一口气，全都是一副劫后余生的模样。

“呼——”安之素躺在地上，大大松了一口气，此时才惊觉，自己的后背都已经渗出了汗，额头上也满是因紧张而生出的细汗。

同时，一直紧紧护着安之素的叶澜成也松了一口气，一向临危不乱的他，掌心之中也多了一层汗。

“吓死我了，叶澜成，你没事吧？有没有摔着哪里？”安之素推了推身上的叶澜成，询问道。

叶澜成摇头，缓缓坐起，将她也从地上扶起来：“你呢？”

“我还好。”安之素没敢说自己摔得后背有点疼。

叶澜成点点头，正要起身，忽然听到有人喊：“小心！”

“呼——”

紧跟着，头顶有一片阴影盖了下来，像是有什么东西轰然倒塌，夹杂着风声。

安之素面对着叶澜成，刚好能够看到他背后的情况，只见一个粗壮的钢铁架轰然倒塌，朝着他们二人猛然倾倒。

安之素的瞳孔再次狠狠一缩，条件反射地要推开叶澜成，可她的手刚碰到叶澜成的胸口，叶澜成已经先她一步再次抱住她就地一滚。

她只觉得一阵天旋地转，紧跟着轰隆一声，有重力砸下，砸在了叶澜成身上，使得叶澜成的身体猛地下沉，压得她胸口一窒。

周围再次响起了惊叫声，她听到有人喊着叫救护车，有人喊着砸死人了，乱七八糟的声音吵得她的脑子嗡嗡作响。

安之素愣了好几秒，直到脸颊有温热、湿润的触感传来，她猛地睁开眼睛，就见叶澜成的脑袋垂在她脑袋边上，有血从他乌黑的短发间滚落，滴在她的脸颊上，滑落进她的脖颈间。

“大少，大少。”

“澜成哥。”

“阿成。”

好几道熟悉的声音传来，安之素身上一轻，是老九把叶澜成翻了一个身，夏宁和宋佳人也立刻扶着她，让她坐起来：“之素、之素。”

安之素看着叶澜成，鲜血弄脏了他的脸，那双总是情绪淡漠的眼睛紧闭着，她精心给他搭配的衣服也脏了，染满了灰尘，他整个人显得毫无生机。

安之素的脑子嗡地一下炸开了，叶澜成此时此刻的样子，与记忆中贺思翰倒在血泊中的样子重合，贺思翰的脸被叶澜成的脸替换，就像叶澜成倒在了血泊里。

“之素、之素。”宋佳人最先觉察到安之素的不对劲，用力摇晃了她一下。

安之素脑海里的画面被宋佳人摇得支离破碎，叶澜成那张清晰的脸再次映入眼帘，她倏然大喊：“医院，送医院，快去医院。”

老九赶紧将叶澜成背到了肩上，苏夜和夏景泽在后面扶着。夏宁和宋佳人拉起了安之素，安之素的腿都软了，几乎是被两人搀扶着跟上去的。

保镖们已经疏散人群，把车子开了过来，老九把叶澜成小心地放到后座上，安之素也立刻上了车，抱住了叶澜成，手都在发抖。

苏夜和夏宁以及夏景泽、宋佳人上了后面的车，两辆车飞快地朝着最近的医院驶去。

安之素走得急，甚至都来不及安排善后的事，好在赵玉是个有能力的人，马上着手处理善后工作，叫救护车送伤员先去医院。有人报了警，警察来了，赵玉又忙着配合警察调查。

司机将车子开得飞快，一路闯红灯，每次一闪而过的红灯，都让安之素苍白的脸变得更白，她一言不发地抱着叶澜成，眼泪啪嗒啪嗒地落下。

副驾驶座上的老九也是一脸严肃，大少被砸伤了头，血流得虽然不多，但还不知道会不会有颅内出血，他的内心非常自责，是他没有保护好大少和少夫人。

车子终于驶进了医院，一停下，老九立刻下车，背着叶澜成直奔急诊室。

护士最先看到他们，一看到叶澜成头在流血，马上推了一个急救床过来："快快快，把伤员放到床上来。"

老九赶紧把叶澜成放到床上，和安之素一左一右，跟着护士把叶澜成推去急诊室。

后面苏夜等人也追了上来，一行人脚步匆匆地把叶澜成送进了急诊室。

急诊室的医生一边检查一边询问道："姓名、年龄、血型、受伤原因……"

"姓名叶澜成，年龄……"安之素张口就回答，可回答了一个姓名之后，她忽然发现自己竟然不知道剩下的问题的答案。

"年龄三十，血型O型，被钢铁架砸伤了头部。"老九立刻接了话，回答了医生的问题。

医生严肃地点头："知道了，家属都先出去吧。"

安之素是被宋佳人拉出来的，急诊室的门砰的一声关上，安之素瘫坐在走廊的椅子里，抬起双手捂住了脸。

都怪她，是她害了叶澜成，如果不是为了保护她，叶澜成不会被砸伤。

宋佳人揽着她的肩膀，无声地安慰着她。

苏夜走出来之后拿出手机，拨了一个号码。

那边几乎是秒接，语气恭敬地说道："苏总，您好。"

"韩院长，马上安排一个脑科专家到一楼急诊室。"苏夜没有废话，声音低沉地下令。

韩院长一个激灵，都不敢问其他，回道："我马上安排，苏总稍等。"

夏宁看到苏夜挂了电话，才低声安慰安之素："之素，你别怕，这家医院正好是苏夜家的，他已经给院长打了电话，马上有专家过来，阿成会没事的。"

安之素就像没有听到一样，眼泪从指缝间滑落，身体颤抖着。

"没事的，之素，不会有事的，你别多想，千万别多想。"宋佳人心疼坏了，揽着她的肩膀，不停和她说话，想要分散她的注意力。

夏景泽沉默下来，他的眸光间有着不同往日的锐利，然后他忽然抬起头对苏夜说道：“夜哥，这事是有预谋的，是有人故意来砸小嫂子的场子。”

苏夜闻言，给了他一个鄙夷的眼神：“你才想到？”

苏夜没再等他说话，转头直接吩咐老九：“这里有我们看着，你现在马上回去一趟，去查一查这事。”

“是，夜少，麻烦您了。”把叶澜成交给苏夜他们，老九很放心，也知道大少一醒来肯定会让他查这事，所以趁着事情刚发生比较好查，他也不打算错过这个黄金时间。

见老九急匆匆地走了，夏景泽挠挠头，嘀咕了句：“难道真的是我反应慢吗？怎么好像大家都知道？”

苏夜在他脑瓜子上拍了一巴掌，自我同情道：“我怎么有你这么笨的小舅子。”

走廊里有几道脚步声匆匆靠近，苏夜抬起视线看去，就见韩院长带着三四个头发花白的老医生走了过来。

“苏总。”韩院长匆匆走到苏夜跟前，微微朝他一点头，又跟他介绍，“苏总，这些都是我们医院脑科的专家。”

苏夜颔首，语气严肃：“急诊室里面躺着的不是别人，而是盛世财团的总裁，他被钢铁架砸到了头部，你们务必给他仔细检查，确保他清醒无事。”

韩院长一听这话，脊背顿时一寒，忙不迭地点头：“是是是，苏总放心，我们立刻进去。”

韩院长说罢，一秒钟都不敢耽误，马上带着几名专家进入了急诊室。

“之素，专家已经进去了，你勇敢点，叶澜成不会有事的。”宋佳人看到安之素一言不发的样子非常心疼。

安之素终于抬起了视线，却直接越过了宋佳人，紧盯着急诊室紧闭的大门。

夏宁轻拍了下她的手背，给予她无声的安慰。

四人就在走廊里等着，苏夜和夏景泽的保镖们将其他想拍照的病人家属和护士挡在外面，并禁止他们拍照，更是警告他们不要随便发微博，否则将追究他们的法律责任。

病人家属和护士们吓得赶紧收起了手机，只敢站在保镖的警戒外面围观。

时间一分一秒过去，半个小时后，紧闭的急诊室大门忽然被打开，安之素像被按了开关的机器人，倏然从椅子上站起来，朝着出来的医生跑了过去。

“医生，叶澜成怎么样？”安之素迫不及待想要医生给她一个确切的答复。

苏夜等人也走了过来，等着医生阐述叶澜成的情况。

这医生不是一开始的那个急诊室的医生，而是韩院长带来的一名老专家，他慈眉善目地说道：“叶先生的情况不算糟糕，后脑的伤口缝合了三针，颅内并没有淤血和其他伤势，脑震荡是不可避免的，但也不算严重，需要住院观察几天，后续没有问题就可以出院了。”

老专家的话就像一把锤子一样，将安之素悬着的一颗心锤回了心房，她略微松了一口气，又立刻问道：“那他什么时候能醒过来？”

“大概需要三四个小时吧，脑震荡之后的昏睡是正常现象，不必太过担忧。”老专家安慰道。

安之素吸了口气，深深地朝老专家鞠了一躬：“谢谢您，医生。”

老专家连忙摆手道：“这位小姐客气了，这是我们的职责。”

确认叶澜成的情况不算严重之后，他很快就被推去了病房输液，其他人则在外面的会客厅休息。

保镖们都在门外守着，护士也被打发了出去，只剩下自己人了，说话就不必忌讳了。

“之素，这事是冲着你来的，你有怀疑的对象吗？我已经让老九回去调查了。”苏夜看安之素情绪稳定了下来，才和她说起这事。

安之素坐在沙发上，眼里还布着红血丝，闻言只说了一个名字："安听暖。"

如果说这个世界上谁最见不得她好，那便是安听暖无疑了。她已经防备着安听暖了，但还是出了这样的差错，连累了叶澜成，这比她自己受伤还让她难受。

"安听暖很聪明也很狡猾，她不会自己来捣乱的，这件事的主谋是她，但实施者一定另有其人。"宋佳人也比较了解安听暖，立刻补充道。

夏景泽听得唏嘘了声："那个什么安听暖的心机也太重了吧。"

宋佳人冷笑道："早晚我会把她送进监狱，让她为自己做过的事付出代价。"

"天网恢恢，疏而不漏，一定会有那么一天的。"夏宁也是一个正直到眼底容不下任何沙子的人，她现在也对五年前的那个案子很感兴趣，一直在调查。

"滚开，连我们都敢拦，瞎了吗，不认识我们是谁吗？"

正当几人说着话的时候，门外忽然传来一道娇怒声，听起来很是飞扬跋扈。

房间里的人，除了宋佳人之外，全都听出了这声音的主人。

"她来干什么？"夏景泽一听这声音就头疼无比。

宋佳人下意识问道："谁啊？"

"叶晴，澜成哥的堂妹。"夏景泽说道。

宋佳人"哦"了声，她是知道叶晴的，也听安之素说起过叶晴和叶澜成的关系。

"抱歉，叶小姐，叶少还在昏迷中，医生不让打扰。"门口很快又响起保镖阻拦的声音。

"你这话糊弄谁呢，难道病房里除了我大哥之外没有其他人了？我知道他们都在里面，你给我让开。"叶晴怒瞪着保镖，十分刁蛮跋扈。

保镖都是夏景泽和苏夜的人，并不是叶澜成的，所以并不买叶晴的账，他们只是听从苏夜的吩咐，不让其他人进入病房。

"抱歉。"叶晴再怎么刁蛮，保镖们还是只回复这两个字。

叶晴气得跳脚："你们给我滚开，我要见我大哥，你们凭什么拦着？"

保镖们把病房的门堵得严严实实的，叶晴没办法闯进来，只好拿出手机给夏景泽打电话，她毕竟是大明星，这里就算是人少的高级病房区，她也不能在这里大喊大叫。

叶晴给夏景泽打电话，夏景泽拿出手机看了一眼就挂了。他本来就很厌恶被叶晴缠着，怎么肯接她的电话。

夏景泽挂了叶晴的电话，叶晴却不死心，又打了一遍，夏景泽不耐烦地直接关了机，把手机丢回了口袋。

门外，叶晴听着话筒里传来的"您拨打的电话已关机"的提示音，气得差点砸了手机，再也顾不上会不会被人注意到，大声喊道："景泽哥，我知道你在里面，你让我进去，我想看看大哥。"

夏景泽不搭腔，其他人更不搭腔，没人打算让叶晴进来，毕竟叶澜成和安之素的关系还在保密阶段，被叶晴看出什么难免节外生枝。

"景泽哥，我求求你了，你让我进去好不好？我真的很担心大哥。"夏景泽不搭腔，叶晴就一直喊。

"苏夜哥，苏夜哥，我知道你也在里面，你放我进去好不好？你们为什么不让我见大哥，是不是大哥伤得很严重？苏夜哥，苏夜哥。"夏景泽一直不理叶晴，叶晴又开始喊苏夜了。

"景泽哥，苏夜哥，你们让我进去，让我进去……"

"晴晴，你在喊什么？"正当叶晴的声音越来越大的时候，一道苍老又有力的声音打断了叶晴。

叶晴半句话卡在喉咙里，她倏然转身，就看到了自己的爷爷奶奶，还有跟在老两口身后的父母，叶经商和朱芳琴夫妻。

"晴晴，你怎么了？谁欺负你了？"朱芳琴是最疼自己这个女儿的，一点儿也见不得她不开心，一看她眼圈泛红，马上就快走两步到了她跟前。

叶晴没有回答朱芳琴的话，而是直接迎上了叶鸿夫妇，张口就告了一状："爷爷奶奶，你们总算来了。景泽哥和苏夜哥不让我进去，还派了保镖守门，他们想干什么，凭什么不让我们叶家人见大哥？”

叶鸿闻言还没说话，叶老太太已经先发火了，冲着守门的保镖厉声道：“让开！”

叶老太太年轻的时候毕竟也是一个狠角色，商场上至今还流传着她铁娘子的事迹，这一声叱喝也把保镖震了一下，加上她是叶澜成的亲奶奶，保镖们面面相觑，不知道该不该放行。

病房内的几人都听到了外面的动静，夏景泽低骂了声：“消息怎么传得这么快，他们老两口来干什么，凑什么热闹？”

一听这话，安之素顿时紧张了起来，她还没有见过叶澜成的爷爷奶奶，更没有做好相见的准备，若是在这种情况下相见，那印象也太差了吧。

安之素低头看了看自己身上的衣服，早就被弄得灰扑扑的了，领口处还沾着叶澜成的血，样子很狼狈。

“叶老和叶老夫人都来了，我们可以拦叶晴，但不能拦着他们，让保镖放行吧。”夏宁对苏夜说了一句。

苏夜点点头，看了安之素一眼：“你别紧张，他们不知道你和阿成的事，我们不说，他们也不会猜到你们的关系。”

安之素深呼吸，“嗯”了一声。

宋佳人站在她旁边，默默给她打气。

苏夜并没有直接让保镖放行，而是亲自走到门口，打开了病房的门。

“叶爷爷，叶奶奶，叶二叔，叶伯母。”苏夜开了门，礼貌地和门外站着的人打招呼。

叶鸿和蔼一笑，立刻关切地问道：“阿夜，阿成怎么样了？伤得重不重，医生怎么说？”

“自己进去看看不就知道了，还有心思在这里问。”叶老太太不等苏夜回答，直接脚步稳健地朝着病房内走去。

挡路的保镖们立刻往两边侧身，苏夜也侧了下身，没有阻拦叶老太太。

“奶奶，等等我。”叶晴拔腿就追了上来。

叶经商和朱芳琴夫妇俩也立刻跟了进来，叶鸿是最后进来的，路过苏夜身边的时候，还有些抱歉地看了他一眼。

苏夜给了他一个“无妨”的眼神。

叶老爷子在家里没地位，这几乎是一个公开的秘密。苏夜对一个没地位、被自己老婆压了一辈子的男人，的确也只剩下同情了。

叶老太太带着儿子儿媳和孙女进入了病房，夏景泽和夏宁都是了解这位年轻时叱咤商场的铁娘子的，从心理上来说，他们对这位老太太都有些心理阴影，除非必要，否则都不想和她对上。

安之素和宋佳人都是第一次见到叶家除了叶澜成之外的其他人，两人几乎在看到叶老太太的那一刻就知道，这是一位不好说话的人物。

宋佳人默默地为安之素鞠了一把同情泪，有这样一群叶家人存在，以后她和叶澜成的关系公布之后，有她应付的了。

“景泽哥。”叶晴一进来就像花蝴蝶似的跑向夏景泽，不等夏景泽躲开，双手就已经在他身上摸了起来，上上下下地检查道，“景泽哥，你有没有受伤？我看到现场视频了，当时那么危险，你有没有被砸伤？”

叶晴来看叶澜成是其次，最想来看的还是夏景泽，她当时在网上看到视频的时候都吓出了一身冷汗，一路飙车赶过来的。

叶晴关心夏景泽的时候，宋佳人斜眼看了过去，夏景泽脊背一僵，几乎立刻就推开了叶晴。

“啊——”叶晴没有料到夏景泽会忽然推开她，而且力气出奇的大。她一个没站稳，穿着高跟鞋的脚一崴，倒在了地上，疼得叫了出来。

夏景泽完全没理会叶晴有没有摔倒，嫌弃地拍打着自己身上的衣服，还特别心虚地瞄了宋佳人一眼，好像被抓奸的丈夫似的。

“晴晴。”朱芳琴看到叶晴被夏景泽推倒，立即心疼地跑过来，“晴晴，脚疼不疼？崴到了没有？”

叶晴摇摇头：“妈，我没事。”

她没崴到脚，就是摔得屁股疼，但怕母亲责怪夏景泽，还是忍着没说。

朱芳琴闻言松了口气，赶紧把女儿扶了起来，气冲冲地说道："景泽，我们晴晴好心关心你，你不接受就算了，有必要推她吗？她穿着高跟鞋，万一崴断了骨头你负责吗？"

叶经商也心疼女儿，看到女儿眼圈泛红，忍不住训斥道："你太过分了，我们晴晴打小喜欢你，你这么对她，对得起她的一片真心吗？"

夏景泽本来还因为不小心把叶晴推倒了有点自责，这会儿听了这夫妻俩的指责，那一点自责都消失了，脸色冷了下来。

"叶二叔，叶伯母，我不是故意要推她的，这一点我可以道歉。但是关于她喜欢我这件事，我从很小的时候就明确表示过不喜欢她，让她不要再喜欢我。现在怎么变成我亏欠她，对不起她了？我也自认没有做过任何让她误会我对她有意思的事，甚至我都尽量避免与她见面。现在她自己非要凑过来，难道怪我？

"叶二叔与其责怪我，不如好好管教好自己的女儿，这是没有外人在，万一下次被外人看到了，别人说叶晴不要脸地纠缠我，您脸上也无光不是？"

夏景泽皮笑肉不笑地说出这番话，算是狠狠打了叶经商一巴掌。

叶经商的脸当时就变得铁青了："景泽，这就是你跟长辈说话的礼数？你们夏家标榜名门望族，就是这么说话的？"

听了这话，夏宁的神色都难看了起来。

夏景泽依旧保持着微笑，但谁都看得出来，这微笑里的寒意更浓，他又露出平常吊儿郎当的模样，说道："叶二叔，恕我直言，您姓叶，我姓夏，您算我哪门子的长辈？同样的问题我也想问问您，你们叶家自诩贵族富商，就是这么教育女儿，让她死乞白赖地缠着男人的？"

叶晴的脸色唰地一下变得苍白，她双目含泪地看着夏景泽："景泽哥，你……你怎么忍心这么对我？你明知道我喜欢你，喜欢得可以放下所有的尊严，你……你以前就算讨厌我，也不会这么说我。为什么你现在变成这样了？”

说着叶晴像是忽然想到了什么，视线猛然转向安之素，表情变得狰狞起来：“我知道了，是她，是她对不对？是因为她，你才这么对我的，对不对？景泽哥，她哪里好，她是个精神病、杀人犯，你不知道吗？她连我一根头发都比不上，这种女人，她分明就是想利用你的名气。如果不是她，我大哥也不会受伤，你还没看清楚吗？她就是扫把星，会害死你的。”

“叶晴，你早上起来没刷牙是不是，嘴巴这么臭。逮着谁咬谁，狗属性这么明显，得狂犬病了吗？”宋佳人从小就把安之素护得跟自己的眼珠子似的，有人在她面前欺负安之素，她一点也忍不了，立刻骂了回去。

叶晴的泪眼一瞪，看向宋佳人：“你又是从哪里冒出来的，我说的是安之素，关你什么事？”

“路过的乞丐。”宋佳人回答得干脆，“专门打狗的。”

“噗——”

夏景泽很给面子地笑了，他现在才发现，宋佳人挤对他的时候，真的是看在他小嫂子的面子上口下留情了。

叶晴和叶经商夫妻本来就被宋佳人骂得很生气了，现在夏景泽还笑了出来，三人的脸色更加难看，仿佛要吃了宋佳人。

“你……你太过分了。”叶晴指着宋佳人，过了半天才憋出来这么一句话。

叶经商就比女儿镇定多了，眯着眼睛威胁道：“这位小姐，说话的时候过过脑子，先掂量掂量自己惹不惹得起再说。”

宋佳人开口就要挤对回去，结果刚张口，肩膀就忽然被夏景泽搂了过去，他强势地把她带进了怀里，扫了叶经商一眼，说道：“叶二叔，同样的话也奉劝您，我夏景泽的人，您先掂量掂量惹不惹得起。”

她什么时候成他的人了？

就连安之素和夏宁也茫然地看着夏景泽，这是什么操作？一点预兆都没有，她们该如何接戏？

叶晴的眼珠子这下都快瞪出来了，尖叫着喊道：“不可能，她又是从哪里冒出来的女人，你不是喜欢安之素吗？”

“谁告诉你我喜欢安之素了？你哪只眼睛看到的？”夏景泽说着，又把宋佳人往怀里一带，把她紧紧搂在了怀里。

叶晴嫉妒得快要发狂了：“你不喜欢安之素，那你为什么要帮她打名气，还为了她邀请了我大哥和苏夜哥给她捧场？景泽哥，你别想骗我，你一定是为了不让我们把大哥受伤的账算到安之素头上。”

夏景泽在心里哀号了声，这叶晴平常看着傻不拉几的，怎么关键时候又不傻了，竟然看穿了他的心思？

不过身为影帝的夏景泽又怎么会让叶晴看出端倪，他一副看傻子一样的眼神看着叶晴，说道：“爱屋及乌你懂不懂？安之素是佳人的闺密，我喜欢佳人，为了博美人一笑，帮她闺密打名气怎么了？这很难理解吗？”

叶晴一直以为安之素才是夏景泽喜欢的女人，可是现在夏景泽告诉她，她一直都搞错对象了，他喜欢的人其实是安之素的闺密。强烈的屈辱感涌上了心头，嫉妒和恨意撕扯着她的理智。

宋佳人都感觉到了来自叶晴的一万点仇恨值，不过为了安之素，这个锅她咬牙背了。她配合地伸手圈住了夏景泽的腰，霸气地宣布主权：“叶晴，你最好别窥觊我宋佳人的男人。我们家阿泽不喜欢你，你少自作多情了。”

一声“我们家阿泽”喊得亲昵又婉转，夏景泽莫名地感到心头一阵荡漾，心脏像是被一只小爪子挠了一下，酥酥麻麻的。

这一瞬间，夏景泽的脑海里冷不丁地就冒出了一句话：我好像恋爱了。

“你你你……你这个贱女人，一定是你勾引的景泽哥。”叶晴被气炸了，作势就要扑上来撕了宋佳人满是得意的脸。

“够了！”没等朱芳琴阻拦女儿的胡闹，叶老太太就看不下去了，厉声喝止了叶晴。

叶晴浑身一颤，顿时不敢再闹，委屈地低喊了声："奶奶……"

叶老太太给了叶晴一个警告的眼神，叶晴立刻不敢吱声了。

叶老太太的视线一转，锐利的目光如钉子一般钉在了安之素身上。

安之素心脏一颤，有些不知所措地喊了声："叶奶奶。"

听到这一声叶奶奶，叶老太太的脸色沉了下来："安小姐，我们非亲非故的，你这一声奶奶，我可担当不起。"

安之素微微握紧了拳头，没有和叶老太太起什么语言上的冲突，她想着对方到底是叶澜成的亲奶奶，就算对方说话难听，她也不能冲撞。

"安小姐，我看了新闻，我孙子是为了救你才受伤的。关于这件事，我还抱着很大的怀疑，来的时候我已经报了警，警察会来取证，希望你配合警察调查。"叶老太太带着敌意的声音再次传出。

安之素一下子抬起了头，报警？难道叶老太太怀疑叶澜成是被自己弄伤的？

听了这话，苏夜几人这才反应过来，叶老太太这是来找碴的，针对安之素的意思太明显了。

"叶奶奶，警察已经在工作室那边取过证了，阿成受伤是个意外，与安小姐没有关系。"苏夜这个时候自然得替叶澜成护着安之素。

"有没有关系不是你说了算，警察自然会调查清楚。你们都在现场，只有阿成受伤了，我不得不多留一个心眼，毕竟听说安小姐的精神状态不太好，谁也不能排除安小姐受到惊吓，在慌乱之下伤了阿成。"叶老太太用词尖锐，一点都不在乎安之素的感受。

安之素的脸霎时间变得苍白起来，从叶晴到叶老太太，她们反复踩在她的痛楚上，实在让她难过。

护短的宋佳人推开夏景泽，将安之素护在了身后，像个母鹰似的朝着叶老太太张开了利爪："这位老太太，你多大年纪了？是不是有点老年痴呆，脑子不好使了？连正常人的基本逻辑都没有了吗？

“叶澜成是被倾倒的钢铁架意外砸伤，这一点，在场的人都看得一清二楚，医院的医生和检查报告也可以提供最直观的证据。说我们之素故意伤害叶澜成，怎么，她难道有特异功能，可以靠意念控制钢铁架砸伤叶澜成吗？

“老太太，脑子不好使了就在家里待着吧，别出来丢人了。你好歹也是有身份的人，说这种法盲都不会说的话，不觉得丢人吗？”

叶老太太被宋佳人噎得涨红了脸，她骄横霸道了一辈子，在家她说什么就是什么，对的是对的，错的也是对的，谁敢说她有错？

哪怕是跟她不亲近的孙子，最多也就是不理她，什么时候这么数落过她？

叶老太太生平第一次被人骂得哑口无言，火气噌噌地蹿了上来，厉声道：“你算个什么东西，这里有你说话的份吗？别以为傍上了景泽，你就能在我面前无礼。夏家，是不会承认你这种儿媳妇的。”

“呵呵呵。”宋佳人面对叶老太太的呵斥，直接给了她一个白眼，“我宋佳人不需要任何人的承认。还有，我是之素的律师，你当着我的面红口白牙地诬蔑之素，我当然有权利代替她向你们发出警告，如果有必要，我还会书面提起诉讼，要求你们赔偿名誉损失。老太太，这是法制社会，说话做事都需要有法律依据。饭可以乱吃，话可不能乱说，乱说话，可是要吃官司的。”

看到叶老太太的脸被宋佳人说得一阵青一阵白的，苏夜、夏景泽和夏宁全都在心里竖起了大拇指。

“你神气什么，别以为自己是律师就了不起，我们盛世财团的律师团队随便一个就能压死你，你以为自己算什么，一个名不见经传的小律师，还敢跟我们讲法律，到底是谁脑子坏了？”叶晴看到自己的奶奶被宋佳人挤对，又把盛世财团搬出来压人。

说完她又目光犀利地看向安之素：“还有你，别以为我大哥受伤你能撇干净，打官司是吧？我们盛世财团就没输过，告不死你！”

叶晴像是终于找到了反击点，脸上又扬起了骄横跋扈的神色，一副“我是盛世财团的大小姐，你们惹不起”的样子。

“盛世财团的律师团什么时候也是你能够命令的了？怎么，我儿子只不过是受了点伤，你们就这么迫不及待地跑过来夺权了吗？”叶晴这话刚落音，病房的门口就传来了一道冷冷的声音。

听到这道声音，所有人都下意识看了过去。

只见病房门口，白心慈刚刚推门而入，平常温婉柔和的气质此时被冷漠和疏离代替，甚至她的眼睛里还带着一丝很难察觉的厌恶和仇恨。

白心慈的到来显然让大家都很意外，叶老太太第一个皱起了眉头，语气有些不悦：“心慈，你怎么说话的，现在受伤躺在病床上的人可是你儿子，你胳膊肘不要朝外拐，分清楚谁才是一家人。”

白心慈面无表情地走了进来，像是没有听到叶老太太的话，径直穿过叶家这些人，在看向安之素的时候，给了她一个“不要怕”的眼神。

安之素心里一暖，一声“妈”差点就喊了出来。

白心慈来到了她身前，给了她一个眼神之后，转身将她挡在身后，这才回答叶老太太的话。

“妈，您也知道受伤的是我儿子，既然是我儿子，我都还没说话，你们就先跑过来兴师问罪，是不是越俎代庖了？”白心慈看着叶老太太，丝毫没有尊敬这个婆婆的意思。

叶老太太又被噎了一下，气得太阳穴发胀：“这就是你跟我说话的态度？你还记得自己是叶家的媳妇吗？”

“从丈夫意外死亡的那天起，我就不觉得你们谁还把我当成叶家的儿媳妇。妈，你没有把我当成儿媳妇看待，就不要指望我还能把你当婆婆尊敬。”白心慈说这话的时候，眼底滑过了一抹隐忍的悲伤。

安之素哪怕看不到她的眼睛，也能感受到她隐隐的恨和不满。

“大嫂，你这话说得就有点过分了吧。”朱芳琴没忍住，替叶老太太说了句话。

叶经商也不满地说了句：“大嫂，你这么对待妈，大哥泉下有知也不会高兴的。他不在了，你不但不代替他孝顺爸妈，还这么对待他们，九泉之下，他如何瞑目？”

“你闭嘴！”白心慈冷冷地看向叶经商，“你最没有资格提你大哥！这里是我儿子的病房，请你们离开，不要打扰他休息。”

白心慈已经没心情和他们周旋，直接下了逐客令。

“大伯母，我们是来看大哥的，我们才是一家人，你别被外人迷惑了双眼。那个安之素，还有那个宋佳人，今天的事情，都是她们搞出来的。”叶晴实在忍不住了，他们才是一家人，白心慈为什么要赶他们走?

白心慈冷冷地扫了叶晴一眼，嗤笑道：“一个个口口声声是来看孙子、看大哥、看侄子的，但你们进来这么久都在干什么？我儿子就躺在旁边的病房里，你们去看一眼了吗？别虚伪了，又没有外人，何必装得相亲相爱。”

叶家老两口和叶晴一家三口被这话说得脸上一阵青白交错，一直没有出声的叶鸿这会儿才插了句话：“心慈，你别生气，你妈妈也是担心阿成。我们现在就去看看阿成，听说伤得很重，我们得到消息就马不停蹄地来了。”

叶鸿在叶家是个老好人，谁也不得罪，是个和稀泥的存在，说话没有话语权，说难听点，就是懦弱。但他是叶家唯一一个对谁都坦诚的人，白心慈对这个公公的怨气倒没有那么深。

白心慈深吸了一口气，将胸口升腾起来的怨气压下去，才心平气和地和叶鸿说话：“爸，你带妈他们先回去吧，在这里吵嚷也影响阿成休息。等阿成醒了，我再通知你，好吗？”

叶鸿在心里叹了口气，终究没有再说什么，点头道：“好吧，那阿成醒了，你记得给我打个电话。”

说完，叶鸿拉了一下叶老太太，说道：“走吧，别吵阿成休息了，那么多外人在，不嫌丢脸吗？”

“叶鸿，你什么意思？”叶老太太一点面子都不给叶鸿，直接就向他瞪起了眼。

叶鸿刚想说自己没什么意思，病房的门又忽然被打开，从外面进来了三个穿着警服的民警，一个中年人、两个年轻人，三人都表情严肃。

“你们谁报的警？”三个民警进来，发现病房里的人很多，扫了所有人一圈之后，中年民警才开口询问道。

看到警察来了，叶晴的眼睛一亮，立刻回道：“是我们。”

中年民警看向了叶晴，其他两个年轻的民警也看了过去，两个年轻人刚才就认出了叶晴，知道她是大明星，严肃的神色略微缓和了几分。

“为什么报警？”中年民警不追星，并不认识叶晴，一脸严肃地拿出了小本本。

叶晴抬手一指白心慈身后的安之素：“我们怀疑我大哥受伤和她有关，她有精神病，警察叔叔，你们一定要好好查查。”

一句“她有精神病”，说得除了叶家人和三个民警之外，其他人全都不悦起来。

而三个民警在听到这话之后，也全都看向了安之素。

类似精神病伤人的事情，他们不止一次处理过，下意识就以为这也是一场精神病发病伤人的事件。

“你叫什么名字？”中年民警问安之素。

安之素还没有说话，就被白心慈拦住了，她看向那中年民警，说道：“警察同志，我是伤者的母亲，我儿子受伤只是一个意外，与这位小姐没有关系。你们不要听她瞎说，我身为伤者的母亲，才是最有话语权的吧。”

听到这话，中年民警愣了一下，看了看她和叶晴，问道：“你们什么关系？”

一个是伤者的妹妹，一个是伤者的母亲，这不是一家人吗？

“她是大伯母。”叶晴老实回答了。

中年民警了然，有点糊涂：“你们是一家人，现在一个报警说人家蓄意伤害，一个又说和人家没关系，到底是什么情况？还请你们说清楚。”

“你们是浦新区向阳街道派出所的吧？”不等叶晴再说话，夏宁就站了出来，对那中年民警说了句。

中年民警看向了夏宁，不答反问：“你是？”

“我是浦新区人民法院的夏宁，也是这件事的目击者。”夏宁表明了自己的身份。

中年民警一听夏宁是他们这个区法院的人，又是事件的目击者，当下说道：“那你说说事情的来龙去脉吧。”

夏宁点头，将事情简单说了一下，很巧妙地把叶澜成受伤的事归结成了见义勇为，与安之素有没有精神病并没有关系，当时那种情况，换一个人，也会去救人。

中年民警听完之后终于明白了，恍然道：“原来今天上午闹得人心惶惶的爆炸案就是这位小姐的工作室啊！”

“是的，这件事当时就有警察去调查了，我相信警察会尽快找出罪魁祸首。”夏宁说道。

“那是肯定，我们警方会尽快破案的，这是很恶劣的事件。”中年民警立刻严肃地点头。

夏宁微笑：“所以事情其实与安小姐无关，这几位是伤者的家属，有情绪和怀疑也正常，好在是一场误会，还麻烦你们走一趟，真是抱歉。”

中年民警忙摆手道：“夏小姐客气了，这是我们应该做的。既然是一场误会，那我们就告辞了，不打扰了。”

“慢走。”夏宁说道。

白心慈见夏宁把警察们打发走了，松了一口气，再次对叶家人下逐客令：“现在也请你们离开，阿成一向不喜欢看见你们，他醒来若是知道你们来这里吵闹，也不会高兴的。他不高兴，倒霉的是谁，我就不好说了。”

说着，白心慈扫了叶经商一眼。

叶经商浑身一颤，这么明显的警告，他岂会听不出来？如今他在盛世财团只是挂了一个副总的名头，并没有什么实权，叶澜成想给他小鞋穿，实在太简单了。

叶经商有些恼火，但又的确不敢得罪叶澜成，忍了又忍，只好对叶老太太说道：“妈，我们先走吧，别打扰阿成了。”

叶老太太再不甘心，也不得不点头了。

她一点头，叶经商马上带着老婆孩子走了，生怕叶老太太再闹什么幺蛾子出来，连搀带扶地把她带出了病房。

叶鸿是最后一个离开的，走之前还不忘叮嘱了一句：“心慈，爸先回去了，阿成醒了，你别忘了告诉我一声。”

“好，爸慢走。”白心慈点点头，应了老爷子一句。

叶鸿这才离开，离开的时候还重重叹了一口气，深感无奈。

第十五章
悍妻

闹腾了大半晌的叶家人一走，安之素仿佛被人抽了筋似的，差点腿一软跌坐在地。她从来没想过在这种情况下和叶家人见面，也没有想到她留给叶家人的第一面这么糟糕。

“还好吧？”宋佳人及时扶了安之素一下，有些心疼和担心。

安之素微微摇头，示意自己还好。

白心慈这时转身，拉住了安之素的手，给了她莫大的勇气：“之素，别怕，妈不会让叶家那些人欺负你。你别在意他们对你什么态度，只要我承认你，你就是我们叶家的儿媳妇。”

白心慈的手温暖而有力，安之素鼻尖一酸，连她自己都记不清具体有多久了，总之自从妈妈去世，外婆生病之后，她就再也没有感受过这种关爱了。当白心慈挡在她身前的那一刻，她感受到了久违的母爱，差一点就落泪了。

“妈，谢谢您这么维护我。”安之素打心底感激白心慈。

“傻孩子，我不维护自己的儿媳妇，还能维护外人不成？”白心慈对她和蔼一笑，心疼道，“吓坏了吧。”

安之素垂眸道：“对不起，妈，他都是为了我才受伤的，我……我真的很抱歉。”

“又说傻话，你是他老婆，他不护着你护着谁？别怕，阿成福大命大，不会有事的。倒是你，你伤着哪里了吗？”白心慈也是真心疼惜这个可怜的儿媳妇。

安之素心底感动，赶紧摇头：“我没有伤着哪里。”

白心慈闻言放了心，然后才去了病房，去看叶澜成怎么样了。

安之素陪着她，婆媳俩静悄悄地进了旁边病房。

白心慈自然是心疼儿子的，不过听安之素说了医生说的情况，也略微放心了。

此时，外面的休息室里。

宋佳人拿出手机查看了新闻，发现各大媒体铺天盖地都是工作室爆炸案的消息，还有一些在场的粉丝事后在社交平台上发的动态，夸大其词，渲染了当时事情的严重性，加上有人引导舆论，很多人把责任怪到了工作室头上。

“动作还真是快，这才过去不到两个小时，全S市都知道这件事了。”宋佳人咬牙切齿地说道。

夏宁说道：“我们得想办法控制住舆论，不能让这件事继续发酵下去，否则会影响工作室的运营。一旦有关部门碍于压力开始对工作室的安全隐患进行彻查，工作室必然得关门一段时间。”

“我已经让老九去查这事了，在没有什么消息之前，先出动公关力量给工作室公关一下，我这边也出面压制一下媒体那边的报道。”苏夜冷静地说道。

“那我给路凯打个电话，他比较擅长处理这些，让他去一趟工作室，找小嫂子的助理商议一下。”夏景泽说着，拿出了手机，重新开机。

苏夜点头，也拿出手机，去打电话了。

安之素出来的时候，从宋佳人口中得知了现在媒体的情况和他们的应急对策，然后拿了宋佳人的手机给赵玉打电话。

赵玉此时刚刚把场面稳下来，配合警察察看了现场情况，接到电话时，以为是宋佳人，喊了声：“宋律师。”

“是我，赵姐，工作室那边怎么样了？有多少人受了伤？”

安之素立刻问起了这些。

一听是安之素，赵玉马上向她汇报："我这边已经把场面稳定了下来，伤员全都送到了医院，第一时间给伤员缴了费用。医院那边也刚传来消息，万幸，都是一些皮外伤，没有需要住院的，现在都已经从医院离开了。"

得知没有人因此重伤或者死亡，安之素悬着的一颗心才终于落到了地上，她长长地呼出一口气，说道："万幸。那警察那边呢？有没有开始调查？"

"警察来询问过当时的情况了，已经开始调查了，不过可能没那么快有结果。"赵玉回道，顿了下又说道，"现在新闻的报道和网友们的言论对我们很不利，安小姐，我们得想一个应急的公关对策。"

安之素颔首道："我知道，等会儿景泽的经纪人会和你联系，他比较擅长应付这样的突发事件，你和他商量一下，看看如何处理这事。"

"好的，安小姐。"赵玉应了下来，又问道，"叶总他……没事吧？"

赵玉并不知道安之素和叶澜成的关系，但叶澜成来头那么大，万一因为这事有个什么闪失，盛世财团再追究下来，他们这间小小的工作室恐怕难逃关门的命运。

"受了点伤，好在没有危及生命。"安之素安抚了她一句，让她别担心叶澜成受伤的事牵连工作室。

赵玉这才松了口气道："那我就放心了。安小姐，你在医院陪叶总吧，工作室这边的事我会处理好，有什么需要拿主意的事，我再给你打电话请示。"

"好，又要辛苦你了。"安之素有些抱歉，本来说好了等开业结束之后，就给赵玉放假休息的，没想到出了这样的事。

"安小姐不必抱歉，这是我分内的事，好像夏景泽的经纪人给我打电话了，我先和他沟通一下。"

安之素说了声"好"就挂了电话。

在安之素给赵玉打完电话之后，苏夜也已经用自己的人脉把事情交代了下去。

安之素感激道：“今天真是谢谢你们了，很抱歉，让你们受到了惊吓。”

他们都是看在叶澜成的面子上来给她捧场的，却受到了一场惊吓，好在只是有惊无险，不然她该怎么跟他们背后的家族交代，恐怕万死也难辞其咎。

“小嫂子，你说什么呢，跟我们还说什么抱歉，这就太见外了。”夏景泽哪儿敢承安之素的抱歉和道谢，赶紧摆手说道。

苏夜也说道：“我给媒体那边施压，也不全是为了你的工作室，我也在现场，出了这样的事，我商场上的对手也很容易利用这一点炒作，我也算是为了自己吧。”

“咦——”苏夜这话刚落音，夏景泽便灵光一闪，打了一个响指，说道，“夜哥，你这话提醒了我，我有办法最快最有效地转移小嫂子工作室的压力了。”

几乎每个人都第一时间看向他，问道：“什么办法？”

“你们看，现在制造恶作剧的罪魁祸首是谁，只有我们知道，也只有我们知道恶作剧是针对小嫂子的。但是在场的观众不知道啊，他们只是先入为主地认为是被小嫂子牵累了，所以才会把责任都推到工作室的头上。如果我们能够采用祸水东引的办法将这个黑锅甩出去，把责任分摊到其他人身上，工作室的压力不就会小很多吗？如果我们引导得好，还能让工作室完美地摆脱所有麻烦。”夏景泽侃侃而谈，像一个挥斥方遒的指挥官。

安之素等人惊讶地看着他，仿佛他突然间变了一个人似的。

“继续说，怎么甩锅，甩给谁？”苏夜听得饶有兴趣，感觉可行，等着自己的小舅子继续说。

夏景泽见他们都对自己露出了崇拜的眼神，更傲娇了，指了指自己：“我呗，没有人比我更适合背这个锅了。现场大部分都是我的粉丝，我这个人虽然很招人喜欢，但人红是非多，嫉妒我美貌的人太多了，谁知道里面有没有夹杂一些黑粉。

“我要是发一条微博，就说今天这场恶作剧，其实是黑粉冲着我来的，小嫂子的工作室是被我连累的，这个锅不就成功甩到我身上了吗？

“这种事情，在娱乐圈已经屡见不鲜了，去年还有一个明星在机场被人扔过鸡蛋呢。我被人扔了假炸弹，也很合理，没有人会怀疑的。这样舆论的关注点一下子就会从工作室转移到我身上。”

这番话音落下，宋佳人下意识说了句：“夏景泽，你今天两米八啊，这么机智，给你点赞。”

夏景泽一副“我本来就是一个小机灵鬼”的表情，哼了声道：“我哪天没有两米八，你看不到哥的魅力是你自己眼神不好。”

“可行。”苏夜寻思了几秒，赞同道，“实则虚之，虚则实之，在没有人知情的情况下，混淆视听是上上策。”

“是吧是吧。”夏景泽得意坏了，拿出手机说道，“我这就跟路凯说一下，让他准备一篇稿子，以我的名义发出去。”

安之素这才反应过来，连忙阻止道：“不行，我不同意。”

夏景泽愣了一下：“为什么啊小嫂子？你觉得这个办法不好？”

“不是，这个办法很好，但我不能这么自私，让你替我背锅。这件事影响这么大，你一旦背了这个锅，就等于给你的黑粉们递了一把刀。娱乐圈想要把你拉下神坛的人一定也不少，我不能让你陷入这种被动的境地。”安之素果断否决了这个办法。

夏景泽再次愣住了。

苏夜和夏宁也怔了一下，看着安之素的眼神都有了些许变化。

不可否认，他们如此照顾安之素，皆是因为叶澜成。因为她是叶澜成的妻子，是叶澜成护着的人，所以他们才会护着她。要说他们和她之间有什么友谊，那是扯淡，总共也没有认识多久，哪来的友谊。

他们以为身为叶澜成妻子的安之素，会坦然享受这个名分带给她的便利，可是出乎他们的意料，她不但一直跟他们很客气，现在更是断然拒绝了夏景泽的办法。

在这一刻，他们似乎对叶澜成这个小妻子有了一个全新的认知，带着几分欣赏。也是这一刻，他们才后知后觉地发现，叶澜成没有娶错人。这个叫安之素的女人，的确值得叶澜成跟护眼珠子似的护着。

“小嫂子，你果然是疼我的，竟然为我考虑这么多。嗷，好感动。”夏景泽本来就挺喜欢安之素的，现在更喜欢了，差点扑上去给她一个大大的拥抱。

幸亏宋佳人及时拽住了他的衣服，凉凉地提醒他：“你敢上去抱她，等你家澜成哥醒过来的时候，非剥了你一层皮。”

夏景泽一个转身扑到了她身上：“哦，佳人，你果然也很疼我啊，多谢提醒啊，我差点就抱错人了。”

宋佳人一个没防备，被他抱了一个满怀，顿时奓毛，用力推开了他：“要死啊你夏景泽，再敢占我便宜，我废了你！”

夏景泽被宋佳人推得一个趔趄，差点摔一个狗吃屎，夸张地嗷嗷乱叫。

夏景泽浮夸地表演了一会儿，见没人捧场，自己演不下去了，又一秒切换成了严肃脸，一本正经地说道：“言归正传，小嫂子，你不用担心我这边，想把我拉下神坛的人多了去了，可他们得有那个本事啊！没事的，就按照我说的做吧。”

安之素张口刚要再拒绝，一道有些虚弱的声音截断了她还未出口的话。

“不必了。”

听到这个虚弱的声音，安之素心头一喜，猛然转身，就见叶澜成被白心慈搀扶着，站在病房门口，脸色略显苍白。

“你醒了。”安之素赶紧朝他走了过去，伸手就扶住了他另外一边，急切地问道，“头晕不晕？恶不恶心？伤口疼不疼？其他地方有没有不舒服？”

面对小妻子一连串的询问，叶澜成的嘴角勾起细微的弧度，他乖巧得像回答老师的学生：“不晕，不恶心，不疼，也没有其他地方不舒服。”

回答完，他又反问道：“你呢？从台子上摔下来，腰有没有摔疼？让医生检查了吗？”

安之素连忙摇头：“我没事，你别担心，我哪里都好好的。医生说你有脑震荡，你刚醒，不能久站，我先扶你回床上躺着。”

“没事。”叶澜成说了一句。

“什么没事，你伤口缝了三针，还流了不少血，你是想吓死我吗？快点回去躺着。”安之素瞪了他一眼，说完又忽然意识到白心慈也在旁边，自己这么吼人家儿子不好，忙又放缓了语气，“别让我和妈担心，好吗？”

白心慈笑吟吟地看着儿子被训，心里一点也不生气，毕竟难得见自家高冷的儿子被训，这画面很有喜感啊！

叶澜成也没想到安之素胆子肥了，敢这么吼他，不过他也不生气，反而嘴角的弧度更明显了，轻轻地应了声：“好。”

安之素跟得了圣旨似的，忙不迭地搀扶着他回病房躺着。

几人都挤进了病房，好在这病房够大，并不拥挤。

“澜成哥、澜成哥，你怎么醒这么快，医生说你要好几个小时才能醒呢。”夏景泽挤到叶澜成的病床边上，伸着脑袋说道。

叶澜成连眼神都懒得施舍他，抬手推开他的大脑袋，凉凉地道：“醒这么早，让你失望了？”

“没有没有。”夏景泽赶忙摆手，脸上堆满了真诚的微笑，“澜成哥就是澜成哥，不愧是我的终极偶像。”

叶澜成懒得搭理他的嬉皮笑脸，说道：“你那个甩锅的办法不错。”

夏景泽头一次被叶澜成夸赞，得意地笑：“是吧是吧，澜成哥，你也觉得不错吧。小嫂子还怕连累我，不同意呢。澜成哥，你赶紧点头，你一点头，我马上打电话。”

可惜叶澜成眼皮都没朝他抬一下，就慢悠悠地把后半句说了出来：“办法不错，但我叶澜成的老婆，我自己会护着。”

夏景泽：“……”

叶澜成也没有再说其他废话，朝安之素伸了手：“手机给我。”

安之素乖巧地把自己的手机递了过去。

叶澜成接过了她的手机，输入密码解锁，拨打了一个号码。

电话过了几秒才接通，传来一道沙哑的男声，带着很重的起床气："谁啊，大周末的还让不让人好好休息了？"

"是我。"面对对方的抱怨，叶澜成只淡漠地说了两个字。

电话那边出现了三秒的冷场，三秒之后才又传来声音，声音洪亮而恭敬，不夹杂一丝抱怨和起床气："叶总！"

高旗在听到叶澜成的声音后，所有的瞌睡虫都被吓跑了："叶总，您有什么吩咐？"

问这话的时候，高旗的脑子已经在飞快运转了。今天是周六，不上班，他也不记得叶澜成有其他行程，实在吃不准这位很少在休息时间找自己的老板打这通电话的意思。

"第一件事，现在打开电脑，去看最热门的新闻，五分钟之后给我回电话。"叶澜成简单地丢下这句话就挂断了电话。

"嘟嘟嘟……"

高旗听着话筒里的忙音，先是愣了几秒，而后才反应过来，连拖鞋都来不及穿就噔噔噔跑出房间，去了隔壁的书房，以最快的速度打开了电脑，浏览今天的头条新闻。

一打开新闻页面，高旗就被醒目的新闻标题吸引了，他快速将内容浏览了一遍，脑海里提取出了几个关键词：安之素！素嬛工作室！炸弹！恶作剧！踩踏事件！多人受伤！盛世财团总裁受伤，伤情未知！

看到前面几个关键词，高旗还能保持淡定，最后看到叶澜成受伤的时候，他差点跳起来，尤其是被后面"伤情未知"这个词吓得心脏差点都停了片刻。

他根本来不及思考，抄起手机就给叶澜成回了一个电话。

"叶总，您现在在哪家医院？伤到哪里了？严不严重？"电话一接通，高旗连珠炮似的问题就传了过来。

面对高旗的一连串问题，叶澜成就没有什么耐心回答了，只简单说了句："我没事。"顿了下问道，"事情都清楚了？"

一听叶澜成说话不算虚弱，高旗放了心，连忙点头："是，叶总，我都知道了。您需要我做些什么吗？”

跟着叶澜成许多年了，叶澜成的想法，高旗多少能猜到一些，如果不是有事吩咐，他不会刻意打这通电话。

“嗯。”叶澜成吩咐道，“你跟公关部联系一下，让他们出一个公文，将今天这场恶作剧的原因引到盛世财团身上，就说是商业对手的报复吧，将素嬛工作室从这件事中摘除出来。”

听到这个命令，高旗“啊”了声，有点蒙，这和盛世财团有什么关系啊？

他们叶总是不是伤到脑子了，怎么下这个命令，难道不知道这个公文一出来，是对盛世财团有影响的吗？

不过这个问题，再给他十个胆子，他也是不敢问出来的。他又不是傻子，一看到安之素这个名字就明白了。他们叶总这是替女朋友背锅呢，如此英雄救美的好机会，损失一点其他的东西又算得了什么，而且这点小事也不可能动摇财团的根基。

高旗暗暗佩服叶澜成这波操作，嘴上很快应下了：“是，叶总，我马上联系公关部拟写一篇公文给您过目。”

“尽快。”叶澜成交代了两个字就挂了电话。

病房里，叶澜成挂了电话，其他人都没有什么反应，只有安之素有些不安地看着叶澜成。

叶澜成将她的不安收进眼底，放下手机说道：“不是什么大事，别想太多。”

安之素深吸了一口气，点了点头。

叶澜成的视线又在病房里扫了一圈，没看到老九，问道：“老九呢？”

“我让老九去查是谁扔的炸弹了。”苏夜说道。

叶澜成点头，他找老九也是为了安排这事，显然苏夜和他不谋而合了，遂说道：“我没什么事了，你们回去吧。”

“啊，澜成哥，你这就赶我们走了啊，我还想多陪你一会儿呢。”夏景泽一脸被抛弃的委屈。

“人家叶少需要你陪吗？在这儿当什么电灯泡。”宋佳人白了他一眼，他怎么这么不知趣呢。

夏景泽这才反应过来，“哦哦”地点头，改口道：“澜成哥，那你好好休息啊，我改天再来看你。”

“看什么啊，你还想叶少在这儿住几天呀？”宋佳人简直被夏景泽蠢哭了，差点抬脚踹上去。

再次说错话的夏景泽做了一个封嘴的动作：“我不说话了，我不说话了。”

几人没再多留，安之素送他们出了病房，这边暂时也不需要保镖，所以苏夜和夏景泽把保镖也带走了。

安之素再回到病房的时候，叶澜成正在闭目养神，白心慈在一旁陪着他。他听到安之素回来的脚步声，才又抬起了眼帘，说道：“去办一下出院手续，我们也回家。”

“不行。”安之素张口就反对道，“医生说了，你得留院观察至少一晚上。”

“我没事。”叶澜成说道。

“你有事没事不是你说了算的，我不管，你今天别想出院。明天早上等医生检查完之后，确定你可以出院了，我们再回家。”安之素在这件事上难得表现出了“悍妻”的样子来。

叶澜成挑眉，有些意外小妻子的态度。她平常不是挺怕他的吗，都是他说什么是什么，今天胆子怎么肥了？

安之素被叶澜成看得没了底气，但想到医生叮嘱的话，她又挺直了腰板，还学会找白心慈撑腰了：“妈，您看，叶澜成不听话，您管管他。”

白心慈自然是和儿媳妇站在一个阵营的，看到安之素关心叶澜成，她乐见其成，立刻板起了脸教育儿子：“阿成，之素怎么说你怎么听，好不容易娶个媳妇，你别给我气跑了。”

叶澜成腹诽：什么叫好不容易娶个媳妇，我娶媳妇很难吗？我只是以前没遇到想娶的而已。

“好了，就照之素说的办，明天再出院。我现在回趟家，让蓉婶熬点汤，做些有营养的吃的给你送来。”白心慈不等儿子反对，直接拎起手包朝病房外走。

“妈，我送您。”安之素跟小尾巴似的送白心慈出去。

叶澜成看着婆媳俩一前一后地出去，没人管他这个病号了，一阵心塞，几步路，有什么好送的？

安之素不仅把白心慈送出了病房，还把送进了电梯，等白心慈乘坐的电梯门合上之后，她才转身回了病房。

她回来的时候，叶澜成又在闭目养神，她刻意放轻了脚步，但还是吵到了他，她刚走到床边，他就睁开了眼睛。

安之素忙轻声问道：“喝水吗？”

叶澜成“嗯”了声。

安之素去倒了杯温水，拿了小勺子，在床边的椅子上坐下，将舀着一小口水的勺子递到他嘴边。

叶澜成垂眸，盯着嘴边的小勺子，表情一言难尽。

“医生叮嘱了，你刚醒的时候不能大口喝水、吃东西，容易扯到伤口。”安之素见他盯着勺子看，立刻解释了一句。

叶澜成无奈，只好微微张口，让她顺利把勺子送进他嘴里。

安之素小心翼翼地喂他喝水，一勺又一勺，喂了半杯之后，叶澜成就说不喝了。

安之素放下水杯，抽过一张纸巾给他擦了擦嘴，说道：“我帮你把床放下，你再睡会儿，多休息，伤口才好得快。”

“不急。”叶澜成对她招手，“过来。”

安之素看了看两人现在的距离，已经很近了啊，她还要怎么过去？

叶澜成拍了下床单提醒她，她秒懂，从椅子上起来，侧身坐到了病床边上，握住叶澜成的手，有种劫后余生的感觉：“还好你没事，不然我怎么办？”

“我死了，你会难过，难道你死了，我就能开开心心地再娶别人吗？”叶澜成抿唇，冷淡地回了她一句。

他怎么忽然生气了？她这是怎么惹到他了？

“不知道自己错在哪儿？”叶澜成瞥了眼她委屈的样子。

安之素摇头，她不知道啊！

叶澜成感觉被自己压抑着的火气正在噌噌噌往上冒，他阴沉着脸说道：“谁让你拿自己的身体去挡炸弹的？真是炸弹的话，你以为你那么做挡得住什么？那么危险的情况，你竟然还推开我，自己去冒险，你是不是想气死我？”

安之素被训了一顿之后，终于知道了叶澜成生气的原因，她立刻垂下了头，乖巧地认错：“对不起，当时我没想那么多，都是本能反应。”

“你的本能反应就是遇到危险，把自己的老公推开，用自己的身体为你老公挡枪挡刀挡炸弹吗？安之素，你什么时候能有一点为人妻的觉悟？你是我妻子，遇到危险，你的本能反应只能是躲到我后面，让我为你挡去所有的危险。

“你是怎么做的？万一那真是炸弹，你把我推开了，然后你被炸死了，要我怎么办？拿着你用自己的命换来的命，再去娶一个，早生贵子，白头偕老？”生气的叶澜成开启了毒舌模式，说得安之素一个字都没办法反驳。

“说话，低着头做什么？我冤枉你了？”她不说话，叶澜成还不满意。

“没有。”安之素立刻把头摇得跟拨浪鼓一样，但眼睛里满是委屈。

叶澜成又被她的倔强气着了，说她她还不乐意了。

“算了，我不该对你有这么多要求。”叶澜成摆了下手，就自己将床头降了下来，侧身背对着她躺了下去。

叶澜成的心是真的闷疼，比头上的伤口都疼。他以为这么久了，她就算不喜欢他，也总该会把他当成丈夫一样依靠，可这件事狠狠打了他一巴掌，或许在她心里，他和她只不过是协议结婚，总有一天，她会选择结束这段婚姻。他的努力都会化作泡影，消散在空气里。

思及此，叶澜成就觉得连呼吸都会牵扯着心脏疼，他不知道该怎么才能真正走进安之素的心里了。

而他背对着安之素，没有看到安之素的那张脸上写满了焦急。

她看着叶澜成生气地背对着她，也知道自己当时的本能反应伤到了他，可她内心的想法真的不是他说的那样，她该怎么给他解释？

安之素着急得像热锅上的蚂蚁，小心翼翼地喊了叶澜成几声，叶澜成都不搭理她。她更着急了，犹豫了半晌，才鼓起勇气起身，绕到了病床的另外一边。

叶澜成闭着眼睛，也不知道是不是睡着了。

安之素轻轻喊了声："叶澜成。"

叶澜成没反应。

安之素在病床边蹲下，拿起了他的大手，放在自己脸上，她的脸颊贴着他的手掌，他的手掌有些凉，她的脸颊却慢慢发烫了。

叶澜成依旧没有反应，就像睡着了一样，任由她拿起他的手贴着她的脸颊。

"叶澜成，你别生气了，我知道错了，下次我再也不会推开你了，我会躲到你身后，让你保护我，好吗？"安之素的认错态度比小学生没写作业时还良好。

可叶澜成还是没反应，仿佛老僧入定。

安之素太熟悉这样的叶澜成了，每次一生气，不管自己说什么，他都不搭理她，任由她自言自语。

换作平常，她只会随便哄几句，哄不好就算了。可这次，她不得不耐下心，继续认错："叶澜成，你不是问我当时在想什么吗？我其实什么都没来得及想，那种危机的时刻，根本也容不得我去权衡什么。我的本能反应就是推开你，不想让你被炸弹炸伤。

"叶澜成，你误会我了，我没有不想让你保护的意思。我都嫁给你了，还有什么好矫情的。难道你都没有发现，最近我们家保险柜的钱少了不少吗？那都是我懒得出去取钱，图方便从里面拿的。我真的有慢慢在适应被你保护的感觉，你不能因为这件事就否定我，那样，我还觉得自己委屈呢。"

说着说着，安之素就从认错变成委屈了，连她自己都没有察觉，继续自言自语：“你这个人总是自以为是，你又不是我，你怎么知道我在想什么，每次都胡乱揣测我的想法。你每次误会了我，还不肯听我解释。你这么傲娇的人，幸好是我主动的，不然你可能真的会孤独一生……”

叶澜成一开始听安之素的认错态度还不错，说的话也悦耳，心里舒服了不少，都准备睁开眼睛搭理她了，可他刚要睁眼的时候，就听到了她接下来的话，差点被她气笑。

叶澜成感觉自己的头更疼了，胸口也疼，全是被气的，他怕是要成为史上第一个被自己老婆活活气死的丈夫了。

而耳边他的小妻子还在喋喋不休地控诉他欺负她的血泪史，他为了活命，实在没办法再装死，在她的喋喋不休中倏然睁开了眼睛。

安之素没想到他会突然睁眼，吓得一下子噎住了，还打了一个嗝。

叶澜成额角一抽，她还说他孤独一生，要不是他好心娶她，就她这张能把活人气死的小嘴，也是孤独一生的下场。

“你……你睁眼之前不会打个招呼吗？”安之素着实被吓了一下，拍着胸口翻白眼。

叶澜成气得又是额角一抽，抬手按住了抽搐的额角：“我没被砸伤，也要被你气死了。”

安之素一脸无辜道：“我什么时候又气你了？我明明是在跟你道歉。”

“道歉？”叶澜成这次真气笑了，“你怕是对道歉有什么误解吧，你那是道歉吗，分明是在抱怨我，说到最后，都变成我欺负你了。”

安之素略微回忆了下刚才自己嘀嘀咕咕都说了些什么，意识到自己说到后面严重跑题之后，她的脸一下子烧红了。

安之素怯怯地抬起了眼皮，看到叶澜成正好整以暇地看着她，她又飞快把眼皮耷拉了一下，狡辩道：“那个……我就是随便一说，没有抱怨你的意思。”

“我怎么觉得你对我怨念很深？”叶澜成可不打算这么轻易放过她。

“没有没有，你的感觉不准。我对你很满意，非常满意，如果满分是一百分的话，我给你一百零一分，多一分不怕你骄傲。”安之素一脸真诚地接话，额头上仿佛挂着两个大号加粗的“满意”。

“呵呵。”叶澜成凉凉地道，“如果你说这话的时候脸上有点笑的话，我或许还能信三分。”

安之素立马露出了一个职业假笑。

“太假。”叶澜成评价。

安之素索性不笑了，揉了揉假笑得僵硬的脸部肌肉，脖子往前一伸，下巴就搁在了床沿，呼吸都能喷到叶澜成脸上：“叶澜成，你差不多可以了吧，我已经哄你十分钟了。”

叶澜成看着她那张距离自己不足五厘米的脸，她微微嘟着嘴，很委屈的模样，好像哄他十分钟就累得半死不活了，懒洋洋的，竟有点可爱。

“叶澜成，别生气了呗。”安之素也不知道哪来的胆子，或许是以为叶澜成受伤了，就像受了伤的老虎，没什么攻击性了，她竟然抬起手，伸出一根手指头，在他脸上戳了戳，还故意扯起了他的嘴角，不怕死地道，“笑一个嘛。”

她做这一系列的动作时，自己先扬起了嘴角，给叶澜成做了一个示范。

叶澜成心想，安之素敢这么折腾他，一定都是他自己太惯着她了，胆子被都惯肥了，敢在太岁脸上动手了。

这会儿他明明该生气的，却在看到她嘴角扬起的微笑时，就像泄了气的皮球一样，那些怨气在她的微笑里消散，像雪融化在了阳光里。剩下的，只有被阳光沐浴的温暖和晴朗了。

“我看你胆子越来越肥了。”叶澜成虽不生气了，但也不想被她看出来，免得她以为他很好哄，于是故作还在生气的样子，拍掉了她的爪子。

安之素作乱的小爪子被拍开，倒不气馁，脸又往前凑了一点，微微直起腰，飞快在他的唇瓣上落下一吻。

叶澜成的眼帘微微一颤，一股酥酥麻麻的感觉席卷而来，在他还没有反应的时候，那让他感觉酥麻的嘴唇已经离开了，唇瓣上一空。

“这样好了吧？我都牺牲色相哄你了，你不能再生气了。”安之素稍稍往后退了一下，一副“我都牺牲这么大了，你怎么还好意思生气”的表情。

“色相不是这么牺牲的。”叶澜成的嘴角终于扬起了可见的弧度，他的手一伸，扣住了她的后脑，微微一用力，将她刚才拉开的那一点距离又缩成了零距离。

“呜——”安之素的唇被他霸道地吻住，不给她任何退路，她只能被迫接受。

她腹诽：叶澜成，我说的色相和你说的色相不是一个意思啊！

夏景泽的公寓楼下，宋佳人把自己那辆红色的野马稳稳停下，撩了下自己的长发，按了解锁，努了下嘴：“下车吧，看在你今天帮了之素的分上，我就不和你要车费了。”

“我是不是得跟你说谢谢啊？”夏景泽的白眼在墨镜下都快翻上天了。

“你要是说的话，我也勉强接受吧。”宋佳人摆出一副“我都行，你随意”的样子。

夏景泽有点被气到了，他也不知道自己是抽了什么风，明明自己有车，明明可以让保镖送他回来，他却偏要搭宋佳人的车，现在被她的话噎到，也是活该啊！

宋佳人见他要下车了，准备重新发动车子，然而她还没放下手刹，副驾驶室的门被砰的一声重新关上，已经准备下车的夏景泽倏然又转过了身，还顺手打开了车窗。

“又干什……呜——”宋佳人的话还没问完，夏景泽已经一把搂过了她的脖子，将她往怀里一带，低头堵住了她的嘴。

墨镜下，宋佳人的眼珠子都快瞪出来了。

唇瓣上温热的触感告诉她，她没有做梦，她真的被夏景泽强吻了。而且这厮扣住她后脑的手也很用力，她下意识地往后撤了一下都没有躲开。

宋佳人简直不知道夏景泽突然发什么疯，她跟他有什么深仇大恨，他要这样报复她。

而此时，在宋佳人看不到的地方，一双嫉妒得发红的眼睛正注视着车里的这一幕。

叶晴的双手紧紧握成了拳头，白皙的手背上隐隐能够看到青筋凸起，她漂亮的五官也变得狰狞起来，只恨自己手里没有一把枪，不能把宋佳人打成筛子。

她曾在电视电影里，无数次看到夏景泽和其他女明星亲吻，但她知道，那些都是借位，夏景泽的荧屏初吻一直都在。她还知道，他对亲吻女人有洁癖，嘴唇几乎是他的禁忌之地，谁也不能碰。

可是现在，她眼睁睁地看到他深情地亲吻宋佳人，而宋佳人看起来似乎还有点不情愿的样子。

叶晴嫉妒得快要发疯，凭什么，一个小小的律师，凭什么得到夏景泽的喜欢？甚至为了她，夏景泽还愿意无条件捧安之素。

叶晴差点就要失去理智冲过去将他们分开，好在她还是忍住了，她自虐般看着他们，过了好一会儿，她才哭着跑走了。

夏景泽从后视镜中看到叶晴跑走了才倏然松开宋佳人，然后紧接着，宋佳人的巴掌就招呼了过来。

“啪！”

早有准备的夏景泽自然没有让她的巴掌落在他英俊的脸上，他一抬手就挡住了她的手腕，露出一个“我就知道你会这样”的笑，有点得意。

宋佳人也笑，不过在笑的时候，已经迅速抬起另外一只手，嗖地拍了过来。

夏景泽一惊，本能地立刻朝后仰倒，宋佳人的巴掌啪地打在了他脖子上，立刻就打出了五道手指印。

“嗷——你这个女人疯了？下手这么狠。”夏景泽疼得嘴角抽了抽，幸亏他闪得快，不然这一巴掌落在他脸上，他得好几天不能出门了。

“看我不打死你这个臭流氓，敢亲我，我打不死你。”宋佳人一把从背后抽出腰枕，朝着夏景泽就砸过去。

夏景泽抬手挡住自己的脸，说道：“你以为我想亲你啊，那可是老子的初吻，你给我住手，再不住手我可还手了。”

“初吻？你不知道亲过多少女明星了，跟我说初吻，你逗傻子呢？”宋佳人被占了便宜，哪儿肯停手，反而打得更用力了。

“我那都是借位，借位你懂不懂？嗷，别打我脸，我还靠脸吃饭呢。”夏景泽缩在副驾驶座上，被宋佳人打得毫无还手之力。

“老娘今天就毁了你的容，看你怎么靠脸吃饭。”宋佳人气炸了，这货竟然敢亲她，当她是什么人了？

夏景泽叫得很惨，但也知道把车窗关了，别让其他人看到自己被打，万一有人拍了照片，他明天就得上头条了。

宋佳人一口气拿着腰枕狂打了夏景泽几十下才气喘吁吁地停下来，夏景泽终于找到了机会反击，长臂一伸，迅速夺走了她手里的武器。

“你还有脸反抗！”宋佳人一个没注意被夺了武器，再次奓毛了。

夏景泽赶紧抱紧了腰枕往副驾驶室的门边缩，求饶道：“姑奶奶，我真是怕了你了，你能不能听我解释一句？你以为我想亲你啊，我的初吻就这么没了，我去哪儿哭去啊？”

宋佳人一听他还委屈了，一个刀子眼就甩了过去：“我听你解释？行，你给我解释，你要不能给我解释个子丑寅卯来，我非买瓶 502 把你嘴封上。”

夏景泽被恐吓得捂住了嘴，声音从指缝间传出：“刚才叶晴就站在我公寓楼下，她肯定是来堵我的，我亲你只是为了做戏给她看，证实我们在医院扯的谎。她那个人我最清楚了，不到黄河心不死，非要亲眼见了才肯相信我们真的在谈恋爱。”

他一股脑地把原因解释了一番，末了还补充道："要不是为了小嫂子，我才不会做这么大的牺牲，我保留了二十多年的初吻容易吗？我未来媳妇一定会生我气的，我把留给她的东西弄丢了。"

宋佳人的脸都黑了：你的是初吻，老娘就不是了吗？

忍着想把他一脚踹出去的冲动，宋佳人深吸一口气，朝着车外看了看，哪里还有叶晴的影子，于是她又狐疑地看着他："我怎么没看到叶晴，你不是在忽悠我吧？"

"谁忽悠你了，她早走了，她要没走，看到你这么打我，早穿帮了好不好？"夏景泽也有点生气了，还吐槽道，"不是我说你，没事磨炼一下你的演技，装也要装得像点，以后再有类似的突发情况，你淡定点好吗？"

宋佳人的额头仿佛瞬间冒出了三条黑线，如果眼神可以杀人的话，夏景泽这会儿肯定已经凉透了。

"你还想有下一次？夏景泽，我警告你，再敢亲我，我管什么叶晴在不在，直接废了你。"宋佳人为了安之素可以放过他这一次，但绝对不会再让他亲第二次。

"鬼才希望有下次，跟你亲嘴的体验实在太差了，你的嘴唇一点都不弹，我好心推荐你用用兰芝的唇膜，好好保养保养你的嘴唇，不然你男朋友以后都不想亲你。"夏景泽噼里啪啦说完就推门跳下了车，跑得比兔子还快。

被夏景泽吐槽嘴唇不弹的宋佳人简直气得奓毛，狠狠地捶了下方向盘。气死她了，他竟然说体验感很差，她的体验感才很差好吗，她的嘴唇不弹，难道他的就弹了？五十步笑百步！

宋佳人缓了好一会儿才把胸口的那团火压下去，一边发动车子离开，一边抬手摸了摸自己的嘴唇，想着今天到现在也没喝上一口水，嘴唇的确有点干，但绝对也不像夏景泽说的那么差，她拿指腹轻轻点了几下，明明就很弹的。

瞎！宋佳人暗骂了夏景泽一句，加快了车速。

此时的夏景泽早就进了自己的公寓，他进了家门的第一件事并不是换鞋，而是直接去了窗户边，拉开窗帘看向楼下。

他看到宋佳人的车在他楼下停了一会儿，不知道她在车里干什么，过了好一会儿才离开，然后很快就消失在了他的视线当中。

看到她走远了，夏景泽才松了一口气，揉着被宋佳人用腰枕砸疼的肩膀，吐槽了句："真凶，谁将来娶了你，真是倒了八辈子的霉。"

夏景泽一边吐槽着，一边往后退，然后倒在了沙发上，手臂擦过嘴唇，他不知怎么的就想起了自己的嘴唇贴上宋佳人嘴唇时的感觉。

明明已经过去十几分钟了，可回想起来，似乎还能深切地捕捉到那股酥酥麻麻的异样的感觉，他承认自己说谎了，其实宋佳人的嘴唇很弹，还有一股淡淡的口红味。

夏景泽无意识地舔了一下自己的嘴唇，不知道宋佳人用的什么牌子的口红，口感似乎……不错的样子。

"我去，我都在想些什么？！"忽然意识到自己在回味和宋佳人亲吻的夏景泽像被人踩了尾巴似的跳了起来，急忙狠狠地甩了几下脑袋，把脑海里那旖旎的画面甩了出去。他怎么能觉得和宋佳人亲嘴的感觉好？好个屁啊，一点都不好，差极了。

夏景泽甩着脑袋跑进了浴室，他觉得自己需要冲个冷水澡冷静冷静。

叶晴开车离开夏景泽住的高级公寓小区后，第一件事就是给安听暖打了一通电话。安听暖对叶晴打的电话，一向都是很快就接通，这次也不例外。

"喂，叶晴。"安听暖看到了新闻，素嬛工作室突发的状况破坏了开业仪式，她计谋达成，心情很好，说话也轻快了些许。

但叶晴的心情非常糟糕，她没有任何寒暄，直接问道："听暖，你知道宋佳人吗？"

"宋佳人？"安听暖当然知道，知道得不能更清楚了。要不是宋佳人，安之素早死在精神病院了。

"嗯，她是安之素的闺密，你应该知道吧？"叶晴又问道。

安听暖沉默了一下，叶晴怎么会无缘无故问起宋佳人，是出了什么她不知道的事情吗？想着，她反问了句：“怎么了？怎么忽然问起她了？”

叶晴咬牙切齿地说道：“我们全都错了，景泽哥喜欢的人不是安之素，而是宋佳人。”

安听暖闻言，眼睛里闪过了一抹诧异和怀疑。夏景泽喜欢的人是宋佳人？这怎么可能？

“叶晴，你从哪儿听来的小道消息？”安听暖对叶晴说的这件事十分怀疑。

叶晴说道：“我不是听说的，是我亲眼看见的。你看到新闻了吗？有人在素嬛工作室的开业仪式上扔假炸弹，我大哥意外受伤，我和奶奶他们去医院看大哥，景泽哥亲口说的。”

夏景泽亲口说的？

安听暖沉思了片刻，才说道：“新闻我看到了，叶少没事吧？”

“医生说没什么大碍。听暖，景泽哥亲口说他喜欢的人是宋佳人，因为安之素是宋佳人的好闺密，他才爱屋及乌，看在宋佳人的面子上帮安之素大力宣传的。我刚刚还亲眼看到他们接吻，不会有错的。”叶晴说到后面，气得后槽牙都快咬碎了，天知道她花了多大的力气才忍住，没有在当时冲上去给宋佳人一巴掌。

叶晴抛出来的证据，让安听暖不得不相信这个事实。

原来，夏景泽真正的女朋友是宋佳人，安之素只不过是沾了宋佳人的光。

宋佳人，又是你坏我好事。安听暖微微握紧了拳头，眸中透着寒意。

“听暖，你一定知道宋佳人更多的事情吧，你快点和我说说，我不能让她霸占着景泽哥。”叶晴给安听暖打电话，就是为了打听宋佳人的事。

安听暖的目光寒意森森，不过说话的声音依旧柔和，她说道：“宋佳人跟我姐是从小一起长大的好朋友，高中的时候才分开，一个来了 S 市上学，一个继续留在苏城读书。大学的时候，宋佳人考上了 B 市的法学院。她是五年前才来的 S 市，现在自己成立了一家佳人事务所。听说她是律师界的后起之秀，不少资深的老律师欣赏她，很多家老牌律师事务所向她抛过橄榄枝，但她都拒绝了，凭借着自己的资源，成立了自己的事务所。”

叶晴把安听暖说的这些记在了心里，然后问道：“还有更详细的资料吗？”

“其他的我就不知道了，不然我找侦探帮你查查？”安听暖说道。

叶晴拒绝道：“不用了，我自己查吧。”

“好，那有什么需要帮忙的，你再找我。”安听暖说道。

叶晴应了声，刚想挂电话的时候忽然又想起了什么，问道：“听暖，今天的事，不会是你的手笔吧？”

安听暖心里咯噔了一下，但她一向善于伪装，嗔了声：“怎么可能是我，我没有必要去给她使绊子。就算她把工作室做起来了，也不可能比得上安氏集团。她已经放弃了安氏集团的股份，等于放弃了继承权，安氏集团已经是我的了，我还有必要再去落井下石吗？”

闻言，叶晴也觉得自己想多了，笑了声道：“我就是随口一问，你别生气，她的确不值得你出手对付。今天出了这事，也不知道是她倒霉还是幸运。”

“幸运什么？”安听暖在叶晴面前洗清了嫌疑，微微松了一口气，问道。

“幸运的是我大哥受伤了呗。既然不是你制造的意外，那以我大哥那缜密的心思，肯定要怀疑是有人针对他，以前他就因为大意差点送过命，现在有点草木皆兵，八成会让人揪出罪魁祸首，宁可错杀一千，也不会放过一条漏网之鱼。等我大哥把罪魁祸首揪出来了，安之素的工作室就不会被网友们揪着不放了，反而会变成受害者，到时候赚一波同情不成问题。”叶晴喋喋不休地说道。

她只是随口说了几句，却不知道这些话已经在安听暖的心中掀起了惊涛骇浪。这跟她的本意差太远了，叶澜成的受伤赫然成了安之素翻盘的契机。

“好了，我不和你说了，先挂了，有其他电话进来。”叶晴看到屏幕上提示有其他来电，和安听暖说了一句后就切断了通话。

安听暖在听到嘟嘟的忙音之后，才将手机从耳边拿了下来，坐在卧室的单人沙发上，想着叶晴说的那番话。

前天她暗示杨兮去找贺思怡，把安之素最近的情况都透露给贺思怡，以贺思怡对安之素的仇恨程度，必然会去捣乱。

她本以为贺思怡会自己出面去现场大闹一番，但没想到贺思怡现在做事也会用脑子了，竟然给了她一个这么大的惊喜。

杨兮给她打电话让她看新闻的时候，她一看到现场有粉丝受伤，还有叶澜成也受了伤，差点笑出声来。

于是她立刻提醒杨兮，让她找水军去炒这件事，最好能够引起有关部门的重视，对工作室下达停业整顿的通知，让它刚开业就关门大吉，到时候安之素的工作室想再开业就不是那么容易了。

另外一方面叶澜成也受了伤，叶澜成不仅是盛世财团的总裁，还是叶家后辈里唯一的男丁，今天被安之素连累得差点没命，不管是叶家还是盛世财团，都不会轻易放过安之素。盛世财团那么大的公司，随便使点手段，也够安之素喝一壶的了。

安听暖都已经帮安之素把结局设想好了，这件事之后，她又会被打回原形。工作室关门了，员工谁还愿意跟她干，没有员工就没人做旗袍，靠她一个人，怎么可能把那么多戏服做出来?

做不出来就是毁约，毁约就要赔偿一笔天价违约金，而安之素手里连最值钱的股份都没有了，怎么赔偿违约金?

一想到安之素努力了那么久，她几句话就让对方一无所有，她甚至都开了一瓶红酒自饮自斟地庆祝了。

然而叶晴的一通电话却像一个巴掌一样，狠狠地打在了她脸上，瞬间把她从美梦中打醒了。

谁能想到叶澜成受伤之后，不但可能不会追究安之素的责任，还会以为是有人针对他，以为是他连累了安之素。

就如叶晴说的那样，一旦叶澜成出手，那查出罪魁祸首就不是难事，到时候再查到贺思怡头上……

不行！

她不能让叶澜成去查，这事，必须得让叶澜成知道是安之素连累的他，而不是他连累的安之素。

思及此，安听暖放下了手里喝了一半不到的红酒，刚才还觉得入口甘甜的红酒，这会儿显得索然无味了。

她又拿起了手机，正要给杨兮拨打一通电话的时候，杨兮的电话就先她一步打了进来。她从来没有像这次这样秒接了杨兮打来的电话。

“杨兮。”

“听暖。”

两人同时喊了对方一声，声音都有点急切。

不过杨兮显然更着急，她不等安听暖说话，就接着说道：“听暖，安之素的工作室在微博上发了致歉书。”

“致歉书？”安听暖问道，“什么致歉书？”

“内容有点长，你登录微博看看。”杨兮也没办法背下那么长篇幅的内容。

安听暖点开微博全文，从头到尾看了一遍，内容的确有点长，通篇看下来，可以用三点来概括。

第一点，素嬛工作室的开业仪式属于户外活动，在举办之前，已经得到过有关部门的审批，不存在私下违规举办活动的说法。另外，工作室为了确保安全，特意请了安保公司的保安全场巡逻，事发突然，保安们也第一时间进行了人员疏散。

第二点，事发之后，素嬛工作室第一时间叫了救护车，将所有受伤的伤员送去医院治疗，并支付了所有医药费。每一个伤员都在医院做了全面检查，确保无恙之后才从医院离开。

第三点，关于引发这次意外事故的原因，警方尚在调查当中。目前警方无法确定扔“炸弹”的人是冲着谁去的。但不管对方的目标是谁，素嬛工作室都要承担一定的责任，在此表示真诚的歉意。

“听暖，你看完了吗？”等了好一会儿，杨兮忍不住问道。

安听暖声音沉沉地道："看完了。"

杨兮这才开始骂："没想到安之素那间小小的工作室竟然还有公关高手，这封致歉书一发出来，明摆着是在甩锅，不仅可以成功甩锅，模棱两可地暗示工作室也是被连累的，还能以敢于站出来承担责任，来迅速博取同情心和好感度。"

这才是杨兮着急上火的原因，致歉书中阐明得很详细，活动是合规的，安保也做到位了，事后还敢于承担后果，最重要的事，扔"炸弹"的人极有可能是冲着其他人去的，工作室也是倒霉的受害者。

用一封道歉信就能扭转局面，这公关手段，不可谓不厉害了。

"听暖，我们现在该怎么做才能把舆论扳回来？这么好的机会，不能让安之素就这样平安度过去了。"杨兮着急地问道。

安听暖也被打了一个措手不及，沉思了好一会儿才说道："既然她模棱两可地甩掉责任，那我们也能模棱两可地继续抹黑她。你让水军去微博下面带节奏，就说安之素这是推卸责任，拿没人能够证实的事情博取同情心。只要水军的分析有理有据，网友们就会半信半疑。"

杨兮眸光一亮，应道："我这就去安排。"

"不急，还有一件事，叶澜成可能会调查这事，你去给贺思怡通个气，让她自己小心一点，别被叶澜成查到了。"安听暖拿手机要给杨兮打电话，想要安排的就是这件事。

杨兮闻言怔了下："叶澜成查这件事做什么？他被安之素连累了，难道不该找安之素算账？"

"这个你就别问了，先按照我说的去办，事不宜迟。"安听暖哪有时间和杨兮重复叶晴说的话。

杨兮听她语气着急，也没有多问，应了一声就挂了电话，然后立刻就给贺思怡打了一通电话。

贺思怡正窝在沙发上欣赏自己的报复成果，看到杨兮打来电话，她心情很好地接通："兮姐。"

"思怡，你老实告诉我，今天素嫒工作室开业仪式上的事是不是你做的？”杨兮明知故问，还装出了一副紧张的声调。

“是我找人干的，兮姐，我很厉害吧？”贺思怡非常爽快地承认了。

“胡闹。”杨兮的声音一沉，“思怡，你太胡闹了。万一出了人命，你想过后果吗？我真后悔，我那天不该去找你喝酒的，肯定是我说了醉话，你才知道安之素开了工作室。”

“兮姐，你别自责，我知道你也是难受。我也难受，凭什么我哥死了，她却还能好好地活着，我要是什么都不做，我就不配当我哥的妹妹。”

杨兮装作既懊悔又心疼：“思怡，我……我就是担心。现在事情闹这么大，警察也介入了调查，万一把你抓了，我怎么对得起你哥？”

“不会的，兮姐，你放心好了。我找的人很靠谱，也很机灵，他扔了炸弹就跑了，警察找不到他的。”贺思怡也不是傻子，当然不会给警察留下什么线索。

杨兮心里记着安听暖的话，还是不太放心，给贺思怡传递消息：“思怡，事情比你想象的要严重。因为这事，盛世财团的总裁受了伤，人都住院了，到现在还没有醒。他醒来之后可能也会调查这事，你最好还是让你那个朋友注意一点。”

贺思怡接触不到杨兮说的那个层次，对盛世财团也不是很清楚，不过既然杨兮都提醒了，她自然会记下，点头道：“好的，兮姐，我会让他躲一躲的。”

“思怡，这次的事都已经发生了，我就不说你了。但是下次，你千万别再这样了。万一把你自己赔进去，那就太不值得了。”杨兮提醒的目的达到，还没有忘记演一出关心的戏码。

“我知道了，兮姐，我有分寸，你放心好了。”贺思怡笑着应道。

杨兮又叮嘱了几句，等到觉得戏演得差不多了，她才挂断了电话。

贺思怡记着杨兮的提醒，用手机编辑了一条短信发了出去：阿鹏，你这几天尽量少出门，先避一避风头吧。

短信发出去没到两分钟，阿鹏的回复就过来了：怕什么，当时那么多人，注意力全在台上，我扔了炸弹就跑了，谁能找到我？你什么时候胆子这么小了？晚上我们去飙车，来不来？

贺思怡本来也不是很在意杨兮的提醒，听到阿鹏这么说，也就更不在意了，回了条短信：我晚上要上班，先不去了，改天休息的时候再去找你们玩。

阿鹏很快又回复：你那卖酒的工作一天能赚多少钱，跟着我们一起多好，保证你一天赚的钱比一个月都多。老大又喜欢你，你还怕吃亏？

他们干的什么买卖，贺思怡心知肚明，她虽然在社会的底层挣扎，但她有自己的底线，不该碰的东西，她绝对不会碰。

贺思怡：有空我去找你们玩车，先不说了。

她随便回了句，就没再和阿鹏聊了。

再之后，贺思怡打开了自己的支付宝，先看了下里面的余额，还有五千五百块钱，距离发工资还有半个月，即使这个月暂时不用缴房租，五百块钱也不够生活半个月的。

即便是这样，贺思怡还是打开了转账功能，咬咬牙，给一个账号转了五千块钱，余额宝里的钱一下子只剩下五百了。

不过看着那仅剩的可怜数字，贺思怡觉得浑身轻松了许多。她正要丢了手机去厨房煮点泡面充饥，手机忽然响了起来。

看到来电显示，贺思怡秒接了电话："历哥，收到转账了？"

"阿思，你这是什么意思？"陈历的声音有些不悦。

贺思怡笑道："历哥，我找你办事，这点规矩我还是懂的。"

"那些规矩是给别人立的，你找我办事我还收钱，我就差你这点钱？"陈历更不高兴了。

贺思怡还是笑："历哥，规矩就是规矩，对谁都一样。我没钱，只能给这一点，你别嫌少才好。"

她不想欠陈历这个人情，所以还是钱货两清比较好。

"阿思，你说这话真让我伤心，我对你什么心思，你不懂吗？"陈历很受伤地说道。

“历哥，你能看上我，是我的福气。但是我没办法答应你，对不起历哥。”贺思怡再次坚决地拒绝了陈历。

陈历也不知道是不是被拒绝习惯了，只是叹了口气，也没有再说什么就把电话挂了。

第十六章 叶澜成，我爱你

挂了贺思怡的电话后，陈历就打了电话让阿鹏来一趟。

老大召唤，阿鹏火速赶来了。

“历哥，你找我啊！阿思那事，我都办得妥妥的了。”阿鹏以为陈历找自己是为了问贺思怡那事，一来就先汇报了。

陈历点头道：“我看到新闻了，办得不错，这是阿思给你的钱。”

说着，陈历就把准备好的五千块钱丢给了阿鹏。

阿鹏下意识接住陈历丢来的一小沓钱，愣了下道：“阿思这是干什么，这么见外？跟历哥还这么客气。”

“给你你就拿着，当你办这事的辛苦费。”陈历也不多说。

阿鹏点头，将钱揣进了兜里：“那好吧。”说着又嬉皮笑脸地问道，“历哥，你咋还没追上阿思啊，这都多久了？”

陈历瞪了他一眼。

阿鹏也不害怕，又说道：“历哥，你不会对阿思动真心了吧？这不符合你以往把妹的画风啊，哦不对，以前都是妹子往你身上倒贴，你这还是第一次追妹子吧。”

陈历又瞪了他一眼。

阿鹏继续不怕死地说道：“历哥，我和你说啊，这女人，你不能太惯着她。你越惯着，她越端着。该强硬的时候就得强硬起来，我们又不是什么正人君子，要我说，直接把她办了就好了。”

“滚蛋！”陈历听到这里，一脚踹了过去，“老子就想谈一场走心的恋爱不行啊？”

阿鹏没敢躲开，被陈历踹了一脚，嬉皮笑脸地说道：“哎哟，历哥，这都什么年头了，谁还谈走心的恋爱，现在女人这么现实，要么走肾，要么走钱好不好？”

陈历又骂了他一句，把他赶走了。

阿鹏喜滋滋地走了出去，摸了摸怀里揣着的五千块钱，寻思着今天晚上去哪儿快活快活。

医院内。

安之素抱着手机正在刷微博，素嬛工作室的公关致歉书已经发出去半个小时了，取得的效果还是很显著的，舆论中渐渐有了为素嬛工作室说话的声音了。

不过很快，又有小号开始扒这篇致歉书里模棱两可的误区，开始带节奏，企图将事情闹得更大，好在一位网友上传的一段视频为安之素发了声。

网友的微博名叫“我就是正义”，这位网友很少玩微博，发过的微博也寥寥可数，其中热度最高的一条就是今天假爆炸案的现场视频了。

视频并不长，只有短短半分钟，从拍摄角度来看，应该是站在素嬛工作室对面的楼上拍的，刚好能够拍到舞台的全部。

这半分钟的视频是从保安发现黑色袋子里面装的是炸弹时开始的，从视频中可以看到，现场瞬间就乱了起来，台下的围观粉丝一哄而散，你拥我挤，毫无秩序，保安们努力维持秩序都失败了。

而台上站着的几位剪彩嘉宾也在第一时间反应过来，其中安之素反应最快，她一把就推开了叶澜成，然后飞快跑向那个装着炸弹的黑袋子，毫不犹豫地用自己的身躯压住了炸弹。

紧接着叶澜成一把将她拽起，抱着她就地翻滚，两人才滚到台下，炸弹就“爆炸”了，却是一场恶作剧。再跟着就是钢铁架倒塌，砸伤了叶澜成。

视频到这里就结束了，这位博主还发了几段文字：

这段视频是我在素嬛工作室对面的咖啡馆拍的，我当时坐在靠窗的位置，正好可以俯视对面的情况。看到有明星，我就随手打开手机录像，没想到拍到了这些。

事发之后，我看到网络上都在攻击素嬛工作室，实在没办法不为素嬛工作室发声。诚然，这件事素嬛工作室也有责任，但是从视频中看得出来，工作室的老板在第一时间就推开了嘉宾，第一时间冲到危险跟前，用自己的身躯压住了炸弹。

试问你们这些站着说话不腰疼的网友，在当时那种情况下，你们谁敢往炸弹冲？你们再看看人家，人家一个女人，在危险面前的本能反应不是自己跑，而是选择先救人。这种大无畏的牺牲精神，就值得你们所有人敬佩。

你们还有脸在网上骂人，说人家这说人家那的，人家邀请你们去观看开业仪式了吗？还不是你们为了看自己的偶像硬凑上去的。人家已经请了安保公司，已经给予了你们生命安全保障，你们这么骂人，良心不会痛吗？

这条微博一出来，迅速得到了大量的转发，那些跟着水军骂过安之素的人纷纷跑去工作室的微博下面道歉，光是道歉就盖了成百上千楼。

安之素看着这极速掉转的局面，抬头问躺在病床休息的叶澜成：“这不会是你的手笔吧？”

“你把我想得太万能了，我还能提前派个人守在那里拍视频不成？”叶澜成有点无语。

安之素得到了答案，抬手抓了抓头发，说道：“难道真是人间自有正义在？”

“或者你也可以认为老天都在帮你，又或者是邪不压正。”叶澜成抬了抬眼皮，说道。

安之素“嗯“了声，摸了摸下巴道：“感觉我快成网红了呀，佳人上次还说呢，工作室的微博粉丝比网红的粉丝还多。”

“你和一群整出来的网红比什么？”叶澜成一脸嫌弃，显然不高兴安之素拿自己和一些不入流的网红相提并论。

这话取悦了安之素，她摸了摸自己的脸，难得自恋道：“你眼光挺好的嘛。”

“嘚瑟。”叶澜成扔给她两个字，然后拿起手机，给高旗打了电话，只吩咐了一句话，“那篇文章可以发出去了。”

“现在就发吗？”安之素等他挂了电话后说道，“有了这位正义网友的发声，工作室的处境已经没那么糟糕了。我觉得可以再观望一下，如果情况不再恶转，你就不用让公关部发文了。”

“乘胜追击，不给对方反击的机会，才是兵法中的取胜王道。”叶澜成难得有心思传授她经验。

安之素受教地点头：“哦哦哦。”

高旗那边，在收到叶澜成的命令后，马上让公关部把提前准备好的公关文章公布了出去。

毫无疑问，这公文一出来，立刻又掀起了一片浪潮，尤其是里面的内容几乎把今天的事全揽到了盛世财团身上，不但给现场受惊和受伤的群众道了歉，还对素嬛工作室表示了歉意，并会承担素嬛工作室代替盛世财团支付的医疗费用。

把全篇看完，大家都明白了一件事，原来素嬛工作室是替盛世财团背了锅。今天的假爆炸案，针对的其实是盛世财团的总裁，安之素和素嬛工作室都是被牵累的。大家在网上骂了这么久，根本就骂错人了。

“叶澜成，我真是佩服死你了，一步又一步，环环相扣，彻底扭转了局面，化解了工作室的危机。”安之素的两只眼睛里闪烁着光芒，满是崇拜的小星星。

这个男人实在是老谋深算啊，先让工作室发致歉书，等待工作室的致歉书发酵之后，盛世财团再发文背锅，效果比同时发文要好。再加上“我就是正义“这位网友的帮助，这一场没有硝烟的战争里，他们赢得太漂亮了。

叶澜成能够从小妻子的口中听到夸赞，心情莫名很好，比签了上亿的合同都开心，暗想着这事公关部办得不错，回头都有奖金。

“咚咚咚！“

正当叶澜成考虑着给公关部发奖金的时候，病房的门就被敲响了。

安之素看了下时间，已经中午十二点了，便也猜出来是谁了，遂应道：“进来。”

病房的门随之被推开，进来的是白心慈的司机，他手里提着两个保温盒，喊道：“大少、少夫人，夫人让我来给你们送饭。”

安之素站了起来，接过两个保温盒，道谢：“谢谢，辛苦了。”

“不辛苦、不辛苦，应该的。大少、少夫人，你们慢用，我先走了。”

叶澜成“嗯”了声，司机就转身走了。

安之素拉开了病床上的小饭桌，将保温盒打开，拿出了里面的食盒，饭菜都刚好是不烫不凉的，这个温度吃刚好。

“哇，有红烧肉。”安之素还没打开食盒，就已经闻到了最爱吃的红烧肉的味道，一双眼睛都变得亮晶晶的。

叶澜成一脸无奈，她真是什么时候都不忘记吃肉。

“红烧肉是给我的吧？”叶澜成指了指自己的脑袋，“毕竟我才是伤员。”

安之素护犊子似的把那盒装着红烧肉的食盒藏到了身后，指着另外几个食盒说道：“妈知道我最喜欢吃红烧肉，所以红烧肉肯定是我的。这些容易消化、不需要用力咀嚼的食物才是你的。”

叶澜成盯着另外几个食盒里的食物看了一眼，不是粥就是汤，全是连嚼都不用嚼的东西。

安之素似乎看出了他的郁闷，偷偷把红烧肉藏好，然后把装着汤的食盒往叶澜成跟前推了推：“你先喝点汤呗，这是骨头汤，医生说多喝点骨头汤，伤口愈合得快。”

叶澜成不动，朝着她身后瞄去。安之素立马又把红烧肉往被子底下藏了下，嘴上还一本正经地说道："红烧肉你就别想了，太油腻了，你头上有伤口，今天只能吃点清淡的。"

叶澜成嘴角一抽，这吃货，未免太护食了。

"喝汤喝汤，我喂你呀。"安之素舀了一勺汤送到叶澜成的嘴边。

叶澜成轻笑了一声，她愿意伺候他，他自然乐得享受她的伺候，张口就喝下了一口汤。

蓉婶的手艺自是不用说的，骨头汤炖得鲜美又不油腻，里面放了枸杞和红枣，既营养又补气血。

"叶澜成，等你明天出院了，我们先去妈那里住几天吧，等你伤好了我们再回家。不然我不会做饭，我们俩就只能吃外卖了。或者我们请个保姆？"安之素喂了他几口汤，忽然想到了这个现实的问题。

叶澜成喜静，澜庭居打扫卫生的用人都是白心慈那边的，每周去个一两次，定时定点地去打扫，大部分时间，他都不喜欢家里有人走动。

因此他直接否决了请保姆的建议，说道："回妈那里住几天。"

安之素也更偏向去白心慈那里蹭饭，毕竟她也不是很喜欢家里有其他人。再者去白心慈那里住，叶澜成就不能管着她吃肉了，她巴不得多在婆婆家住几天呢。

"好的，那等会儿我跟妈说一声。"安之素心里打着自己的小算盘，眼角眉梢都是笑意。

叶澜成被安之素喂了一碗骨头汤，又喂了一碗鸡丝粥，还吃了小半碗肉末蒸蛋，已经饱得连一口水都喝不下了。

"真不吃了？"安之素还在怀疑他是不是真的饱了。

叶澜成心累地说道："你是打算把我喂到吐吗？"

安之素嘿嘿一笑，放下了勺子，这才默默地从被窝里拿出红烧肉的食盒打开，又打开了米饭，吃起了独食。

叶澜成看她吃得一脸满足，被气乐了。

看着看着，他便觉得安之素其实是个很容易满足的人，明明从小也是锦衣玉食长大的小公主，却依旧有一颗平凡的心，喜欢吃的东西也是最普通不过的东西，这其实是很难得的。

他记得那天晚上他煮了鲍鱼海参面给她吃，她还不如吃西红柿鸡蛋面吃得多，反而把两个煎蛋全吃完了。

那天他就问她了，问她是不是不喜欢吃鲍鱼或者海参。

“也不是不喜欢，好东西谁都喜欢，只是吃起来没有我想要的味道。我妈妈以前很忙，极少有机会给我做饭，偶尔做一次，也是匆匆忙忙地做一碗简单的西红柿鸡蛋面。所以对我来说，西红柿鸡蛋面是属于妈妈的味道，红烧肉是属于外婆的味道。山珍海味纵然好吃，却没有妈妈和外婆的味道。”

她的回答就那样猝不及防地刻在了叶澜成的脑海里，叶澜成当时的第一个想法就是去学一道最简单、最普通的菜，也让那道菜成为安之素以后哪怕吃再多山珍海味也不会忘记的专属记忆。

相较于叶澜成，安之素可没有想这么多，工作室化险为夷，她心底的大石头落了地，心情和胃口都好得不得了，叶澜成才走神了一会儿，她已经干掉了三分之一的红烧肉，米饭也已经吃了半碗。

叶澜成怕她吃太多肉不消化，制止道：“别全吃完，留点肚子喝点汤。”

安之素嘴里塞满了油而不腻的肉，含混不清地说道：“不吃完留着干什么，下顿就不好吃了。”

叶澜成扶额道：“没让你吃剩的，晚上可以再做。”

安之素眼睛一亮，囫囵吞枣般把口中的肉咽下去，惊喜道：“真的？晚上你还允许我吃肉？”

“看你表现。”叶澜成努了努嘴，指着食盒说道，“只可以吃一半，再喝一点汤，吃太多，你消化不了。”

安之素这就纠结了，她感觉自己可以吃完一整盒没有压力啊！可是要是中午吃了一盒，晚上就没得吃了。

安之素在一次性吃个够和可持续吃肉中间纠结了一下就做出了选择，果断点头：“好的，我不吃完。”

叶澜成点头：“乖。”

安之素嘴角一抽，这口气怎么跟哄小孩似的？

老九风尘仆仆地走进病房的时候，安之素刚刚放下手机，她偷偷编辑了自己晚上想吃的菜单发给白心慈了，老九突然进来吓了她一跳，让她差点把手机扔了。

“大少，少夫人。大少，你怎么样了？”老九进来之后先询问了叶澜成的伤势。

“无碍。”叶澜成指了下椅子，“坐下说。”

老九应了声，走到病床前的椅子上坐下。

“喝口水吧。”安之素接了一杯温水递给老九。

“谢谢少夫人。”老九双手接过水杯。他跑了半天也确实渴了，接过水杯就先喝了几口。

“查得如何了？”等老九喝过了水，叶澜成才问了话。

老九坐正了身体，恭敬道：“大少，我第一时间就去调了工作室附近的监控。当时人很多，我想扔炸弹的人为了利于逃跑，应该会选择站在外围，只有不被人群包围，他才能在扔了炸弹之后第一时间逃走。

“所以这个人在监控里很容易被锁定，他穿着一身黑色的卫衣，戴着鸭舌帽，鸭舌帽外面又套了卫衣的帽子，还戴了口罩和墨镜，几乎是全副武装，扔了炸弹就跑，没让任何人看到脸。

“我寻着他逃跑的方向沿途去调监控，花费了不少时间才查到他最后藏匿的区域。我联系了七哥，他已经派人去查那个人了，有消息会通知我。”

叶澜成颔首，“嗯”了声。

安之素问道：“有那个人的照片吗？”

“有的，但是从视频里截出来的，虽然已经还原到最高的清晰度了，不过还是有点模糊。”老九说着，就从衣服口袋里掏出了一个信封。

安之素接过信封打开，里面只有两三张照片，一身严实的打扮，不是熟人的话，是根本辨认不出是谁的。

“我不认识。”安之素看完之后确认道。

老九点点头，说道："这种事情，自然会找一个生面孔，少夫人不认识是正常的。"

安之素想想也是，便把照片还给了老九。

老九接回照片也没有继续留着，摸出打火机，直接对着垃圾桶把照片烧了。

处理完照片，老九才起身，对叶澜成微微弯了下腰："那大少，我就先回去了，等七哥那边有消息，我再来告诉你。"

"嗯，打个电话就行了，不必再跑一趟。"叶澜成颔首。

老九应了声"是"，退出了病房。

病房外，小十尽职尽责地站着，他是叶澜成在让夏景泽和苏夜把他们的保镖带走之后，打电话让他过来的，他来了都没有进去打扰叶澜成，一直在外面守着。

老九刚才急着和叶澜成汇报调查消息，也没有多和小十说话，这会儿出来了，才拍了下他的肩膀，问道："小十，吃饭了吗？"

小十点头回答："吃了。九哥，你呢？"

"来的路上吃了个汉堡。"老九微笑着，像看自己亲弟弟一样。

小十问他有没有查出什么来，他把刚才跟叶澜成说的又说了一遍。

"七哥一定能查出来那个人是谁的。"小十听完之后，用肯定的语气说道，眼底不自觉地流露出崇拜。显然他对七哥这个人是有着盲目的崇拜的。

老九轻笑了声，在他后脑勺拍了一下："臭小子，就你七哥厉害。"

小十尴尬一笑，嘿嘿道："九哥也很厉害，你们都厉害，就我最笨，只会打架。"

"打架厉害也行，好歹是个强项。"老九揶揄了声，又在他脑门拍了一下，"行了，好好保护大少，我先回去了。"

小十像得了军令似的，站得更直了。

老九笑了声，这才朝着电梯口走去。

病房内。

老九走之后，安之素就有些犯困了，她打了一个哈欠，打算窝在沙发上睡个午觉，却被叶澜成喊到了床上。

她小心翼翼地爬上了床，躺在床的边缘，占据着很小的位置，就怕自己碰到叶澜成的伤口。

“睡这么远，你想掉下床吗？”叶澜成伸手把她往怀里捞。

安之素赶紧阻止他：“不行不行，我不能离你太近，这床没有我们家的大，我睡觉不老实，会碰到你伤口的。”

“不会。”叶澜成力气大，不顾她的意愿，直接把她圈进了怀里。

安之素不敢在他怀里反抗，老实得跟只猫似的。

叶澜成难得见她这么老实，轻轻一笑，在她额头吻了一口：“睡吧。”

安之素乖巧地“哦”了声，一开始还时刻提醒自己不要乱动，但渐渐地困意越来越浓，她就不知不觉睡着了，整个人放松地窝在叶澜成怀里，呼吸均匀。

叶澜成微微收紧了胳膊：“好好睡吧。”

他知道，自己今天被砸伤，一定吓坏她了。可是她不知道，今天看到她扑向炸弹，他的心在那一刻几乎快要跳出来，在他的记忆中，哪怕是当年小小年纪被追杀，他都没有害怕过。

他的小妻子从来不知道他有多喜欢她，这个笨蛋，也不知道是眼瞎还是心瞎，谁都能看出来的事，偏生她还要来问他。

叶澜成觉得自己如果有一天英年早逝的话，肯定也是被老婆给气死的。

安之素这一觉没有睡太久，不过一个小时她就醒了，她醒的时候，叶澜成还在睡。估摸是受伤的原因，他睡得比往常要沉，安之素从他怀里出来又下了床，他都没有被吵醒。

安之素也不舍得吵他，拿了手机，光着脚出了病房，给赵玉打了通电话。

“安小姐。”赵玉接通电话，语气明显比上午轻快了不少。

安之素问道：“现在舆论情况怎么样了？”

“基本上已经全部倒向我们了，这次的危机托盛世财团的福，算是有惊无险地化解了。工作室都已经恢复正常营业了，下午的时候，还有慕名而来的人来看旗袍呢。”赵玉轻快地和她说道。

安之素彻底放了心，语气也轻松了些许：“那就好，辛苦你在工作室多看着点，我还要照顾叶澜成，工作室那边不太顾得上，你有事就给我打电话。”

赵玉应道：“好，安小姐，你照顾叶少吧。叶少可是我们工作室的大恩人呢，几个小丫头还开玩笑，说叶少救了你，按照古代的套路，你该以身相许呢。”

安之素的耳根一红，格外心虚，心想还以身相许，她早就被他吃干抹净了，上午的时候为了哄他，她还主动牺牲了色相。

赵玉似乎隔着手机都能看到安之素害羞了，笑着挂了电话。

放下手机之后，安之素的耳根过了好一会儿才恢复了正常的白皙，她轻手轻脚回了病房。

病房内，叶澜成还在床上沉睡，没有要醒来的迹象。安之素脚步很轻地走到病床对面的沙发上坐下，视线一投向叶澜成就定格了。

有些人天生就是上帝的宠儿，叶澜成便是如此。他的长相，那绝对是万里挑一的好看，不管从哪个角度都没有瑕疵和死角，安之素觉得他就算睡觉流口水、打呼噜，都不会影响他的好看。

安之素看着看着就着迷了，过了好半晌才微微回神，手下一痒，起身无声无息地来到床头，取下了挂在床头的病历夹。

桌子上有铅笔，她拿了过来，翻过一张空白的病历纸，在后面开始轻轻地描画起来。而她的参照物，就是正在沉睡的叶澜成。

睡着的叶澜成无疑是一个最老实的模特，他侧躺着，像一个睡美男，夕阳的余晖从百叶窗的缝隙洒进来，为病房打上了一层柔和又唯美的光，美得像一幅油画。

安之素时而抬头看一眼叶澜成，时而低头勾勒几笔，静谧的病房内，沙沙作画的声音显得清晰又悦耳。

安之素的手是画设计图的，素描自然也不在话下，功底绝不会输给任何一个街头作画的艺人。差不多一个小时，空白的病历纸上就出现了一幅既简单又复杂的素描，简单的是画中的所有人物和物品都是采用的素写勾勒而成；复杂的是她在一张小小的纸张上，画下了她视野中能够看到的一切东西。

大到叶澜成身下的病床，床边的柜子，小到柜子上的一个苹果、一个水杯，凡是她坐在这个位置能看到的东西，全部跃然纸上。

安之素看着自己一时兴起画出来的画，忽然又有了一个新的想法，她想，她或许可以把这幅画做成刺绣。

这个想法一冒出来，她都没有犹豫，马上把画放平，打开手机上的照相机，对准焦距，拍下了一张高清照片。

照片拍好之后，她又导入了手机里的 PS 软件当中，开始给这幅素描画上色，全都采用病房里物品原有的颜色，一点一点，极其有耐心。

时间又过去了一个小时，当上完最后一点颜色之后，软件里出现的照片就像是安之素直接拿相机拍的，第一眼看上去，不会有人想到这是画出来的。

安之素又调整了一点细节，等她觉得已经完美之后，才点击了保存，把这张上完色的素描保存到了她的相册中。

安之素退出软件，又去相册里把这张素描翻出来观赏，叶澜成穿着病号服侧躺在床上，头上还戴着固定纱布的网状弹力帽。这么丑的弹力帽，戴在他头上，竟丝毫没有折损他的英俊。

其实以安之素的画功，完全可以去掉弹力帽，只画他的头发。可她没有那么做，就是故意把叶澜成戴着弹力帽的样子画了下来。因为这是她和他共同经历“生死”之后的纪念，是非常值得铭记的。

安之素的拇指在照片中叶澜成的头上轻轻地摸了一下，嘴角扬起一抹满足的笑容。她又灵机一动，手指在屏幕上点了几下，然后很快，这张照片就被她设置为手机锁屏壁纸了。

安之素拿着手机，像小孩子刚得了一个新的玩具，把手机按亮了再按灭，按灭了再按亮。叶澜成那张沉睡的脸，就随着手机的一亮一灭，在她眼前不断闪现。

她玩得不亦乐乎，连自己都没有察觉，她的嘴角一直上扬着。这样简单就能获取的快乐，她已经十几年没有过了。

这个静谧的下午，在安之素花费了两个小时画了一幅画，把那幅画设成锁屏壁纸，像个孩子似的玩到夕阳落幕之后，她终于认清了一个一直躲避的事实——

她爱上叶澜成了。

她爱上了叶澜成，在他第一次让她嫁给他的时候；

她爱上了叶澜成，在他们领了结婚证，他霸道地没收了她那本结婚证，说是为了防止她离婚的时候；

她爱上了叶澜成，在她把自己交给他的时候；

她爱上了叶澜成，在他把她护在身下，用他的后背为她挡住危险的时候；

她爱上了叶澜成，在他一次次没有原则、没有底线地护着她的时候；

她爱上了叶澜成，在这个下午，在这个病房，在此时此刻。

安之素的眼底忽然涌现了泪光，隔着一层水雾，叶澜成的脸显得模糊又遥远。可她知道，他离她，永远只有一个转身的距离。

不管她在哪里，在什么地方，在什么时候转身，她第一眼能够看到的人一定是他，也只会是他。

叶澜成睡了一下午觉，醒来的时候，头上的伤口已经只剩下微微的疼痛感了。他感觉怀里空了，便下意识朝对面的沙发看去。

他看到他的小妻子在哭，泪眼婆娑，脸颊上挂着泪痕，她用那双泪眼看着他，不知看了多久。

叶澜成的心一阵揪疼，他忽地坐了起来，声音带着他自己都没察觉的紧张："怎么了？"

安之素摇头。

叶澜成怀疑是他睡觉的时候，又出了什么幺蛾子把她气哭了。于是他不再问她，直接拿出手机，打算打给老九，亲自询问情况。

安之素这才有了反应，从沙发上跳下来，扑到床上，一把夺走了他的手机。

叶澜成蹙眉，声音变得低沉：“为什么哭？”

安之素把手机扔到床上，跪坐在他身前，捧起了他的脸，声音轻柔如细雨：“叶澜成，我爱你。”

叶澜成的瞳孔忽然缩了一下，泰山崩于前也能面不改色的他，此时忽地脸颊发红，竟是有些害羞了。

安之素捕捉到了他一闪而过的害羞，像发现了极其有趣的事，重复了一遍：“叶澜成，我爱你。”

这一次，她的声音依旧轻如羽毛，却多了一丝坚定和认真。

叶澜成的耳根悄然地爬上一抹红，微微发烫。

“叶澜成，我爱你。”安之素像是说上了瘾，捧着他的脸，连说了三遍。

“你……发什么疯？”被她突然告白，叶澜成过了好一会儿才反应过来，下意识觉得她在发疯。

安之素被气了一下，刚刚培养出来的情绪都被他一句话打散了，她气得松开了捧着他脸的手，在他肩膀上捶了一下：“叶澜成，我在跟你表白啊！那么重要的事情，我还特意说了三遍。你竟然以为我在发疯，我想咬死你。”

安之素一生气，叶澜成才敢确认她是来真的，不是在故意捉弄他。

然后他的内心就生出了一阵喜悦，但他沉得住气，问道：“怎么突然喜欢我了？”

“我现在又不喜欢你了。”安之素被气到了，谁家老公被老婆表白了还会问这么白痴的问题？

礼尚往来，这个时候他难道不该深情款款地回她一句“I love you too”吗？

“哦。”叶澜成对于她的回答，非常淡漠地应了声。

安之素转身就要跳下床去拿自己的手机，只是下一刻她就被叶澜成拽住，他微微用力，她就跌进了他怀里。

“干吗？！”安之素被他拽进怀里，还气呼呼地瞪他。

叶澜成嘴角扬起，抬手在她鼻梁上刮了一下：“笨，逗你的。”

安之素彻底怒了："叶澜成，你欺负人。"

"欺负这个词用得不太准确，因为……"叶澜成用少见的流里流气的语气把剩下的半句话说完，"因为我现在这样，暂时没办法欺负你。"

"叶澜成，你变了。"安之素简直不敢相信这样的话是从叶澜成这种人嘴里说出来的。

"食色性也，我想欺负自己的老婆，有什么不对？"叶澜成绝对是那种能把胡话说得一本正经的人。

安之素差点就信了，"呵呵"了声："我觉得你可能是被撞坏了脑子。"

叶澜成觉得不能再让安之素说下去了，太破坏气氛，他还沉浸在被她突然告白的窃喜中呢，于是，他直接堵住了她的嘴，先略微欺负一下。

他为什么又亲她？她给他表白了三次，他没听到吗，给点回应行不行？

叶澜成察觉到了安之素的不专心，惩罚性地在她唇上咬了一口。

安之素吃痛，"咝"了声，脑海里乱七八糟的想法瞬间破碎，她推了叶澜成一下："呜，疼。"

"疼就专心点。"叶澜成又将她往自己怀里一带，轻而易举地把她压在身下，加深了这个吻。

安之素被他亲得很快就缴械投降了，她就像雪人一样，在叶澜成怀里融化，化成了一摊温柔的水。

"没脸见人了。"安之素站在洗手间的镜子前，看着镜子中那张红得似要滴血的脸，抬手就捂住了眼睛。

安之素洗了把脸，一出来就看到叶澜成靠在床头，手里拿着的东西正是她下午画的素描。

"不许看。"安之素像藏了私房钱被发现的丈夫，蹿了过去，伸手就要去夺叶澜成手里的素描。

叶澜成手一扬就避开了她的突袭，似笑非笑："作为模特，我还不能看一眼了？”

“不能！还给我。”安之素瞪眼，蛮不讲理。

叶澜成轻笑：“不还。不仅不还，我还要没收。”

“凭什么啊？这是我画的。”安之素奓毛。

“未经允许就画我，这是侵犯我的肖像权，我有权利没收。”叶澜成给出了理由，还补充道，“民法通则第一百二十条有相关规定，不信你可以咨询宋律师。”

安之素生气，又不甘心就这么被叶澜成没收了成果，眼珠子一转，忽地一笑，说道：“你别误会，我的本意不是画你，我想画的是病床啊，桌子啊，椅子啊，苹果啊，手机啊什么的。你充其量只是一个背景，如果你觉得被侵犯了肖像权，那你把画还给我，我可以把你的脸打上马赛克。”

叶澜成的额角狠狠一抽，他这么帅的脸是背景？

但是安之素显然没有意识到“危险”，脑子突然灵光了起来：“还有啊，别以为只有你一个人懂法。我们是夫妻，你是我的合法丈夫，也就等于我的合法财产，既然你都是我的财产了，那你的肖像权自然也是属于我的。我画你，那也就够不上侵犯你的肖像权。所以，快点把画还给我。”

叶澜成一向沉稳的神色都有些绷不住了，他嘴角抽搐，问道：“请问，你是怎么从我们是合法夫妻这个前提条件下，得出我是你的合法财产，我的肖像权也是你的合法财产这个结论的？”

“四舍五入啊！”安之素回答得干脆又理直气壮，“约等于嘛，你没学过数学啊？”

叶澜成：“……”

他的小妻子不仅是法盲，还是数学白痴。不知道她数学老师要是知道她把四舍五入这么用，会不会气出脑溢血。

“干什么，我都不算侵犯你的肖像权了，你还有什么理由不还给我？”安之素见他不还，气鼓鼓地说道。

叶澜成虽然被她的歪理打了一个措手不及，但到底是反应迅速，直接把画压到了枕头下面：“同理可证，我们是合法夫妻，彼此的财产也是对方的财产，所以这画，也有我一半吧。既然有我一半，我为什么要还给你？”

这下轮到安之素傻眼了，什么同理可证，他哪儿来这么多理论撑腰？

“要不，把这画从中间撕开，你一半，我一半？”叶澜成占了上风，说话都变得贱兮兮的了。

“你以为是大西瓜吗，还从中切两半，你一半，我一半。把好好一幅画撕了，那还是画吗？”安之素鼓起腮帮子，气成了河豚。

“哦。”叶澜成反应冷淡，“那就放我这里。”

“为什么不是放我这里？”安之素不干，那不是她的画吗，要保存也该是她保存才对吧？

“我怕你贪恋我的美色，时不时拿出来亲一口，久而久之，这画就被你的口水毁了。”叶澜成一本正经地给出了一个理由。

医院。

夫妻俩吃完白心慈那边送来的晚饭之后，安之素协助叶澜成刷了牙，又给他洗了脸，还接了热水给他洗了脚。

伺候完这位少爷之后，安之素才把他赶出去，自己反锁了浴室的门洗澡，好像很怕他在她洗澡的时候偷摸进来欺负她似的。

叶澜成脸上挂着淡淡的笑，回到病房的时候，手机正在振动，他不紧不慢地走到床边，拿起手机接通。

“大少，七哥那边传来消息，人找到了。”电话接通，老九直接汇报道。

叶澜成“嗯”了声：“是谁？”

老九说道：“是陈历的人。”

“陈历？”叶澜成在脑海里搜索了一下这个名字，结果发现并没有印象。

老九这才想起来自己并没有和叶澜成提过这个人，于是立刻又说道：“陈历是S市一股小势力的头头，今天在少夫人的开业仪式上搞恶作剧的就是他的一个小弟阿鹏，七哥让我来问问大少的意思，看怎么处置这个阿鹏。”

闻言，叶澜成轻点了下头，说道：“让他供出背后指使他的人是谁，要拿到确凿的证据。”

“是，大少。”老九立刻明白了叶澜成的意思，这是打算把安听暖揪出来。

挂了电话，叶澜成就掀开被子上了床，从枕头下面摸出了被他没收的素描画，盯着画中的自己看了起来。

不知道为什么，他总觉得安之素画笔下的自己比现实中的自己好看。她把他画得像模特一样，比电视里的偶像男明星还好看。

叶澜成心里很开心，因为他听说过一句话：男朋友把你拍成什么样子，你在他心里就是什么样子。那么同理可证，安之素把他画这么好看，那说明在她心里，自己长得就是这么好看。

嗯，他的小妻子虽然说话气人了点，脑子也蠢了点，不过这眼光倒是极好的。

半夜两点。

阿鹏从老地方酒吧出来，他喝得醉醺醺的，走路摇摇晃晃的，身边还有一个穿着暴露、浓妆艳抹的女人搀扶着他。

女人很吃力地扶着他走到了路边，直接拉开了一辆停在路边等待揽客的出租车，将喝醉的他塞了进去。

女人用力地摔上车门，趴在副驾驶室的车窗上，探着脑袋说道：“师傅，麻烦你把他送到玄武路 109 号。”

出租车司机从后视镜里看了一眼醉醺醺的阿鹏，开口道：“到了他自己能走吗？我不负责送他回家。”

“师傅你放心，他就是现在醉，等到了你喊他，他就醒了。”女人说着就朝后面喊了声，“鹏哥。”

“嗯，到家了吗？”阿鹏迷迷糊糊地应了一声。

“没呢，等会儿就到了，你再睡会儿吧，到了我喊你。”说着，女人又看向司机，“你看，能喊醒的吧。”

司机师傅似乎这才放了心，又问道：“你们谁付车费？”

“我付。”女人从钱包里抽出一张红色的大钞递给司机，“这些肯定够车费了，麻烦师傅了。”

有钱好说话，司机接过了钱，比了一个“OK”的手势，发动了车子。

女人往后退了一步，看着出租车开远了，她才抱了抱冻得直打哆嗦的身体，跺着脚赶紧往酒吧跑，心想挣钱真不容易，这是她今晚送走的第几个，连她自己都数不清了。

女人并不知道，出租车司机在脱离了她的视线之后，就在一个路口掉了头，朝着和玄武路截然相反的方向开了去。

已经半夜两点了，马路上并没有什么车辆，出租车下了一个高架桥之后，驶入了一条偏僻的巷子，最后停在了一扇门前。

门前早就有人等候了，两个男人见出租车停了下来，就上来拉开了后门，将沉睡中的阿鹏一把拽了出来。

阿鹏一下子就被惊醒了，他睁开眼睛一看是两个不认识的人在拽自己，顿时一脚踹了上去。可惜他喝多了，角度没有找准，一脚踹空了，反而被对方拽着腿拖下了车。

“你们干什么，干什么？放开我，我给你们钱，我有钱，我给你们钱。”阿鹏慌了神，一下子就清醒了。

“闭嘴！”一个男人一巴掌抽在了阿鹏的脸上，“再叫有你好看。”

阿鹏顿时噤了声，不敢再乱喊乱叫。

两人麻利地将他拖进了后门，司机在听到后门被砰的一声关上后，才挂了倒挡倒车，悄无声息地离开了。

门内被拖进来的阿鹏被五花大绑在一把椅子上，不大的屋子里，灯光昏暗，每个人脸上都戴着黑色的宽大口罩，他看不清他们的脸，但一看就知道，这些都是同道中人。

意识到这些人不是想抢劫，阿鹏的心反而淡定了，他扫了所有人一眼之后，问道：“兄弟，请问你们哪条道上的？我们之间是不是有什么误会？”

他这话问出来，就有一人拿了一张照片递到他眼前，问道：“这件事，是你干的吧？”

阿鹏的瞳孔微微一缩，他有些心虚，却很快否认：“不是。”

“回答得这么干脆，你看清楚是什么事了吗？”拿着照片的人冷笑着问道。

阿鹏说道：“我又不瞎，这个素嫒工作室的爆炸案，跟我没有任何关系，你们抓错人了。”

“呵呵。”拿着照片的人又冷笑了声，“我又没说照片中的地点是哪里，你怎么知道是素嫒工作室？”

阿鹏一下子语塞了，不过反应也很快，马上又道：“这还用你说吗？网上的新闻早就传得沸沸扬扬了，S市谁不知道。”

“不错的借口。”那人继续冷笑，微微退后了一步，“阿鹏是吧，你应该知道，我既然把你弄来了，那就不会抓错人。都是聪明人，你老实交代了，也免得受罪，是不是？”

阿鹏不说话了，心底又开始打鼓了。诚如那人所说，有什么手段，大家心知肚明，他想到自己曾经是怎么“招呼”别人的，身体就忍不住颤抖了起来。

“我再问你一次，是谁指使你去现场扔假炸弹的？说，还是不说？”刚才那人又冷冷地开了口。

阿鹏抿唇，害怕又不肯轻易妥协……

医院。

叶澜成接到老九打来的电话时，安之素已经睡熟了。

他轻手轻脚地下了床，刚打开病房的门走出去，立刻就惊醒了躺在沙发上睡觉的小十。

“大……”

“嘘——”叶澜成朝他做了一个噤声的手势，轻轻带上了门。

小十明白叶澜成怕吵醒安之素，顿时不敢再出声，连呼吸都放缓慢了。

叶澜成走到小十对面的沙发上坐下，然后才接通了老九的电话。

“大少，问出来了。”老九的声音在电话接通后传了过来。

“说了吗？”叶澜成问道。

老九说道：“安听暖很聪明，她并没有自己出面安排这事。据阿鹏交代，是贺思怡给了他五千块钱，让他去少夫人的开业仪式上捣乱的。”

贺思怡？

这个名字，叶澜成已经不是第一次听到了，自然记得是谁。

“大少，这事怎么处置？”因为主谋是贺思怡，老九知道安之素对贺思怡心软，不敢自作主张，只好立刻汇报给叶澜成。

叶澜成沉思了片刻，过了好一会儿才说道：“交给派出所吧。”

“是。”老九应了声，又问道，“那贺思怡呢？”

老九自然明白叶澜成的意思是把阿鹏交给派出所。

“先从阿鹏嘴里弄一份贺思怡是主谋的口供，再联系宋律师，让宋律师去警告她。这是最后一次，再有下次，没人保得住她。”叶澜成交代。

“好的大少，我明白了。”老九应下就挂了电话。

叶澜成收了手机，揉了揉眉心。

小十把倒来的水递给他：“大少，喝点水吧。”

叶澜成接过水杯抿了一口，过了一会儿才起身回病房。

他轻手轻脚地躺回了病床上，熟睡的安之素也不知道是不是习惯使然，翻了一个身就抱住了他的腰，把脸埋进了他的胸膛，嘀咕了句：“叶澜成，你吵到我了。”

“好，不吵了，睡吧。”叶澜成好脾气地哄了声。

安之素“嗯”了声，很快在他怀里睡得更沉了。

叶澜成搂着她，心里却想着另外一件事。

安听暖果然是聪明的，不管是五年前，还是现在，做事从来不亲自动手，借刀杀人这一招她玩得炉火纯青。

既然如此，那他就陪她好好玩玩，她喜欢借刀，他就先慢慢把她的刀都收了，到时候，她不自己动手都不行。

这个深夜，某派出所值班民警接到了一通报案，报案人声称抓到了白天假爆炸案的主犯，请求他们的支援。

值班民警们开着警车，以最快的速度赶到了报案人说的地方，去了之后才发现，那里一个人影也没有，只有一个麻袋，麻袋里装着一个人和一个U盘，那人正是阿鹏。

民警们连人带U盘都带回了所里，将U盘插进电脑，打开里面的视频，视频里是阿鹏交代的自己的作案过程，一字一句，非常详尽。

民警们马上打电话请示了所长，早就收到指示的所长下了令，让他们连夜再对阿鹏进行审问，拿到确凿的口供之后，移交给法院，该怎么判刑，由法院定夺。

安之素一觉睡到了天亮，起床便开始收拾，十一点不到，夫妻俩就办好出院手续，回到了白心慈住的地方。

白心慈看到儿子的气色和精神都比昨天好了许多，心里的石头也终于落下。她让夫妻俩先回房间休息，午饭的时候再下来。

安之素还记着医生让叶澜成多休息的话，赶忙拉着他去了房间，把他按到床上休息。

叶澜成也没反抗，难得小妻子这么关心他，他自然乐在其中。

安之素给他找了本书，他躺在床上看书，她则拿出手机给赵玉打电话，询问工作室今天的情况。

赵玉欣喜的声音从话筒里传来："安小姐，你今天还没看新闻吧。昨天扔假炸弹的人被警察抓了，今天一早就移送到了法院，法院的效率出奇的快，上午就开了庭，当庭就判了那人三年的有期徒刑。"

安之素震惊得小嘴张成了"O"形，过了好一会儿才反应过来，朝床上的叶澜成瞄了一眼，心底顿时豁然开朗。

她明白了，一定是老九确认了那人的身份，直接通知了警察。叶澜成再让夏景泽跟派出所打声招呼，派出所连夜把那人审了，拿到了确凿的证据后移送给法院。夏宁再跟法院通通气，这才连排期都省了，当天就判了刑。

想明白了这些前因后果，安之素心中了然，对赵玉说道：“那人被判了刑，这事就算完美解决了。工作室那边，今天没再有什么麻烦吧？”

“放心吧安小姐，什么麻烦都没有。上午的时候还有个女客人来看旗袍，想要定制一款你亲自设计的旗袍。你不在店里，我留了她的联系方式，等你什么时候有空了，再约她到工作室详谈。”赵玉说道。

这算是工作室开业之后的第一单生意，安之素不想拖着，免得让客人觉得她耍大牌，当即道：“我下午有空去工作室，你跟那位客人约一下时间吧，约好了再告诉我。”

“好的。”赵玉忙应了下来。

安之素挂了电话，人还坐在椅子上，身体却朝着床的方向倾过去，双手撑着床边，眉眼弯弯地看着叶澜成。

叶澜成翻过一页书，淡漠地问道：“怎么了？”

安之素嘻嘻一笑，说道：“叶澜成，你是神吗？我怎么觉得什么事情到了你这里，就都变得非常简单了呢？”

“那是因为你笨。”叶澜成头也不抬地揶揄了句。

“你才笨，你全家都笨。”安之素嘴快地接了句。

“我全家也包括你。”叶澜成头也不抬地说道。

安之素：“……”这天没法聊了。

— 第二册完 —